suhrkamp taschenbuch 615

Mircea Eliade, geb. 1907 in Bukarest, ist heute Professor für Religionsgeschichte in Chicago und Mitherausgeber der Zeitschrift History of Religions.

In Deutsch zugängliche Werke: *Auf der Mântuleasa-Straße.* Erzählung; *Das Mädchen Maitreyi.* Roman; *Der Hundertjährige; Die drei Grazien.* Erzählung; *Die Pelerine.* Erzählung; *Die Sehnsucht nach dem Ursprung.* Von den Quellen der Humanität; *Schamanismus und archaische Ekstasetechnik; Yoga.* Unsterblichkeit und Freiheit.

Es kommt nicht alle Tage vor, daß ein Professor, Inhaber eines Lehrstuhls für Religionsgeschichte, phantastische Geschichten schreibt. Auch Eliades erzählerisches Werk »kreist den Mythos ein«, wie die *Süddeutsche Zeitung* schreibt, »ruft die tiefen Bilder auf, fragt dem Menschen nach in Seinszusammenhängen, die dem nur rationalen Weltverständnis entgleiten«.

Einige der Erzählungen aus zwanzig Jahren folgen einem Grundmuster: Ein eher beiläufiges Ereignis, ein »Zufall«, holt eine Kette von Ereignissen aus der verschütteten oder verdrängten Vergangenheit zurück, enthüllt ihre Relevanz und führt die Lösung herbei. Der Augenblick der Wahrheit ist für den sich endlich selbst Erkennenden meist auch der Augenblick des Todes. Bezeichnend für Eliade ist die gelassene, heitere Diktion, die sich auch beim Eindringen unerhörter Ereignisse in den Alltag nicht ändert. Hierin gleicht Eliade E.T.A. Hoffmann, der das »Wunderbare« nie ankündigt: es ist plötzlich da, weil es immer da war, lediglich jetzt erkannt wird. Für den Mythologen und Religionsforscher Eliade besteht kein Anlaß, Seinsebenen stilistisch zu unterscheiden oder gar zu bevorzugen.

Mircea Eliade
Bei den Zigeunerinnen

Phantastische Geschichten

Aus dem Rumänischen
von Edith Silbermann

Suhrkamp

Titel der rumänischen Originale: *Ivan; Uniforme de General; Un om mare; La țigănci; Podul; Douăsprezese mii de capete de vite; I curte la Dionis; Adio! ...*
Die Erzählung *Bei den Zigeunerinnen* erschien erstmals 1970 in der Anthologie *Die schwarze Truhe und andere rumänische Erzählungen* im Horst Erdmann Verlag Tübingen und Basel
Der Band erschien in dieser Zusammenstellung unter dem Titel *Phantastische Geschichten* erstmals 1978 im Insel Verlag
Umschlagfoto: Maina von Brasch

suhrkamp taschenbuch 615
Erste Auflage 1980

Lizenzausgabe mit freundlicher Genehmigung des
Insel Verlags Frankfurt am Main
Suhrkamp Taschenbuch Verlag

Druck: Ebner Ulm · Printed in Germany
Umschlag nach Entwürfen von
Willy Fleckhaus und Rolf Staudt

INHALT

IWAN

Zuerst erblickte ihn Zamfir. Er nahm den Karabiner in die linke Hand, näherte sich ihm und berührte ihn leicht mit der Stiefelspitze.
»Der liegt im Sterben«, sagte er, ohne sich umzuwenden. Der Verwundete blickte ihn mit großen, weitaufgerissenen Augen an. Er war jung, blond und sommersprossig und seine Lippen zitterten, als bemühe er sich zu lächeln. Zamfir seufzte auf, dann kniete er neben ihm nieder.
»Iwan!« schrie er. »Iwan!«
Er öffnete seine Feldflasche und näherte sie vorsichtig den Lippen des Verwundeten. Darie blieb hinter ihm stehen. Er nahm seinen Helm ab und begann sich mit dem Ärmel seines Waffenrocks über die Stirn zu wischen.
»Der liegt im Sterben«, sagte er. »Schade um das Wasser.«
Mit einer jähen, erschrockenen, verzweifelten Bewegung löste der Verwundete seinen Arm vom Körper, fuchtelte mit ihm in der Luft, als würde er etwas suchen, dann fiel sein Arm kraftlos nieder, und seine Finger verkrampften sich um eine Erdscholle. Sie hatten die Tasche verfehlt. Zamfir streckte seine Hand aus, holte den Revolver hervor und lächelte.
»Er ist für Sie, Herr Fähnrich«, sagte er. »Vielleicht behalten Sie ihn als Andenken . . .«
Darie setzte seinen Helm wieder auf. Er nahm den Revolver und wog ihn in der Hand.
»Es sind keine Kugeln mehr drin«, sagte er. »Der taugt zu nichts.«
Er wollte ihn in das Maisfeld werfen, überlegte es sich aber anders und fuhr fort, den Revolver unschlüssig in der Hand zu wiegen.

Iliescu holte sie ein.
»Der liegt im Sterben«, sprach er langsam und schüttelte den Kopf. »Ohne Kerze, wie ein Hund. Wie die andern«, fügte er mit leiser Stimme hinzu.
Er wandte den Kopf und spie aus. Darie betrachtete nochmals den Revolver, dann ließ er ihn fallen. Die Waffe fiel mit einem dumpfen Laut auf die Erdschollen neben den Arm des Verwundeten.
»Wenn ihr Mitleid mit ihm habt«, sagte er, »erschießt ihn lieber. Damit er sich nicht länger quält.«
Er ging auf das Maisfeld zu und hielt müde ringsum nach einem schattigen Platz Ausschau, an dem er sich, vor der Glut geschützt, ausruhen könnte. Aber bald kehrte er betrübt zurück, die unangezündete Zigarette im Winkel seines Mundes.
»Gehen wir weiter«, sagte er.
Zamfir stand auf, ließ aber den Verwundeten nicht aus den Augen.
»Wenn wir Russisch verstünden, könnten wir ihn um seinen Segen bitten«, sprach er leise, mehr für sich selbst. »Bei uns pflegte man zu sagen: Wenn dich jemand segnet, bevor er stirbt, bringt dir das Glück.«
»Das habe ich auch gehört«, pflichtete Iliescu ihm bei. »Das bringt dir aber nur Glück, wenn er dir gut gesinnt ist ... Der aber ist ein Bolschewik ...«
»Wer immer er sei, und auch wenn er uns nach seinem Brauch und in seiner Sprache segnet ...«
Er wandte sich an Darie.
»Ob Sie, Herr Fähnrich, der Sie doch so viele Sprachen können ...«
Darie zündete sich seine Zigarette an. Er zuckte mutlos mit den Achseln und versuchte vergeblich zu lächeln.
»Ich kann kein Russisch. Es tut mir sehr leid. Ich hätte es lernen sollen ...«
Er blickte den Verwundeten an und tat einen tiefen Zug aus seiner Zigarette.

»Aber vielleicht versteht er«, setzte er hinzu. »Vielleicht versteht er andere Sprachen.«
Er zögerte eine Weile und zuckte dann wieder die Achseln.
»Versuchen Sie es doch, Herr Fähnrich«, hörte er Zamfir flüstern. »Versuchen Sie es, vielleicht versteht er Sie doch.«
Darie warf seine Zigarette fort. Seine trockene Kehle war ihm wie zugeschnürt. Ohne Hoffnung trat er auf den Mann am Boden zu, suchte dessen Blick und stieß mit erstickter Stimme plötzlich die Worte hervor:
»Nous sommes foutus, Iwan! Nous sommes des pauvres types! Save our souls! Bless our hearts, Iwan! Car nous sommes foutus! ...«
Der Verwundete stöhnte leise, und sein Gesicht hellte sich einen Augenblick lang auf, als würde er lächeln. Fragend sah er sie der Reihe nach an.
»Blagoslovenie«, schrie Zamfir und kniete neben ihm nieder. *»Boje, Christos!* Segne uns doch, Iwan.«
Er schlug, so langsam er konnte, ein Kreuz, hob die Augen zum Himmel, faltete die Hände, schloß die Augen halb, als betete er, dann warf er dem Verwundeten nochmals einen tiefen, forschenden Blick zu.
»Tu doch das gleiche, Iwan!« schrie er. »Schlag doch ein Kreuz wie ich. *Boje Christos! ...«*
Dann schwieg er, und alle drei hefteten ihre Blicke auf das Gesicht des Verwundeten und warteten.
»Er versteht mich nicht«, seufzte Zamfir nach einiger Zeit. »Könnten wir doch in seiner Sprache mit ihm reden.«
»Verdammter Bolschewik!« entfuhr es Iliescu. »Der tut nur so, als ob er uns nicht verstünde.«
Darie wandte sich um, sah ihn mit verlegenem Lächeln an.
»Wenn du ihn verfluchst, wie sollte er dich dann segnen?«

»Das hat nichts zu sagen. Wenn ein Mensch im Sterben liegt, dann versteht er sowieso nichts und verzeiht alles.«
Er kniete nieder und beugte sich über das Ohr des Verwundeten. »Verzeih mir, Iwan, verzeih mir!« flüsterte er. Da erkannte er, daß der Verwundete ihn nicht mehr ansah, und als er den Kopf wandte, bemerkte er in einiger Entfernung von ihnen, am Rande des Maisfeldes, einen Hund.
»Der muß aus dem Dorf sein«, sagte Iliescu, stand auf und pfiff dem Hund freundlich zu. »Der muß aus einem Dorf in der nächsten Nähe sein.«
Es war ein abgemagerter, ausgehungerter Hund mit kupferrotem, vom Staub entfärbtem Fell. Er strich schüchtern heran und wagte nicht, mit dem Schwanz zu wedeln. Der Verwundete hatte den Kopf nach ihm gewandt, als hätte er ihn erwartet. Seine Lippen hörten jäh zu zittern auf, und sein Gesicht schien mit einem Mal sehr fremd, versteinert.
»Da er Bolschewik ist und ihn niemand etwas gelehrt hat, weiß er von diesen Dingen nichts«, sprach Zamfir und stand auf. »Aber von Gott und von Jesus Christus muß er dennoch irgend etwas gehört haben, und das Kreuz müßte er doch schlagen können.«
Er trat einen Schritt zurück und schrie: »Iwan!« Dann streckte er seine Arme aus und blieb reglos stehen, die Augen auf den Verwundeten gerichtet.
»Christos!« schrie er von neuem. »Christus am Kreuz. Schlag auch du ein Kreuz. Hebe doch drei Finger und segne uns . . .«
Das Gesicht des Verwundeten hellte sich wieder auf, ein Lächeln milderte seine Züge. Der Hund hatte sich ihm genähert und begann seine Hand zu lecken, die sich in den Erdschollen festgekrallt hatte.
»Er tut nur so, als verstünde er uns nicht«, sagte Iliescu und spie zur Seite.

Zamfir lief ins Maisfeld und kehrte nach wenigen Augenblicken mit zwei Maiskolben zurück.
»Iwan!« schrie er und suchte einen Blick von ihm zu erhaschen. »Sieh her, Iwan!« fügte er hinzu und hielt ihm die übereinandergekreuzten Maiskolben entgegen. »Sieh doch her und erinnere dich. Dies ist das Kreuz unseres Herrn Jesus Christus, des Erlösers der Welt, des Heilands, der ans Kreuz geschlagen wurde. Verstehst du jetzt?«, fragte er, näherte sich ihm und zeigte auf die Maiskolben in Kreuzform. »Erinnerst du dich?«
Der Verwundete folgte seinen Bewegungen mit unerwartetem Interesse, doch auch voller Furcht. Er versuchte den Kopf zu heben, seufzte aber und schloß vor Schmerzen die Augen. Nach wenigen Augenblicken öffnete er sie und lächelte, als er Zamfir mir den gekreuzten Maiskolben dastehen sah.
»Christos!« flüsterte er schließlich. *»Christos!«*
»Gottes Wunder!« flüsterte Zamfir, kniete abermals an seiner Seite nieder und legte ihm die Hand auf die Stirn. »Du hast verstanden, um was wir dich baten. Segne uns doch!«
»Bénis-nous, Iwan!« sprach Darie mit leidenschaftlicher Stimme.
»Bénis-nous, bless our hearts! Tu t'envoles au Ciel. Au Paradis, Iwan, *auprès du Dieu Père. Auprès de la Vierge«,* fügte er mit matter Stimme hinzu. »Heilige Mutter Gottes, du unbefleckte Jungfrau Maria ...«
Der Verwundete hatte ihm mit leichtem Zittern zugehört. Dann ließ er seine Blicke von einem zum andern schweifen. Er wagte nicht mehr, seinen Kopf zu heben, aber er bewegte jetzt seine Finger, als wollte er etwas zeigen.
»Maria!« gelang es ihm schließlich hervorzubringen. »Maria ...«
»Er versteht uns«, flüsterte Iliescu.
Er folgte Iwans Blicken und bemerkte, daß der Hund

sich langsam, mit gesenktem Kopf von dem Verwundeten entfernte.
»Vielleicht kennt er den Hund«, fügte er hinzu. »Vielleicht ist auch er aus diesem Dorf.«
Der Verwundete begann etwas zu murmeln, bewegte immer nervöser seine Finger und schloß die Augen, um sie dann wieder jäh zu öffnen, als würde er von einem immer größeren Entsetzen erfaßt, weil die drei immer noch neben ihm standen.
»Ich schlage vor, wir bringen ihn ins Dorf«, sagte Zamfir.
Darie sah ihn lange ungläubig an.
»Das schaffen wir kaum«, sagte er, »der liegt doch im Sterben.«
»Es wäre aber schade, denn jetzt versteht er uns«, sagte Iliescu, »und wenn er noch ein zwei Stunden durchhält, bis wir ihn ins Dorf bringen, segnet er uns vielleicht ...«
Der Hund war etwa zehn Meter entfernt am Rande des Maisfeldes stehengeblieben und erwartete sie.

Sie trugen ihn auf den Karabinern. Darie hatte ihnen die Tornister abgenommen und sie an seinem Karabiner aufgehängt, den er quer über seine Schultern legte. Der Verwundete zitterte und unterdrückte einen Seufzer, wobei er unaufhörlich die Augen öffnete und schloß. Von Zeit zu Zeit rief ihm Zamfir zu:
»Segne uns, Iwan, denn wir tragen dich doch nach Hause! ... Wir haben dich nicht am Wegrand sterben lassen.«
»Sprich mir wenigstens nach«, drängte ihn Iliescu, »sage *Christos! Christos! Maria!*«
Nach ungefähr hundert Metern blieben sie stehen, um Atem zu holen, setzten ihre Last jedoch nicht ab. Der

Verwundete versuchte stöhnend sich umzuwenden. Er heftete seine flehenden Blicke auf Zamfir.
»Sprechen Sie doch mit ihm, Herr Fähnrich. Sagen Sie ihm irgend etwas, damit er sieht, daß wir ihm gut gesinnt sind ...«
Darie rückte voller Wut und Verzweiflung die Tornister auf dem Rücken zurecht.
»Was soll ich ihm sagen? In welcher Sprache soll ich zu ihm sprechen? Wenn ich doch kein Russisch kann, wie soll er mich verstehen?«
»Sagen Sie ihm irgend etwas«, ermutigte ihn Zamfir. »Nur, damit er sieht, daß wir uns Mühe geben, daß wir ihn nicht wie einen Hund sterben lassen. Sprechen Sie zu ihm, in welcher Sprache Sie wollen; Sie sind doch ein Philosoph ...«
Darie seufzte unwillkürlich und schob sich den Helm in die Stirn.
»Ein schöner Philosoph!« rief er aus und lächelte mühsam.
»Iwan!« Er versuchte, den Blick des Verwundeten festzuhalten ... »Erinnerst du dich noch an *Faust*?

Habe nun, ach! Philosophie,
Juristerei und Medizin,
Und leider auch Theologie
Durchaus studiert ...

Das bin ich, Iwan, der jetzt zu dir spricht. Ich bin *der Philosoph*. Hörst du mich?«
»Sprechen Sie nur weiter«, ermunterte ihn Iliescu und setzte den Weg fort. »Sprechen Sie mit ihm, denn er hört Ihnen zu, und das genügt.«
»So lange er Ihnen zuhört, stirbt er nicht«, fügte Zamfir hinzu.
»... Ich könnte dir vieles erzählen, Iwan; denn was weiß ein frisch gebackener Doktor der Philosophie nicht

alles zu erzählen?! Wie viele Erinnerungen doch auf mich einstürmen! Wie viele geistige Abenteuer in zwei, drei Bänden, manche sogar in zweiundzwanzig Bänden habe ich doch erlebt! Proust, beispielsweise. Hat er nicht zweiundzwanzig Bände geschrieben? Oder täusche ich mich? Habe ich vielleicht falsch gerechnet? Habe ich auch seine Jugendwerke dazugerechnet? Du weißt doch, worauf ich anspiele, auf *Pastiches et mélanges* und die anderen . . .«

»Fahren Sie nur fort, Herr Fähnrich, denn Sie reden ihm gut zu«, ermutigte ihn Iliescu.

Dann wandte er den Kopf und spuckte in großem Bogen in die Richtung des Maisfeldes.

»Iwan!« rief Darie ergriffen aus, »ich könnte eine ganze Nacht lang nur über die Beweise der Nichtexistenz Gottes zu dir reden. Und über Jesus Christus, von dem du wahrscheinlich nichts mehr gehört hast, seitdem du die Volksschule besuchtest, über unseren Heiland und über euren. Über unser aller Erlöser und über seine rätselhafte historische Existenz oder über seine politische Erfolglosigkeit. Ich könnte nächtelang mit dir sprechen, unter vier Augen, ohne das Dabeisein von Kommissaren oder Theologen, denn auch du fühlst das gleiche, Iwan, *nous sommes foutus, nous sommes tous foutus!* Wir sind verloren, und ihr seid es auch. Besonders aber wir, die wir unsere Herkunft von Väterchen Trajan ableiten. Und wenn es mir jetzt leid tut, kurz nach dir oder vielleicht sogar vor dir im Alter von zweiundzwanzig Jahren sterben zu müssen, dann auch deswegen, weil es mir nicht mehr vergönnt sein wird, zu sehen, wie ihr Väterchen Trajan eine Statue errichten werdet. Denn sein toller Einfall war es, uns hier, am Rande der Welt, erstehen zu lassen, als hätte er genau gewußt, daß ihr eines Tages herkommen würdet, erschöpft nach so langem Umherirren in der Steppe, daß ihr über uns herfallen würdet, die wir schön und klug

und reich sind, und daß ihr Hunger und Durst leiden würdet, wie auch wir jetzt Hunger und Durst leiden ...«
»Sprechen Sie weiter, Herr Fähnrich, denn er hört Ihnen zu«, ermutigte ihn Zamfir, als er bemerkte, daß Darie im Sprechen inne hielt und sich, ohne es zu wissen, das Gesicht mit dem Ärmel seines Waffenrocks wischte.
»Und wie viele andere Dinge könnte ich dir noch erzählen! ... Ich frage mich allerdings, ob ich es je wagen würde, dir von den Abenteuern des 13. März und jenen vom 8. November und allem, was darauf folgte, zu berichten? Es sind allzu persönliche Erlebnisse, Iwan, die mich formten und mich zerstörten und mich wieder von neuem formten, wie du mich jetzt siehst: ein Philosoph, der einer Marschroute folgt und der dir die Langeweile vertreibt, so lange sich Gott und eure Granaten unserer erbarmen – *car nous sommes foutus*, Iwan, *il n'y a plus d'espoir. Nous sommes tous foutus!* Uns ergeht es wie in einer berühmten Novelle, die noch niemand geschrieben hat, aber die eines Tages geschrieben werden muß, denn sie ist *wahr*, wahr bis ins letzte Wort, wenn du begreifst, worauf ich anspiele; nur zu ähnlich allem, was sich in unseren Tagen ereignet hat, und auch dem, was uns jetzt zustößt – und ich frage mich, wie der Verfasser der Novelle es noch wagen wird, seiner Frau und seinen Kindern oder sogar seinen Nachbarn, die er auf der Straße trifft, in die Augen zu sehen. Denn – du hast bestimmt erraten, worauf ich hinaus will – jeder von ihnen wird sich in dieser Novelle als eine ihrer Gestalten wiedererkennen. Und wie könnte einer weiterleben, wie könnte er sich noch des Lebens erfreuen, nachdem er begriffen hat, daß er *verurteilt ist*, daß es keinen Ausweg gibt, weil für jeden von uns lange vor unserer Zeit ein Kaiser Trajan, oder wie man ihn nennen mag, gelebt hat, ein Trajan in Afrika, einer oder mehrere in China. Wo man hinblickt,

sieht man nur Verurteilte, weil irgend jemand, ein Kaiser Trajan, lange vor ihrer Zeit, tausende und tausende Jahre vor ihrer Zeit beschloß, sie an den unpassendsten Orten zur Welt kommen zu lassen ...«

Er hielt plötzlich inne und fuhr sich mit zitternder Hand übers Gesicht.

»Sprechen Sie weiter zu ihm, Herr Fähnrich«, flüsterte Zamfir, »aber langsamer, langsamer, damit er Sie versteht.«

Darie sah den Verwundeten lächelnd an, als hätte er ihn plötzlich erkannt, und rückte sich mit einem Anflug jugendlicher Hoffnungslosigkeit die Tornister auf der Schulter zurecht.

»... Fangen wir also von vorn an, Iwan, beginnen wir mit dem 13. März. Denn damals fing alles an. Wäre ich am 12. März gestorben, ich hätte mich glücklich schätzen können, denn ich wäre in den Himmel gekommen; *au Ciel,* Iwan, *auprès de la Sainte Trinité,* dort hin, wohin auch du mit Hilfe des Priesters – sofern einer von ihnen am Leben geblieben ist – bald kommen wirst. Wenn ich aber heute oder morgen sterbe, wohin werde ich kommen? Auf gar keinen Fall in den Himmel, denn am 13. März erfuhr ich, daß der Himmel *einfach nicht existiert.* Er existiert nicht mehr, Iwan! Denn im Augenblick, da du begreifst, was ich am 13. März begriffen habe, nämlich, daß der Himmel lediglich eine Illusion war, ist alles aus. Dann gibt es keinen Himmel mehr, kein Oben und kein Unten, denn das Universum ist unendlich, es hat keinen Anfang und kein Ende. Und so frage ich dich, *wohin gelange ich dann*? Ich weiß, ich frage dich vergeblich, denn du hast beschlossen, mir nicht zu antworten. Aber ich will dir die Antwort geben. Und dazu muß ich den 8. November anführen, der für mich einen zweiten Anfang bedeutete. Denn am 8. November habe ich, wie du vielleicht erraten hast, etwas noch Wichtigeres begriffen.

Ich habe verstanden, daß man nirgends hingelangen muß, *weil man sich bereits dort befindet,* wohin man gelangen wollte. Dem Grenzenlosen, Iwan, trete ich ruhig entgegen. Denn, höre gut zu, du und ich, ebenso wie alle anderen Menschen, wir alle sind *unzerstörbar.* Weder eure Granaten noch die deutschen Flugzeuge können uns zerstören. Wir sind hier seit Anbeginn der Welt und wir werden hier sein, wenn auch der letzte Stern der letzten Milchstraße erloschen sein wird. Jetzt begreifst du, Iwan? *Nous sommes foutus, et sommes foutus pour l'éternité.* Denn wenn ich unzerstörbar bin, wo gelange ich hin, heute oder morgen oder übermorgen, wenn die Reihe an mich kommt? Ich kann nirgends hingelangen, denn ich befinde mich schon dort, ich bin überall zu gleicher Zeit. Und es ist entsetzlich, überall zu sein und in einer bestimmten Weise doch nicht zu sein, weil nicht mehr lebendig zu sein. Es ist grauenhaft, nie mehr ruhen zu können, wie unsere Väter und Urväter ruhten. Denn sie gingen hin, wie es ihnen bestimmt war, die einen in den Himmel, die anderen unter die Erde, die anderen an den Rand der Erde – aber sie konnten ruhen, begreifst du. Aber *wir,* Iwan, was wird mit uns geschehen?«
Er rückte seinen Tornister zurecht und schritt noch eiliger aus.
»Und wenn du dich nun entschlössest, das Schweigen zu brechen, würdest du mich zweifellos fragen: ›Aber *nach* dem 8. November, was ist *nach* dem 8. November geschehen?‹ Und weil das Gesetz des Krieges von uns fordert, aufrichtig und offenherzig zueinander zu sein, wäre ich eigentlich verpflichtet, dir zu antworten. Doch wirst du mich verstehen? Denn wir stoßen plötzlich auf *eine Folge offenkundig einander widersprechender Fakten,* wenn ich mich so ausdrücken darf ...«
Er hörte seinen Namen rufen, und da erst kam ihm zu Bewußtsein, daß er allein weitergegangen war. Der

Hund lief an seiner Seite. Die beiden anderen hatten den Verwundeten im spärlichen Schatten einer Akazie niedergelegt, nahmen ihre Stahlhelme ab und wischten sich den Schweiß vom Gesicht. Darie näherte sich ihnen verlegen und zwang sich zu einem Lächeln.
»Er hat fortwährend etwas in russischer Sprache gemurmelt«, sagte Iliescu.
»Er wird Wasser verlangt haben«, unterbrach ihn Zamfir, »aber wir haben keines mehr. Und als ich ihm einige Würfel Zucker zeigte, schloß er die Augen. Die wollte er nicht.«
Er nahm ein Stück Zucker und begann daran zu lutschen.
»So jung und mager er auch aussieht, er ist doch schwer«, fuhr Iliescu fort, »und wir sind ganz müde geworden. Wir dachten, wir könnten hier im Schatten ausruhen. Denn das Dorf ist immer noch nicht zu sehen.«
»Vielleicht kommt er auch noch einmal zu sich«, fügte Zamfir hinzu.
Darie legte die Tornister auf das verbrannte, verstaubte Gras, kniete sich neben den Verwundeten und horchte auf dessen schweren, hastigen Atem.
»Ich wundere mich, daß er noch lebt«, sagte er nach einer Weile. »Er atmet doch kaum noch . . .«
Darauf streckte er den Arm nach einem der Tornister aus und begann darin zu suchen. Der Verwundete verfolgte ihn mit seinem Blick; von Zeit zu Zeit zuckte sein ganzer Körper zusammen wie im Fieber.
Darie wandte den Kopf zu Zamfir und fragte, die Stimme senkend:
»Was fangen wir mit ihm an? Wir können ihn doch nicht weitertragen, und es ist spät. Lassen wir ihn hier sich weiterquälen oder helfen wir ihm sterben?«
Zamfir blickte zu Boden und zögerte die Antwort hinaus. Wenn wir uns schon abgeplagt haben, ihn bis hierher zu bringen . . .«, sagte er schließlich. »Vielleicht

erbarmt sich Gott und gibt ihm noch die Kraft, uns zu segnen. Denn nun würde er uns, glaube ich, segnen.«

»Auch ich habe gehört, wie er Christos sagte«, griff Iliescu ein.

»Wenn wir noch eine Weile mit ihm sprechen, hält er vielleicht noch eine Stunde durch, denn das Dorf ist nicht mehr weit.«

Darie zündete sich eine Zigarette an und blickte lächelnd auf alle drei.

»Es ist weit und breit nichts von einem Dorf zu sehen. Wohin man auch blickt, nichts als Maisfelder und Maisfelder . . .«

Der Hund war einige Schritte von ihnen entfernt stehen geblieben, winselte demütig und sah begierig auf die Würfel Zucker. Zamfir seufzte.

»Erzählen wir ihm einiges von uns, vielleicht versteht er uns doch. Solange wir hier ausruhen, unterhalten wir ihn, malen wir ihm aus, wie es im Dorf sein wird.«

Iliescu wandte sich zu dem Verwundeten und begann ihm plötzlich mit völlig veränderter Stimme gütlich zuzureden wie einem kranken Kind.

»Iwan, wir haben nicht mehr weit und kommen dann in das Dorf. Und du wirst es gut haben bei dir im Dorf, dort wird es so sein wie bei uns im Dorf!«

»Sag ihm doch, was wir ihm alles geben werden«, unterbrach ihn Zamfir. »Frisches Wasser im Überfluß . . .«

»Iwan«, redete Iliescu weiter und neigte sich noch näher zu ihm hinunter. »In eurem Dorf gibt es Obstgärten mit allerlei Früchten, mit Pflaumen, Birnen und anderen Köstlichkeiten, und wir werden dir soviel davon bringen, wie du nur willst . . .«

»Die Frauen werden dir das Gesicht waschen«, unterbrach ihn Zamfir. »Sie werden dich ins Bett legen . . .«

Der Verwundete schloß die Augen und bewegte die Lippen immer hastiger, wiewohl es ihn offensichtlich große Anstrengung kostete.

»Aber du darfst auch uns nicht vergessen«, fuhr Zamfir fort. »Worum wir dich gebeten haben, das darfst du nicht vergessen . . .«

»Er wird daran denken«, fuhr Iliescu fort, »er wird bestimmt daran denken. Denn wir haben uns ja soviel Mühe mit ihm gegeben. *Prijatin!* Iwan, *prijatin!*« rief er ihm zu und strahlte über das ganze Gesicht.

»Du wirst dich daran erinnern, Iwan, und wirst deinen Arm erheben, wirst ihn erheben, um uns zu segnen.«

Plötzlich begann der Hund zu winseln, dann blickte er erschrocken um sich, fing zu zittern an und lief mit gesträubtem Fell entlang des Wegrands davon. Der Verwundete öffnete die Augen, brachte aber nicht mehr die Kraft auf, den Kopf zu bewegen, um ihm nachzusehen. Er starrte nur zum Himmel empor mit solcher Intensität, daß weder das grelle Licht des heißen Augustnachmittags noch der feine Staub, der wie ein unendliches Spinngewebe über ihnen schwebte, ihn störten. Alle schwiegen einige Augenblicke. Darie näherte sich dem Verwundeten, legte ihm die Hand auf die Stirn und blickte ihm tief in die Augen.

»Ich fürchte, er ist tot«, flüsterte er. »Gott sei ihm gnädig!« setzte er hinzu und richtete sich mühsam auf.

Auch Zamfir legte seine Hand auf die Stirne des Verwundeten, schlug ihn dann leicht aufs Gesicht und rüttelte ihn am Arm.

»Gott sei ihm gnädig!« rief er aus und bekreuzigte sich.

»Gott wird ihm alle Sünden vergeben, denn er hat uns gesegnet, und das wird uns Glück bringen.«

»Ja, er hat uns gesegnet, als er vorhin die Lippen bewegte«, sagte Iliescu. »Er hat uns gesegnet . . .«

Darie nahm seinen Tornister auf und blickte müde den Weg entlang, den der Hund eingeschlagen hatte.

»Laßt uns weitergehen, wir haben genug Zeit verloren«, sagte er.

»Haben Sie Mitleid, warten Sie noch ein wenig, Herr

Fähnrich«, flüsterte Zamfir schüchtern und löste eine kurze Schaufel von seinem Tornister. »Wir können ihn doch nicht als Beute für die Raben liegen lassen. Bis Sie eine Zigarette geraucht haben, haben wir das Grab fertig ...«

Darie blickte ihn erstaunt an, als hätte er ihn nicht verstanden.

»Haben Sie Mitleid, Herr Fähnrich«, griff auch Iliescu ein. »Die Erde ist hier locker, und das Grab ist im Handumdrehen fertig.«

»Jungens, Jungens, ihr seid verrückt«, sagte Darie nach einer Pause, »ihr seid total verrückt. Aber es ist auch meine Schuld«, setzte er nach einer Pause, mehr zu sich selber sprechend, hinzu und ging zum Maisfeld. »Es ist auch meine Schuld ...«

Nach einiger Zeit wandte er den Kopf und sah die beiden hastig und schwer keuchend, wortlos graben. Und da glaubte er zu träumen, denn die beiden gruben mehr als zwei Meter voneinander entfernt, als hätten sie beschlossen, ein großes Grab auszuheben, das mehrere Leichen aufnehmen könnte. Im gleichen Augenblick hörte er das ohrenbetäubende Surren der deutschen Jagdflugzeuge, die ganz niedrig flogen, und hinter sich, jenseits der Maisfelder, in denen er sich im Morgengrauen mit seinen beiden Kameraden niedergeduckt hatte, vielleicht sogar von der Landstraße her, über die sich vergangene Nacht die ganze Kompanie zurückgezogen hatte, die kurzen, dumpfen Einschläge der russischen Granaten.

»... Gewiß«, fuhr er fort und öffnete eine neue Pakkung Zigaretten, »damals erkannte ich, daß ich geträumt hatte, und wachte auf. Aber auf die Gefahr hin, daß ihr mir nicht glaubt, muß ich euch gestehen: Was mich am stärksten beeindruckte und mich wachrüttelte, waren weder die deutschen Tiefflieger noch die russischen Granaten, sondern das unnatürlich große Grab, das Iliescu und Zamfir aushoben. Ich fragte mich, was sie sich wohl dächten, ein so großes Grab zu schaufeln. Denn, wie ich euch sagte, wir waren alle hungrig, durstig und außerordentlich erschöpft. Weswegen nahmen sie diese nutzlose zusätzliche Anstrengung auf sich?«

»Auf jeden Fall waren Sie von Anfang an an allem schuldig«, unterbrach ihn der Oberleutnant und betrachtete ihn voller Sympathie, ja fast mit Wärme. »Sie durften ihnen nicht gestatten, den Verwundeten mitzunehmen. Ihr befandet euch auf dem Rückzug, und jeder verlorene Augenblick konnte euch zum Verhängnis werden. Wenn Sie Mitleid hatten mit Iwan, mußten Sie ihn auf der Stelle erschießen ...«

»Glaubst du nicht, er hätte gerettet werden können?« fragte Laura.

»Nein. Ich sagte euch schon, als wir ihn fanden, lag er im Sterben. Erstaunlich war nur, wie lange er es noch ausgehalten hat. Im Traum vollzieht sich allerdings alles ganz anders ...«

»Nachdem Sie sechs Tage lang im Trommelfeuer gestanden hatten«, unterbrach ihn der Oberleutnant, »hatten Sie genug Erfahrung. Sie konnten sich jetzt nicht mehr wie am Anfang damit entschuldigen, Sie wagten es nicht, Soldaten zu kommandieren, die bereits seit ein, zwei Jahren in der ersten Frontlinie kämpften.«

»Das ist wahr«, erwiderte Darie mit abwesendem Lächeln. »Andererseits, sooft ich ihnen in diesen sechs Tagen Befehle zu erteilen wagte, ging es schlecht aus. Ich war mit einem ganzen Zug losmarschiert, und nach jeder meiner Entscheidungen wurde unsere Zahl kleiner, bis wir nur drei Mann waren.«

»Ich weiß, worauf Sie anspielen«, unterbrach ihn der Oberleutnant von neuem, »aber das war nicht Ihre Schuld. Die ganze Ukraine war von Partisanen und wunderbar getarnten Spezialtrupps durchsetzt. Sobald sich eine Einheit vom Gros ihrer Division löste, lief sie Gefahr, eingeschlossen und dezimiert zu werden. Ihr habt noch Glück gehabt, daß von den sechzehn Mann drei mit dem Leben davonkamen.«

»Jedenfalls«, fuhr Darie fort, »wollte ich diesmal keine Verantwortung übernehmen. Und da wir nun unter uns sind, werde ich Ihnen noch etwas gestehen: Weil ich mich für einen Pechvogel hielt, für einen Menschen, der vom Unglück verfolgt wird, fürchtete ich, auch noch die beiden, die letzten zwei, zu verlieren und hatte beschlossen, ihnen nur noch den einzigen Befehl zu erteilen, sich auf eigene Faust durchzuschlagen. Ich wollte, daß wir uns trennten und jeder für sich nach einer Möglichkeit suchte, ins nächste Dorf zu gelangen. Deshalb ließ ich mich vielleicht von der absurden Hoffnung leiten, der Segen des sterbenden Iwans brächte uns Glück ...«

Frau Machedon kam aus der Küche mit einem großen dampfenden Teller, gefolgt von Adela, die ein Tablett mit vielen kleinen Gläsern und einer Flasche Pflaumenschnaps hereintrug.

»Greifen Sie nur zu, solange der Schnaps warm ist«, flüsterte Frau Machedon und blieb in der Mitte der Gruppe stehen.

»Ich denke die ganze Zeit daran«, begann der Richter, »wer dieser Iwan wohl gewesen sein mag? Was für ein Mensch? Und vor allem frage ich mich, ob er wohl verstanden hat, was ihr von ihm wolltet und euch schließlich seinen Segen gab.«

»Zweifellos hat er sie verstanden und ihnen seinen Segen gegeben«, erwiderte Laura. »Der beste Beweis: Er hat ihnen Glück gebracht, und sie sind mit dem Leben davongekommen.«

»Es gibt noch außergewöhnlichere Fälle«, sagte ein Mann, der sich an die Wand lehnte und Daries Aufmerksamkeit bisher entgangen war. »Gelang es nicht einigen Soldaten, aus Stalingrad zu flüchten und nach tagelangen Märschen in ihre Heimat zurückzukehren? Ich frage mich, ob auch sie von einem Iwan gesegnet wurden, der im Sterben lag ...«

Darie hörte ihm gespannt zu und sah ihn erstaunt und forschend an.

»Sie werden mich nicht kennen«, bemerkte der Mann verlegen, als wollte er sich entschuldigen. »Mein Name ist Procopie. Ich bin Arzt, habe mich aber vor Zeiten, als ich noch Student war, auch mit Philosophie beschäftigt. Habe immer eine Schwäche für Philosophie gehabt.«

Der Oberleutnant blickte die beiden erstaunt, fast empört an.

»Wie kommt es, daß ihr einander nicht kennt? Ihr wart doch im selben Regiment ...«

Darie wandte sich Laura zu und lächelte vielsagend, als erwarte er ein Zeichen von ihr, eine Ermunterung, das Gespräch fortzusetzen.

»Merkwürdigerweise«, sagte er plötzlich, »hatte ich von Anfang an den Eindruck, Sie schon irgendwo getroffen zu haben. Ich wagte mir aber nicht einzugestehen, daß dieser Eindruck auf die Begebenheit zurückzuführen ist, die ich Ihnen soeben erzählte. In der Tat, je genauer ich Sie betrachte, Herr Doktor, um so klarer wird es mir, wie sehr Sie Iwan ähnlich sind.«

Einige brachen in Gelächter aus, sahen die beiden abwechselnd an und taten ganz erstaunt. Darie lächelte nur immerfort.

»Das ist jedenfalls höchst merkwürdig«, rief Laura aus, »denn ich stellte mir Iwan ganz anders vor. Als einen hellblonden, sommersprossigen jungen Mann von achtzehn oder neunzehn Jahren. Unser Doktor hat jedoch, wie Sie sehen, braunes Haar, keine Sommersprossen und zwei schulpflichtige Kinder.«

Darie fuhr sich mit der Hand über die Stirn, als ver-

suchte er, sich an eine Einzelheit zu erinnern, die ihm in diesem Augenblick ausschlaggebend erschien.
»Im Grunde genommen ist das ohne Bedeutung«, setzte Laura fort. »Wichtig ist lediglich die Tatsache, daß du den Eindruck hast, unser Doktor sei Iwan ähnlich. Denn in diesem Fall können wir ihn fragen, was in Iwans Kopf vorgegangen ist, als ihr ihn auf den Karabinern trugt. Glauben Sie, daß er sie gesegnet hat, Herr Doktor?« fragte sie.
Procopie zuckte verlegen die Achseln.
»Was soll ich da sagen? Soweit ich es beurteilen kann, würde ich meinen: ja und nein. Es ist kaum anzunehmen, daß Iwan nicht erraten hätte, was sie von ihm wollten. Beweis: er sprach das Wort *Christos* aus. Wahrscheinlich redete er also mit ihnen, murmelte Worte, die sie nicht verstanden, weil sie kein Russisch konnten. Vermutlich waren es Worte der Freundschaft, vielleicht sogar der Liebe, christlicher Liebe oder der Nächstenliebe ganz allgemein. Das aber war es natürlich nicht, was Zamfir und Iliescu von ihm erwarteten, im Grunde war es kein eigentlicher Segen ...«
Darie erhob jäh den Kopf und blickte aufgeregt um sich.
»Jetzt fällt es mir ein!« rief er. »Jetzt fällt mir ein, aus welchem Grund ich, von Zamfirs Glaube und Hoffnung angesteckt, Iwan plötzlich um seinen Segen bat und ihm zurief: *Bless our hearts,* Iwan! *Save our souls!* ... Ich sagte mir: Wenn es *wahr* ist, daß Iwan, der gelähmt und fast stumm am Wegrand im Sterben liegt, *uns retten kann,* dann verbirgt sich dahinter ein aufwühlendes und undurchdringliches Geheimnis. Dann spricht aus ihm, so unbegreiflich mir das auch scheinen mag, der unbekannte Gott, *agnostos theos,* von dem der heilige Paulus berichtet. Aber ob dies so war oder nicht, werde ich niemals wissen. Denn niemals werde ich erfahren, ob sein Segen oder seine Liebe für unsere Existenz von irgendwelcher Bedeutung gewesen ist.«

Frau Machedon näherte sich dem Ziegelofen, öffnete ihn vorsichtig und warf den Rest des an jenem Nachmittag gespaltenen Holzscheits hinein.
»Es scheint kalt geworden zu sein«, sprach sie.
»Das Fenster im Badezimmer steht offen«, erklärte Adela. »Es war zuviel Rauch im Zimmer, darum habe ich es geöffnet.«
»Unterbrecht uns nicht!« rief Laura. »Wir wollen hören, was der Doktor sagt. Denn diese Idee vom unbekannten Gott bringt ein neues Element in das Gespräch, an das ich bisher nicht gedacht hatte. Was meinen Sie dazu, Herr Doktor?«
Procopie zuckte wieder die Achseln und fuhr sich mit der Hand über die Lippen, als wollte er ein Lächeln verbergen.
»Seltsam, aber auch ich fragte mich, woran mich dieser ganze Vorfall erinnert. Er hat viel Ähnlichkeit mit einer Begebenheit, die mir bekannt vorkommt, deren ich mich aber nicht genau entsinnen kann. Wenn es eine Epiphanie des unbekannten Gottes gewesen ist, so konnte es sich jedenfalls nicht um den *agnostos theos* aus Paulus' Athen handeln. Er gleicht in keiner Weise dem Gott, den die Griechen sich erschufen . . .«
Darie schüttelte ungeduldig den Kopf.
»Gewiß, gewiß. Es gibt aber viele unbekannte Götter.«
»Lassen wir das«, unterbrach ihn Laura. »Ich bedaure nur eines, daß du dem Russen Iwan nicht erklären konntest, was du unter diesem mysteriösen Satz: ›Eine Folge offenkundig einander widersprechender Fakten‹ verstanden hast.«
Darie fuhr zusammen und blickte sie lächelnd, mit geheimer Glut an.
»Ich glaube, es war die tiefste und schonungsloseste Selbstanalyse, die ich je in meinem Leben vorgenommen habe. Ich hatte damals das Gefühl, intuitiv etwas entdeckt zu haben, was mir bis dahin verborgen gewesen

war, ich hatte – wie soll ich's nur sagen – den Sinn meiner Existenz erraten, vielleicht nicht nur meiner Existenz«, fügte er mit leiser Stimme hinzu. »Ich fühlte, daß ich das Geheimnis jeder menschlichen Existenz enträtselt hatte. Und dieser beiläufige Satz: ›Eine Folge offenkundig einander widersprechender Fakten‹ war der erste Versuch, dieses Geheimnis, in das ich eben eingedrungen war, in Worte zu fassen. Aber wie es oft in Träumen vorkommt, habe ich nun alles vergessen.«
Er blickte um sich und es schien ihm, daß außer Laura und Procopie die anderen ihm nur aus Höflichkeit zuhörten. Man hatte gerade zu Tisch gerufen, und nur weil Laura die letzte Frage gestellt hatte, waren sie genötigt, seine Antwort anzuhören. Die meisten waren bereits aufgestanden, manche sogar schon an der Tür zum Speisezimmer. Auch er hätte aufstehen müssen, um deutlich zu zeigen, daß die Diskussion beendet war, aber eine seltsame, nicht unangenehme Müdigkeit hielt ihn in seinem Sessel fest. Er lächelte vor sich hin und versuchte zu verstehen, was in ihm vorging. Laura legte ihre Hand auf seinen Arm.
»Komm doch, wir sind die letzten«, flüsterte sie. »Es ist spät ...«

Er stand erst auf, als er spürte, daß ihn jemand kräftig am Arm zog.
»Es ist spät, Herr Fähnrich«, sprach Zamfir und lächelte. »Es wird Nacht ...«
Darie blickte verwirrt um sich und begann sich die Augen zu reiben. Dann versuchte er, sich zurecht zu finden. Sie waren im Maisfeld, und es wollte ihm scheinen, als habe er nie zuvor so viele Grillen auf einmal gehört. Über ihnen war der Himmel fahl geworden; Sterne konnte er noch nicht sehen.

»Wo ist Iwan?« fragte Darie.
»Er ruht unter der Erde«, erwiderte Zamfir. »Nur ein Kreuz konnten wir ihm nicht auf sein Grab stellen.«
»Er hat uns Glück gebracht«, fügte Iliescu hinzu. »Denn hier war der Teufel los! Es war noch viel schlimmer als vorgestern bei der Brücke. Und Sie schliefen wie ein Dachs, während wir unserer Arbeit nachgingen ...«
Zamfir wies mit dem Arm auf die Maisfelder.
»Die deutschen Flugzeuge flogen so tief, daß sie mit ihren Flügeln fast die Maisstauden berührten. Sie beschossen die Felder mit ihren Maschinengewehren, glaubten, dort wären wie vorgestern Russen versteckt. Es ist ein reines Gotteswunder, daß Sie nicht getroffen wurden. Uns bemerkten sie zwar, sahen aber, daß wir Rumänen sind und ließen uns in Ruhe unserer Arbeit nachgehen. Sie glaubten vermutlich, daß wir einen der unsrigen begruben.«
»Und von dort feuerten die Russen ihre Granaten«, unterbrach ihn Iliescu und wies mit dem Arm in die entgegengesetzte Richtung. »Es ist ein Glück, daß sie nicht bis hierher kamen. Eine Zeitlang schlugen sie pausenlos ein, dann verstummten sie plötzlich. Die Russen wurden entweder von den Jagdflugzeugen der Deutschen aus – es mögen ungefähr zwanzig gewesen sein – mit Maschinengewehren niedergemäht, oder sie änderten die Richtung ihres Rückzugs. Wenn die Deutschen so viele Tiefflieger eingesetzt haben, werden die Reste der aufgeriebenen russischen Division sich gewiß hier irgendwo zurückziehen ... Besser hätten sie die Flugzeuge vorgestern zur Brücke geschickt«, fügte er sich umsehend hinzu und spie vor Verdruß aus. »Dann wäre es nicht zu einem solchen Gemetzel gekommen ...«
Darie beugte sich rasch nieder und nahm seinen Tornister auf.
»Und jetzt«, sagte Zamfir, während er dem Fähnrich half, sich den Tornister auf dem Rücken zu befestigen,

»liegt alles in Gottes Hand. Wenn die Russen die Richtung geändert haben, so haben sie uns den Weg abgeschnitten, und wir müssen uns hinter ihnen durchschlagen, bis wir zu unserem Bataillon gelangen.«

»Mach dir keine Sorgen«, unterbrach ihn Iliescu, »wir werden schon durchkommen. Wir werden auch diesmal mit heiler Haut davonkommen ...«

Sie betraten einen breiten, holprigen Pfad, der weit durch die Maisfelder zu führen schien.

»Ich habe geträumt«, sagte Darie, ohne sie anzusehen. »Mir träumte, es sei Winter und ich sei bei Freunden in Jassy und erzählte ihnen unser Erlebnis mit Iwan ...«

»Sie hatten einen schönen Traum«, bemerkte Iliescu, um das Schweigen, das sich in die Länge zog, zu überbrükken.

»Wenn Sie von Iwan geträumt haben, so wird Ihnen das Glück bringen«, fügte Zamfir hinzu.

»Seltsamerweise behauptete der Oberleutnant, ich hätte einen Fehler begangen, und wir hätten zuviel Zeit verloren. Seiner Ansicht nach hätten wir Iwan erschießen sollen, sofern wir Mitleid mit ihm hatten, damit er sich nicht länger quälte. Wir hätten ihn jedoch nicht mitnehmen dürfen.«

»So lauten die Befehle«, bemerkte Iliescu. »Aber Sie haben sich doch selbst davon überzeugt: er hat uns Glück gebracht ...«

»Wir haben uns allerdings auch viel Mühe mit ihm gegeben«, unterbrach ihn Zamfir. »Wir haben zu ihm gesprochen, haben ihm viel erzählt.«

Darie blieb plötzlich stehen und sah die beiden der Reihe nach an.

»Hört mal, Jungens, täusche ich mich oder gibt es hier tatsächlich Millionen von Grillen? Sie haben mich schon ganz taub gemacht mit ihrem Gezirpe.«

»So sind eben Grillen, Herr Fähnrich«, sagte Zamfir. »Es sind ihrer sehr viele, wie gewöhnlich um diese

Zeit... Vielleicht haben Sie schon lange keinen Sommer mehr auf dem Lande verbracht«, fügte er lächelnd hinzu.

Darie nahm seinen Stahlhelm ab und betrachtete ihn eine Zeitlang unschlüssig. Dann wandte er sich jäh um und ging weiter.

»Es war ein seltsamer Traum«, begann er nach langem Schweigen wieder zu sprechen. »Ich kann seinen Sinn nicht ergründen. Warum erschien mir wohl *im Traum* das so außerordentlich wichtig, was ich *hier* einige Stunden zuvor, als ihr mir nachrieft, mich anschickte, Iwan zu sagen? Ist das nicht merkwürdig?« fragte er, indem er sich Zamfir zuwandte.

»Ja, die Träume«, bemerkte Zamfir. »Wer kann ihnen schon auf den Grund kommen?«

»Die Träume haben schon ihren Sinn, doch muß man sie deuten können«, sagte Iliescu.

Darie schüttelte nachdenklich den Kopf und ging plötzlich schneller.

»Nein, ich dachte an etwas anderes, deshalb sagte ich, der Traum sei merkwürdig gewesen. Im Traum war ich überzeugt, daß die wenigen Worte, die ich an Iwan gerichtet hatte, sehr tiefe Dinge zum Ausdruck brachten. Ich konnte aber den Satz nicht beenden, denn ihr rieft mich, und im Traum vermochte ich mich jener wichtigen Dinge nicht zu entsinnen. Lediglich der Beginn des Satzes ›eine Folge offenkundig einander widersprechender Fakten‹ blieb mir in Erinnerung. Welche Geheimnisse sollte dieser Satz wohl offenbaren, der mir jetzt ziemlich banal und stilistisch höchst anfechtbar vorkommt. Worauf ich mich bezog, weiß ich ganz genau. Und hättet ihr mich nicht aus dem Schlaf gerissen, so hätte ich Iwan diesen Satz durch einige solcher einander widersprechender Fakten zu erläutern versucht. Ich hätte ihm beispielsweise gesagt, daß Laura, dieses Mädchen aus Jassy, ihre eigene Art hat, in Erscheinung zu treten. Doch zu diesen offenkundigen Fakten zählte nicht nur sie. Dazu zählte zum Beispiel auch ... Nun ja, zum Beispiel, meine Leidenschaft für die Philosophie ...«

Er hielt jäh inne und fuhr sich mit der Hand durchs Haar. Dann begann er geistesabwesend sich die Stirne zu reiben.

»Die Philosophie ist schwierig, überaus schwierig«, begann Zamfir.

»Sie ist das Schwierigste auf der Welt«, fuhr Iliescu fort, »und sie ist deshalb so schwierig, weil man ihr nicht auf den Grund kommen kann ...«

Gedankenverloren setzte Darie wieder seinen Stahlhelm auf.

»Und was noch seltsamer ist«, begann er mit tiefer, fast strenger Stimme, »damals, im Traum, hatte ich recht: *Ich habe vergessen.* Ich habe vergessen, was ich Iwan sagen wollte. Vermutlich hatte mich sozusagen seine Gegenwart, seine unwahrscheinliche Agonie inspiriert, ich sah, wie er, von allen Seiten in seiner absoluten Einsamkeit eingemauert, dahinstarb. Vermutlich hat *das Beispiel* Iwans mir mein eigenes menschliches Los vor Augen geführt, ohne daß ich mir dessen bewußt wurde. Ich wollte ganz einfach das tun, was ihr mir rietet. Ich wollte zu ihm reden. Ich wollte ihm irgend etwas sagen, damit er nicht stürbe ...«

Er hörte plötzlich zu sprechen auf, da er bemerkte, daß er den Pfad verlassen hatte und mühselig zwischen den Maisstauden einhertrottete. Als er den Kopf umwandte, erblickte er einige Schritte hinter sich Zamfir.

»Um des Himmels willen, Jungens, wißt ihr eigentlich, wohin wir gehen? Hier geraten wir doch immer tiefer in die Maisfelder und verirren uns am Ende.«

»Dies ist schon der richtige Weg, Herr Fähnrich«, tröstete ihn Zamfir und kam näher. »Wenn wir uns an den Pfad halten, könnten wir auf eine russische Patrouille stoßen. Wir müssen bis Mitternacht in den Maisfeldern

bleiben, dann erst können wir uns mit Gottes Hilfe auf die Straße trauen und hinter den Russen weitermarschieren, bis der Morgen graut. Dann verkriechen wir uns wieder in die Maisfelder und rasten dort.«
Nach einigen Schritten blieb Iliescu links von ihnen stehen und machte ihnen mit erhobenem Arm ein Zeichen.
»Nun müssen wir gut aufpassen«, flüsterte er. »Wir sollten uns aufteilen und vorsichtig zwischen den Maisstauden hindurchschleichen, um sie nicht zu knicken und dadurch die Aufmerksamkeit auf uns zu lenken. Und das solange, bis es Nacht wird. Dann müssen wir nicht mehr so auf der Hut sein ... Herr Fähnrich«, fügte er nähertretend hinzu. »Sie bleiben in der Mitte zwischen uns. Schauen Sie immer vorsichtig nach rechts und nach links und beobachten Sie, wo sich der Mais bewegt. Wenn Sie sich einen Augenblick ausruhen und Atem schöpfen wollen, pfeifen Sie leise, damit wir stehenbleiben und auf Sie warten ...«
Hier waren – wie Darie bemerkte –, die Grillen weniger zahlreich. Oder vielleicht verstummte ihr Gezirpe beim Nahen der drei. Es dunkelte allmählich, aber kein Windhauch blies, und die Luft war immer noch so heiß wie während des ganzen Tages. Von den trockenen Maisblättern, die sie berührten, stieg ein stickiger, herber Staub auf. Darie versuchte, sich zwischen den Maisstauden hindurch zu schleichen, ohne sie allzu heftig zu schütteln, aber sein Tornister und der Karabiner hinderten ihn, er stieß fortwährend gegen trockene Erdschollen und manchmal blieb sein Stiefel an einem Unkraut mit dünnen, verschlungenen Ranken hängen. Mit Mühe riß er seinen Fuß los, dadurch gerieten die Maisstauden in Bewegung, überschütteten ihn mit Staub und winzige Nachtfalter flatterten ihm ins Gesicht.
Nach ungefähr einer Viertelstunde hörte er einen Pfiff und blieb stehen. Er sah nach rechts und nach links, entdeckte aber nichts. Er holte tief Atem, beugte den Kopf

zurück und blickte zum Himmel auf. Das Firmament war nun von Sternen übersät und die Nacht hellte sich auf. Langsam und tief atmend wartete er. Dann hörte er von neuem einen Pfiff und aus nächster Nähe, von hinten die Stimme Iliescus.
»Los, Herr Fähnrich.«

»So marschierten wir bis nach Mitternacht. Ich war müde, hungrig, durstig, das aber störte mich nicht weiter. Ich fragte mich nur unausgesetzt, was aus uns werden sollte, sobald es tagte. Was wir am zweiten Tag, oder im besten Falle am dritten Tag anfangen sollten. Seitdem wir durch die Maisfelder stapften, hatte ich den Eindruck, daß wir zur Brücke zurückkehrten, wo wir wie durch ein Wunder tags zuvor dem Tod entgangen waren. Ich begriff, daß wir uns dem Dorf nicht nähern durften, falls Zamfirs Annahme richtig war, die Russen hätten infolge des Angriffs der deutschen Luftwaffe die Richtung ihres Rückzuges geändert. Das Gros der russischen Kolonne hatte die Hauptstraße verlassen und sich in den umliegenden Dörfern zerstreut. Aber ich konnte nicht verstehen, warum wir zur Brücke zurückkehren mußten. Selbstverständlich vertraute ich dem Orientierungssinn meiner Kameraden. Beide waren überzeugt, daß wir den richtigen Weg eingeschlagen hatten. Zamfir hatte mich ermahnt, vorsichtig zu sein, da wir uns im Rücken der Russen befänden. Ich hatte jedoch den Eindruck, daß wir zurückgingen, statt ihnen zu folgen.
»Sollen wir auf die anderen warten oder sollen wir weitergehen?« fragte er, nachdem er sich zu den Tannenbäumen umgewandt hatte, die einsam zwischen Felswänden emporragten. »Es ist niemand zu sehen.«
»Meiner Ansicht nach sollten wir auf sie warten«, sagte Arhip und lehnte den Kopf zurück auf den Rucksack.

»Ich muß Ihnen gestehen: diese Felswand hat mir viel zu schaffen gemacht. Ich war seit mehreren Jahren nicht mehr hier. In der Regel stieg ich über den Omul* auf die Piatra Craiului**. Ich hatte vergessen, daß der Aufstieg hier so steil ist. Und ich würde gern auch das Ende Ihrer Geschichte hören«, fügte er hinzu. »Sie haben mich neugierig gemacht.«

Darie suchte seine Zigaretten.

»Laura ist natürlich überzeugt, daß Iwan uns auf die eine oder andere Weise gesegnet hat und daß sein Segen uns Glück brachte.«

»Zünden Sie die Zigarette noch nicht an«, warnte ihn Arhip. »Warten Sie noch, Sie sind noch sehr erschöpft. Der Aufstieg hat auch Sie ermüdet.«

»Merkwürdigerweise«, fuhr Darie fort und steckte gehorsam seine Zigaretten in die Tasche, »habe ich mich keinen Augenblick gefragt, was der so schwer verwundete Iwan dort allein, inmitten der Maisfelder suchte, wo keine Kämpfe stattgefunden hatten, wo die deutschen Jagdflugzeuge noch nicht vorübergeflogen waren. Wer mochte ihn wohl so schwer verwundet haben, daß er sich kaum bewegen konnte. Wie kam es, daß er so wenig Blut verloren hatte? Denn der Boden neben ihm war kaum feucht. Und wo war sein Gewehr, wo war sein Tornister? Er hatte in der Tasche seiner Hose lediglich einen Revolver, und auch der war nicht geladen. Sonst hatte er nichts bei sich. Zamfir durchsuchte ihn sorgfältig. Er hoffte irgend etwas zu finden, einen Identitätsausweis, ein Schreiben, irgendeine Photographie. Da er überzeugt war, daß Iwan uns segnen würde, wollte er seinen Namen erfahren, um später seinen Angehörigen mitteilen zu können, wo wir ihn begraben hatten. Aber er fand nichts. Und keiner von uns«, fügte er nach einer Pause hinzu, nachdem er von neuem seine Ziga-

* Berg in den Karpaten.

** Königsstein.

retten hervorgeholt hatte, »keiner von uns stellte sich die Frage: *Was suchte Iwan dort?* Wie war er dorthin gelangt?«

»Jede Welt hat ihre Struktur und ihre Logik«, entgegnete Arhip. »Wie Sie wohl wissen, gibt es Widersprüche und Inkonsequenzen zweierlei Art: Jene *innerhalb* eines Bezugssystems, und die anderen, die wir erst entdecken, wenn wir sie *außerhalb des Systems* betrachten.«

Darie hörte ihm versonnen zu, er rauchte gedankenverloren.

»Es ist merkwürdig«, begann er nach einer längeren Pause, »je aufmerksamer ich Sie betrachte, um so klarer erkenne ich, wie sehr Sie Iwan ähneln. Obwohl Sie scheinbar mit Iwan nichts gemeinsam haben. Aber ich wiederhole mit Nachdruck; dies *scheint nur so*.«

Arhip hob den Kopf vom Rucksack und sah Darie zum erstenmal mit ernsthaftem Interesse an.

»Ich muß Ihnen gestehen, daß ich diese Bemerkung erwartet habe«, sagte er lächelnd. »Sie sind in gewissem Sinne immer noch vom Rätsel, das Iwan Ihnen aufgab, besessen und versuchen, bewußt oder unbewußt, mit allen Mitteln, dieses Rätsel zu lösen, Iwans Botschaft zu entziffern. Da Iwan für Sie aber unerreichbar ist – nicht weil er gestorben ist, sondern weil er kaum mehr sprechen konnte, als er noch lebte und die wenigen Worte, die er sprach, für Sie, da Sie kein Russisch konnten, ein Buch mit sieben Siegeln waren – da Iwan für Sie also unerreichbar ist, versuchen Sie ihn in jedem wiederzufinden, den Sie gerade kennenlernen. Der letzte, den Sie vor fünf bis sechs Stunden getroffen haben, bin ich. Und so drängte sich Ihnen die Frage, was meiner Ansicht nach in Iwans Kopf vorgegangen sein mag, förmlich auf die Lippen. Ich nehme Ihnen das nicht übel, habe sogar volles Verständnis dafür. Sie können mich ruhig fragen und ich werde versuchen zu antworten.«

Darie lachte verlegen, zuckte die Achseln, wandte sich

um und suchte einen Stein, auf dem er seine Zigarette ausdrücken konnte.
»Ihr Techniker, Soziologen, Psychologen seid seltsame Leute. Aber ich glaube nicht, daß die Sachen immer so einfach sind, wie sie euch erscheinen. Um aufrichtig zu sein, als ich Ihnen sagte, Sie seien Iwan ähnlich, versetzte mich bei dieser plötzlichen Entdeckung nicht so sehr die Hoffnung, ich könnte durch Sie erraten, was in Iwans Kopf vorgegangen war, in Aufregung. Vielmehr war es die Hoffnung, dieses symbolische Übereinstimmen zwischen Ihnen und Iwan werde es *mir* ermöglichen, den Kontext jener mysteriösen Formel: ›eine Reihe von einander widersprechenden Fakten‹ wiederzufinden. Mit Hilfe dieser Formel hatte ich Iwan zu erklären versucht, was mit mir nach dem 8. November vorgefallen war, und in ihr glaubte ich damals das Geheimnis der menschlichen Existenz wie in einer einfachen Gleichung ersten Grades entdeckt zu haben.«
»Sprecht ihr immer noch über Iwan?« fragte Laura, die plötzlich hinter ihnen aufgetaucht war. »Wo seid ihr angelangt?«
»Aber wie kommst du denn plötzlich hierher?« fragte Darie erstaunt. »Wieso haben wir dich bisher gar nicht gesehen?«
»Ich habe Einkäufe gemacht und bin todmüde«, sagte Laura und setzte sich mit einem Seufzer der Erleichterung nieder.
»Und wo sind die anderen?« fragte Darie und sah sich um.
»Sie kommen bald. Adela blieb beim Kiosk, um Zeitungen zu kaufen, und der Doktor, Mama und die anderen sind bei Nachbarn eingekehrt, um nachzusehen, ob sie uns noch Holz borgen. Denn es ist wieder kalt geworden und es riecht nach Schnee ...«
Darie streichelte mit beiden Händen die Lehne des Sessels und lächelte geheimnisvoll.

»Eines Tages werdet ihr auch mir das Geheimnis dieses Sessels verraten müssen«, sagte er. »Ich habe den Eindruck, daß ich, sooft ich an Iwan denke, genauer gesagt, *in diesem Sessel* an ihn denke, entweder träume oder aus dem Traum erwache!«

»Diesmal geschah jedoch weder das eine noch das andere«, unterbrach ihn Arhip.

»Was wollen Sie damit sagen?« fragte ihn Darie verwirrt und starrte ihn an.

Arhip zuckte die Achseln.

»Wie soll ich es anders ausdrücken? Sie haben Ihre Formel ›eine Reihe von einander widersprechenden Fakten‹ ausprobiert, schienen aber nicht allzu begeistert davon. Wir sollten also weiter suchen«, fügte er hinzu und er entfernte sich. »Wir sollten weiter suchen.«

Darie blickte ihm nach, traurig und zugleich wütend, daß er nichts mehr hinzufügen konnte.

»Alors, nous sommes foutus!« flüsterte er. *»Il n'y a plus d'espoir. Foutus pour l'éternité ...«*

»Nous sommes foutus!« stieß Darie zwischen den Zähnen hervor. *»Foutus pour l'éternité!«* wiederholte Darie, als Zamfir ihnen das Zeichen zum Aufbruch gab. *»Foutus pour l'éternité!«*

Sie waren auf einen schlechten Fuhrweg gestoßen, der sich durch die Maisfelder schlängelte und voller Schlaglöcher war. Und wieder vernahmen sie von allen Seiten das Gezirpe der Grillen. Nachdem sie die Maisfelder verlassen hatten, nahmen sie die Stahlhelme ab. Darie trug seinen in der Hand, die beiden anderen befestigten ihre an ihren Tornistern. Am Himmel funkelten die Sterne; nächtliche Kühle aber war noch nicht zu spüren.

»Sie reden schon seit langem nicht mehr, Herr Fähnrich«, sagte Zamfir. »Sie sind wohl sehr müde ...«

Jetzt, da Mitternacht vorbei ist, können wir's wagen, laut zu sprechen«, fügte Iliescu hinzu. »Bis wir auf die Landstraße kommen. Dort müssen wir wieder auf der Hut sein . . .«
Darie hatte sein Sacktuch in der oberen Tasche des Waffenrocks wiedergefunden und begann, sich die Stirn und das Gesicht zu wischen.
»Jungens, Jungens«, fragte er nach einer Weile, »seid ihr wirklich sicher, daß wir auf dem richtigen Weg sind?«
»Dies ist schon der richtige Weg, Herr Fähnrich«, beruhigte ihn Zamfir. »Schauen Sie sich doch die Sterne an. Wir haben bloß einen großen Bogen gemacht, um das Dorf zu meiden, sonst aber gehen wir richtig. Wir halten uns hinter den Russen.«
Darie sah flüchtig auf das phosphoreszierende Zifferblatt seiner Uhr.
»Es ist jetzt fünfundzwanzig Minuten vor eins«, sagte er. »Wenn wir bald auf die Landstraße gelangen und alles gut geht, können wir bis ungefähr vier Uhr marschieren. Nachher müssen wir uns, wie ihr sagtet, wieder in den Maisfeldern verstecken. Aber wenn nach zehn, zwölf Kilometern an Stelle der Maisfelder Weizen-, Hafer- und Rapsfelder kommen, was fangen wir dann an? Wie sollen wir uns dort verstecken?«
»Seien Sie unbesorgt, Herr Fähnrich«, tröstete ihn Iliescu. »Ich war schon in diesem Frühjahr hier, als die Felder grünten. Die ganze Ukraine ist so, wie Sie sie sehen: Maisfelder, kilometerweit, daneben etwas Korn, Weizen oder irgendein anderes Getreide und dann wieder Maisfelder, so weit das Auge reicht.«
»Schwierigkeiten wird es wegen des Wassers geben«, bemerkte Zamfir. »Wir werden vielleicht kein Wasser finden. Vielleicht irgendeinen verlassenen Brunnen auf dem Feld, eine Pfütze. Es kann aber auch sein, daß wir ein, zwei Tage lang nichts finden. Anfangs wird es schwer sein, aber mit Gottes Hilfe werden wir es schon über-

stehen. Ich kenne Gräser und Wurzeln, mit denen man sich den Durst stillen kann, und vielleicht finden wir auch junge Maiskolben ... Wir kommen schon durch, haben Sie keine Sorge«, wiederholte er.

»Und essen werden wir halt ebenso wie vorige Nacht Mais«, sagte Iliescu. »Schade, daß er schon etwas alt ist und wir diesmal kein Feuer machen können, um ihn zu braten. Aber es geht auch so. Jedenfalls stillt er den Hunger.«

Darie wollte gerade sein Taschentuch einstecken, da versank sein Stiefel in einem Erdloch. Der Tornister rutschte ihm in den Nacken, und er wäre vornüber gefallen, hätte Zamfir ihn nicht am Arm gefaßt.

»Um Gottes Willen! Wenn Sie sich jetzt den Fuß verstaucht hätten, wäre das eine schöne Bescherung!«

»Es gilt als gutes Zeichen, wenn man ausrutscht und nicht in die Grube fällt«, entsann sich Iliescu.

Darie stopfte sein Taschentuch in die Tasche.

»Da ihr von einer Grube sprecht«, begann er lächelnd, »ich wollte euch schon lange fragen, weshalb ihr euch so viel Mühe gegeben habt, für Iwan ein so prächtiges, ich meine, ein so großes Grab zu schaufeln?«

»Es war nicht groß, Herr Fähnrich«, verteidigte sich Zamfir, »ein Grab wie für einen Christenmenschen, ein Grab wie alle Gräber.«

»Als ihr zu graben anfingt«, unterbrach ihn Darie, »standet ihr zwei Meter oder mehr voneinander entfernt. Man hatte den Eindruck, daß ihr ein Grab für eine ganze Patrouille aushebt ...«

Und er begann plötzlich gut gelaunt zu lachen, als ob sein Hunger, sein Durst und seine Müdigkeit durch Zauber verschwunden wären. Auch die beiden anderen lachten, obwohl sie, wie Darie begriff, nur lachten, um ihm Freude zu machen.

»Gott behüte!« sagte Zamfir nach einer Weile. »Aber wissen Sie, das Grab maß nicht zwei Meter ...«

»Wenn ich alles so recht überlege, konnten Sie das Grab doch überhaupt nicht sehen, Herr Fähnrich, denn Sie waren tief ins Maisfeld hineingegangen.«

»Das war später«, entgegnete Darie, »als die deutschen Flugzeuge heranflogen. Aber in dem Augenblick, als ich sie in weiter Ferne bemerkte und die russischen Granaten einschlagen hörte, sah ich euch beide das Grab ausheben. Daran erinnere ich mich ganz genau.«

»Zamfir soll Ihnen sagen, wie es war«, erkühnte sich Iliescu zu widersprechen. »Er soll Ihnen erzählen, wie sich alles zugetragen hat. Wir waren gerade dabei, den Boden mit unseren Spitzhacken zu prüfen, da tauchten die deutschen Flugzeuge auf und begannen am Rande des Maisfeldes aus ihren Maschinengewehren zu baliern. Damit sie uns erkannten, winkten wir ihnen zu. Dann suchten wir Sie, um zu sehen, ob Sie nicht von einer Kugel getroffen worden waren, und fanden Sie dort, wo wir Sie später wachrüttelten. Wir ließen Sie zunächst ruhig weiterschlafen und kehrten dann erst zurück, um das Grab auszuheben. Als die zweite Welle der Flugzeuge heranbrauste, etwa eine Viertelstunde später, war das Grab fast fertig. Wir gaben den deutschen Fliegern von weitem Zeichen mit den Schaufeln, aber sie hatten uns bereits erkannt und schossen nicht auf uns ... War es nicht so, Zamfir?«

»Es war genau so, wie Iliescu es erzählt«, bestätigte Zamfir.

Darie begann von neuem zu lachen.

»Um so besser. Das bedeutet, daß ich, noch ehe ich einschlief, zu träumen anfing. Ähnliches ist mir auch früher schon passiert«, fügte er hinzu.

Dann schwieg er gedankenverloren. Nach etwa einer Viertelstunde ging Iliescu rasch voraus und bedeutete den beiden anderen, vorsichtig näher zu kommen. Er mußte sich leicht bücken, da die Maisstauden immer kleiner wurden und nicht mehr so dicht beieinander standen.

»Wir sind auf freiem Feld angelangt«, flüsterte Zamfir. »Die Landstraße muß in nächster Nähe sein. Lassen Sie mich vorangehen, Herr Fähnrich . . .«

Seit zwei Stunden gingen sie, immerzu Abstand haltend, über das Feld. Sie hatten die Landstraße rasch gefunden, überquerten sie aber eilig, denn hinter sich hörten sie eine endlose Kolonne von russischen Lastkraftwagen mit abgeblendeten Scheinwerfern heranrücken. Die Nacht war hell und kalt. Der Himmel, an dem die Sterne funkelten und in der Ferne eine einzige helle Wolke vor ihnen nach Westen schwebte, schien plötzlich nähergekommen zu sein. Von Zeit zu Zeit umwehte sie ein träger Windhauch, der nach verdorrtem Gras und Benzin roch.

Er hatte von weitem einen einsam dastehenden Baum bemerkt und gab ihnen durch einen kurzen Pfiff zu verstehen, sie könnten dort rasten. Doch Zamfir bedeutete ihm mit erhobenem Arm weiterzugehen, ihm zu folgen.

»Nous sommes foutus!« stieß Darie zwischen den Zähnen hervor.

Er hätte ausspucken wollen wie Iliescu, doch sein Mund war ganz ausgetrocknet, und er spürte mit Erstaunen, fast mit Entsetzen, wie ihm plötzlich kalt wurde. Er versuchte, seinen Schritt zu beschleunigen, verlor jedoch das Zeitgefühl. Den Karabiner in der rechten Hand und mit der Linken den Tornister festhaltend, der auf seinem Rücken auf und ab hüpfte, fing er zu laufen an und blieb schließlich keuchend und ganz erschöpft stehen.

»Wovor haben Sie sich eigentlich gefürchtet, Herr Philosoph?« hörte er eine Stimme flüstern.

Erschrocken wandte er den Kopf um und gewahrte Procopie, der, den Hund an seiner Seite, beim Baum auf ihn zu warten schien.

»Wovor hatten Sie solche Furcht?« wiederholte er, als er sah, daß Darie ihn entgeistert anstarrte.

»Was suchen Sie hier, Herr Doktor? Wie sind Sie hierhergekommen?«

Seine Müdigkeit war mit einem Schlag verflogen; quicklebendig trat er auf Procopie zu und fragte ihn von neuem:

»Wo ist Ihre Einheit?«

Im selben Augenblick begriff er, daß er den Doktor mit einem anderen verwechselt hatte. Verlegen versuchte er, sich einigermaßen zu entschuldigen.

»Es ist finster, und ich habe Sie nicht erkannt. Sie sind Herr Arhip. Aber ich begreife dennoch nicht, was Sie hier tun. Sind Sie immer noch auf der Suche nach der Formel?«

Der andere blickte ihn mit dem gleichen gelassenen und zugleich ironischen Lächeln an.

»Ich habe Ihnen eine Frage gestellt, Herr Philosoph, und sehe, Sie wollen sie nicht beantworten. Sie erklärten mir, wir seien unzerstörbar. Was fürchteten Sie dann?«

»Iwan!« flüsterte Darie.

»Ich heiße nicht so, aber das macht nichts. Nennen Sie mich, wie Sie wollen. Meinetwegen auch Iwan.«

Darie trat einen Schritt näher.

»Du hast also Rumänisch verstanden und hast es uns verschwiegen. Hast es zugelassen, daß wir uns abquälten.«

»Jetzt können wir uns in allen Sprachen verständigen«, unterbrach ihn Iwan. »Aber das ist nicht mehr von Bedeutung. Wir brauchen keine Sprache mehr. Sie behaupten doch, wir seien unzerstörbar. Weshalb empfanden Sie dann Angst?«

Darie fuhr sich verwirrt mit der Hand über die Stirn.

»Ich empfand keine Furcht. Es fröstelte mich nur plötzlich, ich begriff nicht, was mit mir los war und begann zu laufen ... Das war alles ...«

Iwan blickte ihn lange mitfühlend an und lächelte von neuem.

»Sie sprachen zu mir so schön vorhin, gestern, vorgestern, wann immer das gewesen sein mag. Was Sie sagten, gefiel mir sehr, denn trotz Ihrer Jugend begriffen Sie, daß wir unzerstörbar sind.«

»Du hast also alles verstanden«, flüsterte Darie.

»Was ich nicht verstanden habe« fuhr Iwan fort, »war Ihre Verzweiflung, Herr Philosoph, Ihre Befürchtung, Sie würden nie mehr Ruhe finden. Weshalb wollen Sie schon ruhen? Wir stehen ja erst am Anfang. Was liegt schon hinter uns? Lumpige paar Jahre! Vielleicht nicht einmal eine Million Jahre! Und wenn wir mit der Zählung beim Homo sapiens beginnen, sind es kaum mehr als einige Dutzend Jahrtausende. Bedenken Sie doch, was vor uns liegt: Milliarden und aber Milliarden von Jahren!«

Darie hörte ihm überrascht und mit gespannter Aufmerksamkeit zu.

»Milliarden von Jahren«, wiederholte er flüsternd. »Ich weiß, ich weiß, aber was fangen wir mit ihnen an, mit diesen Milliarden von Jahren?«

»Wir müssen die Erde beseelen und dann alle Planeten des Sonnensystems, die Milchstraßen und Sterne, die wir vielleicht noch gar nicht kennen. Wir müssen sie beseelen, das heißt, wir müssen ihnen Leben einhauchen und den Geist erwecken, der verborgen in ihnen schlummert. Wir müssen die ganze Schöpfung ihrer Bestimmung zuführen, wie einige von Ihnen immer wieder sagen.«

»Zamfir hatte also recht. Du hast auch uns gesegnet.«

»Ja und nein. Wie Dr. Procopie richtig bemerkte ...«

»Woher weißt du denn, was Procopie bemerkte?« unterbrach ihn Darie.

Iwan blickte ihn erstaunt, fast überrascht an, dann lächelte er und zuckte die Achseln.

»Jetzt wissen wir alles. Genauer gesagt, alles, was uns

interessiert. Sie interessieren mich, denn Sie hatten Mitleid mit mir und sprachen zu mir. Und auch Ihre Gefährten, Zamfir und Iliescu interessieren mich, denn sie bemühten sich, mich in das Dorf zu bringen, und begruben mich dann. Allerdings war es mir ganz gleichgültig, ob ich ein Grab fand oder nicht. Was mich rührte, war ihre gute Absicht ...«

Darie rieb sich plötzlich die Stirne.

»Meine Gefährten!« flüsterte er. »Wo sind nur meine Gefährten geblieben?«

»Die sind weiter draußen im Feld, sie erwarten Sie. Seien Sie unbesorgt, auch Ihre Gefährten ruhen aus. Übrigens will ich Sie nicht mehr lange aufhalten. Ich muß bald weiterziehen. Ich wollte nur noch ein wenig mit Ihnen sprechen. In letzter Zeit haben wir uns so selten getroffen. Nun ja, am Rande des Maisfeldes, aber damals erkannten wir einander nicht und konnten uns nicht unterhalten. Später begegneten wir einander einmal bei Frau Machedon, dann im Gebirge, am Fuße der Piatra Craiului ... Es gab Zeiten, da wir uns häufiger trafen.«

Darie begann zu lachen.

»Es tut mir leid, dir widersprechen zu müssen«, begann er verlegen, »ich bin jedoch überzeugt, daß du dich täuschst. Procopie und Arhip habe ich vor kurzem kennengelernt, dich aber traf ich unlängst, erst gestern, vorgestern, wie du richtig sagtest, am Rande des Maisfeldes.«

»Wir kennen einander seit langer Zeit«, unterbrach ihn Iwan, »ich wage es gar nicht, Ihnen zu sagen, seit wie langer Zeit. Leider erkennt man einander erst, wenn es zu spät ist.«

Darie blickte ihn mit großer Aufmerksamkeit an. Und wie gewöhnlich, wenn ein Gespräch ihn fesselte, griff er automatisch in seine Tasche nach dem Päckchen Zigaretten. Diesmal blieb es jedoch bei der Geste.

»Ich glaube zu verstehen, was du meinst«, flüsterte er.

»Im Grunde genommen kann sich ein Leben, eine menschliche Existenz in wenigen Monaten, vielleicht auch in noch kürzerer Zeit entwickeln und vollenden.«

»Und es ist seltsam, daß wir in unseren Diskussionen immer wieder die gleichen Probleme erörtern«, fuhr Iwan fort. »Beispielsweise die Folge einander offenkundig widersprechender Fakten. Wie oft und in wie vielen Sprachen kamen Sie doch darauf zurück!«

»Das Schlimme ist nur«, fügte Darie traurig hinzu, »daß ich mich nicht mehr entsinnen kann, was ich damit sagen wollte. Genauer gesagt, ich kann mich nicht an *die Fortsetzung* erinnern. Ich hatte mit diesem Satz begonnen, schickte mich an, daraus ein ganzes System zu entwickeln, da riefen mich meine Gefährten, und ich verlor den Faden.«

»Sie sagten alles, was zu sagen war. Was *vorläufig* zu sagen war«, betonte er hintergründig. »Den Rest werden Sie später sagen. Mir haben Sie ihn bereits einmal erläutert, und Sie werden sehen, einst werden Sie ihn mit Freuden von neuem entdecken.«

Er sah ihn mit Wärme und gleichwohl ironisch, fast herausfordernd an.

»Wenn ich dich höre, Iwan, habe ich den Eindruck, mit Arhip zu sprechen. Als ich das letzte Mal mit ihm sprach . . .«

»Wann war das?« unterbrach ihn Iwan. »Vor wie vielen Hunderten von Jahren, oder vor wieviel Monaten? In welchem Leben? Sie dürfen mich nicht falsch verstehen«, fügte er hinzu, als er bemerkte, daß Darie ihn stirnrunzelnd und voller Unverständnis ansah. »Es kommt nicht auf *die Zeit* an, sondern auf den Abstand zwischen den einander offenkundig widersprechenden Fakten, wie Sie zu sagen pflegen. Ich bedaure, Sie unterbrochen zu haben«, nahm er nach einer Pause das Gespräch wieder auf, denn Darie verharrte in Stillschweigen. »Ich habe Sie schon einmal unterbrochen, Sie entsinnen sich jetzt gewiß nicht mehr daran, weil der Abstand zwischen den evidenten Tatsachen zu groß ist, ich unterbrach Sie, als Sie gerade dabei waren, mir zu erklären, in welchem Sinne Sie den Ausdruck *agnostos theos* gebraucht hatten. Sie hatten das Bild eines Iwan vor Augen, der gewissermaßen in seinem eigenen Körper begraben ist. Und Sie wollten damit zum Ausdruck bringen, daß Gott, der höchste Geist, manchmal so aussieht, in die Materie eingeschlossen scheint, verblendet und verwirrt, sich selbst entfremdet, seiner eigenen Identität nicht bewußt. Aber welcher Gott war dies? In keinem Falle der Gott von Paulus und auch nicht jener der Griechen. Sie dachten an die gnostischen Mythen, an die indischen Auffassungen über Geist und Materie.«

»Gewiß, gewiß, das bemerkte auch Procopie.«

»Und dennoch enthielt Ihr Vergleich einige Wahrheit, allerdings nur dann, wenn wir die Sache aus einer anderen Perspektive betrachten. Der Geist ist *immer* unter der Materie getarnt. Warum er jedoch dort steckt – ob er sich als Gefangener oder, weil er aktiv ist, nur vorübergehend dort aufhält, und so weiter –, den Grund seines dortigen Verweilens werden Sie später erfahren. Das ist ja gerade das Geheimnis, das große Geheimnis, dem wir alle gegenüber stehen, das Rätsel, das sich uns stellt, das sich unweigerlich jedem Menschen stellt: Wie erkenne ich den Geist, wenn er *in* der Materie eingeschlossen, im Grunde genommen also *unerkennbar* ist? Und das sind auch wir, wir alle, Herr Philosoph: nicht nur unzerstörbar, wie Sie sagten, wir sind auch unerkennbar . . . Doch ich sehe, Sie werden erwartet«, fügte er, sich umwendend, hinzu.

Im Halbdunkel, das die Morgendämmerung ankündigte, erblickte Darie in einer Entfernung von ungefähr zwanzig Metern auf freiem Feld eine ihm vertraute Gestalt, die er dennoch nicht zu identifizieren vermochte. Weit dahinter, in Richtung der Landstraße, die sie in der vorigen Nacht überquert hatten, gewahrte er vereinzelte Gruppen, die sich langsam, scheinbar zögernd, vorwärts bewegten.

»Und auch ich muß fort«, sagte Iwan. »Denn auch ich werde dort erwartet, dort drüben.«

Er streckte die Hand aus und wies nach Osten. Doch wiewohl Darie den Horizont aufmerksam mit seinen Blicken absuchte, konnte er nichts entdecken. Der Hund war mit gesenktem Kopf ohne Eile vorangegangen. Darie bemerkte ihn plötzlich, lächelte glücklich und zeigte ihn Iwan.

»Er hat dich erkannt«, flüsterte Darie. »Er war der einzige, der dich erkannte ...«

»Machen Sie den Versuch, Herr Philosoph«, sprach Iwan mit großem Ernst und sah ihm tief in die Augen. »Versuchen Sie es das nächste Mal – wer weiß, wann das sein wird? Und wo? In irgendeinem Salon in Jassy, in Tokio, im Gebirge oder in irgendeinem Krankenhaus oder vielleicht gar auf einem anderen Planeten? Sollte ich Sie zuerst erkennen, werde ich Ihnen ein Zeichen geben. Aber wahrscheinlich werde ich Sie auch nicht erkennen. Und selbst wenn ich Sie erkennen und Ihnen ein Zeichen geben sollte, werden Sie es nicht verstehen. Da ist der Haken in dieser Sache, Herr Philosoph: wir sind sowohl für uns selbst als auch für die anderen unerkennbar.«

Er ging langsam, gedankenverloren weiter. Als er sah, daß Darie ihm folgte, blieb er stehen.

»Nein, wir haben nicht den gleichen Weg. Ihr Weg führt in die andere Richtung«, fügte er lächelnd hinzu und wies mit erhobenem Arm gen Westen. »Beeilen Sie sich. Sie werden erwartet ...«

Darauf verabschiedete er sich ohne weitere Umstände, wandte sich um und ging, dem Hund folgend, gemächlichen Schrittes aufs freie Feld zu.

Darie entsann sich plötzlich seiner Gefährten Zamfir und Iliescu und beschleunigte seine Schritte. Er fühlte, daß der Tag jeden Augenblick anbrechen würde, denn die Felder, die sich nach allen Seiten hin unendlich weit ausdehnten, waren schon ziemlich deutlich sichtbar. Der Himmel war trüb und sternlos, er schien wie von dichtem Gebirgsnebel verhangen. In der Nähe eines Baumes entdeckte Darie ganz unvermutet den Oberleutnant.

»Ich hatte Sie vorhin nicht erkannt, Herr Oberleutnant«, sprach er verlegen. »Es war noch so finster.«

»Ich war nicht in Eile. Ich hörte eurem Gespräch zu und fand es sehr interessant. Sie haben viel von Iwan gelernt. Er hat sich offenkundig auch mit Philosophie befaßt«, fügte er lächelnd hinzu. »Jetzt aber müssen wir uns sputen. Die anderen warten auf uns.«

Darauf schritten sie wacker in Richtung Landstraße aus.

»Es ist mir tatsächlich unbegreiflich, warum mich plötzlich Angst befiel«, rief Darie plötzlich aus. »Ich wußte doch längst, daß wir unzerstörbar sind. Und dennoch«, fuhr er nach einer Pause nachdenklich fort, »und dennoch ...«

Dann erkannte er seine Abteilung und blieb stehen, weil er fürchtete, die Rührung könnte ihn überwältigen.

»Sie sind also auch gekommen, Herr Fähnrich«, sprach Manole lächelnd. »Wie Sie sehen, haben wir uns alle wieder versammelt, fast alle ...«

In diesem Augenblick fielen Darie wieder seine Gefährten Iliescu und Zamfir ein. Er wandte den Kopf und flüsterte aufgeregt:

»Die Jungens!«

»Sie sind vorausgegangen«, beruhigte ihn der Oberleutnant. »Jeder versucht nach Hause zurückzukehren, so wie es eben geht. Wir schlagen die Richtung zum Fluß ein, dort versammeln wir uns ...«

Darie begriff, daß sie nun alle schon seit einiger Zeit marschierten, er wußte jedoch nicht, wann sie aufgebrochen waren. Er zuckte die Achseln, und guten Muts beschleunigte er den Schritt. Eh er sich versah, ging er an der Spitze seines Zuges. Er hörte nicht, was seine Leute sprachen, glaubte jedoch, jedes Wort zu verstehen, das sie miteinander wechselten. Trotz des immer noch trüben Himmels war es schon hell genug, so daß er überall, vor sich, hinter sich, zu seiner Rechten und zu seiner Linken versprengte Truppenteile entdecken konnte, die schweigend und gemessenen Schrittes einhermarschierten und dennoch erstaunlich rasch vorwärts zu kommen schienen. Er blieb mehrmals stehen und blickte sich um. So weit sein Auge reichte, sah er nichts als endloses Flachland unter einem trüben, dunstigen Himmel und, in großen Abständen voneinander, einige einsame Bäume. Es fiel ihm auf, daß er weder Vögel noch Flugzeuge hörte, nicht einmal das dumpfe Rattern der russischen Lastkraftwagen, die er vor kurzem auf der Landstraße gesehen hatte.

»Das ist eben die Ukraine«, hörte er den Oberleutnant an seiner Seite sagen. »Ihre Bewohner finden sie gewiß schön, es ist schließlich ihr Land. Doch Sie werden sehen, wie anders es bei uns ist, sobald wir nach Hause kommen.«

»Wird das noch lange dauern?« fragte Darie, erkannte jedoch im selben Augenblick, daß er eine sinnlose Frage gestellt hatte: denn er wußte ja, daß sie eigentlich schon am Ziel waren.

Er hätte auflachen und sich entschuldigen wollen, da erwiderte ihm der Oberleutnant:

»Lange und nicht lange. Wie man's nimmt. Bis wir zum Fluß gelangen, wird es mühsam sein, so sagte man mir. Doch unsere Division stammt, wie Sie wohl wissen, aus Oltenien. Die Leute wollen in ihre Heimat zurückkehren, jeder in sein Dorf. Sie wollen sich endlich ausruhen«, fügte er, wieder lächelnd, hinzu.

»Was aber geschieht nachher, Herr Oberleutnant?« fragte

Darie in unbeherrschbarer Erregung. »Was geschieht mit uns, nachdem wir nach Hause gekommen sein werden, die einen nach Jassy oder nach Bukarest, die anderen nach Oltenien? Denn, ich sagte Ihnen schon, wir sind unzerstörbar. Auch Iwan sagte ich es, und er gab mir recht. Und ich sagte es auch Zamfir, und Zamfir in seiner Art, Zamfir und Iliescu . . .«

Er hielt jäh inne, denn er sah die beiden in einer Entfernung von ungefähr zwanzig Metern vor sich. Am Rande des Maisfeldes, das von Granattrichtern zerfetzt war, schritten sie langsam und ungemein mühselig einher, denn sie trugen einen Verwundeten auf ihren Karabinern, und der heiße Staub des Sommermittags benahm ihnen den Atem. Er lief ihnen nach und rief ihnen zu:

»Seid ihr von Sinnen, Jungens, seid ihr wirklich verrückt!? Fangt ihr wieder damit an? Hattet ihr euch nicht genug Mühe mit Iwan aufgeladen, habt ihr jetzt einen anderen gefunden?«

Er näherte sich ihnen und blieb wie versteinert stehen, denn er sah sich selbst, zusammengekrümmt, auf den beiden Karabinern liegen, ein blutdurchtränktes Taschentuch auf dem Gesicht und unter dem offenen Waffenrock sein zerfetztes blutbeflecktes Hemd.

»Was ist passiert?« flüsterte er. »Was ist los mit mir?«

In diesem Augenblick blieben sie stehen und legten ihn vorsichtig am Wegrand nieder. Zamfir bekreuzigte sich.

»Gott sei Dank, seid Ihr wieder zu Euch gekommen, Herr Fähnrich«, sprach er schwer atmend mit leiser Stimme.

»Genau, wie ich voraussah«, unterbrach ihn Iliescu. »Der Wodka vom Iwan.«

»Wir hatten Glück«, sagte Zamfir. »Wir überraschten die betrunkenen Russen im Schlaf und nahmen ihnen alles weg, was wir bei ihnen fanden, auch Wasser, Wodka und Tabak.«

»Aber was ist mit mir geschehen?« fragte Darie erschrokken im Flüsterton. »Wurde ich verwundet?«

»Sie hatten Pech«, fuhr Zamfir fort. »Sie stolperten, und als Sie hinstürzten, entlud sich Ihr Karabiner. Die Kugel streifte Sie unter der Achsel. Eine ganz harmlose Verwundung, aber Sie fielen in Ohnmacht, und als wir Sie fanden, hatten Sie viel Blut verloren. Hätten wir den Arm sofort verbunden, so wären Sie längst wieder auf den Beinen ...«

Darie blickte rings um sich. Sie befanden sich zwischen den Maisfeldern am Rande des Weges, und über ihnen schwebte der gleiche feine, hartkörnige und stickige Staub, den er gleichsam seit Urbeginn der Zeiten zu kennen schien, der diesmal jedoch heißer war als je zuvor. Mit der gesunden Hand suchte er in seiner Tasche nach dem Päckchen Zigaretten. Er fand sie geknickt und plattgedrückt, aber Iliescu bot ihm ein Päckchen russischer Zigaretten an, wartete, bis er sich eine Zigarette genommen hatte, und zündete sie ihm dann an.

»Ach, Jungens«, sprach Darie, nachdem er einige Züge getan hatte. »Ihr seid sehr gütige und treue Menschen, und ihr habt euch viel Mühe mit mir gegeben. Doch jetzt müßt ihr meinem Befehl gehorchen, ihr müßt ihn befolgen, denn es ist der letzte Befehl, den ich euch erteile ...«

Er hielt jäh inne, zog hastig an seiner Zigarette, um seine Ergriffenheit zu verbergen.

»Wir sind Soldaten«, sagte er, »wir haben alle den Tod gesehen. Ich kann jedenfalls behaupten, den Tod mit eigenen Augen gesehen zu haben. Ich sage euch ganz aufrichtig: Ich fürchte den Tod nicht. Doch muß ich euch auch das gestehen: Ich habe kein Glück, seitdem ich zurückdenken kann, verfolgt mich das Pech ...«

»Ja«, griff Laura in das Gespräch ein, »kaum hatte er sein Pech, sein Unglück erwähnt, da hoben seine beiden Gefährten erschrocken die Arme, als hätte er eine Gotteslästerung geäußert und ließen ihn nicht zu Ende reden. Sie hatten übrigens recht«, fügte sie hinzu, wandte sich um und sah ihn ernst an. »Denn wir kannten uns seit drei Jahren, waren in gewisser Weise verlobt. Wenn der Herr Philosoph das ein Unglück nennt . . .«

»Tatsache ist, daß sie mir nicht gehorchen wollten, als ich ihnen befahl, mich zu erschießen oder meinen Karabiner zu laden und ihn mir in die Hand zu geben«, fuhr Darie fort. »Ich sagte ihnen noch, wenn ihnen so sehr daran liege, gestattete ich ihnen auch dieses: mir ein Grab auszuheben, wie sie es für Iwan getan hatten. Und ich machte ihnen noch manch anderen Vorschlag: wir sollten miteinander reden, bis es Abend würde. Ich erklärte ihnen genau, was sie in Jassy zu sagen hätten, falls sie hingelangten, mit wem sie zuerst sprechen sollten . . . Vergeblich. Dann habe ich, fürchte ich, die Fassung verloren und begonnen, ihnen zu drohen.«

Er hatte sich eine zweite Zigarette genommen und Iliescu zündete sie ihm demütig, mit feuchten Augen an.

»Das Kriegsgericht wird euch verurteilen«, sprach Darie mit unerwartet fester Stimme. »Sobald wir zum Bataillon stoßen, werde ich verlangen, daß man euch vor das Kriegsgericht stellt wegen Befehlsverweigerung und Beleidigung eines Vorgesetzten.«

»Wie Gott will«, sagte Zamfir und wagte nicht, seinen Blick zu erheben. »Auch beim Kriegsgericht gibt es gute Menschen. Wir werden ihnen sagen, wir hätten unsere Pflicht getan.«

»Wir werden sagen, Sie hätten zu viel Blut verloren, hätten Fieber gehabt und vielleicht deswegen verlangt, daß wir Ihren Karabiner laden; wir werden sagen, daß Sie einfach nicht wußten, was Sie sprachen, da Sie ausgehungert, müde und geschwächt waren.«

Darie sah sie noch einmal mit stummer Verzweiflung an, dann warf er seine Zigarette fort, stand jäh auf, und wandte sich entschlossenen Schritts zum Oberleutnant.

»Was fangen wir mit diesen Leuten an, Herr Oberleutnant; sie befolgen keine Befehle mehr? . . .«

Der Oberleutnant sah ihn lange an, als bemühte er sich, ihn zu erkennen, dann zuckte er die Achseln und ging weiter. Darie beschleunigte seine Schritte und holte ihn ein.

»Ich bin Darie, Herr Oberleutnant, der Einjährig-Freiwillige Fähnrich, Darie Constantin aus Ihrer Kompanie. Sie kennen mich gut. Wir haben auch vergangene Nacht auf freiem Feld miteinander gesprochen, nachdem ich mich von Iwan getrennt hatte.«

Der Oberleutnant blieb stehen und sah ihn wohlwollend und dennoch mit einiger Strenge an.

»Darie«, sprach er langsam, jedes Wort betonend, *»nach sechs Tagen im Feuer* hätten Sie wissen müssen, was ein Befehl bedeutet.«

»Diesen Satz zu verstehen, fällt mir am schwersten«, griff Laura von neuem in das Gespräch ein. »Was wollte er wohl damit sagen, du hättest wissen müssen, was ein Befehl bedeutet? ...«

»Toamnei-Straße Nr. 11, Jassy. Toamnei-Straße Nr. 11! Wie oft hatte ich ihnen doch diese Anschrift wiederholt, in der Befürchtung, sie könnten sie vergessen oder mit einer der vielen anderen Adressen verwechseln, die so viele Verwundete in den letzten Monaten ihnen sterbend ins Ohr geflüstert hatten. Denn sie waren seit zwei Jahren an der Front und hatten, ich weiß nicht wie vielen Abteilungen angehört, die der Reihe nach aufgerieben worden waren, bis die Überlebenden im Juli zu einer Abteilung zusammengeschlossen wurden, die ich befehligte. Auch die wurde nach sechs Kampftagen dezimiert, wie der Oberleutnant gesagt hatte. Jassy, Toamnei-Straße Nr. 11, Nr. 11 ...«

»Zu Fräulein Laura«, Zamfir nickte lächelnd. »Seien Sie unbesorgt, Herr Fähnrich, wenn wir vor Ihnen ankommen, werden wir als erstes hingehen und ihr sagen, daß

Sie bald, sehr bald nachkommen und als Leutnant zurückkehren.«

»Das sagt ihr nicht«, unterbrach ihn Darie. »Erzählt ihr nichts von den Tressen. Sagt ihr, was ich euch aufgetragen habe, worum ich euch gebeten habe«, fügte er hinzu.

Er fühlte plötzlich, wie ihn die Kräfte verließen und sah auf seinen verwundeten Arm. Er hatte dauernd das Gefühl, zu bluten, und mitunter schien ihm, daß er schon seit langem blute, daß sein Waffenrock ganz durchnäßt sei von Blut, und er wartete darauf, sein warmes Blut in Strömen auf die Erde fließen zu sehen.

»Wenn ihr euch nicht alles gemerkt habt«, fuhr er nach einer Weile fast flüsternd fort, »sagt ihr wenigstens das Wichtigste. Daß wir, obwohl wir einander erst vor drei Jahren kennengelernt haben, uns seit Urbeginn aller Zeiten kannten und miteinander glücklich waren, seit diese Welt besteht, und es bleiben werden, bis der letzte Stern der letzten Milchstraße erlischt. Merkt euch, bitte, gut, was ich euch nun sage, denn es ist das Wichtigste: sagt ihr, die Linde, die wir beide in Jassy kennen, daß diese Linde *uns genügt hat*. Die erste Nacht, als wir unter dieser Linde stehen blieben, gehört uns, und wird unsere Nacht bleiben bis an das Ende aller Tage. Die Linde wird nie ihre Blüten verlieren. *Sie kann sie nicht mehr verlieren.* Denn sie gehört uns, und was uns gehört, unterliegt nicht der Zeit, ist von ewiger Dauer...«

»Wir werden ihr alles sagen, Herr Fähnrich«, beruhigte ihn Zamfir, befeuchtete das Taschentuch und wischte ihm langsam, mit großer Vorsicht die Lippen, das Gesicht und die Stirne ab. »Aber jetzt müssen Sie sich ausruhen, denn die Sterne sind aufgegangen, und kurz nach Mitternacht müssen wir uns von neuem auf den Weg machen...«

Sie waren wie gewöhnlich im Maisfeld versteckt, in eine Wolke von Spreng- und Schießpulver eingehüllt, die wie

Rauch roch und bitter schmeckte, sprachen flüsternd und wagten ihre Stimme nur dann zu erheben, wenn das Zirpen der Grillen sie übertönte.

»Ich finde es großartig, daß sie so viele Tage durchhielten«, griff Laura von neuem in das Gespräch ein. »Und unvorstellbar, wie es ihnen gelingen konnte, sich zwischen den russischen Truppen hindurchzuschlängeln, Wasser und sogar Branntwein zu finden, um ihm seine Wunde zu reinigen. Und immer hatten sie auch etwas zu essen ...«

»Trockenen Mais, Wurzeln, etwas Zwieback«, unterbrach Darie sie lächelnd. »Am fünften Tag fand Iliescu sogar ein Stück Schokolade in der Tasche eines toten deutschen Soldaten. Lange Kolonnen Kriegsgefangener zogen über die Landstraße, viele von ihnen waren verwundet, fielen nieder und blieben am Straßenrand liegen, bis sich Gott ihrer erbarmte, oder bis ein Wachtposten vom nächsten Gefangenenzug vorüberkam und sie von ihren Qualen erlöste. Iliescu wußte nun, wo er zu suchen hatte, um alles Nötige zu finden. Wasser, Zwieback, Streichhölzer, Tabak. Nur Brot fand er keines.«

»Wie war es möglich, daß sie sich nie verirrten?« rief Laura aus. »Wie gelang es ihnen, tagelang den Bewohnern der umliegenden Dörfern auszuweichen? Denn die Maisernte hatte schon begonnen.«

»Gewiß hatten wir auch Glück«, erwiderte Darie. »Aber Zamfir besaß den Instinkt eines wilden Tieres, er schien schon aus weiter Entfernung das Herannahen von Leuten zu wittern, und so konnten wir uns dann sofort verstecken. Einen ganzen Tag lang lagen wir in einem Heuschober und hörten, wie die Frauen einige hundert Meter von uns entfernt arbeiteten ... Was mich jedoch am meisten quälte, war mein Unfall. Ich weiß nicht, wie sie es fertigbrachten, mich so viele Nächte, zeitweilig auf ihren Karabinern, zeitweilig in einem russischen Mantel, zu tragen. Ich erinnere mich nicht mehr daran. Vermutlich war ich ohnmächtig oder so erschöpft, daß ich einfach nichts mehr wahrnahm. Aber ich dachte an Iwan, an unser Gespräch, das mich so tief aufgewühlt hatte. Wo blieb sein Segen? Denn ihn hatten sie kaum mehr als eine Stunde getragen, mich aber trugen sie nach dem Unglück, das uns Iwans Segen beschert hatte, nächtelang. Manchmal fragte ich mich, ob Iwan sich diesen Unfall nicht *herbeigewünscht hatte*, nur um mich zu treffen und seinem Herzen Luft zu machen. Inwiefern jedoch trugen Iliescu und Zamfir schuld an dieser philosophischen Auseinandersetzung? . . .«

»Es war keine Philosophie, Herr Fähnrich«, flüsterte Zamfir. »Es war ein Unglück . . .«

»Wieder scharen sich die Raben zusammen«, sagte nach einer Weile Iliescu. »Was soll das bloß bedeuten?«

Darie schützte mit der Hand seine Augen vor dem diffusen Licht, das ihn blendete, und sah zum sengenden Himmel auf.

»Es sind Flugzeuge«, sagte er.

»Es sind wohl auch Flugzeuge, aber die fliegen hoch, sehr hoch«, fügte Zamfir hinzu. »Die Raben sind hier ganz nahe.«

Darie wurde nachdenklich und lächelte.

»Im Grunde genommen tun wir das gleiche. Wir folgen den unseren, aber von weitem, in immer weiterer Entfernung . . . Was meint ihr, wie viele dutzend Kilometer von hier entfernt wohl die Frontlinie verläuft? Denn seit einigen Tagen hören wir keine Granaten mehr einschlagen und auch unsere Artillerie schweigt . . .«

»Wenn die Deutschen bald zum Gegenangriff übergehen«, bemerkte Iliescu, »werden wir in ein, zwei Tagen von der Front überrollt.«

»Nous sommes foutus!« stieß Darie zwischen den Zähnen hervor. *»Foutus pour l'éternité!«*

Er versuchte wieder einzuschlafen, aber die Hitze war erstickend, schlimmer als vorher, und so sehr er sich auch abmühte, sich zwischen den Maisstauden hinzulegen, sein verwundeter Arm schmerzte ihn zu sehr. Sein ganzes Blut schien in diesen zuckenden Arm zu strömen, doch es pochte auch gegen seine Schläfen und sauste ihm in den Ohren, als sollte sein Trommelfell platzen. Die beiden anderen waren eingeschlafen, das Taschentuch über das Gesicht gebreitet, die Hand am Karabiner. Von Zeit zu Zeit wachten sie jedoch auf und sahen aufmerksam nach ihm. Es war lange nach Sonnenuntergang, und Darie konnte nicht einschlafen. Ihn bedrückte der Gedanke, daß sie sich im selben Maisfeld aufhielten, in dem sie vor vielen Tagen – wie vielen, konnte er sich nicht mehr entsinnen – Schutz gesucht hatten, kaum hundert Meter von der Stelle entfernt, wo Iwan begraben lag. Er vermeinte dieses Maisfeld wiederzuerkennen, durch das sie sich bangen Herzens, schwer atmend und zum Umfallen müde, im Morgengrauen einen Weg gebahnt hatten. Er war überzeugt, es wiederzuerkennen, war aber zu erschöpft, um zu sprechen. In dieser Nacht hatte er mit Hilfe eines Krückstockes, den Iliescu ihm aus einem dikken, festen Zeltstock hergerichtet hatte, seine ersten Gehversuche gemacht. Das Gehen war ihm schwer gefallen. Er ging den Straßenrand entlang, trat behutsam auf, gestützt bald von dem einen, bald von dem anderen seiner Kameraden, und mußte sich alle fünf bis zehn Minuten ausruhen. In fast fünf Stunden legten sie kaum zehn Kilometer zurück, immerhin eine größere Wegstrecke als in jenen Nächten, da sie ihn hatten tragen müssen.

»Wir sind an unserem Ausgangspunkt zurückgekehrt«, flüsterte er, »wir sind zum Grab Iwans zurückgekehrt.«

Fast hätte er lachen mögen, so unsinnig erschien im ihr Abenteuer. Hätte er nicht befürchtet, die anderen aufzuwecken, so wäre er am liebsten zwischen den Mais-

stauden zu Iwans Grab geschlichen, um sie dort zu erwarten.
»Im Grunde genommen ist das alles belanglos«, flüsterte er. »Nichts ist mehr wichtig. Wir sind verloren! Rettungslos verloren. Das wußte ich von Anfang an. Alles, was nach dem 8. November geschehen ist ...«
Einst, an einem Abend und ebenfalls in einem Maisfeld – aber wann? *Wann*? Er fuhr zusammen, als er Zamfir fragen hörte:
»Was geschah nach dem 8. November, Herr Fähnrich?«
»Allerlei«, erwiderte er lächelnd. »Es geschahen Dinge, die mich formten und mich zerstörten und mich von neuem formten.«
»Doch von mir zu sprechen, hast du nicht gewagt«, unterbrach ihn Laura, »gib es zu! Du erzähltest ihnen immer wieder von Petrarcas Laura, und ich frage mich, was sie wohl von dieser langwierigen und gelehrten Phänomenologie der Muse verstanden haben, zumal du doch Fieber hattest. Und selbst wenn sie verstanden hätten, welches Interesse konnten sie einer Romanze aus der Frühzeit der italienischen Renaissance abgewinnen? Von mir, von Jassy, von der Toamnei-Straße 11 hättest du ihnen erzählen sollen. Das hätte sie mitgerissen, denn wahrscheinlich hätte jeder von ihnen seine eigene Geschichte erkannt ...«
»Wir machen uns auf den Weg, Herr Fähnrich«, flüsterte ihm Zamfir zu. »Sind Sie ausgeruht?«
Von Iliescu gestützt, stand er mühsam auf, doch wiewohl er müder war als sonst, schritt er energisch, fast ungeduldig aus. Zamfir ging vor und bahnte ihm einen Weg durch die Maisstauden.
Wenngleich der Himmel nicht bewölkt war, ließen sich zum ersten Mal keine Sterne blicken. Eine graue Rauchschwade, die sehr hoch schwebte, verdeckte sie. Und zum ersten Mal war auch das Zirpen der Grillen nicht zu hören. Von Zeit zu Zeit raschelten die Maisblätter mit

dumpfem, metallischem Laut, wie von einem Windhauch bewegt, den die Männer nicht spürten.

»Nicht dorthin, Herr Fähnrich, führt unser Weg«, sagte Zamfir, als er bemerkte, daß Darie sich einer Lichtung zwischen den Maisfeldern zuwandte, an der zwei einsame Bäume Wache zu halten schienen. »Dort gelangen wir auf den Fuhrweg, auf dem wir heute morgen gekommen sind.«

»Das wollte ich euch gerade zeigen«, sagte Darie, ohne stehenzubleiben. »Ich wollte euch zeigen, daß wir dorthin zurückgekehrt sind, von wo wir ausgezogen waren vor zehn, zwölf Tagen oder wann immer das gewesen sein mag. Schaut, einige Meter weiter oben, links, wo der Baum steht, habt ihr das Grab ausgehoben. Das Grab Iwans«, fügte er hinzu, als er spürte, daß Zamfir ihn an seinem gesunden Arm anfaßte, um ihn zurückzuhalten.

»Dies ist nicht das Grab, Herr Fähnrich«, flüsterte er. »Iwan ruht viele Kilometer hinter uns im Osten. Es mögen mindestens vierzig Kilometer sein . . .«

»Und dennoch sah ich euch dort das Grab ausheben«, beharrte Darie. »Kommt mit mir, ich werde es euch zeigen, denn es ist nicht weit.«

Nach einigen Schritten blieben sie stehen. Das Grab war nicht tief. Vielleicht hatten jene, die es ausgehoben hatten, erkannt, daß es zu groß war, und hatten deshalb darauf verzichtet, es fertigzustellen. Oder vielleicht war ihnen dazu keine Zeit geblieben.

»Dies ist nicht das Grab Iwans, Herr Fähnrich«, sagte Zamfir nach einer Weile im Flüsterton. »Die Grube war für etwas anderes bestimmt. Wofür, ist mir nicht klar. Aber sehen Sie denn nicht? Die Grube ist mehr als drei Meter lang, und daneben ist wiederum eine, nur verläuft sie nicht gerade, sondern scheint kreuzförmig ausgehoben worden zu sein. Und vielleicht gibt es etwas weiter weg noch andere, nur können wir sie von hier aus nicht sehen.«

»Gehen wir weiter, damit uns der Regen nicht erwischt«, sagte Iliescu leise, nachdem er noch einmal forschend den Himmel betrachtet hatte.

Es begann erst zu nieseln, als sie die Landstraße erreichten und sie überquerten, um nicht von den russischen Lastkraftwagen eingeholt zu werden. Sie schlichen einen engen Weg entlang, der in einer Entfernung von ungefähr zweihundert Metern parallel zur Landstraße verlief.

»Wenn der Regen stärker wird, haben wir Glück, denn dann finden wir leichter Wasser«, flüsterte Iliescu, als sie rasteten. »Aber wenn es zwei Tage hindurch regnet, schwillt der Fluß an, und wir werden Mühe haben, ihn zu überqueren.«

Es war ein sanfter, feiner Sprühregen, der ohne Eile, doch auch ohne Unterlaß niederfiel, und Darie biß die Zähne zusammen, um nicht zu stöhnen, kam aber immer schwerer vorwärts. Zamfir blieb an seiner Seite, Iliescu ging zwanzig Meter vor ihnen her. Später, es mochte drei Uhr sein, gab er ihnen ein Zeichen, stehenzubleiben, und kehrte rasch, fast laufend, um.

»Wir nähern uns einem Dorf und müssen von neuem die Landstraße überqueren und es von drüben versuchen«, flüsterte er und wies mit der Hand in die andere Richtung.

Darie atmete schwer, unterdrückte aber fast mit Wut sein Stöhnen.

»Wir müssen uns vorsichtig der Landstraße nähern und uns dort auf die Lauer legen«, fuhr Iliescu fort. »Hinter uns ist eine Wegbiegung. Wir müssen den geeigneten Augenblick abpassen und zwischen zwei Lastkraftwagen eilig die Landstraße überqueren. Ich gehe voraus«, setzte er hinzu und entfernte sich.

Die beiden anderen knieten nur wenige Meter seitab von

der Landstraße nieder und warteten hinter kümmerlichem Gestrüpp versteckt. Die russischen Lastkraftwagen zogen mit abgeblendeten Scheinwerfern in immer größeren Abständen vorüber. Nach ungefähr zehn Minuten stand Iliescu jäh auf, rannte gebückt über die Landstraße und verschwand im Dunkeln.

»Machen Sie sich bereit, Herr Fähnrich«, flüsterte Zamfir, »jetzt ist die Reihe an Ihnen. Lassen wir noch diesen Wagen vorüberfahren ... Jetzt!« flüsterte er nach einigen wenigen Augenblicken. »Los! Auf, Herr Fähnrich!«

Vor Schmerzen stöhnend, erhob Darie sich mühselig und lief, so rasch er konnte, über die Landstraße. Er hielt den Stock fest in der Hand, um sich notfalls auf ihn zu stützen, bemerkte jedoch bald, daß er sich auch ohne ihn vorwärts bewegen konnte, warf ihn daher fort und rannte über das freie Feld. Von weitem sah er den Fluß, und er wäre weitergelaufen, hätte er nicht den Ruf des Oberleutnants vernommen. So aber hielt er inne, wandte den Kopf und stand ihm gegenüber.

»Ich bin angelangt, Herr Oberleutnant«, sagte er und trat auf ihn zu. »Ich bin pünktlich gekommen. Aber wo ist die Brücke?«

Der Oberleutnant lächelte und streckte den Arm aus. Vor ihnen, in einer Entfernung von einigen hundert Metern, floß der Strom ruhig, majestätisch und lautlos dahin. Das andere Ufer war nicht zu sehen, denn immer noch fiel ein dichter Regen, und die Landschaft schien von einem Nebelschleier verhüllt, den das blasse, zaghafte Licht der Morgenröte nicht zu durchdringen vermochte. Von allen Seiten strömten versprengte Einheiten herbei, zögerten einige Augenblicke, stiegen dann zum Ufer hinab, wo sie sich in Kolonnen ausrichteten, als erwarteten sie den Befehl zum Aufbruch.

»Aber wo ist die Brücke?« fragte Darie von neuem. »Es ist nichts zu sehen ...«

Der Oberleutnant zuckte die Achseln.

»Sehen Sie doch genauer hin, Darie. Es gibt viele Arten von Brücken auf dieser Welt. Diese hier vor Ihnen führt uns in die Heimat.«

»In die Heimat«, wiederholte Darie. »Sie führt uns nach Hause. Und *was geschieht mit uns*, Herr Oberleutnant, wenn wir zu Hause angekommen sind? Ich habe Ihnen diese Frage schon einmal gestellt, doch Sie gaben mir keine Antwort. Was geschieht nach unserer Heimkehr? Es wäre entsetzlich, wenn wir nie Ruhe fänden . . .«

An der Seite des Oberleutnants stieg er die Böschung hinab. Als sie unten anlangten, bemerkte er, daß die schweigende Masse, deren Gespräche er dennoch zu hören vermeinte, daß die langen Kolonnen, von denen er geglaubt hatte, sie warteten auf ein Zeichen des Aufbruchs, sich schon in Bewegung gesetzt hatten und sogar ziemlich rasch vorrückten. Sie gingen über den Strom, als schritten sie über eine unsichtbare Brücke. Nun stand er dicht am Ufer des Stromes.

»Kommen Sie mit, Darie?« fragte ihn der Oberleutnant.

Dann wandte er sich einer Gruppe Wartender zu, die aus ihrer Ungeduld keinen Hehl machte, obwohl sie die beiden mit Wohlwollen und Freundlichkeit betrachteten und ihnen zulächelten. Die ersten hatten bereits begonnen, den Strom zu überqueren, da schien plötzlich von allen Seiten her die Sonne aufzugehen, denn ihr Licht blendete Darie, und er sah die Brücke, auf der die anderen immer rascher voranschritten, die Brücke, die aus dem goldenen Licht, das ihn blendete, emporzutauchen schien. Im selben Augenblick betäubte ihn das Getöse einer Explosion. Das unheimliche Dröhnen gigantischer Kristallglocken, das Schmettern von kupfernen Tschinellen, das Blasen von Flöten und das Zirpen von Grillen schienen sich zu vereinen.

Er fühlte Lauras Hand auf seiner Stirne, hörte, wie sie seinen Namen rief, öffnete aber nicht die Augen.

»Wecke mich nicht, Laura«, flüsterte er. »Laß mich sie noch weiterhin sehen. Ich will sehen, wie sie die Brücke überqueren . . .«

»Nein, es ist nicht das Fräulein Laura, Herr Fähnrich. Das sind wir, Iliescu und Zamfir, aus Ihrer Abteilung.«

»Also ist es doch wahr?« fragte Darie, ohne die Augen zu öffnen. »Diesmal ist es also doch wahr?«

»Es ist wahr, Herr Fähnrich«, flüsterte Zamfir mit erstickter Stimme. »Was sollen wir nun dem Fräulein Laura sagen?«

»Sagt ihr, sie möge keine Angst haben. Alles kam so, wie es kommen mußte – und es ist schön. Sagt ihr, es sei sehr schön. Es sei wie ein großes Licht. Wie in der Toamnei-Straße . . .«

Er stand jäh auf und machte sich, ohne sie anzublicken, von neuem geschwind, fast laufend, auf den Weg. Das goldene Licht an der Brücke war nicht mehr zu sehen, und auch der Strom kam ihm nicht mehr so nahe vor. Er glaubte, ihn in weiter Ferne, im Westen, vor sich zu sehen. Aber er lief in einer längst vergessenen, kindlichen Freude und fühlte sich von einer namenlosen, ihm unbegreiflichen, sein ganzes Wesen erfüllenden Glückseligkeit übermannt. Dann erinnerte er sich: *Ich habe sie nicht gesegnet!*

Mit einem Gefühl des Bedauerns blieb er stehen. Er spürte, wie sein Herz immer heftiger schlug, warf noch einen Blick zum Strom zurück und es schien ihm, daß seine Wasser sich langsam in Nebel auflösten. Eine Weile zögerte er, dann machte er entschlossen kehrt, und bemüht, seinen Schritt zu beschleunigen, wandte er sich dem Maisfeld zu, wo sie ihn versteckt hatten – *aber wann? Wann? In welchem Leben?* . . .

Chicago, Dezember 1967

Auf den Zehenspitzen tasteten sie sich beide behutsam vor und blieben mit angehaltenem Atem erschrocken stehen, sooft der Fußboden etwas stärker knarrte. Unwillkürlich drückte Jeronim auf den Knopf seiner Taschenlampe, so daß sie plötzlich im Dunklen standen.
»Hab keine Angst«, flüsterte er seinem Begleiter zu, als er nach einer Weile über ein Seil, das er übersehen hatte, stolperte, sich, um nicht zu fallen, an einem Schrank festhielt, und eine der Türen dabei mit einem langgezogenen Ächzen aufging, das wie das dumpfe Stöhnen eines Menschen klang.
»Hab keine Angst. Es ist niemand im ganzen Haus ...«
»Warum sprichst du dann so leise?« fragte ihn der andere.
Jeronim knipste die Lampe wieder an, umkreiste den Jungen mehrmals mit dem Lichtkegel, ohne ihm ins Gesicht zu leuchten. Das hatte er auch gar nicht nötig. Er sah es auch so deutlich genug vor sich: das welke Gymnasiastenantlitz mit den unnatürlich tief in den Höhlen liegenden Augen, den schmalen Lippen, dem kurz geschnittenen Haar und dem Anflug einer Ponylocke auf der Stirn.
»Sagtest du nicht, du würdest Vlad heißen?«
»Ja, Vlad, Vladimir Iconaru.«
»Dann laß es dir von mir gesagt sein, Freund Iconaru«, erklärte Jeronim und beugte sich zu ihm vor, »nie hat jemand, der sich nachts auf den Dachboden eines fremden Hauses schleicht, es gewagt, mit normaler Lautstärke zu sprechen. Das ist noch in keinem Theaterstück, in keinem Roman, in keinem Gedicht je vorgekommen. Bedenke dabei, daß wir uns zu einem ganz bestimmten Zweck hier einschleichen, nämlich die Truhe zu finden,

in der die Witwe des Kriegshelden, des Generals Jancu Calomfir, voller Ehrfurcht die Generalsuniformen ihres Gatten aufbewahrt hat. Ich betone: Die Truhe zu finden, das Schloß aufzubrechen und die beiden Uniformen zu stehlen. Ich wiederhole: zwei Generalsuniformen *zu stehlen.*«

»Du sagtest doch, ihr seid verwandt ...«

»Stimmt auch. Mehr noch: mein Vater war ihr Lieblingsneffe. Der Lieblingsneffe der Witwe des Generals Jancu Calomfir. Dennoch sind wir bei Anbruch der Nacht mit falschen Schlüsseln hier eingedrungen, um etwas Bestimmtes zu finden und es *zu stehlen.* Zwei Uniformen, die ein Kunstwerk darstellen, vielleicht auch von einem gewissen historischen Interesse sind, ansonsten jedoch keinerlei Wert haben.«

»Und eine Käfersammlung«, fügte Vladimir hinzu.

Jeronim hob wieder seine Taschenlampe, leuchtete dem Jungen diesmal ins Gesicht, bedeutete ihm durch ein Zeichen, ihm zu folgen, blieb jedoch nach wenigen Schritten stehen.

»Ich bin lange nicht mehr auf dem Dachboden gewesen, dennoch erinnere ich mich ganz genau an all die Kästen, Truhen und Koffer hier«, bemerkte er beiläufig und zeigte auf diese Gegenstände, indem er den Lichtkegel seiner Laterne entlang der Wände wandern ließ. »Ich entsinne mich auch ganz genau, wo die Truhe mit den Uniformen ist. Sie steht dort, etwa zehn Meter vor uns, wenn wir sie auch nicht sehen können, weil sie hinter unzähligen Kisten, Koffern und Stößen von alten Zeitungen versteckt liegt. Eine Käfersammlung erwähnt zu haben, erinnere ich mich gar nicht. Nein, wirklich, Vladimir Iconaru, es ist das einzige, woran ich mich nicht entsinne. Wohl habe ich dir gesagt, daß es in diesem Haus viele Insektensammlungen, darunter auch eine besonders schöne Schmetterlingssammlung gibt, das war aber auch alles ...«

»Schade! Nichts gegen Schmetterlinge, die sind ja auch schön, aber meine große Leidenschaft, das sind die Käfer.«
Jeronim warf den Kopf in den Nacken und sah ihn überrascht an.
»Interessant«, fuhr er nach einer Weile fort, »das hatte ich, ehrlich gesagt, nicht erwartet. Sollte ich eine Abhandlung über Ethik schreiben, so würde ich deinen Fall behandeln. Denn du bist wirklich ein ungewöhnlicher Fall. Für eine Käfersammlung bist du also bereit, einen Einbruch zu begehen, stürzt dich voller Begeisterung ins Wagnis, erfährst du jedoch, daß nichts als Falter zu haben sind, kommen dir gleich Bedenken.«
»Ich habe keine Bedenken, weil es im Grunde kein Diebstahl ist«, ereiferte sich Iconaru, wobei ihm die Röte ins Gesicht stieg. »Ihr seid doch Verwandte. Es handelt sich um die gleiche Familie. Außerdem sind doch alle tot«, fügte er, die Stimme senkend, hinzu.
»Wieso *alle*?«
»Alle, die in diesem Haus gelebt haben, der General und seine Witwe, die Kinder, die sie gehabt haben und die der Reihe nach gestorben sind, die einen im Krieg, die anderen beim Bombardement. Hast du mir nicht vorgestern gesagt, daß sie alle gestorben sind, daß das Haus verlassen dasteht und niemand bisher einzog, weil es bombenbeschädigt und abbruchreif ist, daß man es vielleicht schon im Frühjahr niederreißen wird?«
Jeronim maß ihn wieder mit einem langen, ungemein traurigen Blick und knipste dann die Taschenlampe aus.
»Stimmt«, flüsterte er. »Sie sind alle tot. Oder um genauer zu sein, fast alle«, fügte er nach einer Pause hinzu.
»Und wenn schon? Wir dürfen die Hoffnung nicht verlieren. Als ich dich vorgestern früh erblickte . . .«
Er knipste die Lampe wieder an und richtete den Lichtkegel direkt auf die Stirne seines Begleiters. Der Junge hob rasch die Hand vor die Augen.

»Verzeih«, fuhr Jeronim fort, nachdem er das Licht wieder ausgeknipst hatte. »Ich wollte dich nicht blenden. Ich mußte nur noch einmal deine Augen sehen, ehe ich mich erinnere. Nein, nein, es handelt sich da gar nicht um ein Erinnern, sondern um eine *Vergegenwärtigung.* Es macht mir Spaß, mir alles zu vergegenwärtigen. Es ist, als würde ich dem Chor in einer griechischen Tragödie lauschen, dem Chor, der die Handlungen der Helden deutet und die Strafe der Götter voraussagt... Rühr dich jetzt nicht mehr vom Fleck und hör mir gut zu: Das Bühnenbild ist einfach. Du kennst es. Eine Bukarester Straße in den fünfziger Jahren im frühen Herbst. An ihrem Ende ein Spielplatz. Ein ganz bestimmtes Ziel vor Augen, will ich gerade dorthin gehen. Da kommt mir ein Gymnasiast entgegen, der eine Taube in der Hand hält.«

»Sie war verwundet . . .«

»Unterbrich mich, bitte, nicht. Ich sagte dir schon, jetzt spricht der Chor. Ein vor Kälte zitternder, blasser Gymnasiast, der eine Taube in seiner Rechten hält und sie mit der Linken hie und da streichelt . . .«

»Sie war verwundet, und ich hatte Angst, die Katzen würden sie fressen.«

»Das sagtest du mir auch damals. Ich aber erkannte dich sogleich, denn *du hieltest eine Taube in der Hand* . . . und was ich längst geahnt hatte, wurde mir plötzlich zur Gewißheit: Wir haben kein Recht, die Hoffnung aufzugeben . . . Lebt die Taube übrigens noch?« fragte er nach einer Weile.

»Sie hatte bloß den linken Flügel gebrochen. Irgendein Tagedieb hatte sie mit der Schleuder getroffen. Aber sie wird sich schon wieder aufrappeln. Sie erholt sich schnell wie alle Vögel . . .«

»Das war jedenfalls der Ausgangspunkt unseres Abenteuers. Denn daß es um ein Abenteuer geht, habe ich dir von vornherein klargemacht.«

»Du sagtest, du wüßtest von einem Dachboden in einem verlassenen Haus, einem Dachboden voller Truhen und Koffer mit allerlei Schätzen: Säbel und Helme und Spielzeug und alte Illustrierte...« Jeronim fuhr sich nervös mit der Hand durchs Haar, als versuche er, seiner Ungeduld Herr zu werden.

»Ja, und was noch alles mehr«, fügte er hinzu. »Und während ich so zu dir sprach, betrachtete ich dich. Wenn du wüßtest, wie eingehend ich dich betrachtete, um herauszufinden, was dich anlocken, was dich reizen könnte. Und ab und zu warf ich heimlich auch einen Blick auf die Taube.«

»Ich hatte sie auf dem Spielplatz gefunden.«

Jeronim streckte plötzlich seinen Arm im Dunkeln aus und legte ihn Vlad auf die Schulter.

»Glaub ja nicht, daß ich dich auf die Probe stellen oder verlocken wollte. Aber für mich, der ich nur für das Theater lebe, war es eine zu großartige Szene, als daß ich sie nicht als einen Teil jener geheimnisvollen Szenenfolge erkannt hätte, die nachzuvollziehen ich mich ständig *und dennoch vergeblich* bemühe. Ich weiß nicht, ob du begreifst, was ich sagen will...«

Er zog seine Hand von der Schulter des Jungen zurück und fuhr mit veränderter Stimme fort:

»Ich sah dich, eine Taube in der Hand, vom Spielplatz kommen, und dachte mir: Mit ihm hinaufsteigen zu können, nachts die Treppe zu diesem Dachboden hinaufsteigen zu können und ihn dort im Dunkeln an meiner Seite zu wissen, wenn ich die Schlüssel der Reihe nach ausprobiere, bis einer schließlich paßt und die Tür ächzend aufgeht. In diesen Dachboden einzudringen, in den seit so vielen Jahren, seit auch der letzte Sohn des Generals Calomfir dahinschied, keiner mehr seinen Fuß gesetzt hat... Höre zu und unterbrich mich nicht!« sagte er mit erhobener Hand. »Höre zu und versuche, dir das einmal vorzustellen: Wir schleichen uns leise, ganz leise ein und lenken unsere Schritte geradewegs nach hinten, wo sich die Truhe befindet. Mein Gott, was hätte da nicht alles geschehen können! *Was hätte da nicht alles geschehen können!* Eine armselige elektrische Taschenlampe, die kaum noch Licht spendet, denn ich habe sie noch aus meiner Pfadfinderzeit während des Krieges! Sie hätte jeden Augenblick versagen können, und wir wären im Dunkeln geblieben. Und wir standen nicht einmal dicht beieinander. Ich hatte meinen Schritt beschleunigt und war vorangegangen, denn ich ahnte, daß die Batterie ausbrannte. Und wir befanden uns plötzlich im Dunkeln, ganz verloren auf diesem Dachboden voller staub- und spinnwebbedeckter Truhen und Koffer. Und ich hätte gar nicht gewagt zu schreien, nach dir zu rufen. Hätte bloß ›Vlad‹ geflüstert. Sagtest du nicht, daß du Vlad oder Vladimir heißt? Hörst du mich, Vladimir? Aber du hättest mich nicht hören können, weil du weit hinter mir zurückgeblieben wärest. Im Dunkeln herumtastend, hättest du dich immer mehr von mir entfernt und mich nicht hören können. Selbst wenn ich meine Stimme erhoben hätte, hättest du mich nicht hören können, denn im selben Augenblick hätte der Wind plötzlich zu blasen angefangen, und der hört sich in diesem ausgebombten Haus ganz schaurig an, wie auf der Bühne, wenn ein Sturm losbricht.«

Er hielt plötzlich inne und atmete schwer, völlig erschöpft.

»Ich hätte mich nicht verirrt«, sagte Vlad gelassen. »Ich hätte mich nicht verirrt, weil ich an Dunkelheit gewöhnt bin. Ich bin im Gebirge aufgewachsen. Ich fürchte weder die Dunkelheit noch den Wind . . .«

»Ist das *alles*, was du begriffen hast?« unterbrach ihn Jeronim mit unvermuteter Traurigkeit in der Stimme. »Ich wollte dir einen Schrecken einjagen, wollte dich *im Dunkeln* auf die Probe stellen, das ist alles, was du begriffen hast. Ach, Schüler Vladimir Iconaru, du hast keine Vorstellungskraft. Bist übrigens nicht der einzige. Es gibt kaum noch jemanden, der Vorstellungskraft hat. Wir führen ein schweres Leben. Wer hat schon Zeit, sich eine andere Welt vorzustellen, mit *anderen* Menschen, eine poetischere und daher *wahrere* Welt . . .«

»Wenn du geglaubt hast, ich hätte Angst, allein im Dunkeln zu bleiben . . .«

»Unterbrich mich, bitte, nicht, denn wir sind jetzt im Theater und steuern auf den Höhepunkt zu. Schließlich und endlich hätte ich dich gefunden. Du wärest an einen dieser Kästen gepreßt stehen geblieben, und ich hätte dich dort gefunden. Dann hättest du begriffen, worum es geht, hättest begriffen, warum ich mich entfernt und dich im Glauben gelassen hatte, die Batterie wäre ausgebrannt. Ich hätte mich auch eng an den Kasten geschmiegt, und so mit dir dastehend, hätte ich dir die Geschichte dieses Hauses erzählt, die Geschichte des Generals Calomfir, seine wahre Geschichte, die keiner mehr kennt, weil, wie du richtig erraten hast, fast alle gestorben sind . . .«

»Ja, warum hast du sie mir dann nicht erzählt?«

Jeronim zuckte müde mit den Achseln.

»Es ist etwas dazwischen gekommen. Nicht der Rede wert . . .«

»Du hättest sie mir erzählen können«, fuhr Vladimir fort, »sie hätte mir keinen Schrecken eingejagt. Du kannst sie mir auch jetzt noch erzählen. Ich höre gerne zu, wenn andere erzählen. Ich frage mich dann immer nur: was soll ich erzählen, wenn die Reihe an mich kommen wird? Sollte ich den Leuten erzählen, was mir eines Nachts passiert ist, als ich die Schafe hütete?«

Jeronim fuhr sich wieder nervös mit der Hand durchs Haar.

»Es ist etwas dazwischen gekommen, und aus war es mit dem Schauspiel, zurückgekehrt ins Nichts. Es hat anderen Problemen das Feld geräumt: manchen banaleren,

anderen überaus wichtigen, genauer gesagt einem Hauptproblem. Kommst du nicht dahinter? Du hast mich, wenn auch unwillkürlich, auf einen anderen Gedanken gebracht: auf das Problem der Ethik, den Unterschied zwischen Koleopteren und Schmetterlingen.«
»Und Lepidopteren«, präzisierte Iconaru.
Jeronim knipste wieder die Taschenlampe an und betrachtete ihn lange, wobei er sich bemühte, ihn nicht zu blenden.
»Beeilen wir uns«, sagte er und ging plötzlich voran. »Es ist kalt geworden.«

Er fühlte, daß ihm jemand nachging, erwartete jeden Augenblick, angesprochen zu werden, und verlangsamte seinen Schritt. Die Unbekannte zögerte jedoch. Darum lehnte er seinen Cellokasten an die Flurwand und begann umständlich seinen Mantel aufzuknöpfen und gemächlich sein Taschentuch zu suchen.
»Meister!« hörte er plötzlich hinter seinem Rücken eine ungewöhnlich klare, starke Altstimme. »Meister, stimmt es, daß Sie keine Privatstunden mehr erteilen?«
Antim drehte sich um, tat überrascht, zog sein Taschentuch, wischte sich wie geistesabwesend die Stirn, behielt es dann in der Hand und betrachtete dabei erstaunt die Unbekannte.
»Ja, es ist wahr«, erwiderte er. »Ich habe mich entschlossen, keine Stunden mehr zu geben, weil ...«
Ihr Anblick versetzte ihn plötzlich in Panik. Hatte er sie nicht schon einmal gesehen? Er starrte sie an und wischte sich dabei hastig den Schweiß aus dem Gesicht.
»Glauben Sie nicht, daß meine Hand zittrig geworden ist«, sagte er mit einem verlegenen Lächeln.
»Sie sind müde, Meister ...«
»Ja, ich bin auch müde, aber daran allein liegt es nicht.

Ihre Züge sind mir so vertraut. Ich habe den Eindruck, Sie bereits irgendwo gesehen zu haben, das heißt . . .«
Das Mädchen trat näher auf ihn zu und neigte die Schultern leicht vor.
»Ich habe keines Ihrer Konzerte versäumt, Meister! Ich verfolge Sie seit fünf Jahren, schon seitdem ich auf dem Konservatorium war. Vom ganzen Orchester sah und *hörte* ich nur Sie! . . .«
»Nein, so war das nicht zu verstehen«, fuhr er ihr ins Wort, ohne sie aus den Augen zu lassen, und nahm das Taschentuch in die andere Hand. »Sind Sie Rumänin? Ich meine, haben Sie hier, in Bukarest gelebt?«
Dem Mädchen stieg die Röte ins Gesicht.
»Meine Eltern stammen aus der Provinz, aber ich bin hier aufgewachsen.«
»Ach, so habe ich doch recht gehabt. In gewissem Sinne sind Sie also eine Fremde, Sie kommen von anderswoher . . .«
Das Mädchen nickte und lächelte verlegen. Da fiel Antim auf, daß sie einen großen Mund und unregelmäßige Zähne hatte. Dies verlieh ihrem schönen Gesicht einen wilden, bedrohlichen, fast aggressiven Ausdruck. Er konnte seiner Emotion kaum Herr werden.
»Ich hatte es gehört, wollte es jedoch nicht glauben. Das wäre ja entsetzlich, ganz entsetzlich, sagte ich mir, wenn es wahr wäre, daß der Meister keine Privatstunden mehr gibt, gerade jetzt, da ich eine Stelle gefunden und Geld habe. Gerade jetzt, da ich es mir endlich leisten kann, Stunden zu nehmen. Wenigstens ein paar. Wenigstens ein oder zwei im Monat«, fügte sie hinzu, als sie bemerkte, daß er schwieg, sie unruhig betrachtete, als höre er ihr gar nicht zu, sondern verfolge nur die Bewegung ihrer Lippen und den bald feuchten, bald matten Glanz ihrer Zähne.
Er faltete sein Taschentuch zusammen und schickte sich an, seinen Mantel zuzuknöpfen.

»Es tut mir leid«, sagte er, den Cellokasten aufhebend. »Ich habe mich entschlossen, keine Privatstunden mehr zu geben, als ich einsah, *daß ich's nicht schaffe.* Ich schaffe es nicht in zwei, nicht in vier und auch nicht in fünf Jahren; *ich schaffe es einfach nicht.*«
Er wandte sich um und sah, daß die Lichter hinten im Flur allmählich ausgingen.
»Wir müssen gehen, sonst riskieren wir, vor geschlossener Tür zu stehen«, fügte er hinzu und versuchte mit der Rechten, seinen Mantelkragen hochzuschlagen. Dennoch raffte er sich nur schwer zum Gehen auf.
»Sie begreifen, was ich sagen will. Eines Tages habe ich eingesehen, daß es mir nicht gelingt, die Schüler voranzubringen, das heißt, sie so weit zu bringen, daß sie mich übertreffen ...«
Das Mädchen brach plötzlich in Lachen aus, trat kurz entschlossen auf ihn zu und hakte sich mit einer Geste der Vertrautheit bei ihm ein.
»Meister«, sprach sie voller Leidenschaft, »Sie ahnen ja gar nicht, wie glücklich ich bin! Ich hatte so vieles über Sie gehört. Was hat man nicht alles über Meister Manolache Antim geredet und fabuliert! Das aber hat mir keiner gesagt, und wie hätte ich es erraten können! Ich wußte bloß, daß in gewissem Sinne auch Sie kein Glück gehabt haben.«
Antim blieb stehen und sah sie wieder über die Brille hinweg verwirrt an.
»Sie hatten kein Glück, Meister, mit Ihren Schülern. Wer nahm schon bei Ihnen Unterricht? Allerlei Preisträger. Wer den ersten und den zweiten Preis gewonnen hatte. Vielleicht waren auch noch einige dabei, die auf dem dritten Platz gelandet waren. Aber die anderen, Meister? *Die anderen*?« wiederholte sie mit Nachdruck und näherte ihr Gesicht immer mehr dem seinen.
»Wen meinen Sie mit den anderen?«
»Nun ja, Meister, die anderen eben, die der Ehrgeiz

auffrißt und die vom Pech verfolgt sind, deren Zahl übrigens nicht unbeträchtlich ist. Horia Grădişteanu, z. B., von dem niemand etwas gehört hat, weil er mit achtzehn Selbstmord beging. Oder Maria Da Maria. Diese Maria Daria Maria bin nämlich ich«, sagte sie, die Stimme senkend. »In der Schule rief man mich Maria Da Maria ...«
»Wir müssen uns beeilen, sonst riskieren wir ...«
»Gestatten Sie, daß ich Ihnen das Cello trage«, unterbrach sie ihn.
Ihr Angebot kam so unerwartet, daß er keinen Einspruch erhob. Verlegen faßte er sich mit beiden Händen um den Hals und versuchte, sich den Schal unter dem aufgestellten Mantelkragen zurecht zu ziehen.
»Wäre ich zehn Jahre jünger, hätte ich mich beleidigt gefühlt«, sagte er.
»Sie hätten sich auch jetzt beleidigt gefühlt«, unterbrach sie ihn wieder, »wenn eine andere, ich meine, keine jüngere oder ältere, eine anders geartete Frau, Ihnen das angetragen hätte. Es kommt nicht auf das Alter der Frauen an, sondern auf ihr Wesen. Das macht den Unterschied aus.«
Sie blieb plötzlich stehen, umarmte das Cello mit beiden Händen und preßte es an ihren Körper.
»Meister!« rief sie mit erstickter Stimme, nahe daran, in Tränen auszubrechen. »Meister, den Horia haben Sie nicht gekannt, jetzt aber haben Sie das begabteste und eitelste Wesen vor sich, daß Sie je im Leben getroffen haben, einen Menschen von fast krankhaftem Ehrgeiz, aber auch von Pech verfolgt wie kaum ein anderer. Ich habe tagelang nicht gewagt, die Straße zu überqueren, weil ich *wußte*, ein Auto würde mich überfahren, Meister, *ich spürte* das Auto von weitem, aus zehn Meter Entfernung, ich spürte, wie es mich überfährt und mir die Finger zermalmt. *Die Finger*, Meister, diese Finger, die, wenn das Pech mich nicht so verfolgt hätte ... Denn

jahrelang suchte ich eine Stelle, die es mir ermöglichen sollte, einige Privatstunden bei Ihnen zu nehmen, jedwede Stelle, mochte sie noch so langweilig oder widerwärtig sein, nur die Finger sollte sie mir schonen; jahrelang habe ich immer wieder gesucht und mittlerweile lebte ich von der Gnade des einen oder anderen, denn nicht einmal als Garderobefrau in einem Nachtlokal wollten sie mich behalten ... Und jetzt erst, seit kurzem, seit voriger Woche habe ich endlich eine Stelle gefunden. Doch was nützt es mir? Wäre ich nicht ein solcher Pechvogel, hätte ich die Stelle zwei, drei Monate früher gefunden, und dann hätten Sie sich überzeugen können, wozu diese Finger imstande sind. Glauben Sie mir, Meister, Sie hätten gestaunt! ...«

Sachte schob Antim sie zur Tür. Er gab sich ehrlich Mühe, höflich und gelöst zu sein und tat so, als bemerke er gar nicht die Tränen, die ihr über die Wangen rollten.

»Gute Nacht, Vasile«, verabschiedete er sich vom Pförtner. »Entschuldige, daß wir so lange geblieben sind«, fügte er noch hinzu und band sich den Schal fester um den Hals. »Ich habe mich in der Pause nicht ganz wohl gefühlt. Scheine mich erkältet zu haben. Es ist plötzlich Herbst geworden! ...«

Nachdem sie mit zusammengerollten alten Zeitungen die Spinnengewebe entfernt hatten, versuchten sie, den Dekkel der Truhe abzustauben. Bald sah Jeronim jedoch ein, daß der Staub sich wie eine glatte, eingetrocknete Kotschicht festgeklebt hatte, gab auf und warf den improvisierten Flederwisch zwischen die an der Wand aufgestapelten Zeitungsstöße. Er reichte seine Lampe Iconaru, zog einen Ring mit alten Schlüsseln aus seiner Tasche und begann, sie aufs Geratewohl und ohne große Hoffnung auf Erfolg auszuprobieren. Dann und wann rüttelte er kräftig am Schloß, als wollte er feststellen, ob es wirklich abgesperrt war.

»Paß auf, du machst zu großen Lärm, es könnte uns jemand hören ...« flüsterte Iconaru.

Jeronim sah ihn überrascht an und zog eine finstere Miene, schüttelte dann aber den Kopf, als sähe er plötzlich ein, daß der Junge recht hatte.

»Dann lösche das Licht aus«, sagte er leise. »Und wir bleiben nun eine Weile ganz still. Wir wollen hören, ob sich etwas rührt ...«

Anfangs vernahmen sie nur den Wind, den sie auch bisher gehört hatten, sooft sie im Dunkeln verstummt waren. Bald drang jedoch ein dumpfes Stöhnen an ihr Ohr, ein Seufzer, der sich übermäßig lang hinzog und dann jäh abbrach. Wenige Sekunden darauf vernahmen sie wieder das Stöhnen, es schien ganz aus der Nähe zu kommen und hatte einen tieferen Klang. Es folgte ein kurzes, erschrockenes Keuchen, als liefe jemand an ihnen vorbei und wendete sich eilig zur Tür des Dachbodens.

»Es ist niemand hier«, flüsterte Jeronim. »Kein Geist, kein Gespenst, will ich sagen. Die Geräusche, die du hörst, kommen von der Dachluke, die nicht gut schließt und vom Wind gerüttelt wird ...«

»Pst!« unterbrach ihn Iconaru und faßte ihn am Arm. »Horch!«

Wieder glaubten sie ein Stöhnen zu vernehmen, aber auch andere Geräusche, die von der Tür des Dachbodens zu kommen schienen und sich so anhörten, als mühte sich jemand ab, einen Sack Holz oder Reisig über die alten, morschen Dielen hinter sich herzuschleppen.

»Vielleicht sind sie uns dahintergekommen und suchen uns«, fuhr Iconaru noch leiser fort.

Sie schwiegen beide und hielten den Atem an.

Schließlich brach Jeronim das Schweigen, zwang sich jedoch, die Stimme nicht zu heben: »Wenn uns jemand ertappt, sagst du die Wahrheit: Wir haben uns zufällig vorgestern getroffen, und ich habe dir von einer Schmetterlingssammlung erzählt, habe aber vor allem vom Theater gesprochen, von den Geheimnissen der Schauspielkunst. Du kannst auch erwähnen, daß ich wegen der Uniformen gekommen bin, kannst betonen, daß ich fest entschlossen war, sie mitgehen zu lassen, daß ich beabsichtigte, sie für ein, zwei Wochen zu behalten. Wer würde schon zwei Generalsuniformen *für immer* haben wollen? Wir haben uns also recht verstanden: Ich kam her, um mir die Uniformen auszuleihen, weshalb, zu welchem Zweck, das verrätst du ihnen nicht. Wenn sie in dich dringen, sagst du einfach, fürs Theater, er brauchte sie für sein Theater. Du bist Gymnasiast«, fügte er nach einer kurzen Pause fast feierlich hinzu, »ich hoffe, du kannst ein Geheimnis wahren. Du sagst ihnen bloß: Er brauchte die Uniformen für sein Theater ...«

»Du versuchst umsonst, mir Schreck einzujagen«, unterbrach ihn Iconaru und knipste entschlossen die Lampe an. »Hast mich eine verwundete Taube herumtragen gesehen und denkst dir nun, dem Dorftrottel da kann man alles einreden!«

Jeronim bedeckte sich die Augen mit der rechten Hand. Iconarus Worte hatten ihn überrascht. Er schien zutiefst gekränkt. »Wie kannst du nur so sprechen? Nie würde ich einen Jungen, der eine verwundete Taube aufhebt, gering schätzen. Das wäre doch ein Sakrileg!«

»Warum versuchst du mir dann einzureden, daß uns jemand hier auf dem Boden erwischen und der Polizei übergeben könnte?«

Jeronim nahm langsam wieder die Hand von den Augen und lächelte.

»Das war ja nicht ernst gemeint. Ich habe nur mit der Möglichkeit gespielt, wollte mir eine Theaterszene vor Augen führen.«

»Wenn du glaubst, daß ich Angst vor Gespenstern oder vor der Polizei habe ...«

Jeronim zuckte mit den Achseln und konzentrierte seine ganze Aufmerksamkeit auf die Schlüssel in seiner Hand.
»Ich erinnere mich genau ...«, sprach er mehr zu sich selber, hob einen der Schlüssel ganz nah zu den Augen, wischte ihn sorgfältig mit seinem Taschentuch ab und probierte ihn voller Spannung aus.
»Das ist er«, rief er erfreut. »Jetzt paß mal auf ...«
Er nahm das Schloß ab, legte es auf einen Stoß Zeitungen und versuchte, den Deckel der Truhe leicht aufzuheben. Er winkte Iconaru herbei, der die Taschenlampe in die linke Hand nahm und ihm mit der rechten die Truhe öffnen half. Sie knirschte so schrill, daß die beiden über das unerwartet laute metallene, unheimliche Geräusch erschraken. Schließlich gelang es ihnen, den Deckel aufzuheben. Ein durchdringender Geruch von Kampfer, Naphtalin und Basilikum stieg ihnen in die Nase. Das makellose Weiß des Lakens erstaunte sie.
»Wie man doch an jeder Kleinigkeit die Hand der Generalin erkennt! Sie legte die Sachen in eine Truhe mit der gleichen Gewissenhaftigkeit, mit der andere früher einmal Klöster bauten oder Pyramiden errichteten. Sieh dir das mal an: Was für schönes, weißes Laken, und so glatt gezogen, als hätte sie es erst gestern oder vorgestern hier ausgebreitet! Faß es an und du wirst spüren, wie seidig es ist.«
Voller Ergriffenheit zog Jeronim das Laken beiseite, faltete es behutsam zusammen und legte es wie eine Kostbarkeit in einen Winkel. Vladimir trat mit der Lampe näher und ließ den Lichtkegel von einem Ende der Truhe bis zum anderen wandern. Jeronim konnte sich nicht länger beherrschen.
»Alles, nur das hatte ich nicht erwartet!« gestand er überrascht. »Dabei hätte ich's mir ja denken können ...«
Einige Augenblicke betrachteten sie beide schweigend das blaßgrüne Kleid mit dem Kragen aus schwarzer Spitze.

»Es liegt da, wie die Schneiderin es ihr wenige Tage zuvor gebracht hatte«, flüsterte Jeronim. »Arme Tante Caty, sie kam nicht mehr dazu, es beim Wohltätigskeitsabend zu tragen. Dabei hatte sie es eigens für diese Soirée bestellt, denn sie war eine der stellvertretenden Vorsitzenden der Wohltätigkeitsgesellschaft. Sie hatte wahnsinnige Angst vor Bombenangriffen, und als Alarm geblasen wurde, nahm sie ihre Kinder und lief mit ihnen in den Luftschutzbunker am Ende der Straße.« Er stockte und unterdrückte einen Seufzer. »Alle sind sie umgekommen. Von der Popa-Nan-Straße bis hier zu uns, knapp zweihundert Meter weit, blieb kein einziges Haus stehen. Ein Bombenteppich legte alles in Schutt und Asche. Vergeblich kämpfte die Generalin, lief zum königlichen Palast, um einen Sondertrupp zu erlangen, der die Verschütteten ausgraben und retten sollte. Sie wollte wenigstens die Tochter finden und sie unbedingt in ihrem neuen Kleid beerdigen lassen. In diesem Kleid«, fügte er hinzu, indem er es zaghaft am Kragen faßte und näherzog. »Alle Mühe war vergeblich. Man fand nichts als Asche.«
Er streckte den Arm so weit er konnte, um das Kleid hochzuheben, und Iconaru fuhr mit der Taschenlampe darüber und beleuchtete es von oben bis unten.
»Aber ich hätte es mir denken können«, fuhr Jeronim fort, indem er das Kleid zusammenfaltete und es über das Laken legte. »Ich hätte es mir vorstellen können, daß die Generalin es wie ein Heiligtum aufbewahren würde, war es doch alles, was ihr von Caty, ihrer jüngsten und bis dahin glücklichsten Tochter übriggeblieben war. Denn sie hatte vier Kinder, doch Glück in der Ehe war nur dieser Tochter beschieden. (Damals, am Tag des Bombenangriffs, wußte Caty nicht, daß ihr Mann, Vanghele, Hauptmann Vanghele, in einem Krankenhaus in Jassy im Sterben lag.) Die beiden anderen Töchter hatten kein Glück in der Ehe. Die eine war geschieden

und lebte in Craiova; sie hatte sich mit einem stellvertretenden Bankdirektor eingelassen. An Voica, die andere, will ich mich lieber nicht erinnern. Sie machte ihrem Leben selber ein Ende.«

»Gott hab sie selig«, sagte Iconaru und bekreuzigte sich.

»Gott hab sie alle selig«, flüsterte Jeronim. »Alle, ob Frauen oder Männer«, fügte er mehr für sich hinzu. »Es war wie ein Fluch, wie in einer antiken Tragödie. Keiner kam mit dem Leben davon.«

Plötzlich richtete er sich auf und sagte mit unerwartet fester Stimme:

»Aber wäre es doch nur eine antike Tragödie, ein Schauspiel, ein von mir erfundenes Drama, wenn du begreifst, was ich sagen will. Als Produkt meiner Phantasie wäre es der Wahrheit viel näher gekommen als die plumpen Tatsachen. Das Theater ist *wahrheitsgetreuer* als das Leben, denn es bietet die Möglichkeit, aus einem Drama auszusteigen und in ein anderes einzutreten, ein Schauspiel überhaupt zu verlassen. Ich hätte mich jederzeit an den Chor wenden und ihm sagen können: Nun aber Schluß! Ich habe euch lange genug zugehört. Ihr übertreibt! Das alles ist viel zu tragisch. Gehen wir zu Caty und bitten wir sie um Verzeihung. Verzeih, Tante Caty, hätte ich ihr gesagt, daß wir dich wieder sterben ließen, diesmal haben wir dich mit all deinen Kindern bei einem Bombenangriff umkommen lassen!«

Seine Miene verdüsterte sich. Er beugte sich tief über die Truhe, wühlte drin hastig, schob Bauernblusen, Schürzenröcke, wollene Tüchter und Gürtel sowie Schleier aus borangic* zur Seite und sagte:

»Das war ihre große Leidenschaft: sich als Bauern zu verkleiden; sie sammelten Trachten aus allen Teilen des Landes, denn sie trieben mit der Einheit des rumänischen Volkes einen wahren Kult, waren dazu erzogen worden. Deswegen müssen wir ihre Leidenschaft respektieren, so

* Ungezwirnte Seide.

einfältig sie uns auch vorkommen mag. Wenigstens verkleideten sie sich nicht wie die westeuropäischen Aristokraten im 18. Jahrhundert als Schäfer und Schäferinnen, in der törichten Hoffnung, inmitten der Natur, das heißt in der Nähe von Springbrunnen, künstlichen Grotten und romantischen Ruinen der Glückseligkeit des Schäferlebens teilhaftig zu werden.«

Plötzlich bemerkte er, daß Iconaru vor Kälte zitterte und fragte ihn:

»Friert dich?«

Er wühlte in der Truhe, zog zwei Kopftücher hervor, legte sie dem Jungen um die Schultern und sagte:

»Hab noch ein wenig Geduld, wenn wir auf die Uniformen stoßen, ziehen wir sie an . . .«

»Und die Falter?« fragte Iconaru und wickelte sich eines der Tücher um den Hals. »Wo finden wir die Falter?«

Jeronim ließ sich Zeit mit der Antwort, suchte immer nervöser und hastiger in der Truhe, schob Mädchenkleider, Spitzenschals, Blusen und Stricksachen in allen Farben beiseite.

»Die Schachtel mit den Schmetterlingen«, beharrte Iconaru. »Denn was mich betrifft, so bin ich nur deswegen gekommen.«

»Die Schachteln mit Schmetterlingen, wenn wir genau sein wollen, denn es gibt ihrer viele, sehr viele . . .«

Während er sprach, zog Jeronim ganz aufgeregt ein Brautkleid heraus und hielt es im Schein der Lampe so hoch er konnte, um es besser zu bewundern.

»Wem das wohl gehört haben mag?« fragte er neugierig und zugleich mit einer Spur von Trauer in der Stimme. »Dem Schnitt und Stoff nach zu urteilen, ist es lange vor unserer Zeit getragen worden. Ist dir immer noch kalt?« wandte er sich an Vladimir. »Warte, ich leg dir noch etwas um.«

Er fand einen Schürzenrock, wie ihn die Bäuerinnen in Siebenbürgen tragen und hing ihn Vladimir wie eine

Pelerine um die Schultern. Er hätte noch gerne etwas hinzufügen wollen, erblickte jedoch eine schwarze Riesenspinne, die gerade unter der Truhe aufgetaucht war und davonlaufen wollte, streckte geschwind den Fuß nach ihr aus und zertrat sie.

»Wo sind die Schachteln mit den Faltern?« drängte Iconaru.

»Sie sind unten, in einem der Zimmer, das nie abgesperrt wird. Sobald wir die Generalsuniformen angezogen und uns Säbel umgehängt haben – wenn die noch auf ihrem Platz sind, dort im Schrank«, sagte er, mit ausgestrecktem Arm auf den Kasten neben der Tür weisend – »gehen wir hinunter. Brauchst keine Angst zu haben, es wird uns niemand überraschen. Der *Maestro* ist ein entfernter Verwandter von mir, eine Art Onkel. Ich jedenfalls nenne ihn Onkel Vania, und seine Gewohnheiten kenne ich ganz genau. Er kommt nie vor zwei, drei Uhr morgens nach Hause, dann schließen nämlich die Bierlokale. Licht dürfen wir allerdings nicht machen, sonst könnten uns die Nachbarn sehen. Wir werden uns schon mit dieser Taschenlampe behelfen müssen.«

Er hielt inne, streckte wieder geschwind das Bein aus und zertrat mit ungewöhnlicher Geschicklichkeit, eine nach der anderen, drei schwarze Spinnen, die, als hätten sie Flügel, in verschiedenen Richtungen zu fliehen versuchten.

»Das ist eine Sünde«, protestierte Iconaru. »Du hättest sie nicht töten sollen. Sie haben dir doch nichts Böses getan ...«

Vor dem Kaffeehaus versuchte Antim mehrmals vergeblich, ihr das Cello aus der Hand zu nehmen. Schließlich warf er verzweifelt die Arme zum Himmel, öffnete weit die Tür und bat sie, einzutreten. Zu seinem Erstaunen ging das Mädchen festen Schrittes und erhobenen Hauptes hinein und sah sich nach allen Seiten um, als suche sie jemanden. Vielleicht wollte sie sich auch nur selbst beweisen, daß sie keineswegs eingeschüchtert sei. Es war erst kurz nach Zehn und das Café, zugleich Bierlokal, in dem man abends auch eine Omelette und Frankfurter Würstchen bestellen konnte, war fast voll. Man rief Antim von mehreren Tischen zu, aber er tat so, als hörte er es nicht.

»Bravo Maestro!« beglückwünschte ihn der Schauspieler Iliescu, dem man in der Herbstsaison keine Rolle anvertraut hatte und der nun jeden Abend, von einer Schar lärmender junger Mädchen begleitet, ins Café kam, damit die Leute nicht meinten, er nähme es sich allzusehr zu Herzen.

Antim zuckte mit den Achseln und skizzierte mit dem linken Arm eine vage Geste der Resignation und Langeweile.

»Eine Schülerin von mir ...«

Das Mädchen schritt selbstsicher voran. Sie hatte hinten, in einer dunklen Ecke, einen freien Tisch erspäht.

»Bravo, Meister!« rief ihm wieder jemand zu. »Keinen schlechten Geschmack!«

»Es ist eine Schülerin«, erwiderte Antim mit bitterem Lächeln. »Meine letzte Schülerin. Ihr werdet bald von ihr hören.«

Als sie sich hinsetzten, griff Maria rasch nach seiner Rechten, hielt sie zwischen ihren Händen fest und flüsterte: »Ich danke Ihnen, Meister. Ich danke Ihnen für alles ...«

Er entzog ihr sachte die Hand, drehte sich um und winkte den Kellner herbei.

»Danken Sie mir nicht, Sie wissen ja noch nicht, was Sie erwartet.«

Geheimnisvoll lächelnd, zog er den Schal aus, suchte sein Taschentuch und putzte damit seine Brille. Der Kellner

wollte ihm den Mantel abnehmen, was er höflich dankend ablehnte.
»Ich behalte ihn noch ein klein wenig an, bis ich warm geworden bin.«
Dann wandte er sich dem Mädchen zu.
»Für das Fräulein . . .«
»Für mich einen Tee«, sagte Maria, »und ein Schinken- oder Käsebrot, wenn Sie noch eines übrighaben. Es kann auch etwas anderes sein«, fügte sie geschwind hinzu und lächelte, ohne den Blick zu senken.
»Und mir bringen Sie einen Tee und einen Kognak. Ich bin ganz durchfroren.«
Er rückte sich die Brille zurecht und musterte Maria von neuem.
»Sie sind also eine *Ortsfremde.* Ich wiederhole das, weil ich immer schon das Gefühl hatte, wichtige Nachrichten durch Fremde zu erfahren. In meiner Vorstellung gehören sie einer anderen Welt an, selbst wenn sie bloß aus Jassy oder Ploeşti kommen. Darum bin ich froh, Sie getroffen zu haben. Ohne es selber zu wissen, bringen Sie mir eine Botschaft. Und ich brenne schon darauf, den Inhalt dieser Botschaft zu erfahren.«
Das Mädchen errötete plötzlich und lächelte.
»Ich, Meister?«
»Lächeln Sie nicht. Halten Sie mich nicht für einen närrischen Alten. Ich bin gar nicht so alt, wenn meine Kräfte auch seit einiger Zeit etwas nachgelassen haben. Und närrisch bin ich gewiß nicht. Aber die Begegnung mit Fremden hat mein Leben bestimmt. Ihnen das alles heute abend zu erklären, würde uns zu weit führen. Eines muß ich Ihnen aber sagen: Alle Frauen, in die ich verliebt zu sein glaubte, kamen von anderswoher, waren *Fremde.*«
Das Mädchen senkte den Blick; sie hatte den Eindruck, die Leute am Nachbartisch lauschten ihrem Gespräch.
»Es mag ein Zufall sein«, fuhr Antim fort. »Aber ist es

nicht ein seltsamer Zufall, daß meine Liebe von keiner dieser Frauen erwidert wurde? Mehr noch: dreimal war ich verlobt, und jedes Mal scheiterte die Beziehung, keinmal durch mein Verschulden. Und das alles *nur einer Erzählung wegen.* Ja, Maria Daria Maria, einfach einer Erzählung wegen«, sprach er bewegt und blickte ihr fest in die Augen. »Der Autor war wenig bekannt, ich selber habe seinen Namen längst vergessen. Es war eine nur kurze aber seltsame Erzählung, vielleicht sollte man sie eher als Skizze bezeichnen . . .«

Er hielt inne und sah verträumt dem Kellner zu, der die beiden Tassen Tee und den Teller mit den belegten Broten auf den Tisch stellte.

»Danke, Petrache«, sagte er zu dem Kellner, der ihm mit einem vielsagenden Augenzwinkern das bis an den Rand gefüllte Glas Kognak vorsichtig zuschob. »Genieren Sie sich, bitte, nicht und greifen Sie zu«, ermunterte er das Mädchen, als er sah, daß sie unschlüssig auf den Teller starrte. »Nehmen Sie zunächst eines mit Schinken . . .«

Er selber trank seinen Tee und nippte ab und zu an seinem Kognak.

»Ich habe die Erzählung, glaube ich, als vierzehn- oder fünfzehnjähriger Gymnasiast gelesen«, begann er wieder, nachdem er nochmals einen Blick in die Runde geworfen hatte, um sich zu überzeugen, daß kein Bekannter in der Nähe saß. »Damals ahnte ich noch gar nicht, daß ich Berufsmusiker werden würde, wiewohl ich seit meinem fünften Lebensjahr Geige spielte und bald darauf auch das Cello entdeckt hatte. Meine große Leidenschaft galt den Naturwissenschaften, besonders der Entomologie, vor allem den Schmetterlingen. Die sammele ich auch heute noch leidenschaftlich gern. Aber nachdem ich die Erzählung gelesen hatte, die ich vorhin erwähnte, änderte sich mein Leben vollkommen. Ich *mußte* Musiker werden. Ich fühlte, wußte es, daß nur die Kunst, in meinem Fall die Musik, mich von der Besessenheit heilen würde. Denn das war es im Grunde genommen: Besessenheit. Ich erkannte mich im Helden dieser Erzählung wieder. Ich glaubte, alle seine Abenteuer selber erlebt zu haben. Und worum ging es da? Was ich Ihnen sagen werde, klingt absurd: Es ging um Geschehnisse in einem früheren Leben ...«

»In einem früheren Leben?« unterbrach ihn Maria und sah ihm verwirrt und etwas bange tief in die Augen. »Also eine Erzählung über Seelenwanderung?«

Antim griff nach der Schale Tee, überlegte es sich jedoch und stellte sie überaus vorsichtig zurück auf die Untertasse.

»Seelenwanderung kommt in vielen Erzählungen vor. Das aber war es nicht, was mich so sehr beeindruckte: daß sich die Ereignisse in einem anderen Leben zugetragen hatten. Was mich beeindruckte, war das scheinbar beiläufige und ziemlich banale Detail, daß zwei Verliebte ihr Verlöbnis lösten, weil der junge Mann eines Tages unwillkürlich eine Entdeckung gemacht hatte und sich natürlich beeilte, seiner Braut davon zu erzählen. Worauf diese sich aus schwer verständlichen Gründen gekränkt fühlte und ihn verließ. Ich verstehe wirklich nicht, was da vorgegangen ist, warum das Mädchen sich beleidigt fühlte ...«

Maria errötete wieder, ohne sich dessen bewußt zu werden. Sie hatte gerade ein zweites Schinkenbrot angebissen und wagte nicht zu kauen, so verwirrt war sie.

»Ich wiederhole Ihnen, die Erzählung ist äußerst einfach«, fuhr Antim fort und verschlang das Mädchen mit den Blicken. »Sie handelte von weit zurückliegenden Vorfällen, von Begebenheiten, die sich vor einigen Jahrhunderten, vermutlich im Mittelalter, irgendwo in der westlichen Welt ereignet haben. Der Held der Geschichte war ein Jongleur, ein Zauberkünstler.«

Antim hielt im Sprechen inne, um einen großen Schluck Kognak hinunterzuspülen, wischte sich wieder die Brille ab und starrte dann eine Weile träumerisch vor sich hin.

»Wenn Sie die Erzählung hören«, begann er entschlossen, »wird es Sie erstaunen, daß sie mich so stark beeindrucken konnte. Der junge Mann, der Bräutigam des Mädchens, war, wie ich Ihnen bereits sagte, ein Gaukler. An die entscheidende Szene erinnere ich mich auch jetzt noch ganz genau: Er stand in einem Zirkuszelt auf dem Jahrmarkt, schon geschminkt und im Kostüm, hinter dem Vorhang, bereit, vor die Zuschauer zu treten und sie mit seinen Zauberkunststücken zu unterhalten. Da hörte er jemand in seiner Nähe kichern, und mit einem Mal kam ihm die ganze Erbärmlichkeit seines Daseins, sein *Niedergang*, sein *Verrat* zu Bewußtsein. Er begriff im nämlichen Augenblick, daß seine Aufgabe als Jongleur und Gaukler darin bestand, *die Götter zu zerstreuen*, während er seine Zeit damit vergeudete, *die Menschen zu belustigen.*«

»Ich verstehe nicht«, flüsterte Maria erblassend.

»Das ist auch gar nicht leicht zu verstehen«, fuhr Antim fort und winkte dem Kellner. »Aber so war es in alten Zeiten: Akrobaten, Jongleure und Gaukler gaben ihre Kunststücke immer nur zu Ehren der Götter zum besten.« Er hielt inne und wartete, bis der Kellner zum Tisch kam.

»Nochmals das gleiche. Aber vielleicht möchte auch das Fräulein einen Kognak?«

»Nein, danke, Meister«, wehrte Maria ab. »Höchstens ein wenig Rum in den Tee. Aber wie konnten die Götter an derlei Gefallen finden?« fügte sie nach einer Weile skeptisch lächelnd hinzu.

»Fragen Sie mich nicht, denn darauf weiß ich selber keine Antwort. *Eines steht jedoch fest:* Alle Künste: die Vokal- und Instrumentalmusik, der Tanz, die Malerei, die Bildhauerei, sie alle sind erfunden worden, um die Götter zu ehren und ihnen zu dienen ...«

»Die Musik, der Tanz, das Theater, das kann ich verstehen«, sagte Maria.
»Darum ging es aber gar nicht in der Erzählung. Dies war nur der Ausgangspunkt des Dramas, das sich dann zwischen den Verlobten abspielte. Als der junge Mann seiner Braut voller Trauer bekannte, daß er seine wirkliche Berufung, die eine religiöse sei, verfehlt habe, als er ihr gestand, wie sehr er, der unübertroffene Zauberkünstler, sich schäme, gleich allen anderen seiner Gilde sein Handwerk einfach auf dem Jahrmarkt auszuüben und sich dabei noch geschmeichelt zu fühlen, ja glücklich zu wähnen, wenn er Menschen jeglichen Standes, Burgfräulein und Schloßherren sowie Mägde und Knechte belustige, da verließ ihn das Mädchen auf der Stelle.«
»Warum denn?« fragte Maria verwirrt.
»Das begreife auch ich nicht. Vielleicht erinnere ich mich auch nicht mehr an die näheren Umstände. Jedenfalls verließ das Mädchen den jungen Mann fluchtartig noch in derselben Nacht.«
»Aber weshalb nur? Das war doch kein Grund zur Trennung?!« beharrte Maria.
»Vielleicht befürchtete sie, daß ihr Verlobter nach dieser Erkenntnis, die im Grunde genommen ja eine tragische Erkenntnis war, nicht mehr ganz auf der Höhe, nicht mehr der unübertroffene, allgemein bewunderte und umjubelte Künstler sein würde. Ich weiß es nicht. Ich bin mir darüber nicht im klaren.«
Er schwieg eine Weile und lächelte verträumt.
»Ich hätte mir einen dramatischeren, vielleicht sogar melodramatischen Ablauf gewünscht.«
Er hielt inne und beobachtete aufmerksam, mit welcher Geschicklichkeit der Kellner ihm das Glas Kognak vorsetzte, ohne auch nur einen Tropfen zu verschütten.
»Danke, Petrache. Sie sind großartig!«
Er führte das Glas an die Lippen und nippte bedächtig.

Dann wandte er sich wieder Maria zu.
»... Aber sie verabschiedete sich wortlos von ihm«, fügte er hinzu. »Oder, wenn sie ihm etwas gesagt hat, erinnere ich mich jedenfalls nicht daran. Das Ende der Erzählung war ziemlich banal. Deswegen habe ich es wahrscheinlich auch vergessen.«
»Schade«, flüsterte Maria.
»Wen habe ich nicht alles danach gefragt!« ereiferte sich Antim. »Als ich jung war, fragte ich jeden, kaum, daß ich ihn näher kennengelernt hatte, ob er diese Erzählung gelesen habe. Ich gab kurz den Inhalt an und geriet manchmal ganz aus dem Häuschen, wenn ich bemerkte, daß man mir aufmerksam zuhörte und die Brauen runzelte, als versuche man, sich zu erinnern. Gleich schöpfte ich Hoffnung: vielleicht habe ich diesmal Glück und erfahre den Namen des Autors oder den Titel der Erzählung oder zumindest ihr Ende, sagte ich mir... Ich war zum Stadtgespräch geworden damals, um 1914, vor Kriegsausbruch«, fügte er lächelnd hinzu.
Er trank den Tee, griff dann nach dem Glas Kognak und behielt es lange in der Hand.
»Wie ich aber bereits erwähnte, hat diese Erzählung mein Leben verändert. Gleich dem Helden der Erzählung widmete ich mich der Kunst, und gleich ihm gestand ich allen Frauen, in die ich mich verliebte, was ich über die Berufung des Künstlers dachte, worauf sie mich verließen, wenn auch nicht wortlos und fluchtartig, so doch ebenso schicksalhaft.«
Hingerissen hatte Maria seinen Worten gelauscht. Sie wurde bald blaß, bald rot.
»Was mag die Frauen nur so abgeschreckt haben?« sprach Antim weiter. »Sie werden mich für sentimental, für einen Einfaltspinsel oder einfach für dumm gehalten haben. Denn welcher vernünftige Mensch könnte eine so unsinnige Erzählung eines obskuren Autors ernst nehmen?«

»So unsinnig war sie gar nicht, da sie Ihr Leben verändert hat«, wandte Maria ein.
Zum ersten Mal brach Antim in Lachen aus. Er lachte versöhnt, wie alte Leute es manchmal tun, aber ein Rest von Bitterkeit blieb.
»Es freut mich, Sie überzeugen zu können, dazu noch so schnell«, sagte er lächelnd. »Sie wissen gar nicht, wie recht Sie haben! . . . Zum einen konnte ich mit keiner der Frauen, die ich geliebt habe und die, ich betone es noch einmal, alle *Fremde* waren, eine Lebensgemeinschaft eingehen, zum anderen hat mich diese Erzählung von meinen Faltern fortgerissen und schließlich zum Cellisten gemacht, zunächst in einem Wiener Quartett und dann hier im Orchester der Philharmonie. Aber warum erreichte ich nicht mehr? Warum erfüllte ich nicht die Erwartungen, die man in mich setzte und wurde nicht, wie es mir im Jahre 1926 sogar Casals prophezeite, einer der ganz großen, einer der besten Cellisten der Welt?«
»Aber das sind Sie doch geworden, Meister«, fiel ihm Maria ins Wort. »Sie sind doch einer der ganz Großen.«
»Ich weiß, was ich Ihnen sage«, fuhr Antim mit einem Lächeln fort. »Sie sprachen von Ehrgeiz, sagten, Sie hätten einen krankhaften Ehrgeiz, der Sie verzehrt. Meinen herzlichen Glückwunsch, Maria Daria! Wenn Sie an Ihr Talent glauben, dann muß der Ehrgeiz Sie verzehren . . .«
»Aber in meinem Fall . . .«
»Unterbrechen Sie mich nicht, denn Sie wissen ja gar nicht, was ich Ihnen noch weiter sagen wollte. Vielleicht war auch ich in gewissem Sinne ehrgeizig. Ich willigte ja ein, Konzerte zu geben, ich versuchte, mich hervorzutun. Das genügte mir jedoch nicht. Der Erfolg bei Publikum und Presse ließ mich kalt. Er interessierte mich nicht, einfach weil mir nichts daran lag, *vor Menschen zu spielen*. Jene Erzählung hatte meine Einstellung zur Kunst radikal verändert. Es fiel mir schwer, für meines-

gleichen, für Menschen zu spielen. Aber für wen denn sonst? Für die Götter? Götter gibt es nicht. Für Gott? Aber wenn man wirklich an Gott glaubt, wäre es doch ein Mangel an Ehrfurcht, ihm wie irgendeinem Mäzen profane Musik vorzuspielen: Lieder, Walzer, Romanzen. Glaubt man aber nicht an Gott, und das ist, fürchte ich, mein Fall, *für wen sonst* soll man spielen?«

»Für die Engel, Meister!« rief Maria pathetisch aus. »Für die Engel!«

Antim lachte wieder laut auf. Maria stieg die Röte ins Gesicht. Sie streckte ihren Arm über den Tisch und ergriff seine Hand. »Sie haben mich nicht verstanden, Meister. Wenn ich sage, für die Engel, denke ich weder an die Engel in den Kirchen noch an die im Himmel oder in Museen oder auf Ansichtskarten. Wir spielen für die Engel in uns. Denn jeder Mensch hat einen Engel in sich, nicht den Schutzengel, sondern den Engel, der, in der Tiefe unserer Seele eingeschlossen, stöhnt und den loszuketten uns nur selten, äußerst selten gelingt. Ja, den müssen wir von seinen Fesseln befreien, damit er unbehindert auffliegt und mit ihm die geläuterte Seele, die Seele jedes einzelnen von uns.«

Antim hatte ihr bewegt zugehört und zwinkerte von Zeit zu Zeit mit den Augen, als bemühe er sich, einen Traum abzuschütteln.

»Sprechen Sie nicht weiter«, bat er sie mit veränderter Stimme. »Sprechen Sie nicht weiter«, wiederholte er.

Maria zog ihre Hand zurück und senkte verlegen den Blick. Antim bemerkte, daß alle Leute an den Nachbartischen die Ohren spitzten, und er lächelte krampfhaft.

»Es ist schwer, Ihnen das zu erklären«, sagte er. »Es handelt sich da nicht um mich . . .«

Sie hatten beide die Generalsuniformen angezogen, und Jeronim legte die anderen Sachen mit großer Sorgfalt in die Truhe zurück.
»Die Uniform paßt dir wunderbar«, stellte Vladimir fest. »Sie sitzt wie angegossen. Mir aber hängt sie am Leibe. Ich sehe darin aus wie eine Vogelscheuche.«
»Sie wird dich wärmen«, tröstete ihn Jeronim. »Sie ist wie ein wattierter Mantel.«
»Aber sie schlottert ja nur um mich herum! Die Jacke reicht mir fast bis zu den Knien. Und schau dir die Ärmel an«, fügte er hinzu, indem er den Arm ausstreckte.
»Ich sage dir, sie wird dich warmhalten. Und wenn wir unten im Salon sind, legst du sie ab. Es ist leichter, sie anzubehalten, als sie auf dem Arm zu tragen. Ich bin gleich fertig«, fügte er hinzu.
Er war gerade dabei, auch das Brautkleid wieder zu verstauen, blieb dann aber unschlüssig stehen; der Truhendeckel ging nicht mehr zu.
»Wenn du einen Augenblick die Lampe hältst, krempele ich mir die Ärmel hoch und helfe dir«, sagte Vladimir.
Jeronim nahm ihm die Lampe aus der Hand und begann zerstreut mit der Linken die Fransen des Kleides in die Truhe zu pressen.
»Dabei erinnere ich mich genau, daß das Kleid ungefaltet drin lag«, sagte er ärgerlich.
»Da es ohnehin niemandem mehr dienen wird«, bemerkte Vladimir, »schlage ich vor, wir zerbrechen uns nicht weiter den Kopf und stopfen es einfach irgendwie rein, denn es wird spät . . .«
Jeronim gab nicht auf, raffte bald die Rockschöße zusammen, bald das Oberteil.
»Ich frage mich, wie die Generalin es angestellt hat, das Kleid ungefaltet hineinzulegen. Denn uns gelingt das nicht. Wie sehr wir es auch zusammendrücken, immer hängt irgendein Zipfel hinaus.«
»Verlieren wir doch damit nicht unsere Zeit«, drängte

Vladimir, hielt jedoch erschrocken inne, bedeutete, einen Finger an die Lippen führend, Jeronim, zu schweigen und knipste die Lampe aus.
»Man hört etwas«, sagte er, so leise er konnte.

Nach den ersten Takten schloß Antim die Augen, er glaubte zu träumen, sah sich wieder an der Seite Casals', an jenem Nachmittag im Mai 1926, als er ohne vorherige Anmeldung schüchtern an die Tür des Meisters geklopft und ihm gesagt hatte: »Entschuldigen Sie, ich bin Entomologe ...« Durch seine Offenheit war es ihm vermutlich gelungen, den Meister für sich zu gewinnen. Denn eine Viertelstunde später hörte Casals ihm mit äußerster Konzentration zu, runzelte die Brauen und beglückwünschte ihn. »Sie haben gut daran getan, die Entomologie an den Nagel zu hängen«, hatte er ihm lachend gesagt. Dann hatte er das Cello zwischen die Knie genommen, hatte dem Eindringling wie einem Halbwüchsigen voller Sympathie zugezwinkert und ihm dasselbe Stück selber vorgespielt. Und nun spielte wieder Casals, er spielte wieder Opus 56 und spielte hier, in diesem kalten und feuchten, ärmlich beleuchteten, kahlen Salon, der schon eine halbe Ruine war.
»*Onkel Vania* ist zurück. Ich weiß nicht, was los ist, denn für gewöhnlich kommt er nie vor zwei, drei Uhr morgens. Übrigens ist nicht er es, der spielt«, fügte er hinzu. »Nach einem Konzert spielt er nie.«

»Was fangen wir nun an?« fragte Vladimir schüchtern. »Wenn sie uns hören?«
»Hab keine Angst. Wenn er Musik hört, hat er kein Ohr mehr für etwas anderes. Er dürfte jemanden aus dem

Orchester mitgebracht haben, um eine Passage zu überprüfen. In diesem Fall wird er nicht lange bleiben. Die anderen warten sicher auf ihn im Kaffeehaus. Sie warten, um mit ihm Schach zu spielen . . .«
Jeronim hatte die letzten Worte sehr leise hinzugefügt, mehr zu sich sprechend, konnte jedoch seine Gereiztheit nicht verbergen. Die Worte Caimatas klangen ihm wieder im Ohr. Sooft er ihn traf, erklärte er ihm in anmaßendem, gönnerhaftem und dennoch bewunderndem, fast ehrfurchtsvollem Ton: »Lieber Junge«, sagte er ihm, indem er ihm altväterlich seine schwere Hand auf die Schulter legte: »Lieber Junge, so begabt dein Onkel Manolache für Musik auch sein mag, im Schach kann es niemand mit ihm aufnehmen. Er hätte jederzeit Landesmeister werden können. *Jederzeit!* Aber er will nicht. Es interessiert ihn nicht. Er gibt sich bei Turnieren in den Schlußrunden geschlagen, als wollte er *uns*, seine Freunde und Bewunderer, absichtlich ärgern!«

Antim hatte die Augen seit langem geöffnet, wagte es jedoch nicht, Maria anzusehen. Leicht über das Cello geneigt, lächelte sie verträumt wie im Schlaf. Diese unnachahmlichen Takte, die das Finale ankündigen, übertrafen alle seine Erwartungen. Als der letzte Ton verhallte, sprang er auf, trat auf das Mädchen zu, küßte sie auf beide Wangen und küßte ihr dann auch die Hände.
»Sie hatten recht«, sprach er bewegt. »Diese Finger . . .«
Er kämpfte mit den Tränen, zog sich daher wieder zurück und nestelte an den Knöpfen seines Mantels, als hätte er sich plötzlich entschlossen, ihn abzulegen.
»Sie werden sich erkälten, Meister«, sagte Maria, »denn hier im Salon ist es kälter als draußen.«
Antim blieb eine Weile, den Mantel halb aufgeknöpft, unschlüssig stehen.

»Sie hatten recht«, wiederholte er, die Stimme senkend. »Wir hatten kein Glück, weder Sie noch ich. Wir haben so viel Zeit verloren. Sie hätten mich viel früher aufsuchen sollen. Dann wären Sie heute berühmt.«
»Danke, Meister«, flüsterte Maria und wischte sich schüchtern mit dem Handrücken die Tränen ab.
»Spielen Sie doch noch etwas! Eines Ihrer Lieblingsstücke.«
Maria sah ihn an, und ein Lächeln erhellte ihr Gesicht, dann beugte sie sich leicht übers Cello und begann zu spielen.

»Wir könnten die Sachen auch im Dunkeln in die Truhe verstauen«, flüsterte Iconaru. »Es sind doch lauter Damensachen, die kein Geräusch verursachen . . .«

»Ich bin Entomologe«, hatte er Casals wiederholt, »aber als ich vierzehn oder fünfzehn Jahre alt war, las ich eine seltsame, geradezu absurde Erzählung, und diese Erzählung veranlaßte mich, Musiker zu werden . . .«
Casals hatte ihm die ganze Zeit über schmunzelnd zugehört und schien zu seinem Erstaunen keineswegs überrascht. »So ergeht es im Grunde genommen uns allen, allen Künstlern«, erwiderte er ihm. »Einerseits werden wir einem Ideal *untreu*, wir verraten ein Ideal, denn jedes Ideal ist letzten Endes unerreichbar. Andererseits aber . . .«

Das Mädchen hörte plötzlich mitten im Satz zu spielen auf und blickte erschrocken zur Zimmerdecke.

»Entschuldigen Sie, Meister, aber ich kann nicht weiter ... Mir ist so bange. Ich habe den Eindruck, daß jemand auf dem Dachboden umhergeht ...«
Antim fing zu lachen an. Es gelang ihm jedoch nicht, seine Unruhe zu verbergen.
»Nachts, besonders jetzt im Herbst, wenn der Wind bläst, hört man immer solche Geräusche«, versuchte er, sie zu beruhigen. »Das Haus ist halb zerfallen. Das sehen Sie ja übrigens selber«, fügte er hinzu, indem er mit dem Arm nach hinten in den Salon wies, wo verschossene, zerrissene, von Motten zerfressene Draperien mehr schlecht als recht die ungeschickt gezimmerte Bretterwand verdeckten.

»Die Musik ist verstummt«, flüsterte Jeronim. »Das heißt, daß sie bald fortgehen. Gib mir einen Augenblick die Lampe.«
Er knipste sie an, schirmte das Licht mit der linken Hand ab und ging auf die Tür zu.

»Es ist nicht der Wind«, meinte Maria. Sie hatte den Kopf zurückgeneigt und lauschte gespannt. »Es geht jemand auf dem Dachboden herum. Vorhin glaubte ich auch, ein Flüstern zu hören.«
Antim lauschte nun ebenfalls eine Weile aufmerksam, trat dann entschlossen hinaus, knipste im Flur das Licht an, wandte sich der Holztreppe zu, die zum Dachboden führte, und rief in überraschend strengem Ton:
»Jeronim, komm, bitte, sofort herunter! *Tu entends?* Sofort!« wiederholte er.
Und den Neffen an der Hand führend, kam er ins Zimmer zurück und stellte ihn Maria vor:

»Mein Neffe, Jeronim Thanase. Vielleicht haben Sie schon von ihm gehört. Vor etwa zehn Jahren galt er als Wunderkind und spielte im Städtischen Theater. Ein so frühreifes Schauspielertalent ist selten.«
Jeronim war lächelnd und erhobenen Hauptes eingetreten. Als er Maria vorgestellt wurde, verbeugte er sich vor ihr mit übertriebener Höflichkeit und küßte ihr die Hand.
»Kannst ihr ruhig beide Hände küssen, denn sie ist eine gottbegnadete Künstlerin«, erklärte Antim. »Maria Daria Maria ist von heute an meine Schülerin. Schülerin allerdings nur dem Namen nach, denn sie übertrifft mich bei weitem.«
»Meister«, wehrte Maria verlegen ab.
»Und natürlich ist sie eine *Fremde.* Ihre Eltern stammen aus der Provinz. Als ich Maria heute abend kennenlernte, fragte ich mich, was sie mir wohl offenbaren würde. Daß es ihr musikalisches Genie sein würde, ahnte ich nicht im entferntesten.«
»Meister«, wehrte das Mädchen von neuem ab.
Jeronim fuhr fort, ihr bald die eine, bald die andere Hand zu küssen.
»Jetzt reicht's aber«, beschloß Antim lachend. *»Ça suffit!* Du wirst sie hören und dich selber überzeugen: Sie wird, falls sie es nicht schon jetzt ist, die bedeutendste Cellistin unserer Zeit werden.«
Er rückte sich die Brille zurecht, maß seinen Neffen plötzlich von Kopf bis Fuß und fragte ihn:
»Was ist das nun wieder für ein verrückter Einfall, die Uniform des Generals anzuziehen!?«
Jeronim sah Maria forschend an und fragte sie dann mit feierlichem Ernst:
»Können Sie ein Geheimnis wahren? Wenigstens ein, zwei Wochen bis zur Aufführung?«
Ohne ihre Antwort abzuwarten, wandte er sich dann Antim zu und fuhr fort:

»In ein, zwei Wochen führen wir nämlich in *unserem* Theater, auf der Experimentierbühne, *Hamlet* auf. Ich werde Hamlets Vater darstellen, und wie könnte ich besser zum Ausdruck bringen, daß es sich um ein Gespenst handelt, als indem ich die Uniform eines rumänischen Generals anziehe, die Uniform eines Helden aus dem Ersten Weltkrieg?«
»Das ist doch absurd!« fiel Antim ihm ins Wort und lächelte amüsiert. »Es ist einfach absurd, aber bei dir wundert mich nichts mehr!«
Jeronim trat entschlossen, fast drohend auf Maria zu.
»Halten Sie das wirklich für so absurd?« fragte er sie und sah ihr in die Augen. »Nur weil es etwas Ausgefallenes ist, nur weil man es bisher nie getan hat? Sagt uns nicht die Uniform eines rumänischen Generals deutlicher und unmittelbarer als jedes andere ausgefallene oder lächerliche Kostüm, als jedes sogenannte fürstliche Gewand des Herrschers eines fiktiven Dänemark, daß es sich um einen Toten handelt, genauer gesagt um die Darstellung *des Todes* an und für sich, um etwas, das einmal gewesen ist und nicht mehr sein kann – einmal gewesen und nicht mehr, weil die *Tragödie* dazwischen kam.«
Maria blickte ihn lächelnd an.
»Sie werden es schwer haben«, sprach sie mit unerwartet sanfter Stimme: »Sie werden es schwer haben, die Zuschauer davon zu überzeugen, daß Sie der Geist des ermordeten Königs sind. So wie Sie jetzt aussehen, in dieser Uniform eines rumänischen Generals, jung und schlank und, wie Sie selber wissen, hübscher als für einen Mann zulässig, gleichen Sie eher einem romantischen Helden von Byron oder Puschkin.«
Jeronim erblaßte, und eine seltsame Trauer verdunkelte seinen Blick.
»Das ist also alles, was Sie begriffen haben: Daß ich in der Rolle des Geistes auf der Bühne erscheinen und in dieser Generalsuniform auf und ab schreiten werde!...

Habe ich nicht betont, daß wir *Hamlet* in *unserem* Theater, das ein experimentelles Thetater ist, aufführen? Ist Ihnen nicht einen Augenblick der Gedanke gekommen, daß ich durch eine Maske für alle unkenntlich sein könnte? Wie werden Sie erst staunen, wenn ich Ihnen nun sage, daß ich auch den Hamlet spielen werde. Und wie Sie sich wohl erinnern dürften, befinden sich zu Beginn des ersten Aktes *beide* gleichzeitig auf der Bühne, Hamlet und der Geist seines Vaters. Somit werde ich in einer Doppelrolle auftreten, werde zweimal *ich* sein und dennoch ...«

Er trat auf sie zu und drückte ihr ergriffen die Hand.

»Liebes Fräulein Maria, Onkel Vania behauptet, Sie seien ein Genie. Dann müssen Sie ja begreifen, was man mir angetan hat, indem man mich jahrelang als Wunderkind im Städtischen Theater verwöhnte. Die haben mich zugrunde gerichtet, Maria Daria; jede Spur von Talent ist in mir versiegt. Dabei bin ich doch dafür geboren: für das *Theater*. Sie haben meine Vorstellungskraft verstümmelt, meine Intelligenz verkümmern lassen. Sie haben alle Gaben, mit denen die guten Feen mich in der Wiege bedacht hatten, in ihr Gegenteil verkehrt. Verdammte Frühreife! Als die sich nicht mehr mit mir als Wunderkind produzieren konnten, weil ich über einen Metersechzig hinausgeschossen war, zwangen sie mich, jugendliche Liebhaber zu spielen. Damals kam mir zum ersten Mal der Gedanke an Selbstmord. Ich lehnte mich aber auf, brach alle Brücken hinter mir ab, versuchte, alles zu vergessen, was *sie* mir beigebracht hatten. Und ich versichere Ihnen, liebes Fräulein, es gelang mir, alles zu vergessen. Ich wurde unwissender, naiver und lauterer als je ein Schauspieler gewesen ist. Und dann fing ich noch einmal von vorne an. Ich entdeckte das Theater für mich, ich erschuf es mir von neuem.«

Von innerer Unruhe erfaßt, begann er auf und ab zu gehen.

»So, wie wir, Menschen von heute, Menschen, die in der zweiten Hälfte des 20. Jahrhunderts leben, es alle tun müssen. Wir müssen alles nochmals erfinden, von der Sprache bis zur Wette Pascals, von der Liebe bis zu den Institutionen, von der Ethik bis zum Sport.«

»Entschuldigen Sie«, unterbrach ihn Maria. »Ich wollte Sie nicht kränken. Ich kannte Sie ja nicht, und als ich Sie mir als Geist eines ermordeten Königs vorzustellen versuchte ... Nun aber fange ich an, Sie zu begreifen...«

»Meinen herzlichen Glückwunsch«, sagte Antim und setzte sich gutgelaunt in den Sessel. »So sehr ich auch seine Intelligenz bewundere, ich kann mich nicht rühmen, ihn immer zu verstehen.«

Jeronim pflanzte sich vor ihm auf und bedankte sich bei ihm mit einer scherzhaft übertriebenen Verbeugung für diese lobenden Worte.

»Weil du, *Oncle Vania,* nichts übrig hast fürs Drama, fürs echte Schauspiel, mit einem Wort für die *Tragödie.* Wiewohl wir beide sie wie wenige unserer Zeitgenossen zu fühlen bekommen haben. Du hast keinen Sinn für die Tragödie, wiewohl du weiterhin hier, *in diesem Haus* lebst«, sagte er, mit ausgestrecktem Arm in den Salon weisend. »Deswegen spielst du so gern Schach. Wenn man Schach spielt, stellt man Überlegungen an, macht richtige oder falsche Züge. Für Fehler muß man büßen und man verliert die Partie. Das ist aber keine Tragödie ...«

Antim fuhr fort zu lächeln.

»Schon gut, schon gut, hast mich überzeugt!« versuchte er, ihn zu unterbrechen. »Übrigens weißt du ganz genau, daß ich Schach nur aus Verzweiflung spiele. Wie die anderen auch«, fügte er, die Stimme senkend, hinzu.

Jeronim versuchte, seinen Blick festzuhalten.

»Das ist es ja eben, was ich dir vorwerfe: daß du es immer nur den anderen nachtust. Aber was haben *wir* mit den anderen gemein? Warum sind wir *die beiden einzigen* Überlebenden aus einer Familie von neununddreißig Personen?«

Antim, von neuem bemüht, ihn zu unterbrechen, warf die Arme hoch, als wollte er ein auf ihn zueilendes scheu gewordenes Fohlen abwehren.

»Jeronim, *je t'en supplie,* fang nun, bitte, nicht auch noch an, zu so später Stunde die Familiengeschichte aufzurollen.«

»Entschuldigen Sie«, wandte Jeronim sich, mit einer tiefen Verbeugung und die Hand aufs Herz legend, an Maria. »Von Zeit zu Zeit leide ich an solchen Anfällen von Indiskretion, eine Indiskretion übelster Sorte. Ich wollte jedoch nur so viel sagen: daß wir beide, der *Maestro* und ich, die einzigen Überlebenden der Familien Calomfir, Antim und Thanase, gewiß nicht zufällig Künstler sind.«

Mit einer jähen Bewegung wandte er sich Antim zu und versuchte zu lächeln.

»Diese Berufung ist jedoch verpflichtend, *Oncle* Manolache. Mögen andere, wie ein Zamfir und Caimata, *aus Verzweiflung* Schach spielen. Wir müssen unserem Schicksal die Stirn bieten, und die Tragödie akzeptieren als die einzig mögliche Lebensform für einen Künstler, der so viele Tote zu beklagen hat. Diese Toten tragen wir auf unseren Rücken, ob wir's wollen oder nicht. Zu übel hat uns das Schicksal mitgespielt, zu sehr waren wir vom Unglück verfolgt.«

Maria stieg die Röte ins Gesicht. Erschrocken suchte sie Antims Blick.

»Sprich bitte nicht vom Unheil, das uns widerfahren ist«, versuchte Antim ihn wieder zu unterbrechen. »Wir haben es bis zur Neige ausgekostet, und auch Maria weiß ein Lied davon zu singen.«

»Ein Grund mehr für mich, sie zu bewundern!« rief Jeronim aus, stürzte auf sie zu und küßte ihr die Hand. »Es genügt jedoch nicht, *unser Mißgeschick* zur Kenntnis zu nehmen, *Oncle* Vania«, fuhr er leidenschaftlich fort. »Was nützt es, das Unglück zu erkennen, wenn wir keine Konsequenzen daraus ziehen, wenn wir uns dem Schicksal nicht stellen?«

Er trat auf Maria zu und sah sie forschend und mit feierlichem Ernst an.

»*Princesse*, wenn Sie wirklich so talentiert sind, wie der Meister behauptet, können Sie nicht anders, als mir recht geben. Wir dürfen vor einem traurigen Los, vor Unglück im Leben nicht zurückschrecken. Das ist die Voraussetzung für unsere schöpferische Kraft. Wir Bewohner dieses Landstrichs stehen unter einem Unstern; dies läßt sich nicht ändern. Was bleibt uns zu tun? Freuen wir uns an dem, was wir haben, es hätte uns schlimmer ergehen, es hätte der Tod uns ereilen, wir hätten ausgelöscht werden können. Freuen wir uns also an dem, was wir haben; man muß das Leben nehmen, wie es ist.«

»Jeronim, jage dem Mädchen doch keinen Schrecken ein!« empörte sich Antim, die Brauen runzelnd. Sein Zorn war jedoch nur gespielt.

Jeronim sah die beiden entgeistert an.

»Wie könnte das einer Künstlerin, einem geistig hochstehenden Menschen Schrecken einjagen?!« rief er voller Emphase aus. »Als ...«

»Ich weiß, was Unglück bedeutet«, unterbrach ihn Maria gelassen. »Wie ich dem Meister schon sagte, ich wurde, so weit ich zurückdenken kann, immer vom Pech verfolgt.«

Sie schwieg und erbleichte, als sie Iconaru an der Tür auftauchen sah. Das Gesicht von Staub und Ruß verschmiert, stand er im viel zu langen Waffenrock des Generals, mit aufgekrempelten Ärmeln wie angewurzelt auf der Türschwelle und lauschte ihren Worten. Mit wenigen Schritten war Jeronim an seiner Seite, legte ihm den Arm um die Schulter und stellte ihn vor:

»Das ist Vladimir Iconaru, von dem ich euch eben erzählen wollte. Ich habe ihn vorgestern auf der Straße getroffen, als er *eine verwundete Taube in der Hand trug.«*

»Irgendein Taugenichts hatte mit der Schleuder nach ihr gezielt. Ich hatte Angst, die Katzen könnten sie fressen . . .«

Den Arm immer noch um Vladimirs Schulter, drängte Jeronim ihn sachte in den Salon.

»Hört ihr? Der ist sich nicht einmal dessen bewußt, daß er in seinen Händen eine ganze Theologie, den Glauben und die Hoffnung des gesamten Menschengeschlechtes trug.«

»Mach dich nicht über mich lustig«, unterbrach ihn Iconaru errötend. »Glaubst, weil ich ein Bauernjunge bin . . .«

»Vladimir Iconaru!« rief Jeronim pathetisch aus. Wie würde ich es wagen, mich über dich lustig zu machen? Als ich dich mit der verwundeten Taube erblickte, kamen mir gleich Zweifel. Ich sagte mir: Wie, wenn alles nur eine Illusion, eine Täuschung ist? Sollte es wirklich nur das sein: ein mitleidiger Gymnasiast, der verwundete Tauben auf dem Spielplatz aufliest?«

»Es hatte sie jemand mit einem Stein getroffen . . .«

Antim stand auf und schob seine Brille zurecht.

»Wollt ihr mir nicht endlich erklären, was hier vorgeht?« sagte er. »Wer ist der junge Mann?«

Iconaru schlug militärisch die Hacken zusammen und stellte sich vor:

»Ich heiße Vladimir Iconaru, bin Schüler der siebten Klasse am Gheorghe-Lazăr-Gymnasium. Ich bin im Dorfe Adunaţi, Bezirk Olt, geboren. Mein Vater war Lehrer, Kriegsinvalide und starb vor einem Jahr. Ich möchte Naturwissenschaften studieren . . .«

Jeronim faßte ihn beim Arm und hinderte ihn am Weitersprechen.

»Er hält sich für einen Entomologen, ist aber offenkundig etwas anderes und *ein anderer*: er ist der Knabe, der eine verwundete Taube in der Hand trug! Ich sagte euch bereits, daß wir die Wette Pascals neu erfinden müssen«, fügte er hinzu, gespannt, wie Maria und Antim auf seine Worte reagieren würden.

»Aber warum hast du auch ihn in die Generalsuniform gesteckt?« fragte Antim.

»Weil ihm kalt war, und er auf dem Dachboden vor der Truhe zu frösteln anfing.«

»Welch herrlich warmes Kleidungsstück!« rief er, sich plötzlich an Iconaru wendend, träumerisch aus. »Welch herrliches Kleidungsstück, Brüderchen Vladimir! Ist es nicht wie ein warmer Körper, der dich in seine Arme schließt, um dich vor der Kälte zu schützen?«

Mit den schwungvollen Bewegungen eines Eisläufers flitzte er über das spiegelglatte Parkett des Salons und blieb Luft holend vor Antim stehen.

»Wie in *Herr und Knecht*. Erinnerst du dich noch, *Oncle Vania*, wie Wasily Andrejitsch sich im Schnee über Nikita legt, um ihn vor dem Erfrieren zu bewahren? Er bewahrt ihn davor, rettet ihm das Leben um den Preis seines eigenen Lebens. Wie konnte nur Tolstoi voraussehen, was in Rußland vierzig bis fünfzig Jahre nach dem Erscheinen seiner Novelle geschehen würde: Nämlich, daß die Groß- und Klein-Bojaren bis zum Letzten geopfert, die Bauern jedoch gerettet werden sollten? Wie hat er *auch das noch* vorausgesehen?«

»Ich sehe die Analogie nicht recht ein«, entgegnete Antim und ließ sich, vergeblich gegen seine Müdigkeit ankämpfend, wieder in den Sessel fallen.

»Das ist auch gar nicht nötig«, sagte Jeronim, mit dem Arm fuchtelnd. »Es ist eine soziologische Interpretation, die nicht mit unseren Generalsuniformen in Einklang zu bringen ist. Denn diese Generalsuniform, mein Fräulein«, wandte er sich nun an Maria, »die auch mich vor Kälte schützt, bedeutet für mich die Kunst, die Freude am Spiel, für Vladimir Iconaru ist sie indes ganz einfach ein festliches Gewand, ein Kostüm für einen Maskenball. So lange wir imstande sein werden, uns zu kostümieren und *zu spielen*, sind wir gerettet!«

Maria blickte fragend zu Antim und lächelte verständnislos.

»Es ist spät geworden«, sagte sie, »und der Meister ist müde.«

»Im Gegenteil, ganz im Gegenteil!« protestierte Antim. »Ich fühle mich immer munterer. Wenn ich Jeronim zuhöre, erlebe ich meine Jugend wieder.«

Gerührt trat Jeronim auf seinen Onkel zu und verbeugte sich abermals tief vor ihm.

»Meine Jugend bist du, *Oncle Vania*«, sagte er, die Stimme senkend. »Aber was würden wir anfangen, wenn das Schicksal uns nicht jetzt, *da wir beide so sehr darauf angewiesen sind*, Vladimir Iconaru ins Haus geweht hätte. Euch das Rätselhafte seiner Erscheinung klarzumachen, würde mir allerdings schwerfallen. Weißt du, *Oncle* Manolache, daß er *keine Furcht kennt*. Er fürchtet sich nicht vor großen, schwarzen Spinnen ...«

»Sie tun ja niemandem was zuleide«, unterbrach ihn Iconaru lächelnd. »Sie haben auch ihre Lebensberechtigung ...«

»Und er hatte auch keine Angst, als der alte Vasile Chelaru, einen Sack voller Späne hinter sich herschleppend, an uns vorbeihumpelte«, fuhr Jeronim, immer mehr in Eifer geratend, fort, »auch nicht, als er hörte, wie Veronica entsetzt zur Tür flüchtete und stöhnend immer wieder ›ich will nicht sterben, Mutter, sag ihnen doch, bitte, daß ich nicht sterben will!‹ wiederholte ... Vielleicht hat er ihre Worte aber auch gar nicht gehört, denn sie lief zu geschwind. Die Arme! Sie beeilte sich, die Tür des Dachbodens zu erreichen. Gesehen hat er keinen von ihnen, dessen bin ich ganz sicher, obwohl sie sich ständig um uns tummelten.«

»Das ist nicht wahr!« schrie Vladimir. »Du hast die Gespenster nur erfunden, um mir Angst einzujagen. Es war nur der Wind!«
Jeronim betrachtete ihn wieder verträumt, wie geistesabwesend.
»*Es gab sie*, Brüderchen Iconaru, aber weil du nicht geneigt warst, an die Existenz dieser armen Gespenster zu glauben, die verdammt sind, auf dem Dachboden des Hauses Calomfir herumzustreifen, haben sie zu sein aufgehört, sind schlicht und einfach ins Nichts zurückgekehrt.«
Antim nahm nervös seine Brille ab und hob drohend die Hand.
»Jeronim«, mahnte er, »hör, bitte, endlich auf! *Ça suffit!*«
»Verzeih, *Oncle* Manolache!« rief Jeronim zerknirscht aus. »Aber was kann ich dafür, wenn die Feen mich dazu verdammt haben, *zu sehen, zu erkennen und zu gestalten*. Ich gebe zu: Es war niemand da. Auf dem Dachboden unseres Hauses gibt es niemanden mehr. Man hört nur durch die Dachluke das Pfeifen des Windes. Aber sag selbst, Maestro, wäre es nicht großartig gewesen zu glauben, wir hätten den alten Vasile Chelaru und Veronica tatsächlich gehört und wären vor Angst erstarrt? Stell dir vor, wir hätten das grenzenlose Entsetzen jener Menschen miterlebt, erkannt, daß der einzelne keinen Augenblick allein ist, daß die Schatten der Toten immer um uns sind. Welch eine Erfahrung für einen jungen Menschen wie mich und für Vladimir, der fast noch ein Kind ist!«
»Das sind krankhafte Vorstellungen«, sagte Maria ganz außer sich. »Ein gebildeter junger Künstler wie Sie erfindet Schreckgespenster, um sich mutwillig in Wahnvorstellungen hineinzusteigern!«
Jeronim erhob sich und sah sie verstört an.
»Leider«, sagte er, »habe ich nichts erfunden. Ich bin ja

selber das Produkt dieser Schreckgespenster. Und daher verteidige ich mich, so gut ich's eben kann: Ich verteidige mich, indem ich Theater spiele und meine Wahnvorstellungen in ein Schauspiel verwandle.«
Maria blieb einen Schritt vor ihm stehen, sah ihn wild an, atmete schwer und zitterte am ganzen Leibe.
»Wer einem so alten Geschlecht entstammt, so schön, kühn und begabt ist wie Sie, hat kein Recht, über Unglück zu klagen. Wenn man Ihrer Intelligenz und Ihrer Begabung auch Zwang angetan hat, als Sie als Wunderkind galten, so ist es Ihnen, wie Sie soeben zugaben, doch gelungen, aus eigener Kraft zu gesunden. Aber selbst damals, als Sie ein Wunderkind waren, hat niemand versucht, Sie so zu verunstalten, daß Sie nie mehr auf einer Bühne auftreten könnten.«
Blaß geworden, holte sie tief Atem, um einen Seufzer zu unterdrücken.
»Wie man es mit mir in der Schule versucht hat, als man mich mit der Rute schlug, besonders auf die Finger, um mir einen zu brechen ... Was mir später bei der Dreschmaschine beinahe passiert wäre, als ich die Leute vergeblich anflehte, mir eine andere Arbeit zu geben. Ich sagte ihnen, wie gern ich Cello spiele, daß dieses Instrument mein Leben bedeute. Ich flehte sie an, meine Finger zu schonen. Seit damals erwache ich fast jede Nacht schreiend, betaste meine Finger, zünde das Licht an und betrachte sie einen nach dem anderen. Und vor Angst wage ich nicht, mich wieder zurückzulegen, stütze meinen Kopf auf die Hände. Jahrelang hatte ich immer nur den bitteren Geschmack von Tränen auf den Lippen.«

Die Insektensammlung auf den Knien, saß Iconaru wie angenagelt da. Er hielt die Schachtel mit beiden Händen fest umklammert und konnte es immer noch nicht fassen, daß dieser Schatz ihm gehören sollte. Die Anordnung dieser fabelhaften Koleoptere aus Zentralafrika hätte er selbst im Schlaf hersagen können: Der *Fangosama Centaurus* mit seinem exzentrischen Horn befand sich genau in der Mitte der Schachtel. Zu seiner Linken lag ein grüner *Macrorhinia* mit Hörnern wie ein Hirschgeweih und zu seiner Rechten ein grünweiß gestreifter *Steramtonius virescens*, jener Käfer, vor dem er im Naturwissenschaftlichen Museum, draußen auf der Chaussee, immer staunend verweilt hatte. (»Mein Exemplar ist jedoch besser erhalten!« hatte Antim ihm versichert.) In der zweiten Reihe folgte eine *Cetonia scaraboidae*, dann eine *Taurina longiceps*, deren grüne Deckflügel wie Edelsteine funkelten, und schließlich eine *Phryneta leprosa*, die er nur von Fotografien her kannte. »Ich beschäftige mich schon längst nicht mehr mit Käfern; meine Leidenschaft galt übrigens den Schmetterlingen«, hatte Antim ihm erklärt und ihn nach hinten in den Salon geführt. »Sehen Sie, hier war einst ein großer, hoher Spiegel, der fast die ganze Wand einnahm. Als General Calomfir starb, verhängte seine Witwe den Spiegel mit einer Samtdraperie«, hatte er, im Vorbeigehen auf die Stelle zeigend, des weiteren bemerkt. Dann hatte er eine festgeklemmte Tür aufgestoßen, hatte ihn bei der Hand genommen und vorsichtig durch einen dunklen Raum geführt. »Hier war ursprünglich das Speisezimmer. Nachdem die Generalin jedoch die Möbel verkauft hatte, wandelte sie es in ein Arbeitszimmer um. Nun ist es fast leer. Auch das Licht funktioniert hier nicht. Ich weiß nicht, was los ist, aber sooft jemand den Schalter berührt, entsteht ein Kurzschluß. Und nun, da wir ans Ziel Ihrer Wünsche gelangen, nehmen Sie es mir nicht übel, wenn ich Ihnen nicht genügend Zeit lasse, um sich an den Schaukästen sattzusehen.«

Als das Licht anging, hatte er sich wie geblendet gefühlt. Das Licht fiel von der Decke und flutete von den großen, hohen Stehlampen in allen vier Ecken des weiten Raumes, an dessen Wänden Schaukästen mit so schönen, farbenprächtigen Schmetterlingen hingen, wie er sie selbst im Museum nie zu Gesicht bekommen hatte. »Gehen Sie nicht näher heran, sonst werden Sie sich von diesem Anblick nicht mehr losreißen können und Maria Daria wartet auf uns«, hatte Antim ihn gewarnt, zugleich seine Blicke über die mit Insektensammlungen beladenen Tische und Tischchen schweifen lassen und, wie um sich zu entschuldigen, hinzugefügt: »Ich will Ihnen etwas mitgeben. Doch was soll es nur sein? Vielleicht eine kleine Auswahl von Käfern aus Zentralafrika. Zentralafrika ist ja für seine Koleopteren berühmt.« Darauf hatte er ihm die kostbare Sammlung geschenkt und war mit ihm in den Salon zurückgekehrt, um seine Aufmerksamkeit Maria zu widmen, die wieder voller Hingabe spielte. Er konnte den Blick nicht von ihren Fingern wenden. Sie führte den Bogen so sanft, als wollte sie die Saiten streicheln, dann ließ sie ihn plötzlich hüpfen und drückte ihn so energisch nieder, daß Antim fürchtete, die Saiten würden reißen und ihr die Finger verletzen.

Auch Jeronim starrte wie gebannt auf ihre Finger. Er schloß die Augen und sah sie mit schreckentstellten Zügen vor einer kompakten, bösartigen, gesichtslosen Menschenmasse fliehen. Er hörte die Hetzrufe der Menge. Einer ihrer Verfolger blieb neben ihm stehen, packte ihn am Arm und fragte ihn drohend: »Wohin ist sie geflohen? Raus mit der Sprache! Wohin ist sie geflohen? Wo hat sie sich versteckt?« Die Angst schnürte Jeronim die Kehle zu. Er versuchte, seine Vision zu verscheuchen und flehte in Gedanken den Chor an: »Das ist doch absurd. Es geht nicht um sie. Sag ihnen, daß sie sich getäuscht haben!« Vergebens. Er sah immer deutlicher und hörte immer lauter die Menge, die ihn umringte, wie vom Sturm getrieben weiterlief, ihn mitriß, ihn von allen Seiten umdrängte, ihn immer wieder in den Rücken stieß. Er hörte die Leute miteinander reden, ihre Fragen galten jedoch vor allem ihm: »Wir suchen jemand! Herrgott noch einmal, wie heißt er nur? Er ist doch so bekannt! Jedermann kennt ihn. Es ist so viel von ihm gesprochen worden. Erinnerst du dich nicht an seinen Namen? Sie geißelten ihn und brachen ihm die Finger, einen nach dem anderen. Da ist er geflohen. Er ist geflohen und ward nicht mehr gesehen.« »Als sie ans Kreuz geschlagen wurde«, sprach ein anderer, »schrie sie so laut, daß sie erwachten. Sie sahen sie jedoch nicht mehr, denn sie war vom Kreuz gestiegen, wenn auch mühsam, da ihre Hände bluteten. Sie stieg vom Kreuz und flüchtete, und seither suchen wir sie, können sie aber nicht finden...«

»Das ist doch absurd, ein Irrtum!« rief Jeronim aus. »Ihr habt sie mit einem anderen verwechselt!« »Es ist durchaus keine Verwechslung!« hörte er jemanden rufen. »Jedermann kennt ihn, es ist viel von ihm gesprochen worden. Wie um Gottes willen heißt er bloß?« »Sie trifft doch keine Schuld«, beharrte Jeronim. »Sie ist eine große Künstlerin, eine Cellistin. Verschont doch ihre Hände!« Und ganz verzweifelt drohte er dem Chor: »Was ist nur in euch gefahren? Seid ihr von Sinnen? Es handelt sich um eine Verwechslung, um einen Irrtum. Nehmt doch Vernunft an. Sie trifft gar keine Schuld. Seht sie nur an, sie ist hier vor euch, seht sie euch gut an. Sie wollte zunächst nicht spielen, sie war viel zu aufgeregt, die Hände zitterten ihr, sie konnte ihre Tränen nicht mehr beherrschen, aber der *Maestro* hat sie darum gebeten, er hat darauf bestanden.« »Es ist ein großer Tag für mich«, hat er ihr gesagt...

Draußen war es stürmischer geworden, und Antim ärgerte sich, wenn der Wind den reinen Klang der Musik zuweilen übertönte. Doch wann hörte man in diesem öden Haus, in dem kaum eine Tür richtig schloß und fast alle Fensterscheiben zerbrochen und mit Pappe oder Zeitungspapier verklebt waren, zur Herbstzeit und um Mitternacht nicht den Wind? Nie hatte er die Trostlosigkeit des Windes so bedrückend empfunden wie in jener Nacht, als sie ihn im Kaffeehaus gesucht hatten. Sie waren an den Tisch getreten, an dem er Schach spielte. Er trug gerade das Semifinale mit Zamfir aus. Gherghel hatte sich tief zu ihm heruntergebeugt, damit die anderen ihn nicht hörten, und hatte ihm zugeflüstert, die Generalin läge im Sterben, und er müsse sofort mitkommen, falls er sie noch lebend antreffen wolle. Sie hatte eine halbe Stunde zuvor den Pfarrer rufen lassen, damit er ihr die Beichte abnähme und die letzte Ölung erteilte, und das hatte alle Angehörige in Schrecken versetzt. Antim wollte jedoch nicht glauben, daß es zu Ende ging. Mit dem Tode rang sie bereits seit vielen Wochen, seitdem sie erblindet war. Und sooft er an ihr Bett getreten war, um sie nach ihrem Befinden zu fragen, hatte die Generalin ihm aufmerksam zugehört, und dann plötzlich geflüstert: »Was hört man nur, Manolache? Woher kommt diese Melodie? Die hast du mir, glaube ich, bisher noch nie vorgespielt. Wie gut, daß du dein Cello mitgebracht hast!« »Nein, *mon Général*, ich habe es gar nicht mitgebracht. Aber wenn du willst...« »Bleib lieber hier bei mir und hör zu...«

Als er diesmal das Zimmer betrat, in dem wie stets eine einzige Nachtlampe brannte, und sah, mit welcher Mühe und Hoffnungslosigkeit sie die brennende Kerze in ihren Händen hielt, wußte er, daß das Ende nahe war, kniete neben ihr hin und sagte leise:

»Ich bin gekommen, *mon Général*. Ich bin es, Manolache.«

Ohne den Kopf vom Kissen zu heben, fragte sie ihn mit schwacher, doch überraschend klarer Stimme:
»Wie viele von uns sind noch übriggeblieben, Manolache?«
»Fünf, *mon Général.*«
Sie schwieg lange, als bemühe sie sich, nachzurechnen.
»Paßt auf euch auf«, sagte sie plötzlich, »paßt auf euch auf, denn unser Geschlecht erlischt . . .«
Dann verlangte sie, zum Staunen aller, mit Jeronim allein gelassen zu werden. Auf den Zehenspitzen verließen, einer nach dem anderen, Verwandte, Nachbarn, Arzt und Pfarrer den Raum. Eine Viertelstunde später öffnete sich die Tür, Jeronim trat auf die Schwelle und blieb reglos wie eine Statue stehen.
»Sie ist tot«, sagte er, vor sich hinstarrend, als sehe er keinen der Anwesenden. »Sie konnte mir nur noch ihren letzten Wunsch anvertrauen.« »Gott habe sie selig!« sprachen alle wie aus einem Munde, bekreuzigten sich und stürzten ins Zimmer. Darauf wurden die Kerzen angezündet.
Noch in derselben Nacht, als sie bei der Toten Wache hielten, wollte Manolache erfahren, was die Generalin Jeronim anvertraut hatte, wagte es aber nicht, ihn zu fragen. Zum ersten Mal schüchterte der noch nicht Siebzehnjährige ihn ein. Der Junge schien wie verwandelt, kniete in sich gekehrt am Bett der Toten, stand von Zeit zu Zeit auf, ging in den Salon und durchmaß ihn schweigend und blaß, mit versteinertem Gesicht.
Als Manolache einige Tage nach dem Begräbnis Jeronim in dessen Zimmer aufsuchte und ihn befragen wollte, erblaßte der Junge und wehrte ab: »Verzeih, *Oncle Vania*, ich habe geschworen, ihre Wünsche zu respektieren. Sie nahm mir das Versprechen ab, es niemandem zu sagen, niemandem außer meinem Sohn, sobald er das Alter erreichen würde, das ich jetzt habe. Ich wagte sogar, sie zu fragen: ›Und wenn ich nie einen Sohn haben sollte?‹ . . .

›Dann wird dieses Geheimnis mit dir begraben werden‹, erwiderte sie mir. Nimm es mir nicht übel, *Oncle Vania*«, fügte er mit einem traurigen Lächeln hinzu. »Aber ich habe einen Eid geleistet!«
Manolache ließ nicht locker und brachte noch des öfteren das Gespräch darauf. »Ich sehe ein, daß man sein Wort halten muß. Ich verlange ja auch nicht, daß du mir alles sagst. Ich möchte bloß wissen, ob das, was sie dir sagte, in Zusammenhang stand mit der Erzählung, die ich als etwa Vierzehn- oder Fünfzehnjähriger gelesen habe...«
»Diese Geschichte kenne ich«, hatte Jeronim ihn unterbrochen, »du selbst hast sie mir erzählt. Du sprichst doch von der Geschichte vom Gaukler aus dem Mittelalter...« »Ganz richtig. Ich frage danach, weil die Generalin da so ihre eigenen Ideen hatte. Sie war der Ansicht, daß nicht die Braut die Schuld trug, sondern ich, das heißt der Held der Erzählung. Die Generalin vertrat die Meinung, er hätte seine Braut verlassen, und sooft wir darüber sprachen, versuchte sie, mich davon zu überzeugen...« »Nein, *Oncle Manolache*, ich gebe dir mein Ehrenwort, das Geheimnis, das sie mir anvertraute, steht in keinerlei Zusammenhang mit deiner Erzählung.« Manolache sah ihn ungläubig an und murmelte. »Sonderbar, höchst sonderbar!«

Sie waren kaum in Bukarest angekommen, da hatte die Generalin ihn zu sehen gewünscht.
»Du bist also Jeronim, Thanases und Marinas Sohn?«
»Oui, grand'mère! Pardon, grand'tante!«
»Mit mir sprich rumänisch«, hatte sie ihn unterbrochen. »Und nenne mich weder *grand'mère* noch *grand'tante*. Nenne mich wie alle Leute hier *mon Général*. Nicht *ma Générale* sondern *mon Général*, wie ich seit Calomfirs Tod genannt werde.«

»*Oui, mon Général!*«
Doch er korrigierte sich sogleich: »Kapiert, *mon Général*.«
Dann hatte sie ihn bei der Hand genommen und zum großen, hinter einer Draperie versteckten Spiegel im Salon geführt.
»Marina erzählte mir, daß du dich gerne verkleidest, allerlei Spiele und Tänze erfindest, singen kannst und Gedichte aufzusagen verstehst. Stimmt das?«
»Ja, das stimmt, *mon Général*.«
»Wie alt bist du?«
»Diesen Herbst bin ich sechs Jahre alt geworden.«
»Bist also schon ein großer Junge, mit dem man ernst reden kann. Begreifst du, was ich dir sage?«
»Jawohl, *mon Général*.«
Sie streckte den Arm aus und faßte mit zwei Fingern den Saum der Draperie.
»Ich nehme an, du weißt, warum ich den Spiegel verhängt habe. Ab und zu aber, an Feiertagen, bei besonderen Anlässen, wie zum Beispiel morgen, an meinem Geburtstag, ziehe ich die Draperie gern zur Seite. Leider ist der Glanz des Spiegels, der jahrelang im Dunkeln war, nicht mehr der alte. Er verblaßt allmählich, und auf seinem Hintergrund erscheinen sonderbare, buntschillernde Gebilde, darunter manche von geradezu überirdischer Schönheit. Begreifst du, was ich sagen will?«
»Jawohl, *mon Général*.«
»Und wirst du keine Angst haben, wenn man die Draperie zur Seite zieht und du plötzlich vor den vielen unbekannten Gebilden stehst? Du wirst dich, wenn du in den Spiegel schaust, zwischen ihnen befinden und dich anfangs vermutlich gar nicht wiedererkennen, denn der Spiegel ist ja, wie ich bereits erwähnte, längst nicht mehr das, was er einmal war. Er verzerrt die Züge, vergrößert sie, zieht sie in die Länge oder in die Breite.«
Sie wartete gespannt auf seine Antwort, als mache sie

davon weiß Gott welche wichtige Entscheidung abhängig.

Er setzte jedoch ein überlegenes Lächeln auf und sagte spöttisch:

»Ich werde bestimmt keine Angst haben, *mon Général.*«

»Gut. Dann habe ich eine Überraschung für dich. Es ist allerdings ein Geheimnis, das du zu Hause nicht ausplaudern darfst. Morgen abend, wenn wir uns nach dem Champagner hier im Salon versammeln werden . . .«

Nie würde er das eisige Schweigen vergessen, das auf das Getuschel, das unterdrückte Kichern, das diskrete Anstoßen der Kristallgläser folgte, als Vasile Chelaru und Anuța langsam die Draperie wegzogen und der Spiegel die Blicke aller, die auf Geheiß der Generalin hinten im Salon dicht gedrängt beieinander saßen, auf sich zog. Alle hielten sie den Atem an. Da trat er plötzlich, als armer Bauernjunge verkleidet, sonnengebräunt und bloßfüßig aus einem Faltenwurf hervor, in einem verwaschenen, zerrissenen Hemd, aus dem seine spitzen Schultern hervorsahen, und in kurzen Hosen, die er hochgekrempelt hatte, als müsse er durchs Wasser waten. Er schien aus den grünen Tiefen des Spiegels emporgetaucht, warf lässig den blonden Lockenkopf zurück und brach in ein übermütiges Lachen aus. Vor dem Spiegel auf- und abschreitend, entdeckte er auf seinem Hintergrund immer neue Gebilde: Schroffe Felsen und tiefe Schluchten, Lianen mit exotischen Blumen, dazwischen die unwahrscheinlich komischen Silhouetten der Gäste, Champagnergläser in den Händen haltend, die einen hoch wie altmodische Stiefel, die anderen breit wie Eimer, und mitten unter allen der mächtige Lehnstuhl, auf dem hierarchisch die Generalin thronte. Sein Lachen wirkte ansteckend. Anfangs kicherten nur einzelne von ihnen schüchtern und erschrocken, bald schüttelten sich jedoch alle nur so vor Lachen. Er sah im Spiegel, wie sie einander entzückt und dennoch verdutzt und beunruhigt anblickten. Sie begriffen nicht, was vorging. Schließlich warf er die Arme hoch, gebot ihnen zu schweigen und fing, eine Melodie vor sich hinsummend, die ihm gerade eingefallen war, zu tanzen an. Dann ging er zum Rezitieren über. Ob er ihnen damals eines der unzähligen Gedichte vortrug, die er schon in frühen Jahren auswendig kannte, oder ob er Verse improvisierte, im Rhythmus seiner Tanzbewegungen, die bald langsam, von fast liturgischer Feierlichkeit, bald wild und zügellos waren, wußte er später nicht mehr zu sagen. Warum er plötzlich innehielt, vortrat und sich so tief verneigte, daß die blonden Locken ihm übers Gesicht fielen, begriff er selbst nicht. Er hätte gern weiter getanzt, andere Melodien und Verse ersonnen.

»Encore! Encore!« riefen ihm alle von hinten aus dem Salon zu und klatschten Beifall, wenn auch manche von ihnen etwas mühsam, da sie das geleerte Glas noch in den Händen hielten. »Bravo, Jeronim!« hatte auch die Generalin ausgerufen und, von der allgemeinen Begeisterung mitgerissen, hinzugefügt: *»Encore!«*

Was nachher vorgefallen war, konnte er von niemandem genau erfahren. Er erinnerte sich nur, daß er sich langsam in den linken Winkel zurückgezogen hatte, die Draperie angefaßt und, sie hinter sich herziehend, hin und her zu wiegen begonnen hatte, so daß die erschütterten Falten Licht und Schatten auf den Spiegel warfen und aus seiner Tiefe immer wieder neue Grotten hervorzauberten, während er wie im Traum sprach, mit unvergleichlich zarter Stimme, die, wie sie ihm später versicherten, nicht mehr menschlich, sondern überirdisch klang, und alle in ihren Bann zog. Das lag allerdings nicht nur an seiner Stimme, die Wirkung ging auch von seinen geheimnisvollen Worten aus. Die Familienmitglieder hörten, daß er sich jederzeit in die Grotte zurückziehen oder auf den Grund des Meeres tauchen könne, um mit seinen vielen Freunden, den Delphinen und Seepferdchen zu spielen und dann wieder an die Oberfläche zurückzukehren. Vielleicht, daß auch seine Angehörigen an manchen dieser unsichtbaren Geschöpfe Gefallen fanden: an Eglantina mit den Glasaugen und den Lippen aus Porzellan und sogar an Mironclai, der zwar auf Riesenbeinen herumstelze, sonst aber freundlich sei und immerfort lache; ja, wer ihn nicht so hoch über seinem Kopf habe lachen hören, der wisse nicht, was Fröhlichkeit ist. Und wenn sie erst Maremore erblickt hätten, die weder Eidechse noch Vogel sei, doch schöner als die Nachtigall singe, oder Paralene, die mit elf Beinen auf einmal hochklettere wie eine Spinne, wiewohl sie große, blaue Augen wie ein Fräulein habe und so lange Wimpern, daß ...

»Hast du uns aber einen Schrecken eingejagt!« hatten sie ihm nachher gesagt. »Wir verstummten alle, waren wie versteinert, du hast uns ja richtiggehend behext.«

»Niemand von uns wagte dazwischenzurufen, dich zu unterbrechen. Nicht einmal die Generalin«, hatte Antim ihm viel später einmal gestanden. »Selbst sie war starr vor Staunen und ganz bezaubert.«

»Was habe ich denn gesagt, *Oncle Vania*? Was habe ich euch gesagt?« fragte er immer wieder. Er war überzeugt, sie hätten sich alle gegen ihn verschworen, wollten ihm absichtlich nichts Näheres darüber berichten, und das brachte ihn zur Verzweiflung.

»Wer kann sich schon daran erinnern?« hatte Antim erwidert. »Ich wiederhole dir, es waren nicht die Sätze und Worte eines Kindes, mochte es noch so frühreif sein, es war, als benütze dich ein anderer als sein Sprachrohr, irgendein Halbgott oder mythologischer Held oder eines jener Fabelwesen, mit denen du vorgabst, befreundet zu sein und jederzeit und überall zusammentreffen zu können, nicht nur im Spiegel ... Und nun kann ich's dir ja gestehen«, hatte Antim vor vielen Jahren einmal hinzugefügt, »ich hatte Angst, und nicht bloß ich, wir hatten alle Angst um dich, denn eine so ungewöhnliche Frühreife bezahlt man ...«

»Ihr hattet nur allzu recht«, unterbrach ihn Jeronim mit einem bitteren Lächeln. »Ich habe einen hohen Preis dafür bezahlt. Denn in jener Nacht erklärte die Familie mich zum Wunderkind und beschloß, mich unverzüglich dem Direktor unseres Stadttheaters vorzuführen. Mein Pech wollte es, daß Theodorini ein guter Freund des Theaterdirektors war. Ich habe für den Schrecken, den ich euch in jener Johannisnacht einjagte, bezahlt, *Oncle Vania*, mehr bezahlt, als es für ein Kind, selbst für ein Wunderkind, recht und billig gewesen wäre ...«

Er erinnerte sich plötzlich, daß diese Arie Melania sehr gefallen hatte, und lächelte unwillkürlich. Als er zur Generalin gekommen war, um ihr seine Verlobung mitzuteilen, thronte sie wie gewöhnlich auf ihrem Lieblingsstuhl in der Mitte des Salons.

»Sie heißt Melania und ist natürlich *eine Fremde*«, sagte er und küßte der Generalin die Hand. »Daß sie überaus schön und intelligent ist, brauche ich wohl nicht zu betonen. Von Literatur verstehe ich nicht viel, doch soweit ich das beurteilen kann, ist sie auch ungemein belesen!«

»Manolache«, unterbrach ihn die Generalin, »ich weiß, woran du denkst, du glaubst oder hoffst jedenfalls, daß es diesmal die Richtige ist ...«

Er lachte gezwungen und tat überrascht:

»Was fällt dir ein, *mon Général*? Ich werde doch nicht ein Mädchen aus unseren Tagen für die Gestalt aus einer Erzählung halten. Sie ist zwar auch *eine Fremde*, aber ein Mensch aus Fleisch und Blut ...«

Die Generalin hatte ihm wohlwollend, wenn auch auf Distanz bedacht, zugehört.

»Und natürlich hast du ihr die Geschichte, die dein Leben bestimmte, erzählt, in der uneingestandenen Hoffnung, sie wäre auch ihr bekannt.«

Das Lächeln war ihm vergangen. Verlegen hatte er die Brille abgenommen und nach einem Taschentuch gesucht, um sie abzuwischen.

»Ich weiß nicht, ob diese Geschichte mein Leben bestimmt hat«, überlegte er. »Wenn ich auch zugeben muß, daß . . .«

»Manolache, du begehst den Fehler, nicht einzusehen«, unterbrach ihn die Generalin, »daß die Bescheidenheit dein großer Vorzug und zugleich auch deine Schwäche ist. Du bist zu bescheiden. Eines Tages kamst du darauf, daß es angesichts deiner Begabung für die Musik zu schade sei, dein Leben mit dem Studium von Insekten zu verbringen. Du erkanntest zugleich, daß man es auf keinem Gebiet der Kunst, und besonders nicht in der Musik, zu etwas bringen kann, wenn man rings um sich schaut und sich darum kümmert, was Krethi und Plethi tun und sagen, statt seinen Blick nach oben, zum Himmel zu richten. Zu dieser wichtigen Erkenntnis gelangtest du, als du noch fast ein Kind warst, und die ganze Familie, wir alle waren stolz auf dich. In deiner Bescheidenheit aber hast du dein Verdienst einem anderen zugeschrieben, dem Gaukler aus deiner Lieblingserzählung.«

»Mon Général . . .«

»Hör zu, ich bin noch nicht fertig. Alles recht gut und schön. Bescheidenheit ist eine seltene Tugend, besonders in unseren Tagen, und schon gar in unserer Familie. Ich habe nichts dagegen, wenn du dich in deiner Auffassung über Kunst und Leben an literarischen Vorbildern orientierst. Was ich nicht begreife«, fuhr sie nach kurzem Schweigen fort, »ist die Verbindung, die du zwischen deinem künstlerischen Ideal und *ihr* machst, der Frau, die dich vor einigen hundert Jahren verlassen hat . . .«

»Das hat sich *in der Erzählung* zugetragen«, wandte Antim ein.

»Macht nichts. Auch dort handelt es sich um jene unbekannte und unerreichbare Braut, auf die du immerfort wartest, die zu *suchen* du jedoch nie unternommen hast. Das begreife ich nicht«, fügte sie nachdenklich hinzu. »Ich verstehe nicht, warum du die Frau, die dir das Schicksal bestimmt hat, nicht suchst, wenn *du weißt*, daß sie da ist, irgendwo auf der Welt, und auf dich wartet. Du brauchst gar nicht so weit zu suchen. Vielleicht ist sie hier, ganz nah bei uns, und du siehst sie nur nicht, weil die Sonne oder der Schatten oder die Menschen sie vor dir verbergen. Entschließt du dich aber, sie zu suchen...«

Das alles wußte oder ahnte er längst. Sie hatte es ihm schon des öfteren nahegelegt, manchmal unumwunden wie jetzt, ein andermal von weither ausholend, mit Anspielungen auf ihre Ahnen, die fünf sagenhaften Brüder, die aus einem Dorf im Pindusgebirge aufgebrochen waren, jeder von ihnen in eine andere Richtung, um seine Braut zu suchen. Was ihn diesmal seltsam anmutete, ja geradezu verletzte, war die Tatsache, daß die Generalin ihm den Vorwurf, er suche nicht die vom Schicksal für ihn Ausersehene, zu so unpassender Zeit machte, jetzt, da er ihr seine Verlobung bekanntgab.

»Ich suchte sie ja, wenn auch auf meine Weise, mit etwas übertriebener Zurückhaltung«, sagte er, ihren Vorwurf entschieden zurückweisend. »Sooft eine *Fremde* meinen Weg kreuzt, bin ich wachsam. Ich lasse mich in eine lange Unterhaltung mit ihr ein, befrage sie, achte genau auf das, was sie mir sagt, und auch auf das, was sie mir verschweigt... So erging es mir auch mit Melania. Sobald ich erfuhr, sie sei eine Fremde...«

»Eine Fremde«, wiederholte die Generalin traurig. »Manolache, für einen Mann darf keine Frau *eine Fremde* sein. Den Männern läuft ein einziges Mal im Leben* *die Fremde* über den Weg, und dann ist es auf jeden Fall zu

* Anspielung auf den Tod, der im Rumänischen wie im Französischen weiblichen Geschlechts ist (Anm. d. Übers.).

spät. Doch über solche Begegnungen wollen wir lieber nicht sprechen . . .«
Ohne sie anzublicken, fuhr Antim fort, seine Brille zu wischen. »Ich bin gekommen, um dir mitzuteilen, daß ich mich nächsten Sonntag mit Melania verlobe«, sprach er nach einer Weile. »Das war es, was ich dir sagen wollte . . .«

So erging es ihm oft, wenn er die Tür offen ließ und Antim zuhörte, der im Salon übte. Seine Gedanken schweiften ab. Nach wenigen Minuten glaubte er dem Chor zu lauschen, der ihm erzählte, was sich in der nächsten Szene begeben würde oder wie die Handlung des Stückes, das er an jenem Tage gelesen hatte, eigentlich hätte verlaufen sollen. »Der Schauplatz ist ein öder Strand an der Küste des Schwarzen Meeres«, verkündete der Chor. »Die Handlung spielt an einem Novemberabend . . .« »Nach den Angaben des Autors spielt die Szene doch auf einem Bauernhof an einem Junimorgen, und beim Aufgehen des Vorhangs hört man von weitem die Stimme eines Mannes . . .« gab Jeronim dem Chor zu bedenken. »Es ist ein öder Strand an der Küste des Schwarzen Meeres an einem Novemberabend, und noch lange nach Aufgehen des Vorhangs hört man nichts als den Wind«, beharrte der Chor.
»Hier hast du also gesteckt?!« hatte die Stimme Luchians ihn aus seinen Wachträumen gerissen. »Hörst du immer noch Manolache zu? Langweilt es dich nicht, immer wieder die gleiche Melodie zu hören?«
Luchian hatte von der Schwelle aus gesprochen. Er kam nur selten herein. Wenn er ihm etwas mitteilen mußte, tat er es schnell von der Tür aus und verschwand dann wieder, um schwermütig und träge seinen Rundgang durchs Haus fortzusetzen.

»Veronica ist mir wieder im Traum erschienen«, hatte er ihm an jenem Tag erzählt. »Merk dir, was ich dir sage, lange mache ich's nicht mehr mit. Bald bin auch ich an der Reihe. Dann bleibt ihr beide allein. Und ich frage mich, was ihr ohne mich anfangen werdet?«

Luchian war verschwunden, ehe Jeronim Zeit gehabt hätte, ihm etwas auf diese Bemerkung zu erwidern. Und so ließ er den Chor statt seiner sprechen: »Warum hast du Angst vor dem Tod, Luchian? Erinnere dich doch an das, was die Generalin uns zu sagen pflegte: ›Das gefällt mir so sehr an euch, ihr habt vor gar nichts Angst, weder vor dem Tod noch vor der Liebe. Man sieht, daß ihr die Nachfahren eines Helden seid.‹« Das gleiche hatte sie ihm auch noch versichert, als sie erblindet war: »Es gefällt mir, Jeronim, daß du vor gar nichts Angst hast!« Auch Antim gegenüber hatte sie es wiederholt. Antim war einmal in sein Zimmer gekommen, hatte ihm strahlenden Gesichts erklärt: »Weißt du, Jeronim, was die Generalin mir auf ihrem Totenbett über dich gesagt hat? Sie sagte: ›Man sieht es Jeronim an, daß er von einem Helden abstammt . . .‹«

»Ich weiß, sie hat es auch mir gesagt. Ich wollte ihr nicht widersprechen, da ich wußte, daß dieser Gedanke sie erfreute. Aber die Wahrheit ist eine andere, *Oncle Vania*. Ich habe vor gar nichts Angst, vor allem weder vor der Liebe noch vor dem Tod, weil ich nach allem, was uns zugestoßen ist, was *mir* zugestoßen ist, den tieferen Sinn des Schauspiels wiederentdeckt habe, so wie er sich mir als Kind erschloß.«

Er hätte gerne weitergesprochen, vernahm aber plötzlich den Chor: »Dies sind nicht alltägliche Auskünfte, wie man sie an jedem Bahnhofs-, Bank- oder Postschalter verlangt und erhält. Dies ist die Wahrheit, Jeronim, die reine Wahrheit!«

Und dennoch versuchte er bald darauf, Antim alles näher zu erklären. Er hatte aus der anhaltenden Stille, die im Hause herrschte, geschlossen, daß sein Onkel Vania in die Stadt gegangen war. Als er den Salon betrat, traf er ihn jedoch, das Cello zwischen den Knien und in Gedanken verloren, an seinem üblichen Platz an. Wahrscheinlich saß Antim schon lange dort.

»Ich beginne alt zu werden«, hatte Onkel Vania ihm gesagt und zu lachen versucht. »Ich habe zu viele Erinnerungen ...«

»Ein Künstler altert nie, *Oncle Vania*«, hatte Jeronim ihn, tief bewegt, zu trösten versucht. »Das ist ja unsere Strafe Gottes: wir bleiben ewig jung. Es ist eine harte Strafe, aber was sollen wir tun? Wir müssen uns drein schicken ...«

»Wir bleiben ewig jung«, wiederholte Antim lächelnd. »Du hast leicht reden, bei deinem Alter ...«

»Wir sind gleichaltrig, *Oncle Vania*«, fuhr Jeronim fort und kniete neben ihm hin. »Nur *hast* du Erinnerungen, während ich sie mir erfinde. Und wenn ich dir sagte, daß meine Erinnerungen deine *bei weitem* übertreffen, aus dem einzigen Grunde, weil ich sie mir erfinde, würdest du mir nicht glauben ...«

Antim stellte sein Cello weg und lachte amüsiert.

»Wie stellst du das nur an? Willst du's mir nicht verraten, wie man sich Erinnerungen selbst erfindet?« fragte er.

»Zunächst erlebe ich sie in der Phantasie und dann werden sie mir zur Erinnerung. Vermutlich hast auch du vieles nur in Gedanken erlitten, was du jetzt als Erinnerung mit dir herumschleppst. Du lebst im Vergangenen und räumst den Ereignissen zu großes Gewicht ein. Für uns Künstler haben sie nicht den gleichen Wert, *Maestro*, wie für andere ...«

Er stand plötzlich auf und durchmaß mit großen Schritten den Salon, wie immer, wenn er das Gefühl hatte, mehr gesagt zu haben, als ihm lieb war.

»Ich gestand dir kürzlich, daß ich vor nichts Angst habe.

Nicht weil Heldenblut in meinen Adern fließt, sondern weil ich den tieferen Sinn des Schauspiels wiederentdeckt habe und alles, was auf der Welt geschieht, als *Schauspiel* betrachte. Dank unserer Phantasie können wir jederzeit eingreifen und das Schauspiel nach unserem Gutdünken ändern.«

»Dank unserer Phantasie«, wiederholte Antim immer besser gelaunt. »Das heißt im Geiste ... Das ändert aber doch nichts an den Tatsachen ...«

Jeronim blieb vor ihm stehen und sah ihn überrascht an, als glaubte er, nicht richtig gehört zu haben.

»Hängt davon ab, was du unter Tatsachen verstehst«, sagte er. »Für mich ist nur die absolute Wahrheit, deren Geheimnis uns erst der Tod erschließt, Realität. Die Kunst aber, und hauptsächlich das Theater, *das Schauspiel*, offenbart uns diese Wahrheit in allem, was rings um uns geschieht, und besonders in allem, was in unserer Vorstellung geschieht. Im Grunde genommen ist das Theater ebenso wie die Philosophie eine Vorbereitung auf den Tod. Mit dem für mich fundamentalen Unterschied, daß *das Schauspiel* die Offenbarung des Todes vorwegnimmt, weil es die Geheimnisse auf der Bühne enthüllt.«

»Jeronim, ich kann dir nicht mehr folgen ...«

Und er gewahrte, wie das Lächeln auf Antims Gesicht allmählich erlosch, wie Onkel Vania sich von ihm entfernte und wieder geistesabwesend ins Leere starrte.

»Weil du, *Oncle Vania*, wie beim Schach, alles mit dem Verstand zu erfahren versuchst. Indes weißt du nur allzu gut, daß weder die Kunst noch das Leben *allein* mit dem Verstand erfaßt werden können. Hinter jeglichem, was um uns her geschieht, könnte ein Geheimnis, eine entscheidende Offenbarung also, eine erschütternde Wahrheit verborgen sein. Jede Taube könnte zum Beispiel ...«

»Wieder habt ihr zu philosophieren angefangen«, hörte

er die Stimme Luchians, der plötzlich auf der Schwelle stand. »Eure Sorgen möchte ich haben«, höhnte Luchian, ließ sich in den Lehnstuhl der Generalin fallen und seufzte tief auf.
»Ich weiß nicht, was mit mir los ist. Ich fühle mich hundeelend... Aber laßt euch nur nicht stören, fahrt ruhig fort.«
Seit damals hörte Jeronim ihn immer wieder klagen: »Ich weiß nicht, was mit mir los ist. Es tut mir nichts weh, aber ich bin so müde, schrecklich müde ...«
Seitdem Luchian seine Streifzüge durchs Haus aufgegeben hatte und nicht mehr von Raum zu Raum wanderte, ließ er auch gern die Tür offen, um Antim zuzuhören. Als Jeronim eines Abends mit aufgeschlagenem Buch an Luchians Bett trat, um das vor einer halben Stunde unterbrochene Vorlesen fortzusetzen, hob Luchian langsam seine rechte Hand und winkte mit müder Geste ab.
»Jeronim«, flüsterte er, »ich mach nicht mehr lange mit. Ich sage es dir schlicht und einfach, weil ich, wie du nur allzu gut weißt, den Tod nicht fürchte. Ich möchte dir jedoch einen Rat geben. Und will dich auch um etwas bitten. Mein Rat ist folgender: Wenn ich nicht mehr da sein werde, so ziehe in Thanases Haus, wo du deine Kindheit verbracht hast. Mit den Mietern habe ich gesprochen. Sie sind bereit, dir die beiden Zimmer im Obergeschoß einzuräumen, die ohnedies irgend jemand eines schönen Tages besetzen wird. Natürlich ziehen sie dich vor, der du gewissermaßen noch der Eigentümer bist ...«
»Und Onkel Vania? ...«
»Auch er wird nicht mehr lange hier bleiben können, denn das Haus ist längst abbruchreif. Die Sache ist beschlossen. Ob im Frühjahr oder im Herbst, ist noch ungewiß, aber niedergerissen wird das Haus bestimmt. Dann wird Manolache zu dir ziehen. Du wirst ihm eines der Zimmer geben. Sonst bleibt er ja auf der Straße...

Versprichst du's mir? Kann ich mich auf dich verlassen?«
Jeronim hörte nicht mehr auf den Chor, der ihm zurief: »Jeronim, sei stark, sei felsenstark, vergieß keine Träne. Auch deine Stimme darf nicht beben, Jeronim, denn es wird nichts anderes eintreten, als was dir längst vertraut ist: Der Tod ...«
»Kann ich mich auf dich verlassen?« fragte Luchian noch einmal.
Jeronim lächelte, griff nach seiner Hand und streichelte sie. »Ich verspreche es dir, Luchian. Du kannst dich auf mich verlassen.«
»Und nun will ich dich noch um etwas bitten. Es ist meine letzte Bitte ...«
Er heftetete seinen Blick an die Decke und schwieg lange. »Was hat die Generalin dir damals vor ihrem Tod anvertraut?«
Jeronim trat einen Schritt zurück, als versuchte er, besser zu sehen.
»Luchian!« rief er aus. »Du weißt, daß ich ihr hoch und heilig versprochen habe, das Geheimnis zu wahren und es keinem anderen anzuvertrauen als meinem Sohn, sobald er siebzehn Jahre alt sein wird.«
»Ich weiß«, unterbrach ihn Luchian gelassen. »Aber mich brauchst du nicht mehr zu den Lebenden zu zählen. Ich bin schon mit einem Bein im Grab.«
Jeronim trat wieder ans Bett.
»Aber Luchian«, sprach er und hatte Mühe, seiner Erregung Herr zu werden, »seit jener Nacht, da die Generalin mich zu sich rief, bemühe ich mich die ganze Zeit, euch ihr Vermächtnis kundzutun. Weil ich der Sterbenden jedoch versprochen habe zu schweigen, kann ich euch den Wortlaut ihres letzten Willens nicht verraten, sondern spreche zu euch in Parabeln, in Bildern, versuche, ihn euch in Form von Allegorien und Legenden verständlich zu machen. Seit die Generalin gestorben ist, spreche ich immerfort davon zu euch, wenn auch ver-

hüllt, wie unser alter Spiegel war. Und nicht bloß zu euch, meinen Angehörigen und Freunden, spreche ich davon, sondern zu allen, die ich zufällig treffe. Manchmal drängt es mich, Leute auf der Straße anzusprechen, natürlich nicht x-beliebige, sondern Menschen, die mir durch irgend ein besonderes Merkmal auffallen. Darauf will ich nicht weiter eingehen ... Aber das kannst du mir wirklich glauben, Luchian. Ich rede in einem fort davon! Ich mußte es tun, sonst hätte ich den Verstand verloren!«

Luchian hatte ihm aufgewühlt zugehört, dennoch schlich sich ein scheues Lächeln um seine Lippen.

»Dann muß ich mich bemühen, dir aufmerksam zuzuhören, um die Rätsel, die du uns aufgibst, zu lösen«, flüsterte er, immer noch lächelnd. »Ob mir allerdings noch Zeit dazu bleibt, wer weiß?«

»Wir bleiben ewig jung!« wiederholte Antim.

Er hatte kaum Zeit gehabt, Maria auf beide Wangen zu küssen, als Iconaru, die Schachtel unter dem Arm, auf ihn zueilte, sich respektvoll vor ihm verneigte, ihm mit einem festen Händedruck dankte und sich zum Gehen wandte. Jeronim lief ihm nach und hielt ihn an der Tür zurück.

»Wie, willst du schon fort?«

»Vielleicht habe ich Glück, und Borban ist noch auf. Er sitzt oft bis spät über seiner Arbeit. Dann läßt er mich durch die Hintertür hinein.«

»Du willst fort, obwohl wir nicht einmal zum Kern des Problems vorgedrungen sind, nicht einmal die Existenz Gottes erörtert haben?« unterbrach ihn Jeronim.

»Es ist spät, und mein Hausherr wird wütend, wenn man ihn aus dem Schlaf reißt.«

»Du kannst doch nicht in dieser Generalsuniform nachts

auf die Straße! Wenn ein Polizist dich erwischt, sperrt er dich glatt ein. Ich muß dir andere Kleider aussuchen.«
Sie hörten ihn die Treppe hinauflaufen, und dann oben auf dem Dachboden herumpoltern. Wenige Minuten später kam er, die Arme voll beladen, zurück. Mit einem Seufzer der Erleichterung ließ er seine Last aufs Kanapee fallen. Er hatte Schürzenröcke, Tücher und Schleier und auch das Brautkleid heruntergebracht.
»Das ist für Sie, *Princesse*!« wandte er sich an Maria und legte ihr das Kleid wie einen Teppich zu Füßen. »Es ist fast ein Museumsstück, so daß Sie über die Symbolik hinwegsehen können. Es war für eine Braut bestimmt, aber mit etwas Phantasie um Ihre Schultern drapiert, wird es Sie wärmen und Ihnen heute Nacht gut zustatten kommen.«
»Jeronim, neck sie doch nicht immer!« ermahnte Antim ihn scherzend.
»Ich mach mir nichts daraus, Meister«, sagte sie leise. »An einem solchen Tag kann ich mich nicht ärgern . . .«
Iconaru fuhr fort, im Kleiderhaufen zu wühlen.
»Die kenne ich alle«, sprach er enttäuscht. »Lauter Damensachen . . .«
»Aber sie halten warm«, fiel Jeronim ihm ins Wort, wählte einen Schürzenrock aus und legte ihn Vladimir um die Schultern. »Und darüber, damit man den Rock nicht sieht . . .«
Er lief wieder auf den Dachboden hinauf und kam mit einer Pelerine zurück.
»Darüber«, fuhr er fort, »ziehst du die Pelerine an. Sie ist zwar alt und vermutlich voller Staub, vielleicht auch von Motten zerfressen, aber . . .«
Er schüttelte sie gründlich aus und warf sie Iconaru schwungvoll um die Schultern.
»Es wird spät«, bemerkte Iconaru und klemmte seine Schachtel fest unter den Arm. »Ich wohne nicht weit und wenn ich laufe, erkälte ich mich nicht . . .«

»Wir bringen zuerst ihn nach Hause, damit wir sehen, ob er noch eingelassen wird ...« sagte Jeronim zu Maria gewandt.
»Wenn Borban das Licht noch nicht ausgelöscht hat, öffnet er mir«, sagte Iconaru.
»Und dann streifen wir durch die Gassen«, fuhr Jeronim fort. »Wir haben ja so viel miteinander zu reden.«
Mit geschickten Handgriffen faltete er das Brautkleid zusammen und legte es Maria wie einen großen Schal um die Schultern. Darauf fingen alle drei übermütig zu lachen an.
»Die Jugend! Die Jugend!« rief Antim aus und begleitete sie zur Tür.
Während er absperrte, hörte er Jeronim sagen:
»*Princesse,* wenn Sie wirklich an Gott glauben ...«
Erst nachdem er erschöpft in den Lehnstuhl der Generalin gesunken war, fiel ihm ein, daß er vergessen hatte, ihnen in den winzigen Gläsern, die er eigens für solche Gelegenheiten aufbewahrte, den berühmten Grand Armagnac Jahrgang 1908 anzubieten. Die letzte Flasche, die ihm noch übriggeblieben war.
»Ewig jung bleiben ...«, sprach er vor sich hin und schüttelte ironisch den Kopf. »Ewig jung ...«
Er wollte aufstehen, um die Flasche aus dem Schrank zu holen und wenigstens als einsamer Zecher ein Glas auf die Gesundheit der anderen zu leeren, aber die Beine waren ihm schwer wie Blei, und er beschloß, noch ein Weilchen sitzen zu bleiben, sich auszuruhen. Lächelnd stützte er den Kopf an die Lehne des Stuhls und schloß die Augen. Er würde wie bei großen festlichen Gelegenheiten vorgehen, sozusagen das ganze Zeremoniell einhalten, das Glas erheben, um ihnen zuzuprosten, eine Weile in die gold- und kupferfarbene Flüssigkeit blikken, es dann an die Lippen führen und den köstlichen Trank so langsam wie möglich schlürfen.

Kurz darauf schlug er die Augen auf und war überrascht, daß im Salon Licht brannte. Gott sei Dank, daß wir wieder Strom haben, dachte er und stand erschrokken auf, als er Maria Daria langsam auf sich zukommen sah.
»Was ist?« fragte er. »Haben Sie etwas vergessen? Oder hatten sie unterwegs wieder Streit mit Jeronim?«
Das Mädchen blieb einen Schritt vor ihm stehen und sah ihn mit traurigem Lächeln an. Da erst erkannte er die Beseeltheit ihres Wesens.
»Maria Daria«, sagte er ergriffen, »wie schön Sie doch sind!«
Das Mädchen blickte ihn mit selbstvergessenem Lächeln an.
»Sie erkennen mich nicht mehr, Meister«, sagte sie ganz leise. »Es ist wahr, so viel Zeit ist seither verstrichen«, fügte sie hinzu.
Sie schwieg eine Weile und fing dann zu rezitieren an.
»Manole, Manole,
*Meister Manole** ...«
»Melania!« rief Antim aus. »Was ist mir dir? Warum bist du gekommen?«
Das Mädchen faßte ihn an der Hand.
»Manole, Manole, Meister Manole, du hast nicht bloß deine Braut vergessen, du hast auch die Verlobung vergessen ...«
Sie zog ihn sachte an sich.
»Wir müssen uns beeilen, wir werden erwartet ...«
Er ließ sich willig von ihr führen und fragte sich, was sie ihm jetzt, nach so vielen Jahren, noch zu sagen hätte. Da erblickte er hinten im Salon den Spiegel funkelnd im Lichterglanz, als wären alle Kandelaber angezündet, und blieb stehen, erschrocken und beglückt zugleich. Das Mädchen zog ihn jedoch weiter.

* Anspielung auf eine berühmte rumänische Volksballade (Anm. d. Übers.).

»Wo willst du hin?« rief er übermütig aus. »Sollen wir vielleicht durch den Spiegel hindurchgehen?«
Das Mädchen fing an zu lachen und sah sich um.
»Der Spiegel ist hinter uns, Manole. Siehst du ihn nicht?« fragte sie und wies auf den Spiegel.
Antim wandte den Kopf. Der Spiegel war tatsächlich dort, weit, am anderen Ende des Salons, und als das Mädchen weiterdrängte, leistete Antim keinen Widerstand und trat mit ihr wie in einen Lichtrahmen ein.
»Beeilen wir uns, wir werden erwartet«, hörte er sie wiederholen.
Er ließ sich fortführen und merkte bald, daß sie einen großen, hell erleuchteten Saal durchquerten. Das Mädchen steuerte auf eine marmorne Wendeltreppe zu.
»Melania!« flüsterte er verwirrt. »Ich kann doch nicht im Mantel hingehen . . .«
Er verstand nicht, was sie antwortete, denn die letzten Gäste drängten gerade dem Haupteingang zu; einige Pärchen stiegen geschwind die Treppe hoch; das Rauschen im Saal wurde immer lauter, und die Musikanten stimmten ihre Instrumente.
»Melania!« flüsterte er, als sie die letzten Reihen der Balkons und die Galerie unter sich ließen, und das Mädchen ihn immerfort hinter sich her zerrte auf der marmornen Wendeltreppe, die sich immer weiter in die Höhe schwang.
Das Mädchen schien ihn jedoch nicht zu hören. Die Türen schlossen sich, das Rauschen im Saal legte sich, man vernahm nur noch die kurzen Stöße einer Trompete.
»Melania!« rief er aus und wollte stehenbleiben.
»Non sono Melania, Maestro!« flüsterte das Mädchen.
In diesem Augenblick erkannte er sie und erinnerte sich an alles seit ihrer Begegnung vor dem Bahnhof, als er ihr geholfen hatte, ihre Koffer auf den *vaporetto* zu schaffen, bis zum Abend, da er ihr, ihre Hand in der seinen haltend, gesagt hatte: *Ti voglio bene, Laetitia.*

E adesso, je te dirai le reste en roumain. Willst du meine Braut werden? Jetzt sogleich, in diesem Garten?« Er war an jenem Abend gerade neunzehn Jahre alt geworden.

Sie blickte ihn mit dem gleichen traurigen Lächeln an wie Maria Daria Maria und Melania.

»Wir müssen uns beeilen, wir werden erwartet«, sagte sie.

Da vernahmen sie Applaus, und nach wenigen Augenblicken verstummte der ganze Saal. Es war ein weihevolles Schweigen. Gerührt hörte Antim den Taktstock dreimal kurz aufs Pult schlagen.

»Es ist spät«, drängte das Mädchen und versuchte, ihn weiter hinter sich herzuziehen. »Die anderen warten auf uns ...«

»Nur noch einen Augenblick«, flehte Antim, »nur noch einen Augenblick, ich will hören, was sie spielen.«

»Sie warten auf uns«, wiederholte das Mädchen mit dumpfer Verzweiflung in der Stimme und versuchte von neuem, ihn hinter sich herzuzerren. Antim gelang es jedoch, ihr seine Hand zu entreißen. Wieder vernahm er die drei kurzen Schläge des Taktstockes auf dem Pult, worauf eisiges Schweigen eintrat und unnatürlich lange anhielt.

»Warum fangen sie eigentlich nicht an? Worauf warten sie noch?« fragte er.

Aber es war niemand mehr neben ihm. Antim sah sich erschrocken nach allen Seiten um. Da trat ihm plötzlich, als hätte sie hinter der Marmorsäule gelauert, die Generalin entgegen.

»Manolache, war *sie* es? Die Braut? Die Fremde? ... War *sie* es?« wiederholte sie nach einer Weile.

Er glaubte einen Unterton von Ironie in ihrer Stimme zu hören und senkte eingeschüchtert den Blick.

»Sie war es, *mon Général*!«

Chicago, New York, Dezember 1971

Ich kannte Cucoaneş bereits seit langem. Er war in der Unterstufe des Gymnasiums mein Mitschüler gewesen, wir hatten uns jedoch nie angefreundet. Auf der Universität verlor ich ihn aus den Augen. Als ich ihn einige Jahre später zufällig in einem Tabakladen traf, erzählte er mir, er habe die Technische Hochschule absolviert, sei Diplom-Ingenieur und habe eine unerwartet gut bezahlte Stelle in einer Stadt in Siebenbürgen bekommen. Seither hatte ich ihn nicht mehr gesehen. Um so größer war mein Erstaunen, als er im Jahre 1933 an einem ungewöhnlich trüben Juliabend plötzlich in mein Arbeitszimmer trat. Ich erkannte ihn natürlich sofort, fand ihn allerdings ziemlich verändert. Wohl waren etwa fünf, sechs Jahre seit unserer letzten Begegnung verstrichen, dies allein konnte jedoch für die auffällige Veränderung seines Aussehens keine rechte Erklärung sein.

»Weißt du, daß ich zu wachsen angefangen habe«, gestand er mir unvermittelt, noch ehe ich Zeit gefunden hatte, ihm eine Frage zu stellen. »Ich wollte es zunächst nicht wahrhaben, habe mich aber dann gemessen und überzeugt, daß es leider stimmt: seit ungefähr einer Woche bin ich enorm gewachsen. Etwa um sechs Zentimeter ... Ich war mit Lenora auf der Straße, da fiel es uns beiden plötzlich auf. Und heute morgen war der Längenunterschied zwischen uns noch größer ...« Der Ton seiner Stimme verriet mir seine innere Unruhe. Die Hände auf dem Rücken gekreuzt, durchmaß er nervös mein Arbeitszimmer, setzte sich auf die Lehne eines Fauteuils, sprang hastig wieder auf. Ich beobachtete, welche Mühe er sich gab, seine Hände zu verstecken und begriff auch warum: Obwohl er dauernd die Ärmel seiner Jacke herunterzog, ragten die Manschetten in übertriebener Weise hervor.

»Ich muß alle Anzüge zum Schneider geben, damit er die Säume herausläßt«, sagte er, als er meinem Blick begegnete.

Ich versuchte, ihn zu beruhigen, indem ich ihm in Erinnerung rief, daß er als Gymnasiast immer Angst gehabt hatte, er würde ein Stöpsel bleiben. Er ließ mich jedoch nicht ausreden.

»Ja, wenn ich wie andere Leute im Verlauf der Jahre etwas gewachsen wäre... Aber ich wachse ja wie auf Hefe innerhalb *von wenigen Tagen!*... Das kann einem schon einen Schrecken einjagen. Ich fürchte, es könnte eine Erkrankung der Knochen sein...«

Als er bemerkte, daß mir nichts Tröstliches dazu einfiel, wechselte er das Gesprächsthema.

»Weißt du, ich wollte nur nachsehen, ob du zu Hause bist. Ich bin nämlich nach Bukarest versetzt worden und habe in der Lucaci-Straße eine kleine Wohnung gefunden. Wir sind also mehr oder weniger Nachbarn, und so dachte ich mir, ich schau mal bei dir 'rein...«

Er gab mir seine Hausnummer und sagte, um welche Zeit er am ehesten anzutreffen wäre. Dann reichte er mir die Hand und ging.

Der Besuch hatte verständlicherweise mein Interesse geweckt, und ich suchte in jener Woche alle befreundeten Ärzte auf, um ihnen vom Fall Cucoaneş zu erzählen. Wie nicht anders zu erwarten, ließ er selbst sich am nächsten Tag gründlich von einem Facharzt für Knochentuberkulose untersuchen. Der Arzt kam zum Schluß, es handele sich nicht um Knochentuberkulose, sondern um ein makranthropisches Phänomen, das in den Annalen der Medizin nicht unbekannt sei. Ein Fall von derart beschleunigtem Wachstum war allerdings, wie er gestehen mußte, bisher nicht vorgekommen. Zum Abendessen sei er stets zu Hause, hatte Cucoaneş mir versichert, und so ging ich am übernächsten Tag um diese Zeit auf einen Sprung zu ihm. Als ich sein Zimmer betrat, war

ich völlig verdutzt: Cucoaneş, der einst eher untersetzt gewirkt hatte, überragte mich nun um mindestens fünfzehn Zentimeter. Dabei sah er durchaus wohlproportioniert aus, ein hochgewachsener, gut gebauter Mann. Nur paßten ihm die Kleider nicht mehr, und sein Aufzug machte ihn verlegen. Da ihm die Jacke zu eng war, hatte er sie abgelegt und einen Bademantel angezogen, dessen Ärmel sichtbar verlängert worden waren. Die Hosen hatte er tief auf die Hüften hinuntergeschoben, vergeblich, sie reichten ihm kaum bis zu den Knöcheln und rutschten, so oft er sich hinsetzte, an den Beinen hoch, so daß er wie ein armer Schlucker in geliehenen Kleidern aussah.
»Nun, was gibt's?« wagte ich endlich das Schweigen zu brechen. »Was meint der Arzt?«
»Makranthropie!« erwiderte er mit seltsamer Gelassenheit.
»Wunderbar!« rief ich aus. »Das heißt, du wirst ein ›großer Mann‹. . . . Gar nicht so übel! . . .«
»Laß deine Witze, sie sind hier fehl am Platz«, unterbrach mich Cucoaneş, stand auf und begann auf und ab zu gehen.
Als ich ein Päckchen aus der Tasche zog, um mir eine Zigarette anzuzünden, kam er auf mich zu und bat mich, auch ihm eine zu geben.
»Seit wann rauchst du denn?« fragte ich, nur um etwas zu sagen.
»Einmal fängt man eben an. Vielleicht tut es mir gut . . .«
Jene Zigarette tat ihm jedenfalls nicht gut, er wußte nicht, wie man inhaliert, hustete nach einigen Zügen und warf sie fort. Nach wenigen Minuten bat er mich um eine zweite Zigarette, und diese rauchte er, wenn auch ungeschickt, zu Ende.
»Ich habe mich, kurz bevor du kamst, gemessen«, sagte er mit müder Stimme. »Schau her, an dieser Tür da. Und

seit heute früh um neun bin ich um mehr als einen Zentimeter gewachsen. Begreifst du, was das heißt?! Ich schieße ja zusehends in die Höhe!«
»Vielleicht ißt du zuviel«, wandte ich vorsichtig ein. »Oder vielleicht ißt du Sachen, die das Wachstum fördern. Wahrscheinlich solltest du alles meiden, was Kalzium enthält.«
»Was Kalzium, Eisen, Vitamin B und die übrigen Vitamine enthält, alles ist mir untersagt worden«, stöhnte Cucoaneş. »Seit gestern Abend habe ich außer einer Scheibe trockenes Brot und einem Tee mit ganz wenig Zucker nichts im Mund gehabt. Um mir Kopfzerbrechen über die richtige Diät zu ersparen, habe ich das allermeiste ausgeschaltet, nehme überhaupt keine Mahlzeiten mehr ein.«
»Ja, und?!« fragte ich, als er plötzlich verstummte.
»Ich sterbe vor Hunger! Mir ist ganz schwindelig vor Hunger, aber wachsen tue ich trotzdem, wachse und wachse immer weiter, verdammt noch mal!«
Ich kam mir überflüssig vor, da ich keinen Rat für ihn fand.
»Ich komme bald wieder vorbei«, versprach ich und ging.
Ich kam seither jeden Abend. Nach wenigen Tagen bildeten sich vor seinem Haus Gruppen von Neugierigen, denn die Kunde von der seltsamen Krankheit hatte sich wie ein Lauffeuer verbreitet, und jeder wollte das Wunder mit eigenen Augen sehen. Da mein Freund nicht mehr das Haus verließ, mußten sich die Neugierigen mit den Gerüchten zufriedengeben, die von den Nachbarn in Umlauf gesetzt wurden. Die einzige verläßliche Informationsquelle war die Köchin; die Leute ließen der eigenen Phantasie jedoch freien Lauf und schmückten alles aus, was sie von dieser Frau erfuhren.
»Nun, wie steht's?« fragte ich, als ich zwei Tage später sein Schlafzimmer betrat.
»Heute früh: zwei Meter zwei; mittags: zwei Meter fünf; heute Abend: zwei Meter acht!«

»Unmöglich!« rief ich aus.

»Nichts ist in der Natur unmöglich«, sprach Cucoaneş mit gespieltem Gleichmut. »Für Mutter Natur ist nichts unmöglich! Sieh mich nur an! ...«

Darauf sprang er mit einem Satz aus dem Bett, streckte die Arme in die Höhe und warf den Kopf zurück, als wollte er einen ungeheuerlichen Hampelmann mimen. Ich hatte Mühe, mir meine Bestürzung nicht anmerken zu lassen. Cucoaneş behauptete, eine Höhe von zwei Meter acht erreicht zu haben, in Wirklichkeit schien er mir noch größer zu sein.

»Ich bin nicht bloß ein sogenannter einzigartiger Fall in den Annalen der Medizin, sondern übersteige auch das Fassungsvermögen der modernen Wissenschaft«, erklärte er im gleichen leicht sarkastischen Ton. »Der Professor will eine Drüse bei mir entdeckt haben, die bei den Säugetieren seit dem Pleistozän nicht mehr vorgekommen ist. Mutter Natur ließ besagte Drüse dann angeblich verkümmern, da sie jenen diluvialen Säugetieren viel zu schaffen machte und ihnen mehr geschadet als genützt haben soll. Das glaube ich, daß sie ihnen geschadet haben mag! Und wie sie einem zu schaffen macht!« fügte er voller Verbitterung hinzu, riß ein Päckchen Zigaretten auf, warf sich aufs Bett zurück und kauerte sich zusammen, um Platz zu finden.

»Den ganzen Tag haben mir die von der Fakultät keine Ruhe gegeben, sie haben mich in die Klinik gerufen, um eine neue Röntgenaufnahme zu machen. Für heute abend war ich vom Professor wieder zu einer Untersuchung in seine Praxis bestellt. Ich bin nicht hingegangen. Welchen Sinn hätte das noch? Sie können mir ohnehin nicht mehr helfen. Zugegeben, ich bin ein interessanter Fall für sie. Aber was habe ich davon? Mir ist es scheißegal, was die über meinen Fall denken. Es gehe ihnen um den Fortschritt der Wissenschaft, beteuerten sie. Mir aber ist es schnuppe, ob die Wissenschaft Fortschritte oder Rückschritte macht. Mir geht es einzig und allein um meine Heilungschancen. Und da versagen die Ärzte.«

»Woraus schließt du das?« unterbrach ich ihn. »Sie haben mit den Untersuchungen doch gerade erst begonnen. Hast du nicht selber gesagt, es handle sich um einen einzigartigen Fall in den Annalen der Medizin? Da können sie doch nicht von einem Tag auf den anderen ein Heilmittel finden.«

»Wenn sie es bisher nicht gefunden haben, brauchen sie sich von mir aus gar nicht weiter zu bemühen, denn mit zwei Meter acht bin ich ohnedies kein normaler Mensch mehr. Und das war der Stand vor einer Stunde. Falls ihnen jetzt etwas einfällt und sie mir das Heilmittel morgen früh schicken, so bin ich bis dahin gewiß um weitere sieben Zentimeter gewachsen. Auch wenn ich dabei stehen bleibe, interessiert mich das Heilmittel nicht, denn an Lenoras Seite werde ich mich auf der Straße nicht mehr blicken lassen können!«

Bei diesen Worten begann er plötzlich zu weinen. Die Zigarette zwischen seinen Lippen zuckte immer heftiger. Er versuchte, sich zu beherrschen, doch bald war sein Gesicht tränenüberströmt.

»Dazusitzen, hier, auf dem selben Bett, auf dem man vor einer Woche noch mit der Geliebten saß, und zu wissen, daß in dieser Woche etwas geschehen ist, das man selbst nicht fassen kann, das niemand begreift, etwas, das einen aus den Reihen der Menschen ausschließt und es einem verbietet, an der Seite der geliebten Frau auf die Straße zu gehen, ja, es einfach unmöglich macht, sich mit ihr in Gesellschaft zu zeigen, ohne sie der Lächerlichkeit preiszugeben, ist das nicht entsetzlich?« schluchzte er. »Scheinbar hat sich nichts geändert zwischen uns, es ist kein Todesfall eingetreten, es hat sich keine Katastrophe ereignet, und dennoch ist es zwischen uns aus, wir *müssen* uns trennen, etwas anderes kommt einfach *nicht in Frage*. Es ist entsetzlich!«

»Ich wollte ihm keinen falschen Trost spenden und starrte daher wortlos zu Boden. Da fing Cucoaneş an, mit den Fingern zu knacken und brach in ein schallendes Gelächter aus, als schämte er sich, daß er sich hatte gehen lassen. Sein Lachen war mir unheimlich. Es klang nicht menschlich, hörte sich wie das Knarren eines gefällten Baumes, das Ächzen eines sturmgepeitschten Waldes an. Voll düsterer Ahnungen verharrte ich schweigend.
»Am meisten amüsiert mich, wie mein Fall in der Presse breitgetreten wird«, sagte Cucoaneş mit einem bitteren Lächeln. »Anfangs war ich wütend auf den Professor, weil er alles ausposaunte. Aber jetzt hat sich meine Wut gelegt. Jeder tut, was er kann, um sein Brot zu verdienen. Schließlich sind auch die Zeitungsreporter Menschen, die leben wollen, nicht anders als wir Ingenieure. Amüsant ist nur, wie sie bis zu mir vorgedrungen sind, um mich zu messen ...«
So spaßig, wie er es darzustellen versuchte, hatten sich die Dinge aber gar nicht zugetragen. Die Reporter hatten ihm, sobald sie von seinem ungewöhnlichen Wachstum erfuhren, in der Klinik und auf der Fakultät aufgelauert, um ihn zu fotografieren. Die Ärzte versteckten ihn, so gut es ging. Schließlich aber gelang es zwei Reportern, in seine Wohnung einzudringen und Aufnahmen zu machen. Sie gaben sich als Assistenten des Professors aus und behaupteten, die Ergebnisse der letzten Röntgenaufnahme mitgebracht zu haben. Cucoaneş fiel allerdings nicht darauf herein, sondern zerschlug ihnen die Apparate und warf die beiden die Treppe hinunter.
»Die Jungens tun mir nun leid«, gestand er. »Es sind arme Teufel, und ich habe sie nun um ihr Brot gebracht. Aber ich werde sie entschädigen. Ich werde ihnen Geld in die Redaktion schicken. Jetzt kann ich sowieso nichts mehr damit anfangen.«
Nach allem, was er berichtete, traf dies zu. Er aß fast nichts, verspürte kaum noch Hunger, war nach einer

Tasse Tee satt für den ganzen Tag. Und sich neue Kleidung anzuschaffen, hätte wenig Sinn gehabt; in spätestens einer Woche wäre sie ihm zu eng geworden. Er hatte beschlossen, einen riesigen Kittel zu tragen, den er sich von einem Vorstadtschneider nähen ließ und der zumindest seine Blöße bedeckte. Außer Lenora, mir und dem Professor durfte niemand sein Zimmer betreten. An seiner zunehmenden Unruhe erkannte ich, daß er seine Verlobte erwartete. Ich zog mich deshalb zurück.

Am nächsten Abend war die Zahl der neugierigen Gaffer, die seine Wohnung belagerten, geringer als sonst. Es goß wie mit Scheffeln. Bloß einige Reporter warteten beharrlich im Schutze des Toreingangs. Ich fand Cucoaneş quer auf dem Bett sitzen, eine Zigarette im Mund. Er schien mir ruhiger als tags zuvor.

»Nun? Wie fühlst du dich?« fragte ich ihn.

»Was sagst du? Sprich lauter! Ich scheine auch nicht mehr gut zu hören . . .«

»Ich fragte, wie du dich fühlst?« wiederholte ich nähertretend und die Stimme hebend.

»Es geht . . . Zwei Meter dreiundzwanzig . . . Doch das war vor einer geraumen Weile . . . Ich habe es aufgegeben, mich zu messen.«

Und nach einer kurzen Pause fügte er leise hinzu: »Es ist aus mit mir, mein Lieber . . .«

Er sprach gelassen, als habe er sich mit seinem Schicksal abgefunden, litt aber offenbar an dieser Resignation. Sein Gesicht schien mir verändert. Ich hätte nicht genau sagen können, worin diese Veränderung lag, denn das Ebenmaß seiner Gesichtszüge war erhalten geblieben. Dennoch war er nicht mehr der gleiche. Ich hatte den Eindruck, Cucoaneş durch ein Vergrößerungsglas zu betrachten.

»Hast du etwas gesagt?« fragte er plötzlich. »Ich habe dich gebeten, lauter zu sprechen. Ich scheine immer schwerhöriger zu werden . . .«

»Ich wollte wissen, was der Arzt noch gesagt hat ...«
Mein Freund sah mich erstaunt an und erwiderte mit einem bitteren Lächeln:
»Er sagt, ich sollte mich in die Klinik aufnehmen lassen.«
»Das ist vielleicht keine so schlechte Idee«, entgegnete ich ohne Überzeugung. »Da wärst du ständig unter seiner Kontrolle.«
»Sprich doch, bitte, laut!« sagte er in gereiztem Ton.
Ich wiederholte fast schreiend jedes meiner Worte.
»Ich weiß nicht, was mit mir los ist«, sprach er bedrückt. »Ich begreife nicht, warum ich immer schlechter höre ...«
»Du hättest den Professor fragen sollen«, sagte ich, jedes Wort betonend. »Seit wann hast du den Eindruck, schlechter zu hören?«
»Seit heute Nacht. Seltsamerweise höre ich manche Laute ganz genau ... das heißt, ich weiß gar nicht, ob es Laute sind. Ich höre etwas anderes, mit einem Wort *andere* Dinge.«
»Was für Dinge?«
»Schwer zu sagen ... Wie soll ich es dir nur erklären? Manchmal glaube ich, den Verstand verloren zu haben, aber es ist so: Ich höre seltsame Dinge. Ich habe den Eindruck, unaufhörlich das Ticken einer Uhr zu vernehmen, aber es ist nicht eine Uhr, es scheint etwas *anderes* zu sein, das regelmäßig schlägt wie der Puls, und es schlägt in allen Dingen gleichzeitig ... In diesem Stuhl zum Beispiel. Und dennoch sind die Pulsschläge im Stuhl anders als im Schreibtisch ... Aber es sind gar keine Pulsschläge, es ist etwas *anderes* wie soll ich es dir nur erklären ...«
»Das ist hochinteressant«, unterbrach ich ihn. »Gewisse okkulte Praktiken ...«
»Ich bitte dich, mir damit nicht zu kommen!« brauste er auf. »Das interessiert mich nicht. Das ganze Getue um die okkulten Wissenschaften ist eine immense Farce. Mich

interessiert nur eine Sache: Wieder so zu werden, wie ich vorher war. Ich will kein Unikum sein! Mir graut vor außergewöhnlichen Dingen. Mögen sie denen widerfahren, die es sich *wünschen*, die sie suchen! Ich will keine sonderbaren Laute hören, auch wenn dir dies außerordentlich wichtig erscheint. *Ich will nicht*, ich will es einfach nicht!«

Ich wartete, daß sein Zorn sich lege und starrte gedankenvoll zu Boden. Was hätte ich ihm sonst sagen sollen? Ich hatte gehofft, ihm Trost zu spenden, indem ich ihm versicherte, er sei nicht der einzige, der solche Erfahrungen mache, die indische Meditationstechnik ermögliche ähnliche Erlebnisse. Das war ihm jedoch völlig gleichgültig. Es interessierte ihn nicht, die Welt von der Höhe seiner Makranthropie aus zu betrachten, und im Grunde meines Herzens gab ich ihm recht.

»Verzeih mir, bitte«, fügte er einige Augenblicke später hinzu. »Ich war ungerecht ... du wolltest mir helfen. Doch ich weiß, daß du mir nicht helfen kannst. Auch du weißt es, wolltest mich aber trösten ... Es tut mir leid, mein Lieber ... Besonders, da ich dich um einen großen Gefallen bitten will ...«

Er hielt inne, als wage er nicht, seine Gedanken auszusprechen. Dann trat er auf mich zu und fragte mich:

»Hörst du mich gut? Ich habe den Eindruck, laut genug zu sprechen, aber vielleicht irre ich mich.«

Er sprach zwar leiser als sonst, doch laut genug, daß ich ihn mühelos verstand.

»Ich werde dich um einen großen Gefallen bitten«, wiederholte er, mir tief in die Augen blickend. »Ich hoffe, du schlägst mir die Bitte nicht ab und tust genau, was ich dir sage. Für lange Erklärungen wird wohl keine Zeit sein. Ich hoffe, du siehst selber ein, daß ... Nun, es hat keinen Sinn, lange Umschweife zu machen ... Warum ich dich bitten will: Kümmere dich um Lenora ... ich meine ...«

Er hielt eine Weile inne und blickte mich mit einer Eindringlichkeit an, die mich in Verwirrung brachte. Es fiel ihm offenbar sehr schwer, sich mir anzuvertrauen.
Plötzlich strich er sich mit der Hand übers Gesicht und die Stirn und fuhr fort:
»Es ist sonderbar, manchmal glaube ich, auch meine Sinne hätten sich verändert. Gott bewahre mich davor, aber manchmal frage ich mich wirklich, ob ich nicht übergeschnappt bin ...«
Er runzelte die Brauen, als bemühe er sich, Geräuschen auf den Grund zu kommen, die nur er vernahm, riß sich jedoch schnell zusammen, strich sich wieder mit der Hand über die Stirn, schloß die Augen und sprach in verändertem Ton:
»Worum ich dich noch bitten wollte ... ja, darum wollte ich dich vor allem bitten: Hilf mir zu verschwinden ... Nein, nein, unterbrich mich nicht! Hör mich bis zu Ende an. Ich verlange nicht, daß du mir hilfst, mich umzubringen. Selbstmord wäre kein Problem für mich. Aber vorderhand fehlt es mir an Mut dazu. Vielleicht ist es auch eine absurde Verstocktheit von mir, ich beabsichtige jedenfalls nicht, meinem Leben ein Ende zu setzen. Schließlich werde ich doch wohl noch ein Recht haben, *zu sehen, was Mütterchen Natur mit mir vorhat,* wie weit sie's zu treiben gedenkt. Ich werde wachsen und weiterwachsen – doch wie lange? Das will ich noch erleben: die Grenzen der Makranthropie. Und deshalb bringe ich mich nicht um. Aber in dieser Stadt, mitten unter diesen Menschen weiterleben, kann ich nicht mehr. Ich möchte verschwinden. Mich verstecken. Den Presseleuten, den Ärzten, den Nachbarn, den Bekannten entrinnen. Ich hoffe, du hilfst mir dabei. Ich habe daran gedacht, mich irgendwo im Gebirge, zum Beispiel in den Bucegi* zu verkriechen. Ich könnte dort eine verlassene

* Bergmassiv in den rumänischen Karpaten, ungefähr 150 km von Bukarest entfernt (Anm. d. Übers.).

Hütte instandsetzen oder mir eine neue bauen und wie ein Einsiedler leben.«

»Aber du wirst doch verhungern, wenn du dich so allein in die Einsamkeit der Berge zurückziehst.«

»Ach nein, das Essen ist vorderhand kein Problem. Ich kann mir ja für jeden Fall einige Kilo Zwieback, Konserven, etwas Tee mitnehmen. Obgleich ich es dir wiederhole: vorläufig esse ich nicht und verspüre auch keinen Hunger. Schwierig wird es nur sein, eine Hütte ausfindig zu machen, und vor allem mir Kleider zu verschaffen. Siehst du, diesen Kittel habe ich mir ganz lose schneidern lassen. Er ist das einzige Kleidungsstück, das mitzunehmen sich lohnt. Mit meiner ganzen Garderobe kann ich nichts anfangen. Aber etwas Warmes zum Anziehen werde ich im Gebirge schon brauchen. Ich habe daran gedacht, Wolldecken zu kaufen, eine Schere und Ahle mitzunehmen ... Vielleicht wird sich sogar dies Werkzeug erübrigen. Ein Dutzend Sicherheitsnadeln könnte auch genügen. Decken und Laken werde ich aber brauchen. Und die bitte ich dich, mir zu besorgen. Wenn es möglich ist, gleich morgen früh, spätestens aber zum Mittag, denn um zwei Uhr nachmittags möchte ich aufbrechen.«

»Warum gerade um zwei?«

Er zögerte eine Weile, ob er es mir anvertrauen sollte oder nicht. Schließlich rückte er mit der Sprache heraus:

»Weil Lenora und ich geplant hatten, morgen um vier zusammen zu fliehen. Unser Fluchtziel war ebenfalls das Gebirge. Wir gedachten, vor Gottes Angesicht zu heiraten, eine andere Eheschließung wäre ja gar nicht möglich – und zusammen in einer Hütte zu leben. Dann habe ich es mir aber überlegt, kam zur Einsicht, daß ich kein Recht dazu habe. Wie dürfte ich ihre Jugend zerstören? Daher habe ich beschlossen, mich morgen, ehe sie kommt, aus dem Staub zu machen. Mag Gott ihr weiterhelfen. Sie ist noch jung, kann sich ein neues Leben aufbauen.«

Die letzten Worte kosteten ihn große Überwindung, und es wurde deutlich, wie schwer ihm dieser Entschluß gefallen war. Ich sah jedoch ein, daß jeder Versuch, ihn umzustimmen, vergeblich wäre. Wenn ich es ablehnte, ihm Beistand zu leisten, so würde er versuchen, seinen Plan auf eigene Faust durchzuführen. Man würde sein Unternehmen vereiteln, noch ehe es ihm gelänge, ins Gebirge zu entkommen, und würde ihn dadurch zu irgend einer Verzweiflungstat treiben. Andererseits war seine für den nächsten Nachmittag geplante Flucht – wie ich ihm sofort zu bedenken gab – in Anbetracht der vielen Journalisten, die sein Haustor belagerten, und der neugierigen Menge, die auf der Straße wartete, ein höchst riskantes Unterfangen. Eine Flucht kam nur nachts und auf keinen Fall unmittelbar von seiner Wohnung aus in Frage. Wir mußten vor allem einen kleinen Lastkraftwagen besorgen.

»Ich würde einen geschlossenen Lieferwagen vorziehen«, meinte Cucoaneş. »Man steckt dem Fahrer noch ein paar tausend Lei zu und hat die Gewähr, daß er ein, zwei Wochen dicht hält. Das würde langen.«

Wir kamen überein, daß ich morgen alle Einkäufe machen und die Dinge bis zur Abfahrt bei mir aufbewahren sollte. Er würde Lenora eine Mitteilung zukommen lassen, daß er ihre gemeinsame Flucht für einige Tage verschoben hätte. Ich würde ihn am Abend mit einem Taxi abholen und den Reportern sagen, wir führen in die Klinik. Er würde mich erwarten und gleich herunterkommen, um den Neugierigen keine Zeit zu lassen, uns in einem anderen Auto zu folgen. Bei Anbruch der Dunkelheit würden wir vor meinem Haus sein, wo der Lieferwagen bereitstehen sollte.

»Einverstanden«, sagte Cucoaneş. »Und jetzt bitte ich dich, mich allein zu lassen. Ich muß noch einige Kleinig keiten erledigen, verschiedenes ordnen. Ich möchte nicht, daß man mir nachsagt, ich hätte ein Chaos zurückgelassen. Außerdem will ich noch an Lenora schreiben ... Muß sie in meinem Testament bedenken ...«

Erst als ich nach Hause kam, fiel mir ein, daß ich an alles, nur nicht an das Wichtigste gedacht hatte: Wo ich meinen Freund unterbringen sollte. Er hatte von einer Hütte in den Bergen gesprochen. Doch diese Hütte mußte erst ausfindig gemacht werden, und wir mußten vor Tagesanbruch hingelangen, um niemandes Aufmerksamkeit auf uns zu lenken. Unser Plan erschien mir kindisch: im Morgengrauen den Wagen zu verlassen und, ein Dutzend Decken auf dem Rücken, samt Proviant ziellos einen Aufstieg ins Gebirge zu wagen. Mein Freund, der eine Woche nichts gegessen hatte, lief Gefahr, nach ein paar hundert Metern nicht mehr weiterzukönnen, dies um so eher, als er sicherlich den Aufstieg in Strümpfen würde unternehmen müssen, denn daß ich in den sechs Stunden, die mir zur Verfügung standen, ein paar passende Schuhe für ihn finden würde, war mehr als zweifelhaft.

Und dennoch duldete die Sache keinen Aufschub. Wir mußten jedes Risiko auf uns nehmen und am nächsten Abend aufbrechen. Da jedoch nicht damit zu rechnen war, daß uns in einer entlegenen Gegend im Gebirge gleich, wie eigens für uns hingezaubert, eine leerstehende Hütte erwarten würde, mußten wir uns mit Geringerem begnügen. Zum Beispiel mit einem Zelt, das Cucoaneş abseits von jedem Pfad in einer verborgenen Schlucht aufstellen könnte. Dort würde er seine Decken und Vorräte unterbringen, bis er sich die nötigen Werkzeuge beschaffen und eine Hütte nach seinem Maß bauen könnte. Einige Nächte würde mein Freund eben gezwungen sein, auf einer improvisierten Matratze im Zelt zu schlafen. Handwerksgeräte und was sich sonst noch als notwendig erweisen sollte, würde ich ihm in den nächsten Tagen bringen.

Gesagt, getan. Als ich Cucoaneş zur verabredeten Stunde abholte, war er so aufgeregt, daß ich gar nicht dazu kam, ihm zu erklären, warum ich genötigt war, den Plan, den wir am Abend vorher ausgeheckt hatten, abzuändern. Mit dem Scheitel fast die Zimmerdecke berührend, stand er, in seinen riesigen Kittel gehüllt, händeringend da und wartete auf mich. Um die kräftigen Beine hatte er Stofflumpen gewickelt und diese mit dickem Bindfaden verschnürt. Ihn nach seinem Befinden zu fragen, erachtete ich als überflüssig. Er schien mir drei Meter hoch zu sein, und die notdürftige Kleidung, die enormen, behaarten Hände, das seit Tagen unrasierte Gesicht verliehen ihm das Aussehen eines schreckenverkündenden Propheten. Sein Anblick flößte mir Entsetzen ein, denn seine glühenden, tief in den Höhlen liegenden Augen und seine großen Zähne, die er bei jedem Lächeln entblößte, überstiegen den Grad von Abnormität, den wir bei einem menschlichen Wesen zu ertragen imstande sind.

»Wir müssen so schnell wie möglich fort!« zischte er.

Ich erriet mehr, was er mir sagte, als daß ich seine Worte verstand, denn die Laute, die er hervorbrachte, hatten menschliche Intensität und Genauigkeit verloren und glichen eher Infraschallexplosionen, einem Zischen, Pfeifen, Flüstern, Stöhnen, Geräuschen, mit denen man aus der Natur vertraut ist. Sie klangen bald wie das Murmeln eines entfernten Baches, bald wie ein Wasserfall, bald wie das Säuseln eines linden Windes, der über ein Kornfeld streift, bald wie der Sturmwind, der die Zweige eines hohen Waldes beugt. Ich lauschte immer aufmerksamer den seltsamen Modulationen und Ausbrüchen der Stimme meines Freundes, um die Worte zu erraten, die er hervorzubringen sich abmühte. Seine Ausdrucksweise hatte sich in weniger als vierundzwanzig Stunden in verblüffender Weise verändert. Die Laute, die er ausstieß, klangen manchmal so schrill, als kämen sie aus irgendeiner komplizierten Musikbox, die stümperhaft zusammengekleistert worden war. Und diese Laute erschreckten mich. Ich wagte nicht mehr, ihn anzusehen, harrte auf ein Wunder, von dem ich wußte, daß es sich nicht mehr ereignen würde, hoffte, daß er durch irgendeine glückliche Wendung seine ursprüngliche, menschliche Sprache wiedererlangen könnte. Je stärker er sich erregte, desto unverständlicher sprach er. Dann stieß er entsetzliche Zischlaute, ganz unwahrscheinliche Gaumenlaute aus, die wie das Knallen von Monsterstöpseln im Bauch einer feuchten, verstimmten Geige klangen, gutturale Geräusche, die so tief waren, daß man sie nur einem leblosen Gegenstand zugetraut hätte: einem von seinem Platz verrückten Schreibtisch, einer auf den Dielen verschobenen Riesentruhe, dem Aufprall eines Sackes voller Sand, atrophierte Nasallaute, die plötzlich von konvulsivischen Hustenanfällen erstickt wurden, sie alle lösten minutenlang einander ab, nur dann und wann von Pausen unterbrochen, in denen man ein leises Schnarchen vernahm.

»Wir müssen fort, denn bald kommt Lenora!« schrie Cucoaneş wieder und raffte verschämt den Kittel um seine Schenkel zusammen.

Mein verdutzter Gesichtsausdruck schien ihm jedoch zu verraten, daß ich ihn nur schwer verstand. Er blieb einen Augenblick, die Arme in der Luft, verwirrt stehen, starrte mich an, als wollte er mich mit seinen Blicken verschlingen, und wartete offenbar auf ein Zeichen von mir, daß er sich in seiner Annahme bloß getäuscht hätte, daß ich ihn nach wie vor hörte und verstünde, daß es, so eigen sein Schicksal auch sein mochte, zwischen uns beiden doch noch eine Möglichkeit der Kommunikation und des Verständnisses gäbe.

»Ich habe dir ein Paar Stiefel gekauft. Die größte Nummer, die ich auftreiben konnte«, rief ich ihm zu. »Denn mit den Fußlappen da wirst du kaum mehr als einen Kilometer durchhalten.«

Er horchte auf, und ich erkannte an seinem Stirnrunzeln,

daß er Mühe hatte, mich zu verstehen. Ich glaube jedoch, daß es ihm diesmal gelang. Mein Versuch, das Gesprächsthema zu wechseln, muß ihm allerdings so komisch vorgekommen sein, daß er zu lachen anfing, den Arm ausstreckte und mir kameradschaftlich auf die Schulter klopfte. Ich fuhr zusammen. Seine Hand erschien mir schwer, kalt, unmenschlich. Ich hatte unter ihrem Griff den Eindruck, von der Pranke eines Monstrums gepackt zu werden, und sein bellendes Gelächter steigerte mein Empfinden, einen Alptraum zu erleben. Schaudernd entriß ich mich seinem zärtlichen Griff und wandte mich zum Gehen. Als ich die Tür öffnete, sah Cucoaneş sich noch einmal im Zimmer um. Er griff so mühsam, als seien seine Finger klamm, nach den letzten Päckchen Zigaretten, die auf dem Tisch lagen, und kam mir nach. Da bemerkte ich, daß er in seiner Rechten einen großen Umschlag hielt, der, wie ich vermutete, Briefe und Akten enthielt. Cucoaneş fürchtete sich offenbar davor, wieder den Mund aufzutun, reichte mir daher wortlos den an Lenora adressierten Umschlag und bedeutete mir mit Zeichen, daß es sich um etwas überaus Wichtiges handele.

Die näheren Umstände unserer Flucht zu beschreiben, erscheint mir überflüssig, da alle Zeitungen ausführlich darüber berichtet haben, und wenn sich in jene berühmten Reportagen auch mancherlei Übertreibung einschlich, so waren sie im Großen und Ganzen doch wahrheitsgetreu, da sie sich ja auf die Aussagen der beiden Chauffeure stützten, des Taxifahrers, der uns zu meiner Wohnung brachte, und des Mannes, in dessen Lieferwagen wir die ganze Nacht verbrachten. Wir hatten das Glück, die uns verfolgenden Reporter in weniger als einer Stunde abzuhängen. Dennoch war jene nächtliche Fahrt peinlich. Als Cucoaneş, mit beiden Händen seinen Kittel zusammenhaltend, auf den Fahrer zutrat und beim Einsteigen den Wagen ins Wanken brachte, traten dem

Mann vor Entsetzen Schweißtropfen auf die Stirn. Die Hände ums Lenkrad verkrampft, starrte er fortan vor sich ins Dunkel und wagte kein einziges Mal, sich umzudrehen. Um dem Fahrer nicht noch größeren Schrecken einzujagen, brachte Cucoaneş zunächst keinen Laut hervor und kauerte sich mehr schlecht als recht im Fond des Wagens zusammen. Erst spät nachts, als er sich im Schutz des Lieferwagens vor den Blicken aller Neugierigen sicher fühlte, wagte er allmählich wieder zu sprechen. Er redete jedoch leise, fast im Flüsterton, so daß ich ihn kaum verstand. Um ihn nicht zu entmutigen, nickte ich immer wieder zustimmend. Zuweilen hatte ich jedoch den Eindruck, es sei müßig, ihn täuschen zu wollen. Er war sich darüber im klaren, daß ich ihn nicht mehr verstand, konnte jedoch nicht aufs Reden, auf diese letzte Verständigungsmöglichkeit mit einem anderen Lebewesen, verzichten. Um vier Uhr morgens erreichten wir den *Paduchiosul**. Am Fuße dieses Berges sollte Cucoaneş sich einige Tage verbergen, bis ich ihm das zum Bau einer Hütte notwendige Werkzeug brächte. Der Wagen hielt an einer von Wäldern eingeschlossenen Kehre. Der mit dichtem Gestrüpp bewachsene Berghang zwischen Tälern mit endlosen Schluchten schien gut gewählt. In der Nähe mußte eine Quelle sein. Ihr leises Rauschen war deutlich zu hören. Der Mond war noch nicht untergegangen, so daß wir den öden Ort genau erkunden konnten.

Cucoaneş stieg aus, um seine erstarrten Glieder zu entspannen. Er stellte sich auf die Fußspitzen, reckte und streckte sich, lang wie er war, daß all seine Gelenke knackten, und warf aufatmend den Kopf in den Nakken. Als er einen Seufzer ausstieß, von dem das Tal erdröhnte, und wir beide, der Chauffeur und ich, sahen, wie er wuchs und sich ausbreitete und mit dem Riesenrücken und den aufgekrempelten Ärmeln seines Kittels

* Berg im Bucegi-Gebirge (Anm. d. Übers.).

den Horizont über den Bergen verdeckte, verstummten wir.

»Es ist gut, 's ist gut!« mehr konnten wir dem Schwall von Zisch- und Klagelauten, die er ausstieß, nicht entnehmen.

Er griff in den Beutel, den er die ganze Zeit über nicht aus der Hand gelassen hatte, zog ein unangebrochenes Päckchen Zigaretten hervor, fingerte eine Weile daran herum und reichte es mir dann mit müder Geste. Ich mußte es für ihn aufreißen und die Schutzhülle entfernen. Für solch feine Hantierungen versagten ihm seine Finger bereits den Dienst. Die Zigarette konnte er jedoch noch ganz gut halten und auch mit dem Feuerzeug gelang es ihm noch umzugehen. Als er nach einigen gierigen Zügen versuchte, die Zigarette zwischen den Lippen zu behalten, merkte ich jedoch, daß ihm das Rauchen schwerfiel. In seinem riesigen Mundwinkel sah die Zigarette so winzig klein, so fehl am Platz aus! Bei jedem Zucken seiner Lippen schnellte sie wie eine Sprungfeder empor und drohte herabzufallen. Nach wenigen Zügen war sie zudem zu Ende geraucht. Ich werde ihm etwas anderes zum Rauchen bringen müssen, sagte ich mir, vielleicht Zigarren. Oder ich werde spezielle Zigaretten für ihn anfertigen lassen.

»'s ist gut!« glaubte ich wieder seinem Zischen zu entnehmen.

Diesmal schien ihm jedoch sehr daran gelegen zu sein, daß ich auch seine anderen Worte verstand. Er wiederholte sie immer wieder, gab sich unendlich viel Mühe, doch es wollte ihm nicht gelingen.

»... Borx! ...« glaubte ich zu vernehmen. *»Borx ... Bretinx ... creti tinx ... tues ... tues ...«*

»Sprich langsamer!« rief ich ihm zu, so laut ich konnte.

...»'s ist gut!« fing er wieder an *»Borx! ... Borx bor bruli! Borx borbruli! ...«*

Es folgte eine neue Lachsalve, deren lauter Widerhall im

ganzen Tal mich mit ehrfürchtigem Schauer erfüllte. Cucoaneş war also bei bester Laune. Wenn er wenigstens unsere Worte hören könnte! Er fuhr jedoch fort, sich vor Lachen zu schütteln, und wiederholte zwischendurch immer wieder: *Borx borbruli!* Ich transkribiere übrigens ganz von ungefähr die Laute, die ich hörte, wie wir etwa mit piff paff das Pfeifen einer Kugel oder mit anderen onomatopoetischen Worten das Klopfen an eine Tür, das Zerschellen einer Kristallvase, die Explosion einer Bombe nachahmen. *Borx* ist jedoch nur eine sehr ungenaue Wiedergabe der Laute, die Cucoaneş ausstieß und die er ständig veränderte, so daß ich mich nach einigen Minuten fragen mußte, ob sie noch das selbe Wort ausdrückten.

Plötzlich aber ging mir ein Licht auf: *Vox populi!* Ich rief ihm die Worte zu und sah, wie sich sein Gesicht erhellte. Er beugte sich lächelnd zu mir nieder, legte mir die Hand auf die Schulter und sprach mit noch größerem Eifer: *»Borx . . . bretinex . . . kretinx . . . tues . . .«*

Ich erriet, daß auch dies ein Ausspruch war, der mit *Vox* anfing. *»Vox clamantis in deserto?«* rief ich ihm zu, worauf er mit verklärter Miene nickte. Darauf entfernte er sich von uns, bestieg mit wenigen Schritten den Hügel, vor dem der Lieferwagen stand, streckte, einem apokalyptischen Propheten gleich, die Arme zum Himmel empor und fing zu sprechen, zu rufen, zu brüllen, zu singen an, über uns hinwegblickend, einzig und allein den Tälern und Bergen zugewandt. Nun naht das Ende! glaube ich, ihn noch sagen gehört zu haben. Der Morgenwind hatte den Kittel meines Freundes aufgebläht. Der Fahrer konnte den Blick nicht von ihm wenden. Bleich und schweigend stand er da und starrte ihm nach. Ich stieg in den Wagen und begann, das Gepäck auszuladen. Auch der Fahrer legte mit Hand an. Zehn Minuten lang rakkerten wir uns ab. Währenddessen fuhr Cucoaneş fort, den Himmel und die Wälder anzurufen. Waren es Gebete oder waren es Flüche, die er ausstieß? Wer konnte es wissen!

Ich ging auf den Hügel zu und rief, so laut ich konnte, nach meinem Freund. Er stieg herunter, kniete wie ein Kind vor mir nieder und neigte sein Ohr meinem Gesicht zu. Aus Leibeskräften schreiend, teilte ich ihm mit, wir hätten alles abgeladen, und es sei höchste Zeit, irgendwo im Gehölz das Zelt aufzuschlagen, weil der Lieferwagen vor dem Mittag in Bukarest zurück sein müßte. Ich hätte ja noch vieles einzukaufen, das ich in einer der folgenden Nächte zu bringen gedächte. Er solle schon gleich in der kommenden Nacht zur verabredeten Zeit hier irgendwo in der Nähe auf mich warten. Wir würden ihm unsere Ankunft durch Leuchtsignale und lautes Hupen bekanntgeben. Ich redete etwa fünf Minuten auf ihn ein, bis ich völlig erschöpft war, denn ich schrie jedes Wort, wiederholte es mehrere Male, wenn ich an seinem Kopfschütteln merkte, daß er mich nicht verstand. Da schloß mein Freund mich in die Arme, hob mich wie ein Kind hoch und überschüttete mich mit einem Wortschwall, von dem ich fast nichts verstand. Er klopfte dem Fahrer auf die Schulter, dann stiegen wir alle drei schwerbeladen ins Tal hinab. Wir wählten eine Stelle aus, die wie geschaffen schien für den Unterschlupf eines Einsiedlers: Eine kleine Lichtung, eingeschlossen zwischen dem Steilhang eines bewaldeten Berges und der schroffen Felsschlucht über der Quelle. Cucoaneş gab uns durch ein Zeichen zu verstehen, er könne sein Zelt auch ohne unsere Hilfe aufschlagen. Er bat mich nur, ihm mehrere Päckchen Zigaretten zu öffnen. Dann setzte er sich auf einen Stein, zog sich den Kittel über die Knie und stimmte ein Lied an, das seine Einsamkeit und die Einsamkeit der Berge ihm eingaben.

Erst als ich nach einer weiteren Autofahrt von fünf Stunden erschöpft nach Hause kam und die Zeitungen durchflog, wurde mir richtig klar, daß mein Freund zur Sensation des Tages geworden war, vor der die wichtigsten politischen Ereignisse verblaßten. Ein Foto von ihm aus der Zeit, da er noch normal gewesen war, prangte auf der ersten Seite inmitten von Reportagen über sein mysteriöses Verschwinden, von fachwissenschaftlichen Aufsätzen und Interviews mit Ärzten. Der Dekan der medizinischen Fakultät hatte vor Pressevertretern erklärt, es handele sich zwar um einen einzigartigen Fall, der die Wissenschaft jedoch nicht vor unlösbare Rätsel stelle. Die Auslandskorrespondenten hatten ihren Zeitungen wenige Tage zuvor telefonisch sensationelle Nachrichten durchgegeben, die überall das größte Interesse weckten. Mehrere berühmte Reporter wollten nach Rumänien kommen, um den »Makranthropen« kennenzulernen und zu interviewen.

Gegen Abend rief ich die Nummer an, die Cucoaneş mir angegeben hatte, und verabredete ein Treffen mit Lenora. Ich sagte ihr, ich hätte ihr Wichtiges mitzuteilen. Ich kannte sie nicht und war überrascht, als ich sie sah. Sie hatte dunkelrotes Haar und edle Gesichtszüge, eine kühne Stirn, eine gerade Nase, wie man sie heutzutage selten sieht, und einen offenherzigen Blick, der einschüchterte. Mit kaum beherrschter Ungeduld riß sie den Umschlag auf, überflog die erste Seite des ellenlangen Briefes, konnte es jedoch nicht ertragen, vor den Augen eines Fremden weiterzulesen, faltete den Brief zusammen, steckte ihn in ihre Handtasche und blätterte wie geistesabwesend die anderen Papiere durch. Ich vermute, daß sich unter den vielen Urkunden, Banknoten und Fotografien auch ein Testament befand.

»Wo ist er?« fragte sie mich brüsk und schob alle Papiere in den Umschlag zurück.

Ich versuchte die Antwort zu umgehen, indem ich ihr

erklärte, Cucoaneş sei gut aufgehoben, habe mir jedoch das Versprechen abgenommen, seinen Zufluchtsort niemandem zu verraten. Sie hörte mir mißtrauisch zu.
»Wie groß ist er nun?« unterbrach sie mich ungeduldig.
»Schwer zu sagen. Heute in aller Früh schien er dreieinhalb Meter erreicht zu haben, vielleicht sogar mehr.«
Sie schloß die Augen und biß sich auf die Lippen, ohne ein Wort hervorzubringen.
»Und was noch schlimmer ist: Er kann nicht mehr sprechen. Man versteht kaum noch, was er sagt.«
»Ich verstehe ihn!« rief sie leidenschaftlich aus. »Ich verstehe ihn, wie immer er auch reden mag! Ich kenne ihn. Errate alles, was er sagt. Ich lese ihm die Worte von den Lippen, von den Augen ab . . .«
Tränen verschleierten ihren Blick. Sie blieb eine Weile wie in Gedanken verloren stehen, dann reichte sie mir die Hand.
»Das nächste Mal gehe ich mit. Ich rufe Sie morgen früh an.«
Ich willigte ein. Das Mädchen hat im Grunde genommen recht, sagte ich mir. Gewiß würde Cucoaneş unter dem Wiedersehen mit ihr und der darauf folgenden unabwendbaren Trennung sehr leiden, aber war es für ihn nicht noch schmerzlicher, sie so ganz ohne Abschied verlassen zu haben? Sie würden große Schwierigkeiten haben, miteinander zu sprechen. Ein anderes Verständigungsmittel mußte gefunden werden. Vielleicht wäre eine Schultafel, auf die wir mit Kreide alles aufschreiben könnten, das Richtige. Ich setzte auch diesen Gegenstand auf meine Einkaufsliste und mit dem Gedanken, ich könnte Eugen vielleicht damit einen Dienst erweisen, schlief ich, zu Hause angekommen, lächelnd ein.
Weder am nächsten noch am übernächsten Abend brach ich auf. Manche Dinge konnte ich nicht auftreiben, andere, zum Beispiel die Riesenstiefel, die ich für ihn bestellt hatte, waren noch nicht fertig. Übrigens war auch

der Fahrer des Lieferwagens erst am dritten Abend frei, und einen anderen wollte ich auf keinen Fall in unser Geheimnis einweihen. So brachen wir denn erst am vierten Abend auf. Es hatte tags zuvor geregnet, auf einem beträchtlichen Stück des Weges kamen wir nur langsam vorwärts. Darum langten wir am Paduchiosul erst um vier Uhr morgens an und nicht, wie wir uns vorgenommen hatten, vor drei Uhr. Als der Wagen an der verabredeten Stelle hielt, tagte es bereits. Der Fahrer fing zu hupen an. Wir blieben alle drei im Wagen sitzen und waren so aufgeregt, daß wir nicht wagten, einander anzusehen. Da erblickten wir plötzlich an einer Stelle, wo wir ihn gar nicht vermutet hätten, Cucoaneş. Träge und ein wenig verdrossen trat er auf uns zu. Lenora unterdrückte einen Schrei. Mein Freund war nun in der Tat kaum wiederzuerkennen. Er schien sechs bis sieben Meter lang zu sein, auch sein Brustkorb hatte sich mächtig ausgeweitet, er wuchs ja gleichmäßig. Der Kittel war ihm zu klein geworden, und so hatte er seine Schenkel mit einigen aufs Geratewohl zusammengehefteten Decken umhüllt und zwei andere Decken über die Schultern gehängt. An den Füßen trug er nichts mehr. Die Leinwandstreifen, mit denen sie umwickelt gewesen waren, hatten sich wohl gelockert, und er war nicht imstande, sie wieder festzumachen, da seine riesigen Finger nur noch Felsblöcke und Baumstämme greifen konnten. Ich kann den Eindruck, den diese gewaltige Erscheinung über dem Straßengraben auf mich machte, schwer wiedergeben. Als er seine Schultern hob, glaubte ich Neptun aus den Fluten steigen zu sehen. Der Schrecken verschlug mir die Rede. Doch es war kein eigentlicher Schrecken mehr, sondern ein maßloses Staunen. Ich fühlte mich aus der Zeit gerissen und in eine mythologische Welt der Vorzeit versetzt, war darauf gefaßt, daß er den Dreizack Neptuns erhebe oder wie Jupiter Blitze schleudere. Was noch alles folgen mochte, hätte mich nicht mehr in Erstaunen versetzen können als seine Erscheinung selbst. Der Bart war ihm in diesen letzten Tagen so üppig gewachsen, daß er sein Gesicht völlig verändert hatte; man glaubte, eine Gotteserscheinung vor sich zu haben. An den Proportionen des Körpers gemessen, wirkte der Kopf normal, dennoch war er unheimlich anzusehen, sobald Cucoaneş zu lachen oder zu sprechen anfing und dabei sein dunkles Drachenmaul aufriß und seine Hauer entblößte. Übrigens fuhren wir beim ersten Laut, den er ausstieß, zusammen und wichen zurück, denn wir hatten den Eindruck, er bringe diesen Laut nicht auf natürliche Weise, sondern durch ein Achselzucken, ein Fingerknakken oder ein Räuspern hervor. Ich kann nicht sagen, daß seine Laute einem der zahllosen glichen, die man im Herzen der Natur hört; sie klangen nicht wie ein Stöhnen, Ächzen, Knallen, Zischen, sondern gemahnten mich eher an die unmenschlichen Angstschreie, die man in Fieber- und Alpträumen ausstößt. Und das unwillkürliche Heraufkommen solcher Erinnerungen hatte etwas Bedrückendes und zugleich Faszinierendes, weil es mich zumindest für die Dauer dieser schrecklichen Augenblicke die Gegenwart vergessen ließ.

Wahrscheinlich war sich unser Freund über die Magie, die seine Laute auf uns ausübten, sehr wohl im klaren, denn er vermied es, so weit er konnte, das Wort an uns zu richten. Gleich zu Beginn allerdings, als wir ausstiegen und er Lenora erblickte, warf er die nackten Arme zum Himmel und überschüttete sie mit einer Flut von Jubel- und Schmerzensschreien, die uns das Blut in den Adern erstarren ließen. Darauf trat er lächelnd einige Schritte auf uns zu und kniete etwas mühsam vor Lenora nieder. Um ihr näherzukommen, krümmte er beim Hinknien seinen Rücken. Es war jedoch ein vergebliches Bemühen, er überragte uns auch in dieser gebückten Haltung immer noch um gut einen Meter. Ich reckte mich zu seinem Ohr empor und rief ihm zu:

»Sie wollte mitkommen! Sie bestand darauf!«
Ich glaubte, er verstünde mich nicht und beeilte mich daher, die mitgebrachte schwarze Tafel zu holen, auf die ich ihm die gleichen Worte in Balkenlettern aufschrieb. Als ich ihm die Tafel zum Lesen vor die Augen hielt, starrte er die Buchstaben an und schüttelte lächelnd den Kopf. Dann tastete er sich äußerst behutsam an Lenora heran, wagte zunächst nicht, sie anzufassen, hob sie dann hoch und setzte sie aufs Dach des Lieferwagens. So konnte er sie besser betrachten und streicheln ohne die Gefahr, sie mit seinen Zärtlichkeiten zu erdrücken.
»Eugen! Eugen!« flüsterte Lenora ihm zu und klammerte sich mit beiden Händen an seine Faust.
Cucoaneş hörte zweifellos nichts mehr, schien jedoch auch nicht das Bedürfnis danach zu verspüren. Er war selig, sie in solcher Nähe zu haben und zu ihr sprechen zu können. Die Laute, die er hervorbrachte, waren nun sehr gedämpft; er bewegte kaum die Lippen, wagte offenbar nicht mehr als sich zu räuspern, dann und wann einen Seufzer auszustoßen, sich ihr durch ein Flüstern verständlich zu machen.
»Was fangen wir nun an? Was fangen wir nun an?« rief Lenora verzweifelt und brach in Tränen aus.
»Lauter!« sagte ich ihr. »Sie müssen lauter zu ihm sprechen!«
Lenora wiederholte mehrmals ihre Frage, aber wiewohl Cucoaneş ihr sein Ohr zuneigte, verstand er offenbar nichts, denn er reagierte nur mit einem Achselzucken und einem unsäglich traurigen, resignierten Lächeln. Er bückte sich und hob die Schreibtafel auf, hatte jedoch Mühe, die Kreide zwischen seinen Fingern zu halten. Dennoch ließ er sich nicht entmutigen und verlor nicht die Geduld, sondern schrieb wie ein Kind, das mühsam seine ersten Buchstaben malt, mit Großbuchstaben quer über die Tafel:
»Es ist gut.«

»Wie meinst du das?« rief ich ihm zu. »Willst du damit sagen, daß du dich gut fühlst? Siehst du die Welt nun mit anderen Augen? Siehst du Dinge, die wir nicht sehen können?«

Auf all diese Fragen hin, die ich ihm mit höchster Anstrengung zurief und die er offenbar mehr erriet als richtiggehend verstand, begnügte er sich, verträumt zu lächeln und mir mit erhobenen Arm den Himmel zu weisen. Ich gab mich jedoch nicht geschlagen.

»Sag uns doch, was du siehst, was du fühlst, was du begreifst! Sag uns, ob es einen Gott gibt und was wir tun müßten, um ihn auch zu erkennen! Sag uns, ob das Leben nach dem Tod fortdauert und wie wir uns darauf vorbereiten sollen. *Sag uns doch etwas!* Teile uns deine neuen Erkenntnisse mit!«

Da wies mein Freund wieder auf das, was er auf die Tafel geschrieben hatte, streckte, von einem Freudentaumel erfaßt, die Arme zum Himmel empor und fing zu sprechen an. Die Täler hallten wider bei seinen Worten. Die Bäume erbebten und neigten wie beim Heraufziehen eines Unwetters die Zweige zu Boden. Lenora schloß erschrocken die Augen, und wir alle drei schienen noch kleiner zu werden, als wir ihm gegenüber ohnedies schon waren. Trotz allen Schreckens, den er mir einflößte, beherrschte mich aber der Wunsch, ihm die Geheimnisse zu entlocken, die sich ihm erschlossen hatten. Daher wartete ich, bis er innehielt, und schrieb eine weitere Frage auf die Tafel: »Was gibt es *dort*?« Ich hatte Großbuchstaben verwendet, damit ihm das Lesen leichter fiele. Meine Beharrlichkeit schien Eugen lästig zu sein, dennoch streckte er die Hand nach der Kreide aus und machte sich wieder an die Arbeit. Nach wenigen Minuten zeigte er mir, was er geschrieben hatte: *Alles gibt es!* Und um seine Antwort zu erläutern, erhob er die Arme zum Himmel, senkte sie zu Boden, wies auf die Berge und Täler ringsum, zeigte lächelnd auf mich, auf Lenora, den Fahrer, tätschelte fröhlich den Lieferwagen und fing zu lachen an. Verdutzt starrten wir alle drei auf ihn. Als er uns so betroffen dastehen sah, entfernte er sich, brach von einem Baum einen Ast, riß drei grüne Zweiglein von ihm ab und reichte sie uns der Reihe nach. Ängstlich, als errieten wir im Traum, daß er uns nun ein erschütterndes Geheimnis enthüllen würde, nahmen wir sie entgegen, behielten sie in der Hand, und starrten ihn weiter erwartungsvoll an. Die Wohlerzogenheit unseres Verhaltens belustigte Cucoaneş über alle Maßen. Er fing wieder zu lachen an. Lenora erschauerte bei seinem Lachen. Da streckte er die Hände aus, um sie zu beruhigen. Die Verlockung, sie zu streicheln, war groß, und er konnte ihr nicht mehr widerstehen. Er hob Lenora sachte hoch, als wäre sie eine kostbare, zerbrechliche Nippesfigur, die er jedermann zeigen wollte. Erschrocken hielt Lenora sich mit beiden Händen an seinem Arm fest. (Am meisten erschreckte sie, wie sie mir später gestand, das Antlitz ihres Verlobten, das sie nun ganz aus der Nähe sehen konnte. Sein großes Maul schien sie verschlingen zu wollen, und sein Blick jagte ihr Todesangst ein.) Cucoaneş schien den Schrecken seiner Geliebten gar nicht zu merken, drückte sie behutsam an sich und wiegte sie wie eine Puppe. Als er ihr sein Gesicht näherte, um sie zu küssen, und sie mit seinem Bart fast erstickte, stieß sie einen gellenden Schrei aus und bedeckte sich die Augen mit den Händen. Sie war so bleich geworden, und ihr Körper hing so schlaff in den Händen meines Freundes, daß ich glaubte, sie sei in Ohnmacht gefallen.

Da ging Cucoaneş endlich ein Licht auf. Er setzte sie vorsichtig aufs Dach des Lieferwagens, von wo der Fahrer und ich ihr herunterhelfen konnten, und bedeutete uns durch ein Zeichen, fortzufahren. Sein Gesicht war wie versteinert. Er tat die Lippen nicht mehr auf, und kein Lächeln erhellte mehr seinen Blick. Wir riefen ihm zu, wir hätten im Wagen Werkzeug, Essen und Schuhe für ihn. Er wollte nichts davon wissen. Als wir, in der Annahme, er hätte uns nicht verstanden, die Sachen abluden, wurde er böse, fuchtelte mit den Armen und drohte, alles in die Schlucht zu werfen, wenn wir es nicht schleunigst mitnähmen. Ich machte noch einen letzten Versuch und zeigte ihm die mitgebrachten Schuhe, in der Hoffnung, ihn damit versöhnen zu können. Gereizt griff er nach ihnen und schleuderte sie weit über die Bäume hinweg.

»Es ist zwecklos!« flüsterte Lenora mir zu. »Es ist besser, wir brechen auf. Das ist das Ende.«

Wir winkten ihm zum Abschied, und er wünschte uns gute Fahrt, indem er uns lange mit ausgestrecktem Arm nachwinkte. Die Sonne brannte auf ihn nieder wie auf ein Bergmassiv. So ließen wir ihn dort mitten auf der Landstraße zurück.

Zwei Wochen später sah ich ihn dann noch ein letztes Mal. Was sich in diesen zwei Wochen alles ereignet hat, die Pressekampagne gegen die Ärzte, die ihn hatten flüchten lassen, und gegen die Polizei, der es nicht gelang, ihn ausfindig zu machen, der Preis, den ein bizarrer südamerikanischer Milliardär für das Ergreifen von Cucoaneş aussetzte, die im Bucegi-Gebirge organisierte Hetzjagd nach ihm, die man später auf höheren Befehl aufgab, mit der Begründung, ein unschuldiges menschliches Wesen dürfe doch nicht wie ein wildes Tier gejagt werden, all dies ist den Zeitungslesern gewiß noch so lebhaft in Erinnerung, daß es nicht nochmals erwähnt werden muß. Hie und da verbreitete sich in Sinaia und Predeal* das Gerücht, der Makranthropus sei an einer Quelle oder am Waldrand gesehen worden, aber die in Umlauf gebrachten Gerüchte waren so widersprüchlich,

* Kurorte in den rumänischen Karpaten.

die angeführten Einzelheiten so phantastisch, daß die Leute an der Glaubwürdigkeit dieser Berichte zu zweifeln anfingen. Die einen erzählten, er wäre wie ein Berg, die anderen, er hätte mehrere Arme und Augen und wälze riesige Felsblöcke zu Tal, wieder andere wollten gesehen haben, wie er einen Büffel lebendigen Leibes verzehrte. Die einzigen unzweideutigen Beweise für die Anwesenheit meines Freundes im Bucegi-Gebirge und und auf der Piatra Craiului* waren entwurzelte Bäume und andere Spuren, die er beim Durchschreiten der Wälder hinterlassen hatte. Alle, die ihn gesehen zu haben vorgaben, behaupteten übrigens, er ginge nur nachts aus und hielte sich tagsüber in unwegsamen Schluchten versteckt. Andere Spuren wurden nicht gefunden. Das Zelt und alle Sachen, die wir ihm besorgt hatten, waren wie durch ein Wunder verschwunden. Der Fahrer hatte den Journalisten ziemlich genaue Angaben gemacht, und so strömten zahllose Menschen zu der Stelle, an der wir ihn zurückgelassen hatten. Sie fanden jedoch nichts, nicht einmal die verkohlten Reste eines Reisigfeuers.

Zwei Wochen später befand ich mich bei Anbruch der Nacht im Wagen eines Freundes auf der Chaussee, die von Moroieni zum Elektrizitätswerk in Dobreşti führt. Wir hatten das Sanatorium für Lungenkranke in Moroieni hinter uns gelassen, als uns an einer der zahlreichen Biegungen, um die sich die Landstraße schlängelt, eine Gruppe von Menschen durch Zeichen bedeuteten, wir sollten halten. Im Licht des Mondes erkannte ich ihre von Entsetzen entstellten Gesichter. Es waren heimkehrende Arbeiter, und alle hielten sie ihre Spitzhacken und Schaufeln fest in den Händen, als rüsteten sie sich zu einem verzweifelten Kampf mit dem Tod.

»Das Gespenst, Herr, das Gespenst ist im Wald!« stammelte einer von ihnen.

»Es ist riesenhaft wie nie zuvor, es legt den ganzen Wald

* Königsstein.

um!« sagte ein anderer. »Es ist der Leibhaftige, der Teufel in eigener Person!«
Im gleichen Augenblick hörten wir ein unheimliches Krachen im Wald, und Felsbrocken, gefolgt von Geröll, stürzten auf die Straße herab. Wir alle erstarrten vor Entsetzen. Die Arbeiter erhoben ihre Spitzhacken und drängten sich um den Wagen. Da trat unser Freund Cucoaneş aus dem Gehölz hervor. Er ging gebückt, um nicht mit seinem Haupt an die hohen Wipfel der Bäume zu stoßen, was bis auf die zerlumpten Decken, die er sich, so gut er es konnte, um die Lenden gebunden hatte, völlig nackt, wirkte jedoch recht unbekümmert. Als er unten auf der Straße angelangt war und sich aufrichtete, schien er dreimal so groß, als da ich ihn das letzte Mal gesehen hatte. (In bezug auf seine Länge gingen unsere Meinungen übrigens weit auseinander. Mein Gefährte behauptete, Cucoaneş sei nicht mehr als fünfzehn bis sechzehn Meter hoch, ich hingegen schätzte ihn auf zwanzig bis zweiundzwanzig Meter, und einige der Arbeiter vertraten sogar die Ansicht, er sei über dreißig Meter hoch.) Da sein Körper gut proportioniert geblieben war, hatte er trotz seiner gewaltigen Maße immer noch ein menschliches Aussehen bewahrt. Nur sein Bart fiel nun in langen Wellen über seine ganze Brust. Er schritt mächtig aus, ohne darauf zu achten, wohin er seine Füße setzte und hätte uns bestimmt zertreten, wären die Scheinwerfer des Wagens nicht an gewesen. Einen Augenblick lang hielt er inne, als riefen diese Lichter ihm etwas in Erinnerung, er neigte uns seine Stirne zu, besann sich jedoch gleich eines anderen, zuckte die Achseln und ging seines Weges. Wir sahen, wie er sich talwärts wandte und dann ohne Eile den gegenüberliegenden abgeholzten Berghang hinanstieg. Bald war er oben auf dem Kamm angelangt, sein Bart flatterte im Wind, und im silbrigen Schein des Mondes hob sich seine Riesengestalt wie eine apokalyptische Erscheinung gegen den heiteren Himmel ab.

Das war alles. Und es war auch, wie ich glaube, das letzte Mal, daß zuverlässige Augenzeugen Eugen Cucoaneş sichteten. Monate hindurch wurde Cucoaneş daraufhin überall gesucht. Alle Gerüchte, die über ihn in Umlauf kamen, erwiesen sich als aus der Luft gegriffen. Eine Gruppe von Bauern behauptete, ihn im Oktober in der Bărăgan-Ebene gesehen zu haben, als sie um Mitternacht vom Feld heimkehrten. Manche beteuerten, seine Schritte hätten eine Spannweite von vierzig bis fünfzig Metern gehabt. Allerdings waren die Spuren seiner Schritte immehr vom Regen verwischt, denn Cucoaneş war nur bei schlechtem Wetter unterwegs. Wollte er vielleicht seine Spuren absichtlich verwischen? Auch wagte er sich nur zu nächtlicher Stunde hervor, wenn alle anderen ruhten. Vielleicht hatte er Angst, die Menschen, die tagsüber ihrer Arbeit nachgingen, unter seinen Tritten zu zermalmen? Gegen Ende desselben Monats soll er irgendwo nördlich von Konstanza an der Meeresküste aufgetaucht sein. Manche erklärten, sie hätten ihn ins Meer steigen und fortschwimmen sehen. Die Untersuchung, die man wenige Tage später vornahm, ergab jedoch nichts Stichhaltiges. Und allmählich verstummten alle Gerüchte über Eugen Cucoaneş.

Cascaes, Februar 1945

In der Straßenbahn war es stickig heiß. Gavrilescu hatte am anderen Ende des Wagens, wo ein Fenster offenstand, einen Platz erspäht, drängte sich, damit ihm niemand zuvorkomme, durch die Menge und sagte zu sich selber: ›Glück muß man haben!‹ Nachdem er sich hingesetzt hatte, zog er ein Taschentuch hervor, wischte sich den Schweiß vom Gesicht und fächelte sich mit dem Strohhut Luft zu. Der Alte, der ihm gegenübersaß und auf seinen Knien behutsam eine Blechschachtel hielt, betrachtete ihn aufmerksam, als wollte er sich erinnern, woher er den Mann wohl kenne.

»Entsetzlich heiß!« sagte er plötzlich. »eine solche Hitze habe ich seit 1905 nicht mehr erlebt...«

»Es ist tatsächlich heiß«, stimmte Gavrilescu ihm bei. »Aber wenn jemand Format hat wie zum Beispiel Oberst Lawrence, erträgt er alles mit Gelassenheit. Haben Sie übrigens je etwas von Oberst Lawrence gehört?«

»Nein.«

»Schade. Leider weiß ich auch nicht viel über ihn. Wäre er in diese Straßenbahn eingestiegen, ich hätte ihn aushorchen können. Ich unterhalte mich gern mit gebildeten Menschen. Die jungen Leute, mit denen ich auf die Straßenbahn gewartet habe, sind gewiß Studenten. Die haben von Oberst Lawrence und seinen Abenteuern erzählt. Sie zitierten ganze Seiten aus seinem Werk. Donnerwetter, haben die aber ein Gedächtnis! Einen Satz fand ich besonders schön: Die furchtbare Glut Arabiens habe ihn wie ein Schwert mitten aufs Haupt getroffen und ihn verstummen lassen, sagt der Oberst. Den Wortlaut habe ich mir leider nicht genau gemerkt. Die Metapher aber ist einfach großartig.«

Der Schaffner hörte ihm schmunzelnd zu und reichte ihm

den Fahrschein. Gavrilescu setzte den Hut auf und begann seine Taschen zu durchstöbern.
»Entschuldigen Sie bitte, ich kann mein Geld nicht finden«, sagte er nach einer Weile. »Ich weiß nie, wo ich meine Börse hintue.«
»Macht nichts, suchen Sie nur in aller Ruhe weiter, wir sind noch lange nicht bei den Zigeunerinnen«, sagte der Schaffner belustigt und zwinkerte dem Alten zu.
Der Alte errötete und umklammerte nervös mit beiden Händen die Blechschachtel auf seinen Knien. Schließlich zog Gavrilescu eine Banknote hervor; der Schaffner wechselte ihm den Schein in Münzen um und gab ihm, die Lippen immer noch zu einem Schmunzeln verzogen, den Rest zurück.
»Eine Schande!« stieß der Alte nach einer Weile hervor. »Das sollte man nicht zulassen!«
»Das Etablissement ist tatsächlich zum Stadtgespräch geworden«, sagte Gavrilescu. »Das Haus kann sich allerdings auch sehen lassen und der Garten erst recht. Da, sehen Sie nur, die Bäume kommen schon zum Vorschein«, fügte er, sich vorbeugend, hinzu.
Einige Männer schielten unauffällig zum Fenster hinaus.
»Eine Schande!« wiederholte der Alte streng und starrte vor sich hin. »Man sollte das verbieten!«
»Es sind alte Nußbäume, die Schatten und Kühle spenden«, fuhr Gavrilescu fort. »Es heißt, ein Nußbaum spende erst nach dreißig, vierzig Jahren Schatten. Ob das wohl wahr ist?«
Der Alte tat, als hörte er die Worte seines Gegenübers nicht. Da wandte sich Gavrilescu an einen der Männer, die sehnsüchtig zum Fenster hinausgeschielt hatten.
»Diese Nußbäume sind mindestens fünfzig Jahre alt«, meinte er, »deshalb ist ihr Schatten so dicht. Ein wahres Vergnügen bei der Glut. Glücklich diejenigen, die . . .«
». . . ihre Zeit bei den Zigeunerinnen verbringen«, vollendete sein Sitznachbar den Satz.

»Ich fahre regelmäßig dreimal in der Woche hier vorbei. Denn ich bin, Gott sei's geklagt, Klavierlehrer«, erklärte Gavrilescu. »Ich sage, Gott sei's geklagt, weil ich eine Künstlernatur bin und zu Höherem berufen war«, fügte er mit gezwungenem Lächeln hinzu.

»Dann kenne ich Sie also doch!« stellte der Alte erfreut fest. »Sie sind Herr Gavrilescu, der Klavierlehrer. Sie haben vor Jahren meine kleine Enkelin unterrichtet. Sie kamen mir schon die ganze Zeit über so bekannt vor.«

»Stimmt. Ich heiße Gavrilescu, gebe Klavierstunden und bin viel mit der Straßenbahn unterwegs. Ich lege die Strecke, wie ich Ihnen bereits sagte, dreimal wöchentlich zurück. Und immer wieder höre ich von den Zigeunerinnen sprechen. Oft habe ich mir die Frage gestellt: Wie können sich Zigeunerinnen so etwas leisten? Ein Haus wie dieses, ein wahres Palais mit einem Schloßpark, mit so alten Nußbäumen, das stellt doch ein Millionenvermögen dar!«

»Eine Schande!« rief der Alte wieder aus und wandte sich angewidert ab.

»Ich ließ mir so durch den Kopf gehen, was ich verdiene«, fuhr Gavrilescu fort. »Ich bekomme hundert Lei für eine Stunde. Also müßte ich zehntausend Stunden geben, um eine Million zusammenzuraffen. Keine Kleinigkeit! Nehmen wir an, ich hätte zwanzig Stunden die Woche, dann brauchte ich fünfhundert Wochen, das heißt beinahe zehn Jahre, um auf diese phantastische Summe zu kommen. Und wo soll ich zwanzig Schülerinnen, zwanzig Klaviere hernehmen? Wie sollte ich das Problem der großen Ferien lösen, wenn alle Schülerinnen bis auf zwei, drei ausfallen? Die Weihnachts- und Osterferien gar nicht mit eingerechnet. Schon allein diese verlorenen Stunden würden mich um die Million bringen. Fünfhundert Wochen, je zwanzig Stunden, zwanzig Schülerinnen, zwanzig Klaviere die Woche würden also gar nicht ausreichen.«

»Das stimmt«, gab einer der Männer zu. »Heutzutage nimmt man wenig Klavierunterricht.«
»Ah!« rief Gavrilescu plötzlich und schlug sich mit dem Hut an die Stirn. »Die ganze Zeit schon hatte ich das Gefühl, etwas vergessen zu haben, wußte nur nicht was. Die Aktentasche! Und ich habe doch meine Notenhefte drin. Ich habe mich mit Frau Voitinovici, Ottilies Tante, verplaudert und die Aktentasche liegen lassen. So ein Pech! Nun muß ich bei dieser Glut den ganzen langen Weg bis zur Preotese-Straße nochmals mit der Staßenbahn zurücklegen ...«
Verzweifelt blickte er um sich, als erwarte er, daß jemand ihm diesen Weg abnehme. Dann sprang er auf, verabschiedete sich mit den Worten »Hocherfreut über die Bekanntschaft« und trat geschwind auf die Plattform hinaus.
Kaum hatte er den Fuß vom Trittbrett aufs Pflaster gesetzt, stieß ihm schon der heiße Dampf geschmolzenen Asphalts in die Nase. Schwer keuchend überquerte er die Straße, um die Bahn zu nehmen, die in die entgegengesetzte Richtung fuhr. »Nimm dich zusammen, Mensch«, flüsterte er sich zu. »Bist ja erst neunundvierzig und benimmst dich wie ein verkalkter Trottel. Wie kann ein Mann in den besten Jahren nur so vergeßlich sein! Nimm dich zusammen, Mensch, sonst wirst du bald zum alten Eisen geworfen.« So ging er mit sich zu Gericht, doch er fühlte sich wie ausgelaugt und ließ sich erschöpft mitten in der prallen Sonne auf eine Bank fallen. Wieder holte er sein Taschentuch hervor und wischte sich den Schweiß vom Gesicht. Das erinnert mich an ... Laß dein Hirn nur ja nicht einrosten, Gavrilescu, sprach er sich selber Mut zu. Irgendwo auf einer Bank, keinen Pfennig in der Tasche ... Es war nicht so heiß wie heute, aber auch im Sommer ... Gavrilescu sah sich um: Die Straße lag verödet da, die Fensterläden waren geschlossen, die Jalousien heruntergelassen, die Häuser schienen wie ausgestor-

ben ... Die Leute fahren in die Bäder, sagte er sich, in ein, zwei Tagen fährt auch Ottilie fort ... Da erinnerte er sich an alles: Es war in Charlottenburg; er saß, wie jetzt, mitten in der prallen Sonne auf einer Bank, bloß hatte er damals einen leeren Magen und leere Taschen. Wenn man jung ist und eine Künstlernatur, erträgt man alles viel leichter, sagte er sich, stand auf, ging ein paar Schritte auf und ab und hielt nach der Straßenbahn Ausschau.

Etwa hundert Meter die Straße bergauf glaubte er eine Schatteninsel zu erspähen. Das dichte Laub hoher Linden warf seinen Schatten über den Gehsteig. Gavrilescu blickte wie gebannt dorthin. Er zögerte zunächst und wandte sich dann entschlossenen Schrittes dem Garten zu. Die Bäume strömten Kühle aus. Gavrilescu lehnte den Kopf zurück und atmete tief die gute Luft ein. Er ging aufs Tor zu und spähte durchs Gitter in den Garten. Die Kieswege zwischen den Rundbeeten waren frisch begossen. Das kleine Wasserbecken war von Gartenzwergen bewacht. Im gleichen Augenblick hörte er die Straßenbahn vorüberrattern und drehte sich um. »Zu spät!« rief er lächelnd aus. *»Zu spät!«* wiederholte er auf deutsch, hob den Arm und winkte der Bahn lange mit dem Hut nach wie vor Zeiten am Nordbahnhof, als er Elsa, die für einen Monat zu ihrer Familie in ein Dorf bei München fuhr, zum Zug begleitete.

Dann ging er ohne jede Eile weiter bis zur nächsten Haltestelle. Dort zog er seine Jacke aus und wartete geduldig auf die Straßenbahn. Da stieg ihm der bittere Geruch zerdrückter Nußblätter in die Nase. Er wandte den Kopf und blickte um sich. Er war allein. Soweit das Auge reichte, war keine Menschenseele auf dem Gehsteig zu sehen. Der Straßendunst benahm ihm den Atem. Zum Himmel wagte er nicht aufzublicken, spürte jedoch über sich das gleiche blendende, weißglühende Licht wie damals in Charlottenburg. Die Jacke unter dem Arm, den

Hut in die Stirn gedrückt, machte er sich wieder auf den Weg. Als er von fern den dichten Schatten der Nußbäume erblickte, spürte er, wie sein Herz heftiger zu schlagen begann, und er beschleunigte seinen Schritt. Er hatte den Garten fast erreicht, stand schon beinahe vor dem Tor, da hörte er das metallene Ächzen der Straßenbahn. Er blieb stehen und winkte ihr mit dem Hut nach. »Zu spät!« rief er aus. »Zu spät!«

Eine unerwartete, geradezu unnatürliche Kühle strömte ihm im Schatten der Nußbäume entgegen. Erstaunt hielt Gavrilescu inne und lächelte versonnen. Er glaubte einen Augenblick lang, in einem Wald im Gebirge zu sein. Ehrfurchtsvoll betrachtete er die hohen Bäume, die efeubewachsene Steinmauer, und ein seltsames Gefühl der Niedergeschlagenheit beschlich ihn. So viele Jahre war er mit der Straßenbahn an diesem Garten vorbeigefahren, ohne auch nur ein einziges Mal von der Neugierde gepackt worden zu sein, einen Blick hineinzuwerfen. Nun ging er, den Kopf etwas zurückgelehnt und den Blick auf die hohen Wipfel der Bäume gerichtet, langsam auf das Tor zu. Dort trat ihm ein junges, dunkelhäutiges, hübsches Mädchen mit reichem Halsschmuck aus Münzen und großen goldenen Ohrringen entgegen, als hätte sie nur auf ihn gewartet. Sie faßte ihn am Arm und flüsterte ihm zu:
»Wollen Sie zu den Zigeunerinnen?«
Als sie sein Zögern bemerkte, breitete sich ein Lächeln über ihr Gesicht. Auch ihre Augen lachten übermütig, und sie zog ihn am Arm in den Hof. Gavrilescu folgte ihr fasziniert, blieb jedoch nach wenigen Schritten stehen, als hätte er sich's anders überlegt.
»Wollen Sie nicht zu den Zigeunerinnen?« raunte ihm das Mädchen mit noch eindringlicherer Stimme zu.

Sie blickte ihm tief in die Augen, faßte ihn dann an der Hand und führte ihn geschwind zu einem alten, im Flieder- und Holundergebüsch verborgenen Häuschen. Sie öffnete ihm die Tür und stieß ihn hinein. Ein seltsames Halbdunkel empfing ihn, als wären die Fensterscheiben aus blauem und grünem Glas. Wie aus der Ferne hörte er die Straßenbahn, und ihr metallenes Rattern war ihm so unerträglich, daß er sich unwillkürlich an die Stirn griff. Als das Geräusch verklang, entdeckte er an einem niedrigen Tisch eine Alte, die vor einer Tasse Kaffee saß und ihn neugierig musterte.

»Was wünscht sich Ihr Herz für den heutigen Tag?« fragte sie ihn. »Eine Zigeunerin, eine Griechin, eine Deutsche ...«

»Nein!« fiel Gavrilescu ihr mit erhobenem Arm ins Wort. »Nur keine Deutsche!«

»Dann eine Zigeunerin, eine Griechin, eine Jüdin«, fuhr die Alte fort. »Dreihundert Lei«, fügte sie hinzu.

Gavrilescu setzte eine feierliche Miene auf.

»Drei Klavierstunden!« rief er aus und begann, seine Taschen nach Geld zu durchstöbern. »Die Straßenbahnfahrt hin und zurück gar nicht mit eingerechnet.«

Die Alte schlürfte ihren Kaffee und versank in Gedanken.

»Sind Sie Musiker?« fragte sie ihn plötzlich. »Dann werden Sie Gefallen daran finden.«

»Ich bin, Gott sei's geklagt, Klavierlehrer«, sagte Gavrilescu, »doch wollte ich immer Künstler werden. Entschuldigen Sie«, fügte er etwas betreten hinzu und legte alles, was er aus seinen Taschen hervorkramte, auf den Tisch. »Ich kann nie meine Börse finden ...«

»Es hat keine Eile«, meinte die Alte. »Lassen Sie sich Zeit. Es ist kaum drei Uhr ...«

»Nehmen Sie's mir nicht übel, wenn ich Ihnen widerspreche, aber es dürfte bald vier sein. Um drei habe ich die Stunde bei Ottilie beendet.«

»Dann dürfte unsere Uhr stehengeblieben sein«, flüsterte die Alte und versank wieder in Gedanken.

»Ah, endlich!« rief Gavrilescu aus und schwenkte seine Börse. »Sie war also doch am richtigen Platz . . .«

Er zählte die Banknoten und reichte sie der Alten.

»Führ ihn in die Hütte«, sagte die Alte.

Gavrilescu fühlte sich an der Hand genommen, blickte erschrocken das Mädchen an, das ihn zum Tor hereingelockt hatte, und folgte ihr eingeschüchtert, den Hut unter den Arm geklemmt.

»Wohin gehen wir?« fragte er.

»In die Hütte . . . So hat es die Alte befohlen.«

Das Mädchen zog ihn hinter sich her. Sie betraten einen verwilderten Garten. Unkraut und Hagedorn überwucherten die Rosen und Lilien. Hier war es wieder schwül. Gavrilescu war enttäuscht und blieb zögernd stehen.

»Ich bin der Kühle wegen hergekommen . . .«, gestand er etwas kleinlaut.

»Gedulden Sie sich, bis wir in der Hütte sind«, unterbrach ihn das Mädchen und wies mit dem Arm auf ein altes, halb eingefallenes Haus hinten im Garten.

Gavrilescu war verstimmt. Er setzte seinen Hut auf und folgte dem Mädchen. Als er jedoch in den Flur trat, spürte er, wie sein Herz immer heftiger zu schlagen anfing, und blieb stehen.

»Ich bin so aufgeregt; ich weiß zwar nicht warum, aber . . .«

»Trinken Sie nicht zuviel Kaffee«, flüsterte ihm das Mädchen zu, öffnete die Tür und stieß ihn in einen verdunkelten Raum.

Er tastete sich vor. Die dicken Teppiche unter seinen Füßen waren wie Matratzen. Sein Pulsschlag beschleunigte sich mit jedem Schritt, bis er schließlich Angst bekam, weiterzugehen, und innehielt. Er strömte über vor Seligkeit, fühlte sich jung und frisch, als hätte er die ganze Welt erobert und Hildegard mit ihr.

»Hildegard!« rief er aus, sich an das Mädchen wendend. »Seit zwanzig Jahren habe ich nicht mehr an sie gedacht. Sie war meine große Liebe, sie war die Frau meines Lebens!«

Als er sich aber umsah, war das Mädchen verschwunden. Ein zarter exotischer Duft stieg ihm in die Nase. Er hörte Händeklatschen. Das Zimmer war plötzlich von geheimnisvollem Licht überflutet, als hätte jemand sachte die Vorhänge zurückgezogen. Ehe er jedoch die drei Mädchen gewahrte, die mit Lachen und Händeklatschen wenige Meter vor ihm auftauchten, war Gavrilescu sich darüber klar, daß die Vorhänge sich nicht bewegt hatten.

»Das ist die Wahl, die du getroffen hast«, sagte eine von ihnen. »Eine Zigeunerin, eine Griechin, eine Jüdin . . .«

»Nun wollen wir sehen, ob du auch errätst, wer von uns wer ist«, sagte die zweite.

»Ja, wir wollen sehen, ob du draufkommst, wer von uns die Zigeunerin ist«, fügte die dritte hinzu.

Gavrilescu hatte seinen Strohhut fallen lassen und starrte sie wie versteinert an.

»Ich habe Durst!« stieß er plötzlich leise hervor und griff sich an die Kehle.

»Die Alte hat dir Kaffee geschickt«, sagte eines der Mädchen und reichte ihm eine Tasse. Gavrilescu führte die Tasse zum Mund und leerte sie in einem Zug.

»Ich habe schrecklichen Durst«, sagte er wieder leise.

»Dieser Kaffee wird heiß sein, ich habe ihn eben aus der Kanne eingeschenkt«, sagte das Mädchen und füllte die Tasse, »trink ihn langsam . . .«

Gavrilescu nippte daran, aber der Kaffee war so heiß, daß er sich die Lippen verbrannte und die Tasse enttäuscht zurückstellen mußte.

»Ich vergehe vor Durst!« wiederholte er. »Könnte ich nicht ein wenig Wasser haben?«

Die beiden anderen Mädchen verschwanden hinter dem

Paravent und kehrten geschwind mit zwei vollen Servierbrettern zurück.

»Die Alte hat dir Konfitüre geschickt«, sagte eine von ihnen.

»Rosenkonfitüre und Sorbett«, fügte die andere hinzu.

Aber Gavrilescu hatte nur Augen für den Krug voll Wasser, und obwohl er daneben einen Becher aus dikkem, undurchsichtigem grünem Glas stehen sah, ergriff er den Krug mit beiden Händen, führte ihn zum Mund, lehnte sich zurück und trank ihn gierig leer. Dann setzte er ihn stöhnend ab und zog ein Taschentuch hervor.

»Herrgott, war ich durstig!« rief er aus und wischte sich den Schweiß von der Stirn. »Ich habe von einem gewissen Oberst Lawrence gehört, meine Damen . . .«

Die Mädchen wechselten vielsagende Blicke und brachen in schallendes Gelächter aus. Gavrilescu sah sie zunächst erstaunt an, dann hellte sich seine Miene auf, ein Lächeln trat auf seine Lippen, und schließlich lachte auch er über das ganze Gesicht und wischte sich umständlich den Schweiß mit seinem Taschentuch ab.

»Gestatten Sie, ich wüßte gern, was Sie so sehr erheitert hat?« fragte er.

»Wie sollen wir nicht lachen, wenn du uns mit *Damen* anredest? Du bist doch bei den Zigeunerinnen . . .«, sagte eines der Mädchen.

»I wo!« unterbrach sie eine andere. »Wir haben gelacht, weil du ein solcher Angsthase bist . . .«

»Meine sehr verehrten Damen, Sie scheinen nicht zu wissen, mit wem Sie die Ehre haben«, sagte Gavrilescu gekränkt. »Ich bin nicht irgendein Hergelaufener. Ich bin ein Künstler und hatte mir, ehe ich, Gott sei's geklagt, ein armer Klavierlehrer wurde, hohe Ziele gesteckt. Der Traum meines Lebens hieß Hildegard. In sie habe ich mich als Zwanzigjähriger auf den ersten Blick verliebt und habe seither keine andere geliebt«, erklärte er pathetisch.

Eines der Mädchen schob ihm einen Sessel zu, und Gavrilescu setzte sich mit einem tiefen Seufzer.

»Ah«, brach er nach einer geraumen Weile das Schweigen, »warum haben Sie mich nur an die Tragödie meines Lebens erinnert? Sie müssen wissen, Hildegard ist nie meine Frau geworden. Es kam etwas dazwischen, etwas Furchtbares . . .«

Das Mädchen reichte ihm wieder eine Tasse, und Gavrilescu schlürfte nachdenklich den Kaffee.

»Ja, es kam etwas Furchtbares dazwischen«, wiederholte er. »Künstler haben eben nicht immer Glück. Aber was war es nur, was war es? Merkwürdig, daß ich mich nicht mehr daran erinnern kann. Allerdings habe ich seit Jahren, seit sehr vielen Jahren, nicht mehr an Hildegard gedacht. Ich hatte mich mit meinem Schicksal abgefunden. Doch als ich plötzlich hier eintrat und Sie sah, erinnerte ich mich an meine Jugendliebe, an Hildegard . . .«

Die Mädchen wechselten wieder vielsagende Blicke und klatschten in die Hände. »Ich habe also doch recht gehabt«, sagte die eine, »der Angsthase traut sich einfach nicht . . .«

Gavrilescu sah sie mit seinen melancholischen Augen lange an.

»Ich weiß nicht, was Sie damit sagen wollen . . .«

»Daß du ein Hasenfuß bist«, sagte das Mädchen herausfordernd und trat näher. »Du hast dich ja kaum hereingewagt.«

»Die Angst hat dir die Kehle zugeschnürt, deswegen hattest du auch so großen Durst«, sekundierte ihr die zweite.

»Und deswegen gehst du wie die Katze um den heißen Brei herum«, fügte die dritte hinzu.

»Ich begreife nicht, worauf Sie anspielen«, verteidigte sich Gavrilescu.

»Du hättest uns gleich auf den ersten Blick sagen müs-

sen, wer von uns die Zigeunerin, wer die Griechin und wer die Jüdin ist«, fuhr das dritte Mädchen fort.
»Versuch doch endlich zu erraten, wer von uns die Zigeunerin ist, du Memme!« stichelte ihn die erste.
»Ja, wer ist die Zigeunerin? Wer ist die Zigeunerin?« bestürmten ihn nun alle drei, daß ihre Stimmen in seinen Ohren widerhallten.
Gavrilescu lächelte und maß sie mit einem langen Blick.
»Ihr scheint zu glauben, ein Künstler wie ich lebte in den Wolken und hätte keine Ahnung, wie eine Zigeunerin aussieht!« rief er amüsiert aus.
»Nur keine Ausflüchte«, unterbrach ihn eines der Mädchen.
»Ihr traut mir also nicht so viel Phantasie zu, um zu wissen, wie eine Zigeunerin aussieht, besonders wenn sie jung, hübsch und nackt ist.«
Natürlich wußte er auf den ersten Blick Bescheid: Die Dunkelhäutige, Splitternackte mit dem rabenschwarzen Haar und den Augen wie Kohle, die sich ihm als erste genähert hatte, war zweifellos die Zigeunerin. Die zweite, die unter ihrem blaßgrünen Schleier ebenfalls nackt war und einen unnatürlich weißen, wie Elfenbein schimmernden Körper hatte und die goldene Pantoffeln trug, mußte die Griechin sein. Und die dritte im langen, engen kirschroten Samtrock, das Mädchen mit den entblößten Schultern, dem schön gewölbten Busen und dem flammendroten, kunstvoll geflochtenen und aufgetürmten Haar war die Jüdin.
»Also rück doch endlich mit der Sprache heraus! Wer von uns ist die Zigeunerin? Wer ist die Zigeunerin?« bedrängten ihn alle drei.
Gavrilescu erhob sich, zeigte auf das dunkelhäutige Mädchen, das vor ihm stand, und erklärte feierlich:
»Es ist zwar ein törichtes Spiel, das ihr mit mir treibt, aber da ich ein Künstler bin, habe ich Verständnis dafür und will darauf eingehen. Du bist die Zigeunerin!«

Kaum hatte er das Wort ausgesprochen, da faßten ihn die Mädchen an den Händen, wirbelten ihn im Kreis herum, jauchzten und frohlockten:
»Falsch geraten! Falsch geraten!«
Er hörte ihre Stimmen wie aus weiter Ferne, versuchte, sich den Händen der Mädchen, die einen tollen Elfenreigen aufführten, zu entreißen, doch es gelang ihm nicht. Der exotische Duft ihrer jungen Körper betörte ihn. Er hörte ihre Füße über den weichen Teppich tanzen, und sein Herz schlug den Takt zu ihren Schritten. Eine Weile leistete er noch Widerstand, während sie ihn zwischen den Fauteuils und Wandschirmen hinter sich herzerrten, dann gab er schließlich auf. Ein Nebel hüllte ihn ein.
Als er zu sich kam, blickte er erstaunt um sich und erkannte den Raum nicht wieder. Und doch waren es dieselben asymmetrisch zwischen niedrigen Sofas, Fauteuils und Spiegeln aufgestellten Wandschirme, deren Anordnung ihm gleich beim Betreten des Zimmers merkwürdig vorgekommen war. Das dunkelhäutige nackte Mädchen kniete vor ihm auf dem Teppich. Er richtete sich auf dem Diwan auf und fragte sie:
»Habe ich lange geschlafen?«
»Überhaupt nicht«, beruhigte ihn das Mädchen. »Bist kaum eingenickt.«
»Was, um Herrgotts willen, habt ihr nur mit mir angestellt?« fragte er, sich über die Stirn streichend. »Ich bin ja ganz betäubt.«
»Du hast nicht erraten, wer ich bin«, flüsterte ihm das Mädchen mit traurigem Lächeln zu. »Und dabei habe ich dir zugezwinkert, daß ich nicht die Zigeunerin bin. Ich bin die Griechin.«
»Griechenland!« rief Gavrilescu entzückt und sprang auf. »Das ewige Griechenland!«
Seine Müdigkeit war plötzlich wie durch einen Zauber verflogen. Er hörte sein Herz wieder stärker pochen, eine nie zuvor erlebte Seligkeit überflutete ihn.

»Als ich in Hildegard verliebt war«, setzte er in exaltiertem Ton fort, »habe ich immer nur von einer Griechenlandfahrt mit ihr geträumt.«
»Du warst ein Dummkopf«, unterbrach ihn das Mädchen. »Statt so viel zu träumen, hättest du sie lieben sollen . . .«
»Ich war zwanzig und sie noch keine achtzehn. Und sie war schön. Wir waren beide schön«, fügte er hinzu.
Plötzlich bemerkte er seinen sonderbaren Aufzug: Er hatte breite Pluderhosen und eine kurze goldgelbe Seidentunika an. Erstaunt betrachtete er sich im Spiegel; es fiel ihm schwer, sich wiederzuerkennen.
»Ich habe davon geträumt, mit ihr nach Griechenland zu fahren«, nahm er nach einer Weile, diesmal mit ruhigerer Stimme, den Faden des Gesprächs wieder auf. »Das waren keine Hirngespinste, der Traum wäre leicht zu verwirklichen gewesen, es sollte unsere Hochzeitsreise sein. Da kam etwas dazwischen. Aber was, um Himmels willen, war es nur, das dazwischen kam?« fragte er sich und griff sich mit den Händen an die Schläfen. »Es war an einem heißen Sommertag wie heute. Ich sah eine Bank, ging auf sie zu und fühlte, daß die Hitze mich wie ein Schwert mitten aufs Haupt traf . . . Aber nein, ich bringe alles durcheinander, das ist ja die Geschichte vom Obersten Lawrence. Ach, hätte ich doch nur ein Klavier!« rief er verzweifelt aus.
Das Mädchen erhob sich flink vom Teppich, faßte ihn an der Hand und flüsterte ihm zu:
»Komm mit mir!«
Sie zog ihn zwischen den Wandschirmen und Spiegeln hinter sich her und beschleunigte bald so sehr ihren Schritt, daß Gavrilescu hinter ihr herlaufen mußte. Er wollte einen Augenblick stehenbleiben, um Atem zu schöpfen, aber das Mädchen ließ es nicht zu.
»Es ist spät«, flüsterte sie ihm im Laufen zu, und wieder glaubte er, ihre Stimme wie aus weiter Ferne zu hören.

Obwohl er aufpassen mußte, um nicht über die unzähligen Sofas mit den weichen Kissen, über die mit Teppichen beladenen Truhen und Kisten und über die seltsam geschnittenen Spiegel, die, wie aus dem Boden gewachsen, plötzlich vor seinen Füßen auftauchten, zu stolpern, und in großem Bogen um diese ungewohnten Möbelstücke lief, wurde er diesmal nicht taumelig. Durch ein Spalier von Wandschirmen gelangten sie ganz unerwartet in ein geräumiges, sonniges Zimmer. Ans Klavier gelehnt, erwarteten ihn dort die beiden anderen Mädchen.

»Wo seid ihr so lange geblieben?« fragte ihn die Rothaarige. »Der Kaffee ist bereits kalt geworden.«

Gavrilescu schnappte nach Luft und trat mit abwehrend erhobenen Armen auf sie zu:

»Ah, nein«, sagte er, »ich trinke nicht mehr. Ich habe genug Kaffee getrunken. Obwohl ich ein Künstler bin, meine verehrten Damen, führe ich ein geregeltes Leben und verplempere meine Zeit nicht in Kaffeehäusern.«

Die Rothaarige überhörte jedoch seine Bemerkung, wandte sich an die Griechin und fragte wieder:

»Wo seid ihr so lange geblieben?«

»Er hat sich an Hildegard erinnert«, erwiderte diese.

»Das hättest du nicht zulassen sollen«, sagte das dritte Mädchen.

»Entschuldigen Sie, aber das ist meine persönliche Angelegenheit«, fiel Gavrilescu ihr ins Wort. »Daran kann mich niemand hindern. Es war die Tragödie meines Lebens.«

»Nun schweift er wieder ab, und wir verlieren von neuem Zeit«, sagte die Rothaarige.

»Gestatten Sie«, ereiferte sich Gavrilescu, »ich schweife gar nicht ab. Es war die Tragödie meines Lebens. Ich habe mich, gleich als ich den Fuß über die Schwelle dieses Hauses setzte, daran erinnert. Doch damit ihr mich besser versteht, will ich euch etwas vorspielen«, sagte er und setzte sich ans Klavier.

Gavrilescu schien sich einige Augenblicke lang zu sammeln, beugte sich dann über die Tasten, setzte con brio ein, brach aber jäh wieder ab und rief plötzlich aus: »Jetzt hab' ich's! Jetzt weiß ich, was geschehen ist.«

Er stand nervös auf und begann mit gesenktem Blick auf und ab zu gehen.

»Jetzt weiß ich's, jetzt weiß ich's«, wiederholte er mehrmals leise. »Es war an einem heißen Sommertag wie heute. Hildegard war mit ihrer Familie nach Königsberg gefahren. Die Glut war unerträglich. Ich wohnte in Charlottenburg und ging im Schatten der Bäume spazieren. Ringsum war alles verödet, denn es war stickig heiß. Da hörte ich unter den Bäumen ein junges Mädchen, das Gesicht in die Hände vergraben, laut weinen. Meine sehr verehrten Damen, ich war jung, ich war schön, ich war ein Künstler! Der Anblick dieses verlassenen Mädchens zerriß mir das Herz. Ich sprach sie an, versuchte, sie zu trösten. Und so bahnte sich die Tragödie meines Lebens an.«

»Was sollen wir nur mit ihm anfangen?« fragte die Rothaarige ihre Gefährtinnen.

»Warten wir den Auftrag der Alten ab«, sagte die Griechin.

»Wenn wir noch lange warten, läßt er uns ganz fallen«, sagte das dritte Mädchen.

»Ja, die Tragödie meines Lebens«, fuhr Gavrilescu fort. »Sie hieß Elsa. Ein Unstern waltete über dieser Begegnung. Aber ich sagte mir: So war es dir eben beschieden.«

»Seht ihr?« sprach die Rothaarige von neuem. »Nun schweift er wieder ab und wird nicht mehr zu uns zurückfinden.«

»Ja, das Schicksal spielt einem zuweilen schwer mit!« rief Gavrilescu, an die Griechin gewandt, mit erhobenen Armen aus.

Das Mädchen betrachtete ihn lächelnd, die Hände auf dem Rücken verschränkt.

»Es war mir nicht beschert, das Land der Griechen zu sehen!« stieß er hervor.
»Laß das! Laß das!« bedrängten ihn die beiden anderen Mädchen. »Erinnere dich lieber, warum du gerade uns gewählt hast!«
»Eine Zigeunerin, eine Griechin, eine Jüdin«, sagte die Griechin und blickte ihm tief in die Augen. »Es war doch die Wahl deines Herzens, wir sind dir doch nicht aufgezwungen worden.«
»Welche von uns ist die Zigeunerin? Wer ist die Zigeunerin?« fragten ihn alle drei zugleich und schlossen einen Kreis um ihn.
Gavrilescu zog sich zurück und lehnte sich ans Klavier.
»Das ist also die Spielregel bei euch. Ob ein Künstler oder ein gewöhnlicher Sterblicher, jeder muß erraten, welches die Zigeunerin ist, und ihr laßt nicht locker. Und warum, wenn ich fragen darf? Wer befiehlt das?«
»Das ist eben die Spielregel hier bei den Zigeunerinnen«, sagte die Griechin. »Versuch's nur und rate mal, wer die Zigeunerin ist. Du sollst es nicht bereuen.«
»Mir ist nicht nach Spielen zumute«, brauste Gavrilescu auf. »Ich habe mich an die Tragödie meines Lebens erinnert. Denn, sehen Sie, meine Damen, nun ist mir alles klar: Wäre ich damals in Charlottenburg nicht mit Elsa ein Bier trinken gegangen ... Oder hätte ich Geld bei mir gehabt, als ich mit ihr die Schenke betrat, und hätte ihr etwas spendieren können, mein Leben wäre anders verlaufen. Aber es traf sich, daß meine Taschen leer waren und Elsa die Zeche bezahlen mußte. Am nächsten Tag habe ich mir die Füße wund gelaufen, um die paar Mark aufzutreiben, die ich ihr schuldete. Aber ich fand niemanden, den ich hätte anpumpen können.«
»Er hat schon wieder Angst«, stellte die Rothaarige fest.
»Hören Sie nur zu, meine Damen, denn ich habe Ihnen noch nicht alles erzählt!« rief Gavrilescu pathetisch aus. »Drei Tage suchte ich allabendlich Elsa bei ihrer Wirtin

auf, um mich wegen des geliehenen Geldes zu entschuldigen. Ich holte sie ab, und wir gingen zusammen in die gleiche Schenke. Wäre ich doch standhaft geblieben und hätte mich nicht immer wieder von ihr einladen lassen! Aber was soll ich Ihnen sagen? Mir knurrte der Magen. Ich muß Ihnen gestehen, daß ich oft genug schlafen ging, ohne tagsüber auch nur einen Bissen im Mund gehabt zu haben. Hildegard war in einen Kurort verreist. Ich führte das Leben eines Bohémien.«

»Was sollen wir jetzt mit ihm anfangen?« fragten sich die Mädchen. »Die Zeit verstreicht, sie steht nicht still.«

»Jetzt!« rief Gavrilescu wieder mit erhobenen Armen aus. »Jetzt geht es mir gut. Ich fühle mich wohl bei Ihnen. Es ist hier gemütlich, und Sie sind jung und schön und bereit, mir mit Kaffee und Konfitüre aufzuwarten ... Aber ich habe keinen Durst mehr. Jetzt fühle ich mich wohl in meiner Haut, richtig wohl und sage mir: Diese Mädchen da erwarten etwas von dir, Mensch. Tu ihnen doch den Gefallen. Geh auf das Spiel ein. Rate, wer sie sind. Doch sei auf der Hut, Gavrilescu, denn wenn du wieder danebengreifst, fängt der Reigen von neuem an, und du erwachst nicht, bis es Morgen wird.«

Er ging hinter das Klavier, als benötige er eine Barriere zwischen sich und den Mädchen.

»Ich soll also erraten, welche von Ihnen die Zigeunerin ist. Nun gut, ich will's Ihnen sagen ...«

Aufgeregt reihten sich die Mädchen vor ihm auf und fixierten ihn stumm.

»Ich will's Ihnen sagen«, wiederholte er nach einer Pause. Dann streckte er melodramatisch den Arm nach dem Mädchen aus, das in den blaßgrünen Schleier gehüllt war, und wartete. Die Mädchen erstarrten, als trauten sie ihren eigenen Augen nicht.

»Was ist nur mit ihm los, daß er immer wieder danebenhaut?« fragte nach einer Weile die Rothaarige.

»Er ist nicht ganz bei Trost, hat sich an etwas erinnert,

klammert sich nun an die Vergangenheit und kommt nicht mehr davon los«, sagte die Griechin.
Das Mädchen, das er für die Zigeunerin gehalten hatte, trat auf ihn zu, räumte das Tablett mit dem Kaffee weg und flüsterte ihm, während sie am Klavier vorbeihuschte, mit einem traurigen Lächeln zu:
»Ich bin die Jüdin ...«
Dann verschwand sie stumm hinter einem Wandschirm.
»Ah!« rief Gavrilescu und tippte sich mit der Hand an die Stirn. »Das hätte ich doch am Ausdruck ihrer Augen erkennen müssen. Ein Duft aus fernen Ländern umwehte sie. Sie war in einen Schleier gehüllt und ließ dennoch alles durchblicken. Ganz wie im Alten Testament.«
Die Rothaarige brach plötzlich in schallendes Gelächter aus. »Der gnädige Herr ist nicht draufgekommen, wer die Zigeunerin ist«, rief sie.
Sie fuhr sich mit der Hand durch die flammendrote Mähne, die ihr bis auf die Schultern fiel, warf den Kopf zurück und begann, singend und händeklatschend, mit wiegenden Bewegungen langsam im Kreis zu tanzen.
»Sag ihm doch, Griechin, wie's gewesen wäre«, rief sie und schüttelte ihre wallenden Locken.
»Es wäre schön gewesen, hättest du's erraten. Wir hätten dir vorgesungen, dir vorgetanzt und dich durch alle Gemächer geführt.«
»Ja, es wäre schön gewesen«, wiederholte Gavrilescu mit traurigem Lächeln.
Die Zigeunerin blieb vor den beiden stehen und stampfte immer wilder mit den bloßen Füßen auf den Teppich, ohne das rhythmische Händeklatschen auch nur für einen Augenblick zu unterbrechen.
Der befremdende rasende Rhythmus, in dem die Zigeunerin auf den Teppich stampfte, dieser dumpfe, höllische Laut wurde Gavrilescu immer unerträglicher. Er riß sich zusammen, stürzte ans Klavier und fing an zu spielen.
»Sag's ihm auch du, Zigeunerin!« rief ihr die Griechin zu.

Die Zigeunerin tanzte wie auf einer Riesentrommel aus Bronze. Gavrilescu spürte ihren heißen Atem im Nacken, beugte sich tiefer über das Klavier und griff mit aller Wucht in die Tasten, als wolle er sie mit den Fingernägeln aus dem Leib des Instrumentes reißen. Sein Denken setzte aus. Er ließ sich von den neuen, unbekannten Melodien hinreißen, die zum erstenmal an sein Ohr drangen und doch entfernte Erinnerungen in ihm wachriefen. Als er schließlich innehielt, sah er, daß es fast dunkel geworden war und die Mädchen ihn allein im Zimmer gelassen hatten.

»Wo seid ihr nur?« rief er und sprang erschrocken vom Sessel auf.

Auf den Fußspitzen, als wolle er die Mädchen überrumpeln, schlich er sich hinter den Wandschirm. Plötzlich hatte er den Eindruck, in ein Labyrinth von Gängen geraten zu sein, in dem er sich nicht mehr zurechtfand. Die niedrige Decke war seltsam unregelmäßig, und die wellenförmigen Wände schienen sich im Dunkeln zu verlaufen, um dann ganz unerwartet wieder zum Vorschein zu kommen. Gavrilescu machte aufs Geratewohl einige Schritte und blieb dann lauschend stehen. Er glaubte, in unmittelbarer Nähe ein Rascheln und das Trippeln eiliger Schritte zu hören.

»Versteckt euch nur, ich werde euch schon finden!« rief er von neuem. »Kommt aber lieber selber heraus!«

Er lauschte gespannt. Doch er vernahm nichts als den Widerhall seiner eigenen Stimme.

»Was habt ihr nur?« rief er. »Laßt mich hinaus!«

Wieder glaubte er unterdrücktes Gekicher und ein Rascheln zu hören und faßte Mut.

»Wenn ihr glaubt, mir Angst einjagen zu können, so seid ihr auf dem Holzweg«, erklärte er. »Ich bin ja nur auf euer Spiel eingegangen, weil ihr mir leid tatet. Ja, das ist's: Ich sah euch junge Dinger hier, bei den Zigeunerinnen, und ihr tatet mir gleich leid. Ich sagte mir: Diese Mädchen wollen ihr Späßchen mit dir treiben. Mach ihnen das Vergnügen und sei kein Spielverderber, Gavrilescu. Laß sie in dem Glauben, du könntest es nicht herausbekommen, welche von ihnen die Zigeunerin ist. Nun gut. Jetzt reicht's mir aber, kommt endlich heraus!« rief er, so laut er konnte.

Die Rechte auf den Wandschirm gestützt, stand er lächelnd da und wartete. Da hörte er ganz nahe Schritte im Dunkeln. Er wandte sich jäh um und tastete mit ausgebreiteten Armen um sich.

»Wir wollen sehen, welche von euch ich fange. Habe ich die Zigeunerin erwischt?«

Nachdem er sich eine Weile um die eigene Achse gedreht hatte, blieb er wieder lauschend stehen, doch nicht der leiseste Laut drang nunmehr an sein Ohr.

»Macht nichts«, sagte er, als wüßte er, daß die Mädchen sich wenige Schritte von ihm entfernt irgendwo verbargen. »Ich kann warten. Ihr werdet es bereuen. Ich hätte euch das Klavierspielen beibringen können. Ich hätte etwas für eure musikalische Bildung getan, hätte euch die herrlichen Lieder von Schumann beigebracht. Welch himmlische Musik!« rief er leidenschaftlich aus.

Plötzlich empfand er die Hitze stärker als zuvor und begann sich mit dem Ärmel seiner Tunika den Schweiß vom Gesicht zu wischen. Entmutigt wandte er sich dann nach links und tastete sich am Wandschirm entlang. Hie und da hielt er inne, horchte gespannt und beschleunigte dann wieder seine Schritte.

»Verdammt noch mal, das kommt davon, wenn einen der Hafer sticht und man sich mit solchem Grünzeug einläßt!« brauste er auf. »Was sage ich? Ich bin ein höflicher Mensch und habe mich noch schonend ausgedrückt. Ihr seid natürlich alles andere als Grünzeug. Was ihr seid, wißt ihr selber am besten. Zigeunerpack seid ihr. Ohne jede Kultur. Analphabetinnen. Weiß wenigstens eine von euch, wo Arabien liegt? Hat auch nur eine von euch je etwas von Oberst Lawrence gehört?«

Der Wandschirm schien endlos lang zu sein, und je weiter Gavrilescu kam, desto unerträglicher wurde die Hitze. Er zog die Tunika aus, warf sie wie ein Handtuch über die Schulter, wischte sich wütend Gesicht und Nacken ab, tastete wieder mit dem Arm nach dem Paravent, stieß jedoch auf eine glatte, kühle Wand und schmiegte sich mit weit ausgebreiteten Armen an sie. Tief atmend verharrte er lange Zeit an die Wand gelehnt und schlich sich dann langsam an ihr entlang. Nach einer Weile entdeckte er, daß er seine Tunika verloren hatte. Da er immer noch schwitzte, zog er seine Pluderhosen aus und trocknete sich den Schweiß von Gesicht und Körper. Im gleichen Augenblick hatte er den Eindruck, als tippte ihm jemand auf die Schulter. Mit einem kurzen Aufschrei sprang er zur Seite.

»Laßt mich hinaus!« rief er. »Wie oft soll ich euch noch sagen, daß ihr mich hinauslassen sollt?«

Wieder fühlte er eine Berührung an der Schulter. Ob von einem menschlichen Wesen oder von einem leblosen Gegenstand, das wußte er nicht. Er versuchte jedenfalls, die Berührung abzuwehren, indem er blindwütig die Pluderhosen über seinem Kopf schwang. Es wurde ihm immer heißer, er spürte, wie die Schweißtropfen ihm über die Wangen rannen, und keuchte. Als er einmal zu schwungvoll ausholte, glitten ihm die Pluderhosen aus der Hand und verschwanden irgendwo weit im Dunkel. Einen Augenblick verharrte Gavrilescu mit erhobenem Arm und krampfhaft geballter Faust, als hielte er noch immer die Pluderhosen fest. Als er jedoch bemerkte, daß er splitternackt war, kauerte er sich, die Hände auf den Teppich gestützt und die Stirn nach vorn gebeugt, nieder, als wolle er zu einem Wettlauf starten. Den Teppich nach den Pluderhosen abtastend, bewegte er sich vorwärts, stieß aber immer wieder auf undefinierbare Gegenstände. Die Dinge, die er zunächst für Kästchen hielt, stellten sich bei näherem Betasten als in Tücher gehüllte Riesenkürbisse heraus, die Polster und Nackenkissen waren mit Kleie ausgestopfte Bälle oder mit

Zeitungen angefüllte alte Wäschekörbe. Manchmal versperrte ihm ein sonderbar geformtes Möbelstück den Weg, und er mußte es mit äußerster Vorsicht umgehen, damit er nicht darüber stolperte.

Er wußte nicht mehr, wie lange er bereits so im Dunkeln auf den Knien herumrutschte. Die Hoffnung, seine Pluderhosen wiederzufinden, hatte er längst aufgegeben. Was ihm am meisten zusetzte, war die Hitze. Er hatte das Gefühl, an einem glühend heißen Nachmittag auf dem Dachboden eines mit Blech gedeckten Hauses zu sein. Alle Gegenstände, die er berührte, schienen immer heißer zu werden. Alle viere von sich gestreckt, legte er sich auf den Boden und schmiegte das Gesicht an den Teppich.

Nach einer Weile nickte er ein. Ein Windstoß rüttelte ihn wieder wach. Es war, als hätte jemand das Fenster aufgerissen, um die Kühle der Nacht einzulassen. Bald begriff er jedoch, daß es etwas ganz anderes war, etwas Unvergleichbares. Er erstarrte vor Schreck. Kalter Schweiß stand ihm auf der Stirn. Was dann geschah, darauf konnte er sich später nicht mehr besinnen. Er erwachte mit einem Angstschrei, begann wie irrsinnig durch das Dunkel des Zimmers zu rennen, stieß sich an dem Wandschirm, stürzte Spiegel um, glitt aus, fiel hin, sprang geschwind wieder auf und fing von neuem an zu laufen. Plötzlich lichtete sich das Dunkel, und er konnte einzelne Umrisse erkennen. Hinten im Gang schien, ungewöhnlich hoch in der Wand, ein Fenster offenzustehen, durch das das Dämmerlicht des Sommerabends eindrang. Als er den Gang betrat, wurde die Hitze unerträglich.

Sein Herz klopfte zum Zerspringen. Ehe er ans Fenster kam, blieb er wieder erschrocken stehen. Er hörte Stimmen, Gelächter und das Hin- und Herrücken von Stühlen und vermeinte, eine Gruppe von Menschen auf sich zukommen zu sehen. Plötzlich wurde er sich bewußt, daß er nur Haut und Knochen war und einen scheußlichen Hängebauch hatte. Er schämte sich seiner Nacktheit. Aber an einen

Rückzug war nicht mehr zu denken. So faßte er aufs Geratewohl nach einem Wandbehang und begann an ihm zu zerren. Er spürte, wie er nachgab, und stemmte mit aller Kraft die Füße gegen die Wand. Da geschah etwas völlig Unerwartetes: Der Wandbehang zog ihn immer gewaltsamer an sich. Nach wenigen Minuten klebte er an der Wand, und obwohl er seinen Griff lockerte und den Wandbehang aus den Händen ließ, gelang es ihm nicht, sich loszumachen. Bald fühlte er sich eingewickelt, wie ein Paket zusammengeschnürt und in einen Sack gesteckt. Gavrilescu glaubte ersticken zu müssen. Er versuchte zu schreien, doch seine Kehle war ausgetrocknet, hölzern, die Laute waren wie von Filz verschluckt.

Er hörte eine Stimme, die ihm bekannt vorkam.
»Nur weiter, gnädiger Herr, nur weiter, Bojarensöhnchen.«
»Was soll ich euch noch sagen?« flüsterte er. »Ich habe euch doch schon alles gesagt. Ich kam mit Elsa nach Bukarest. Wir waren beide arm. Ich begann, Klavierstunden zu geben ...«
Er hob den Kopf vom Polster und erblickte die Alte. Sie saß am niedrigen Tischchen, die Kaffeekanne in der Hand, bereit, die Tassen wieder zu füllen.
»Nein, danke, ich trinke nicht mehr!« sagte er mit abwehrender Geste. »Ich habe genug Kaffee getrunken. Ich fürchte, ich werde in der Nacht nicht schlafen können.«
Die Alte schenkte sich eine Tasse Kaffee ein und stellte die Kanne in die Ecke des Tischchens.
»Laß nur hören«, drängte sie. »Was hast du sonst getrieben? Was geschah weiter?«
Gavrilescu fächelte sich mit seinem Hut Luft zu und überlegte lange.
»Dann begannen wir Verstecken zu spielen«, sagte er plötzlich in verändertem Ton. »Ich bin ein ernster Mensch,

ein Künstler, ein Klavierlehrer. Bin nur aus Neugierde hergekommen. Sagte mir: Du darfst dir diese Gelegenheit, deine Menschenkenntnis zu erweitern, nicht entgehen lassen, Gavrilescu. Wie sollte ich auch ahnen, daß sie so alberne Spiele mit mir treiben würden. Stellen Sie sich nur vor: Ehe ich mich versah, war ich nackt, hörte mich von Stimmen umschwirrt und glaubte jeden Augenblick ... Sie wissen schon, was ich meine ...«

Die Alte nickte und schlürfte gemächlich ihren Kaffee.

»Ich gebe zu: Es war auch meine Schuld«, fuhr Gavrilescu fort. »Ich wußte nicht, daß ich die Mädchen im Dunkeln würde suchen müssen, wenn es mir bei Tageslicht nicht gelang, zu erraten, wer von ihnen wer ist. Es hatte mich ja niemand in die Spielregeln eingeweiht. Und ich wiederhole. Als ich mich nackt in den Wandbehang gehüllt sah – auf mein Ehrenwort –, es war ganz wie ein Leichentuch ...«

»Mein Gott, haben wir uns aber abgeplagt, bis wir Sie wieder in Ihre Kleider gesteckt hatten«, sagte die Alte. »Sie wollten sich ja gar nicht anziehen lassen ...«

»Ich erklärte Ihnen: Dieser Wandbehang war wie ein Leichentuch. Er drückte und schnürte mich so eng ein, daß ich nicht mehr atmen konnte. Ich wundere mich nur, daß ich nicht erstickt bin.«

»Ja, es war sehr heiß«, räumte die Alte ein.

In diesem Augenblick hörte er von weitem das metallene Rattern der Straßenbahn und fuhr sich mit der Hand über die Stirn.

»Ah!« rief er aus und stand schwerfällig vom Sofa auf. »Wie schnell doch die Zeit vergeht. Ich hätte über dem Plaudern beinahe vergessen, daß ich in die Preotese-Straße gehen muß. Stellen Sie sich nur vor. Ich habe meine Aktentasche mit den Notenheften dort liegenlassen.«

Er machte einige Schritte auf die Tür zu, wandte sich dann um, verneigte sich und winkte grüßend mit dem Hut.

Im Hof blieb er unangenehm überrascht stehen. Die Sonne

war bereits untergegangen, dennoch war es noch schwüler als am frühen Nachmittag. Gavrilescu zog seine Jacke aus und trat zum Tor hinaus. Je weiter er sich von der Mauer entfernte, die von den Bäumen beschattet war, desto mehr spürte er die Glut, die vom staubigen Pflaster aufstieg, und den Geruch des geschmolzenen Asphalts. Er starrte wie geistesabwesend vor sich hin und ging in gedrückter Stimmung bis zur Haltestelle. Kein Mensch war dort. Als er die Straßenbahn kommen hörte, hob er den Arm und winkte dem Fahrer zu, er möchte doch halten.

Der Wagen war fast leer, und alle Fenster standen offen.

»Eine unglaubliche Hitze!« wandte er sich an den jungen Mann in Hemdsärmeln, der ihm gegenübersaß. »Auf mein Wort, es ist schlimmer als in Arabien. Haben Sie je etwas von Oberst Lawrence gehört?«

Der junge Mann lächelte zerstreut und sah zum Fenster hinaus.

»Wie spät ist es?« fragte Gavrilescu den Schaffner.

»Fünf nach acht.«

»So ein Pech! Sie werden gerade bei Tisch sein und glauben, ich sei eigens so spät gekommen, um zum Essen eingeladen zu werden. Das ist mir höchst peinlich. Sie begreifen doch, was ich sagen will? Wenn ich ihnen andererseits erzähle, wo ich gewesen bin, wird Frau Voitinovici, diese komische Person, mich bis in die Nacht hinein aufhalten, damit ich ihr alles berichte.«

Der Schaffner sah ihn schmunzelnd an und zwinkerte dem jungen Mann zu.

»Sagen Sie ihr, daß Sie bei den Zigeunerinnen gewesen sind, und sie wird Ihnen keine weiteren Fragen mehr stellen, Sie werden sehen ...«

»Ah, nein, das ist unmöglich. Ich kenne sie genau. Sie ist eine alte Schrulle. Es ist besser, ich sage ihr nichts.«

»Preotese-Straße!« rief der Schaffner aus. Gavrilescu stand auf und eilte zum Ausgang.

Gemächlich schritt er voran und fächelte sich immer wieder

mit dem Hut Luft zu. Vor dem Haus Nr. 18 blieb er stehen, stieg die Treppe bis zum ersten Stockwerk hinauf, rückte sich die Halsbinde zurecht, fuhr sich mit der Hand durchs Haar und drückte auf den Klingelknopf.
Nach wenigen Minuten hatte ihn der junge Mann aus der Straßenbahn eingeholt.
»Welch unerwartetes Zusammentreffen!« rief Gavrilescu, als der junge Mann vor derselben Tür stehenblieb.
Die Tür öffnete sich weit, und eine junge Frau trat auf die Schwelle. Als sie Gavrilescu erblickte, verdüsterte sich ihre Miene.
»Was wünschen Sie?«
»Ich habe meine Aktentasche vergessen«, stieß Gavrilescu eingeschüchtert hervor.
»Ich begreife nicht, was Sie wollen. Was für eine Aktentasche?«
»Wenn sie gerade bei Tisch ist, so stören Sie sie bitte nicht!« beeilte sich Gavrilescu hinzufügen. »Ich weiß, wo ich die Tasche liegengelassen habe. Sie muß beim Klavier sein.«
Darauf wollte er eintreten, doch die Frau rührte sich nicht von der Schwelle.
»Zu wem wollen Sie eigentlich, mein Herr?« fragte sie.
»Frau Voitinovici. Ich bin Gavrilescu, Ottiliens Klavierlehrer. Ich hatte nie die Ehre, Sie hier zu treffen«, fügte er höflich hinzu.
»Sie haben sich in der Adresse geirrt«, sagte die Frau. »Hier ist Nummer 18.«
»Gestatten Sie«, fing Gavrilescu lächelnd von neuem an. »Ich kenne die Wohnung seit fünf Jahren. Ich gehöre sozusagen zur Familie, komme dreimal wöchentlich her.«
Der junge Mann hatte das Gespräch mit angehört.
»Wie war doch der Name der Dame?« fragte er.
»Frau Voitinovici. Sie ist Ottiliens Tante. Ottilie Pandele.«
»Die wohnt nicht hier«, unterbrach ihn der junge Mann.

»Hier wohnen wir, die Familie Georgescu. Die Dame, die Sie vor sich sehen, ist die Gattin meines Vaters, eine geborene Petrescu.«
»So viel Anstand solltest du besitzen, mir nicht jeden Hergelaufenen ins Haus zu bringen«, sagte die Frau.
Darauf kehrte sie Gavrilescu den Rücken und verschwand im Flur.
»Sie müssen diese Szene entschuldigen«, versuchte der junge Mann mit einem Lächeln über den peinlichen Zwischenfall hinwegzugehen. »Sie ist die dritte Frau meines Vaters und trägt die Bürden der beiden vorhergegangenen Ehen auf ihren Schultern: fünf Jungen und ein Mädchen.«
Verstört hörte Gavrilescu ihm zu und fächelte sich mit seinem Hut Luft zu.
»Das tut mir aber leid, es tut mir aufrichtig leid. Ich wollte Sie nicht kränken. Es stimmt, daß ich mir nicht gerade die passendste Stunde ausgesucht habe. Es ist Essenszeit. Aber sehen Sie, morgen früh erwartet mich auf dem Spiru-Hügel eine Klavierschülerin. Ich habe das zweite und dritte Czerny-Heft in der Aktentasche. Die Notenhefte sind mit meinen Anmerkungen versehen. Ich kann ohne sie nicht unterrichten.«
Der junge Mann betrachtete ihn, immer noch lächelnd.
»Sie scheinen mich nicht verstanden zu haben«, unterbrach er ihn. »Ich wollte Ihnen klarmachen, daß wir, die Familie Georgescu, hier wohnen. Und zwar seit vier Jahren.«
»Das ist doch nicht möglich!« rief Gavrilescu. »Ich bin vor wenigen Stunden hier gewesen, habe von zwei bis drei Ottilie eine Klavierstunde gegeben.«
»In der Preotese-Straße Nummer 18, im ersten Stock?!« Der junge Mann staunte und lächelte amüsiert.
»Genau. Ich kenne das Haus wie meine eigene Westentasche. Ich kann Ihnen mit geschlossenen Augen zeigen, wo das Klavier steht. Es ist im Salon, am Fenster.«
»Wir besitzen gar kein Klavier«, sagte der junge Mann. »Versuchen Sie's doch im nächsten Stock.«

Gavrilescu starrte ihn entgeistert an, stieg die Treppe hinauf und klingelte an der Tür im zweiten Stock. Er hörte das Trippeln von Schritten, und nach einer Weile streckte ein etwa sechsjähriger Bub den Kopf zur Tür heraus.
»Ah!« rief Gavrilescu aus. »Ich fürchte, ich habe mich im Stockwerk geirrt, ich suche Frau Voitinovici ...«
Da trat eine junge Frau auf die Schwelle, lächelte ihm zu und sagte:
»Frau Voitinovici wohnte ihm ersten Stock, aber sie ist in die Provinz verzogen.«
»Seit langem?«
»Ah ja, das ist lange her. Im Herbst werden es acht Jahre. Sie zog um, gleich nachdem Ottilie geheiratet hatte.«
Gavrilescu griff sich an die Stirn, sah die Frau an und sagte, mühsam nach Fassung ringend:
»Es scheint sich da um eine Verwechslung zu handeln. Ich spreche von Ottilie Pandele, die die sechste Lyzealklasse besucht und die Nichte von Frau Voitinovici ist.«
»Ich habe beide gut gekannt«, sprach die Frau weiter. »Als wir hier einzogen, hatte Ottilie sich gerade verlobt.«
»Seltsam ...«, sagte Gavrilescu träumerisch. Dann streckte er die Hand aus, streichelte den Scheitel des Knaben und verabschiedete sich mit einer kurzen Verbeugung. »Entschuldigen Sie. Ich dürfte mich doch im Stockwerk geirrt haben.«
Nimm dich zusammen, Mensch, flüsterte er sich selber zu, als er wieder auf der Straße war. Dein Gedächtnis hat gelitten. Du verwechselst die Adressen ... Die Straßenbahn nahte, und er beschleunigte seinen Schritt. Erst als er am offenen Fenster saß, atmete er erleichtert auf.
Der Schaffner blieb wartend vor ihm stehen, und Gavrilescu begann seine Taschen zu durchstöbern.
»Welch langer Tag!« seufzte er. »Was habe ich heute nicht alles erlebt! Ah, da ist es endlich!« fügte er nervös hinzu und öffnete sein Portemonnaie.
»Die gilt nicht mehr«, sagte der Schaffner und reichte ihm

die Banknote zurück. »Sie müssen sie in der Bank einwechseln.«
»Warum denn?« fragte Gavrilescu und drehte erstaunt den Geldschein zwischen seinen Fingern.
»Die sind seit einem Jahr aus dem Verkehr gezogen.«
»Sonderbar«, sagte Gavrilescu und betrachtete aufmerksam den Schein. »Heute morgen war er noch gültig. Ich hatte drei solcher Scheine, und bei den Zigeunerinnen hat man sie alle angenommen ...«
Die Dame, die ihm gegenübersaß, erblaßte, stand ostentativ auf und ging ans andere Ende des Wagens.
»Man spricht doch nicht von den Zigeunerinnen in Anwesenheit einer Dame«, tadelte ihn der Schaffner.
»Jedermann spricht doch von ihnen«, verteidigte sich Gavrilescu.
»Das stimmt schon«, mischte sich einer der Fahrgäst ein. »Wir sprechen alle von ihnen, aber nicht, wenn Damen zugegen sind. Das ist eine Sache des Anstands.«
»Sehen Sie doch nach, vielleicht haben Sie auch noch anderes Geld«, mahnte der Schaffner.
Die Röte stieg Gavrilescu ins Gesicht; er wagte nicht aufzuschauen und begann wieder seine Taschen zu durchstöbern. Zum Glück lag die Börse mit Kleingeld ganz obenauf zwischen seinen vielen Taschentüchern. Gavrilescu zählte einige Münzen und reichte sie dem Schaffner.
»Sie haben mir nur fünf Lei gegeben«, sagte dieser.
»Ja, ich will ja auch nur bis zum Zollamt fahren.«
»Egal, wohin Sie fahren wollen, der Fahrschein kostet zehn Lei. Leben Sie denn auf dem Mond, mein Herr?« fügte der Schaffner streng hinzu.
»Ich lebe in Bukarest«, sagte Gavrilescu und erhob stolz den Blick, »lege seit Jahren die gleiche Strecke drei- bis viermal täglich zurück und habe immer fünf Lei gezahlt.«
Alle Fahrgäste hörten nun interessiert zu. Einige Leute rückten näher und setzten sich neben ihn. Der Schaffner schüttelte die Münzen in seiner Hand und sagte:

»Wenn Sie den Rest nicht zahlen, dann steigen Sie gefälligst bei der nächsten Haltestelle aus.«
»Der Straßenbahntarif ist doch bereits vor drei Jahren erhöht worden«, sagte jemand.
»Vor fünf«, wies ihn der Schaffner zurecht.
»Ich gebe Ihnen mein Ehrenwort ...«, begann Gavrilescu.
»Steigen Sie bei der nächsten Haltestelle aus!« unterbrach ihn der Schaffner.
»Zahlen Sie doch lieber die Differenz«, riet jemand, »denn bis zum Zollamt haben Sie noch ein gutes Stück zu gehen.«
Gavrilescu suchte in seinem Portemonnaie und reichte dem Schaffner noch fünf Lei.
»Merkwürdige Dinge gehen hierzulande vor«, murmelte er, nachdem der Schaffner sich entfernt hatte. »Über Nacht werden Beschlüsse gefaßt, genauer gesagt, innerhalb von sechs Stunden. Ich gebe Ihnen mein Ehrenwort ... Doch wozu soll ich noch darauf bestehen? Es war ein entsetzlicher Tag.«
Er fühlte sich plötzlich schrecklich müde, geradezu erschöpft, stützte den Kopf in die Hand und schloß die Augen. So saß er, bis der Schaffner »Zollamt« ausrief.

Vergeblich versuchte er, die Tür aufzuschließen; der Schlüssel paßte offenbar nicht. Er drückte mehrmals auf den Klingelknopf, klopfte ans Fenster des Speisezimmers und begann dann auf die Haustür einzuhämmern. Am offenen Fenster eines Nachbarhauses tauchte aus dem Dunkel ein Mann im Nachthemd auf und rief mit heiserer Stimme:
»Was soll dieser Lärm, mein Herr? Sind Sie verrückt?«
»Entschuldigen Sie«, sagte Gavrilescu. »Ich weiß nicht, was mit meiner Frau los ist. Sie öffnet nicht. Mein Schlüssel scheint auch kaputt zu sein, und ich kann nicht hinein.«
»Ja, was haben Sie denn dort zu suchen? Wer sind Sie eigentlich?«

Gavrilescu trat auf das Fenster zu und stellte sich vor: »Wir sind zwar Nachbarn«, begann er, »doch hatte ich bisher nicht das Vergnügen, Sie kennenzulernen. Ich heiße Gavrilescu und wohne hier mit Elsa, meiner Frau.«

»Sie scheinen sich in der Adresse geirrt zu haben. Hier wohnt Herr Stănescu. Und der ist nicht zu Hause. Er ist in Kur.«

»Gestatten Sie«, unterbrach ihn Gavrilescu, »da muß ich Ihnen leider entschieden widersprechen. Sie scheinen mich mißverstanden zu haben. Hier in Nummer 101 wohnen wir, Elsa und ich, seit nunmehr vier Jahren.«

»Hören Sie doch um Gottes willen endlich mit dem Gerede auf, meine Herren, wir können ja nicht schlafen!« rief eine Stimme.

»Der Mann da behauptet, er wohne im Haus des Herrn Stănescu.«

»Das ist keine Behauptung, sondern eine Feststellung!« empörte sich Gavrilescu. »Das ist meine Wohnung, und ich verbitte mir diesen Ton. Ich möchte vor allem wissen, wo Elsa steckt. Was ist mir ihr los?«

»Fragen Sie doch auf der Polizei nach!« rief ihm jemand vom oberen Stockwerk zu.

Gavrilescu hob erschrocken den Kopf.

»Warum auf der Polizei? Was ist passiert?« fragte er aufgeregt. »Wissen Sie etwas?«

»Ich weiß nichts, als daß ich schlafen will, mein Herr«, erwiderte die Stimme. »Und wenn Sie die ganze Nacht vor meinem Fenster randalieren ...«

»Gestatten Sie, wenn Sie glauben, ich wäre nicht ebenso schläfrig wie Sie, so irren Sie sich gewaltig. Ich bin hundemüde. Habe einen anstrengenden Tag hinter mir. Es war ja eine Hitze wie in Arabien. Aber ich begreife nicht, was mit Elsa geschehen ist, warum sie nicht öffnet. Vielleicht ist ihr schlecht geworden, und sie ist ohnmächtig.«

Darauf begann er noch heftiger mit den Fäusten an die Haustür zu hämmern.

»Habe ich Ihnen nicht schon einmal gesagt, daß dort niemand zu Hause ist, daß Herr Stănescu verreist ist?!«
»Holt die Polizei!« hörte man eine schrille Frauenstimme. »Holt sofort die Polizei!«
Gavrilescu lehnte sich an die Tür und atmete schwer. Er fühlte sich plötzlich schrecklich matt, setzte sich auf eine Stufe und legte die Stirn in seine Hände. Nimm dich zusammen, Mensch, sprach er leise zu sich selber. Es ist etwas sehr Ernstes vorgefallen, und sie wollen dich verschonen. Du mußt dich zusammenreißen, dein Gedächtnis scheint gelitten zu haben.
»Frau Trandafir!« rief er dann plötzlich aus, als wäre ihm eine Erleuchtung gekommen. »Daß ich nicht gleich daran gedacht habe! Frau Trandafir!« schrie er noch lauter, sich auf die Zehenspitzen stellend. »Frau Trandafir!«
Jemand, der am Fenster geblieben war, sagte mit sanfter Stimme:
»Lassen Sie doch die arme Frau in Frieden.«
»Es ist etwas sehr Dringendes.«
»Lassen Sie die arme Frau – Gott hab' sie selig – in Frieden, sie ist doch längst tot.«
»Das ist nicht möglich!« stieß Gavrilescu hervor. »Ich habe doch heute morgen noch mit ihr gesprochen.«
»Sie scheinen sie mit ihrer Schwester Ekaterina zu verwechseln. Frau Trandafir ist vor fünf Jahren verschieden.«
Gavrilescu blieb einen Augenblick wie versteinert stehen, steckte dann die Hände in die Taschen und zog einige Taschentücher hervor.
»Sonderbar«, murmelte er nach einer Weile und entfernte sich mit zögernden Schritten. Die Schenke an der Straßenecke war noch offen, er schlich mehrmals im Bogen um sie herum und entschloß sich endlich einzutreten.
»Sie können nur noch ein Glas bekommen. Wir schließen um zwei.«
»Um zwei?« wunderte sich Gavrilescu. »Wie spät ist es denn?«

»Es ist bereits nach zwei.«

»So spät schon?« flüsterte Gavrilescu.

Als er sich der Theke näherte, glaubte er den Schankwirt zu erkennen. Sein Herz begann heftiger zu klopfen.

»Sind Sie nicht Herr Costică?« fragte er ihn.

»Gewiß«, erwiderte der Schankwirt und sah ihn groß an.

»Sie kommen mir so bekannt vor«, fügte er nach einer Pause hinzu.

»So, so«, setzte Gavrilescu an, verlor jedoch den Faden und lächelte verlegen. »Ich pflegte früher herzukommen«, begann er wieder, »hatte Freunde hier, Frau Trandafir . . .«

»Ah, die, Gott hab' sie selig . . .«

»Dann Elsa, Frau Gavrilescu . . .«

»Was mit der geschehen ist, weiß man bis auf den heutigen Tag nicht«, unterbrach ihn der Schankwirt. »Ihren Mann hat die Polizei monatelang gesucht, konnte ihn jedoch weder tot noch lebendig finden – als hätte ihn der Erdboden verschluckt. Die arme Frau Elsa hat auf ihn gewartet und gewartet und ist schließlich zu ihrer Familie nach Deutschland zurückgekehrt. Sie verkaufte ihre paar Habseligkeiten – viel besaßen sie ja nicht, waren arme Schlucker – und fuhr fort. Ich wollte ihnen auch etwas abkaufen. Für das Klavier habe ich mich interessiert.«

»Sie ist also nach Deutschland zurück«, sagte Gavrilescu träumerisch. »Ist sie schon lange fort?«

»Sehr lange. Einige Monate, nachdem Gavrilescu verschwunden war. Im Herbst werden es zwölf Jahre. Alle Zeitungen haben darüber geschrieben.«

»Sonderbar«, flüsterte Gavrilescu und fächelte sich wieder mit seinem Hut Luft zu. »Und wenn ich Ihnen sagen würde, daß ich sie heute morgen noch gesprochen habe . . . Ich gebe Ihnen mein Wort darauf, daß ich nicht übertreibe. Mehr noch: Wir haben zusammen Mittag gegessen. Ich kann Ihnen sogar sagen, was wir gegessen haben.«

»Vielleicht ist sie zurückgekehrt«, sagte der Schankwirt und sah ihn verdutzt an.

»Nein, nein, sie ist nicht zurückgekehrt, weil sie gar nicht fort ist. Es muß sich um ein Mißverständnis handeln. Jetzt bin ich viel zu müde, aber morgen früh werde ich schon dahinterkommen.«

Den Hut in der einen, das Taschentuch in der anderen Hand, so schritt er langsam einher und blieb vor jeder Bank stehen, um auszuruhen. Es war eine sternklare Nacht, und auf den Straßen begann man die Kühle der Gärten zu spüren. Nach einer Weile hielt ein Einspänner neben ihm an.

»Wohin des Weges, Herr?« fragte ihn der Kutscher.

»Zu den Zigeunerinnen«, erwiderte Gavrilescu.

»Steigen Sie ein! Wenn Sie mir zwei Zwanziger geben, bringe ich Sie hin«, sagte der Kutscher und hielt die Droschke an.

»Es tut mir leid, aber ich bin knapp bei Kasse. Ich habe nur noch einen Hunderter und etwas Kleingeld. Und den Hunderter brauche ich für die Zigeunerinnen.«

»Für die reicht Ihnen das Geld eh nicht«, lachte der Kutscher. »Die haben die Taxe erhöht.«

»Heute nachmittag habe ich noch dreihundert bezahlt. Gute Nacht!« sagte Gavrilescu und ging weiter.

Aber der Kutscher heftete sich ihm an die Fersen.

»Spüren Sie den Duft des Nachtschattens?« fragte er, die Luft tief einziehend. »Seinetwegen komme ich jede Nacht hier vorbei, ob ich Kunden habe oder nicht.«

»Sie haben eine künstlerische Ader«, lächelte Gavrilescu.

Dann setzte er sich auf eine Bank und winkte ihm nach. Doch der Kutscher hielt sein Pferd an, zog seine Tabaksdose hervor und drehte sich eine Zigarette.

»Ja, ich liebe Blumen über alles.«

Er zündete sich die Zigarette an und zog langsam den Rauch ein.

»Zu den Zigeunerinnen wollen Sie also«, sagte er nach einer Weile.
»Ja, ich habe dort eine persönliche Angelegenheit ins reine zu bringen«, erklärte Gavrilescu. »Ich war heute nachmittag dort, und daraus haben sich eine Unmenge Verwicklungen ergeben.«
»Ja, die Zigeunerinnen!« bemerkte der Kutscher wehmütig. »Wenn's die nicht gäbe . . .«, fügte er mit gesenkter Stimme hinzu.
»Ja«, sagte Gavrilescu, »jedermann spricht über sie. Ich meine, in der Straßenbahn.«
Er stand auf und ging weiter. Der Kutscher fuhr ihm nach. »Kommen Sie dort lang«, sagte er und zeigte mit der Peitsche auf ein schmales Gäßchen, »wir kürzen so den Weg ab und kommen an der Kirche vorbei. Auch dort blüht nun der Nachtschatten.« Er pfiff seinem Pferd zu und fuhr im Schritt neben Gavrilescu her. »Es ist nicht mehr weit«, unterbrach er das Schweigen. »Warum steigen Sie nicht ein?«
»Es tut mir leid, aber ich habe kein Geld . . .«
»Sie werden mich mit Ihrem Kleingeld bezahlen. Steigen Sie nur ein.«
Gavrilescu zögerte einen Augenblick, dann riß er sich zusammen und stieg ein. Kaum hatte sich die Droschke jedoch in Bewegung gesetzt, ließ er den Kopf aufs Polster sinken und schlief ein.
Der Kutscher wandte den Kopf, und als er Gavrilescu schlafen sah, begann er leise vor sich hinzupfeifen und ermunterte sein Pferd, den Schritt zu beschleunigen.
»Wir sind angekommen, aber das Tor ist geschlossen!« rief er schließlich, rüttelte Gavrilescu wach und sprang vom Bock. »Das Tor ist geschlossen«, wiederholte er. »Sie müssen läuten.«
Gavrilescu nahm seinen Hut, rückte sich die Halsbinde zurecht und stieg aus. Dann begann er seine Börse mit dem Kleingeld zu suchen.

»Lassen Sie das«, sagte der Kutscher. »Sie können ein andermal bezahlen. Ich warte ohnedies hier. Um diese Stunde habe ich höchstens hier die Chance, einen Fahrgast zu finden.«
Gavrilescu winkte ihm statt eines Grußes mit dem Hut zu, trat an das Tor, suchte die Klingel und drückte auf den Knopf. Das Tor ging im Nu auf. Gavrilescu betrat den Hof. An einem Fenster brannte noch ein schwaches Licht. Schüchtern klopfte er an, und als ihm niemand antwortete, drückte er auf die Klinke und öffnete die Tür. Die Alte war, den Kopf auf dem Tischchen, eingenickt.
»Ich bin's, Gavrilescu«, sagte er und tippte ihr auf die Schulter. »Sie haben mir schreckliche Ungelegenheiten bereitet«, fügte er hinzu, als sie gähnend erwachte.
»Es ist schon spät«, sagte die Alte und rieb sich die Augen. »Es ist niemand mehr da.« Dann sah sie ihn groß an und erkannte ihn. »Ah, wieder Sie, der Musiker. Es ist nur noch die Deutsche da. Sie schläft nie.«
Gavrilescu spürte, wie sein Herz wieder heftig schlug, und fing leicht zu zittern an.
»Die Deutsche?« wiederholte er.
»Hundert Lei«, sagte die Alte.
Gavrilescu begann mit immer zittrigeren Händen seine Börse zu suchen und ließ sie, als er sie schließlich zwischen den Taschentüchern gefunden hatte, auf den Teppich fallen.
»Entschuldigen Sie«, sagte er und bückte sich schwerfällig, um die Börse aufzuheben. »Ich bin sehr müde. Es war ein entsetzlicher Tag.«
Die Alte nahm die Banknote, stellte sich auf den Schemel und zeigte ihm von der Schwelle aus den Weg zum großen Haus.
»Passen Sie auf, daß Sie sich nicht verirren«, sagte sie. »Gehen Sie geradeaus den Flur entlang bis zur siebenten Tür rechts. Dort klopfen Sie dreimal an und sagen: ›Ich bin's, die Alte schickt mich.‹«

Schwer atmend öffnete Gavrilescu die Eingangstür und blieb einen Augenblick unschlüssig stehen. Sein Herz pochte heftig vor Aufregung, während er laut die Türen im schwach beleuchteten Flur zählte: »Dreizehn, vierzehn.« Paß auf, Mensch, du machst wieder alles falsch, sprach er zu sich selber.

Er wollte umkehren und von neuem zählen, war aber nach wenigen Schritten am Ende seiner Kräfte. So klopfte er denn aufs Geratewohl an der nächsten Tür und trat ein. Es war ein großer, einfacher, fast ärmlich möblierter Salon, und am Fenster, das auf den Garten hinausging, erkannte er die Gestalt eines jungen Mädchens.

»Entschuldigen Sie«, stammelte er, »ich habe mich verzählt.«

Der Schatten löste sich vom Fenster und trat mit weichen Schritten auf ihn zu. Ein Duft strömte ihm entgegen, der längst verdrängte Erinnerungen in ihm wachrief.

»Hildegard!« rief er aus und ließ vor Erregung seinen Hut fallen.

»Wie lange ich schon auf dich warte!« sagte das Mädchen näher tretend. »Ich habe dich überall gesucht.«

»Ich bin ein Bier trinken gewesen«, flüsterte Gavrilescu.

»Und nun ist es spät geworden, nicht wahr? Vielleicht zu spät . . .«

»Macht nichts«, sagte das Mädchen. »Komm!«

»Aber ich habe kein Zuhause mehr, ich besitze nichts mehr. Es war ein entsetzlicher Tag. Ich habe mich mit Frau Voitinovici verplaudert und meine Aktentasche mit den Notenheften liegen lassen.«

»Du warst immer schon zerstreut«, unterbrach sie ihn. »Nun komm . . .«

»Aber wohin? Wohin denn?« schrie Gavrilescu verzweifelt. »In meine Wohnung ist ein anderer eingezogen, es ist jemand, den ich nicht kenne. Und auch dieser Unbekannte ist nicht zu Hause, so daß ich ihm gar nichts erklären kann. Er ist verreist.«

»Komm mit mir«, sagte das Mädchen, faßte ihn an der Hand und zog ihn auf den Flur.
»Aber ich habe keinen Heller in der Tasche«, flüsterte Gavrilescu. »Gerade jetzt, wo sie das neue Geld in Umlauf gebracht und den Straßenbahntarif erhöht haben.«
»Du bist der gleiche geblieben«, lachte das Mädchen hell auf, »der gleiche Feigling.«
»Es ist keiner meiner Bekannten in der Stadt«, fuhr Gavrilescu fort. »Alle sind in die Bäder gefahren. Und Frau Voitiinovici, die mir sicher etwas geliehen hätte, soll, wie die Leute behaupten, in die Provinz gezogen sein. Ah, mein Hut!« rief er aus und wollte umkehren.
»Laß den Hut, den wirst du jetzt nicht brauchen.«
»Das kann man nie wissen, das kann man nie wissen«, beharrte Gavrilescu und versuchte sich loszureißen. »Es ist ein tadelloser Hut; er ist fast neu.«
»Begreifst du immer noch nicht, was geschehen ist? Begreifst du wirklich nicht, daß die Stunde zwölf geschlagen hat?« wunderte sich das Mädchen.
Gavrilescu sah ihr tief in die Augen und seufzte.
»Verzeih, ich bin etwas müde. Es war ein entsetzlicher Tag, aber ich beginne mich allmählich wohler zu fühlen.«
Das Mädchen zog ihn hinter sich her. Sie überquerten den Hof und traten, ohne das Tor zu öffnen, auf die Straße hinaus. Der Kutscher war auf dem Bock eingenickt, und das Mädchen zerrte Gavrilescu in die Kutsche.
»Aber ich schwöre dir«, begann Gavrilescu wieder im Flüsterton, »ich gebe dir mein heiliges Ehrenwort, daß ich keinen roten Heller mehr besitze.«
»Wohin, mein Fräulein?« fragte der Kutscher. »Und wünschen Sie, daß ich im Schritt fahre oder im Galopp?«
»Fahren Sie in den Wald, schlagen Sie den längeren Weg ein und treiben Sie das Pferd nicht zur Eile an. Wir haben Zeit . . .«
»Ah, die Jugend!« rief der Kutscher und pfiff leise vor sich hin.

Sie lehnte sich ins Kissen zurück, blickte zum Himmel auf und hielt Gavrilescus Hand fest in ihren Händen. Er betrachtete sie aufmerksam und sagte dann nach einer Weile leise:

»Hildegard, es geht etwas mit mir vor, aber ich weiß nicht recht was. Hätte ich dich nicht eben mit dem Kutscher sprechen gehört, ich glaubte zu träumen.«

Das Mädchen wandte sich um, sah ihn an und lächelte.

»Wir träumen alle. Das ist der Anfang. Es ist wie im Traum ...«

Paris, Juni 1959

»Was nicht so alles im Leben geschieht! Mir fällt da ein Motorradfahrer ein ... Ich stand vor einer Schutzhütte und folgte ihm mit den Blicken. Wollte sehen, wann er's endlich aufgeben würde. Er raste zum vierten Mal den steilen Hang hinauf und machte, kaum oben auf dem Berg angelangt, kehrt, um geräuschlos zu Tal zu gleiten. Beim fünften Mal geschah das Unvermeidliche: er stürzte. Ich trug ihn in die Hütte. Er blutete stark und hatte das Bewußtsein verloren. Ich bespritzte ihn mit Wasser. Als er zu sich kam, sprach er mich zu meinem großen Erstaunen wie einen alten Bekannten an.

›Ich glaubte schon, Sie würden nie mehr kommen‹, sagte er. ›Ich habe Sie auch voriges Jahr um diese Zeit erwartet.‹

Ich verstand nicht, worauf er anspielte.

›Sie scheinen mich mit jemandem zu verwechseln‹, wandte ich ein. ›Die Hütte gehört nicht mir. Ein Freund hat sie mir für eine Woche überlassen.‹

Er lächelte.

›Ich weiß, daß die Spielregel es verlangt, so zu tun, als kennten Sie mich nicht. Aber ich bin's, Emanuel.‹

Und er begann zu erzählen. Er berichtete über seltsame Begebenheiten, die mir vollkommen unglaubwürdig vorkamen. Ich unterbrach ihn daher immer wieder:

›Das kann doch alles nicht wahr sein! Sie haben sich diese Geschichten wohl ausgedacht!‹

›Und der Unfall?‹ fragte er mich lächelnd. ›Habe ich auch den erfunden?‹

Er preßte das Taschentuch auf seine blutende Oberlippe und sah mich treuherzig und dennoch mit einem leichten Anflug von Ironie an. Ich befand mich in einer schwierigen Lage. Zweifellos hatte er sein Gedächtnis verloren; ich

brachte es aber nicht über mich, ihm diese Wahrheit zu sagen. Und doch mußte ich mich dazu aufraffen. Er konnte jeden Augenblick von neuem das Bewußtsein verlieren, dann müßte ich ihn in ein Krankenhaus schaffen und lüde mir Komplikationen über Komplikationen auf den Hals.
›Hier liegt ein Mißverständnis vor‹, gab ich ihm behutsam zu bedenken. ›Ich kenne Sie nicht. Sie verwechseln mich offenbar mit irgend jemandem. Sie gehören einem anderen Gesellschaftskreis an, einer anderen Welt. Sie sind vielleicht ein Schriftsteller, ein Abenteurer, stecken voller Geheimnisse, haben jedenfalls ungewöhnliche Erlebnisse gehabt; andere stehen Ihnen vielleicht noch bevor. Ich verkehre mit biederen Leuten, meine Welt ist bescheiden, mein Alltag uninteressant. Woher sollten Sie mich kennen? Ich beteuere Ihnen: die Hütte gehört nicht mir, sondern einem Freund. Ich bin zum ersten Mal hier . . .‹
Er fuhr fort, sich die Lippe mit dem Taschentuch abzutupfen, starrte mich wie entgeistert an und verließ wortlos die Hütte. Ich hielt ihn nicht zurück, wiewohl ich sicher war, daß er sich verirren werde. Er hatte sein Gedächtnis verloren. Welche Chancen hatte er, die Menschen wiederzufinden, die auf ihn warteten, die auch schon voriges Jahr auf ihn gewartet hatten? Er litt an Gedächtnisschwund, und die Spielregel verlangte es – so weit ich seinen Worten entnehmen konnte –, daß man ihn nicht gleich von Anfang an erkenne. Er hätte also ein zweites oder sogar drittes Mal wiederkommen müssen. Wie sollte er aber in seinem Zustand wissen, bei wem er bereits gewesen war und bei wem nicht? Er ging fort und ich wußte genau, daß er sich verirren würde. Fast bereute ich es, ihn nicht zurückgehalten zu haben. Er war ein interessanter Mann. Die Ausdauer, mit der er auf seinem Motorrad den Berg erklommen hatte, um dann wieder zu Tal zu sausen, ganz hinab, bis zur Brücke . . .«
»Ja, es geschehen die merkwürdigsten Dinge«, bemerkte Onofrei. (Ich begriff, warum er mich unterbrochen hatte;

unwillkürlich hatte ich wieder die Brücke erwähnt.) »Hier auf Erden geschehen die merkwürdigsten Dinge. Ich ging dies Jahr an einem Frühlingstag über die Domniţei-Straße. Da kam mir aus einem Hof ein Oberleutnant der Roten Husaren entgegen. Ich blieb wie versteinert am Rand des Bürgersteigs stehen und starrte ihn an. Er war so schön, daß man über ihn nur in der Terminologie der negativen Theologie hätte sprechen können. Ich schmunzelte. Ja, so müßte ihn jemand beschreiben, sagte ich mir. Einmal eine andere als die Alltagssprache anwenden. Zum Beispiel die Sprache der Theologie oder der Metaphysik. Ein Oberleutnant der Roten Husaren, in Begriffen der negativen Theologie geschildert, stellt an und für sich ein Rätsel, ein Paradox dar. *Coincidentia oppositorum* hätte Nikolaus von Kues gesagt. Meine Überlegung schien mir richtig. So erhob ich mich in eine andere Sphäre, drang in ein Universum von Archetypen und Wesenheiten ein. Ich lächelte glückselig vor mich hin, und dieses Lächeln dürfte ihn ermuntert haben. Ich meine den jungen Mann an meiner Seite auf dem Bürgersteig, nicht den Oberleutnant. Der war weitergegangen.

›Ich habe ihn auch bewundert‹, sprach der junge Mann mich an. (Es war mir auf den ersten Blick deutlich, daß ich es mit einem Intellektuellen zu tun hatte.) ›Ich muß schon sagen, er ist mehr als einfach ein gutaussehender Mann. Er ist so schön, daß er nur mit Hilfe der Terminologie der negativen Theologie beschrieben werden kann. Ich kenne ihn. Er ist in ganz ungewöhnlicher Weise bildungsbeflissen, vertieft sich in die *Upanischaden.* Ich werde Ihnen noch etwas verraten: Er sucht mit zwei Studenten ein Haus. Das heißt, er will zusammen mit den beiden Studenten ein Haus mieten, ein ganzes Haus, nicht eine Wohnung. Ein Haus mit Garten, Hof, Veranda. Das Haus da scheint ihm nicht gefallen zu haben‹, fügte er mit einem Blick auf die Fassade hinzu. ›Er zieht gewiß ein größeres Haus vor, in dem er Vortragsabende und Feste veranstalten kann.‹

Ich hörte ihm gebannt zu. Er kannte ihn so gut, verstand ihn.

›Natürlich kommt er gern zu Pferd nach Hause. Deswegen wurde er ja auch Husar. Aber sein Oberst hat es ihm untersagt. So ein schmucker Husar zu Pferd in diesen in der Abenddämmerung so schwermütigen herbstlichen Straßen voll welken Laubs ...‹

›... Ein Mann, dem alle Mädchen an den Fenstern auflauern‹, fügte ich hinzu. ›Der Oberst hatte schon ganz recht.‹

›Nein, nein, nicht ihretwegen, sondern einfach wegen der schwermütigen Stimmung, der Trostlosigkeit der Bukarester Abenddämmerung. Wir haben ja das Glück oder das Pech, in der schwermütigsten Stadt der Welt zu leben, mein Herr‹, fügte er hinzu und verabschiedete sich überaus höflich von mir.«

»Den jungen Mann kenne ich«, fiel Gologan Onofrei ins Wort. »›Ich bin ihm auch mal begegnet. Er spricht gern Unbekannte auf der Straße an. Er ist ein Original!«

»Ich bin ihm dankbar«, fuhr Onofrei fort, »denn durch ihn habe ich den Oberleutnant kennengelernt. Den Oberleutnant und die beiden Studenten ... Als ich vorhin *Coincidentia oppositorum* sagte, habe ich nicht übertrieben. Nikolaus von Kues freilich gebrauchte diese Redewendung, um Gott zu definieren. Damit wir uns recht verstehen: Ich erhebe den Oberleutnant keineswegs zu einem Gott, wage keine solchen Vergleiche, behaupte aber, daß man über seine Wesensart nur in der Terminologie der negativen Theologie sprechen kann. Er hat die *Upanischaden* nicht nur gelesen, sondern hat sich auch bestimmte Fragen gestellt, als er sich in sie vertiefte. Ich denke, Sie begreifen, worauf ich anspiele: *neti! neti!* und alles andere: Die letzte Wirklichkeit, das Sein, schließlich der *Atman*. Als ich ihn zum ersten Mal aufsuchte, mein Freund Blanduzia brachte mich hin ...«

»Ich glaube, er heißt nicht so«, unterbrach ihn Gologan.

»Wenn es sich um den originellen jungen Mann handelt, der von der Melancholie der Bukarester Abende schwärmt, so heißt er Gorovei, Jancu Gorovei.«

»Ich versichere Ihnen, daß er Blanduzia heißt«, beharrte Onofrei.

»Ist schließlich auch völlig belanglos«, sagte Gologan achselzuckend.

»Für so belanglos halte ich es nicht«, widersprach ihm Onofrei. »Wir sollten wissen, ob es sich um ein und dieselbe Person handelt. Ich jedenfalls spreche von Blanduzia, der mit dem Oberleutnant näher befreundet ist. Als ich den Oberleutnant zum ersten Mal in seiner neuen Wohnung auf der Preotese-Straße besuchte, war ich tief beeindruckt. Ich muß gestehen, daß diese Leute, der Oberleutnant und die beiden Studenten, uns geistig weit überlegen sind und ein Leben führen, das sich von dem unseren völlig unterscheidet. Ich gehe so weit zu behaupten, daß sie ihr Dasein in ein Ritual verwandelt haben. Sie wissen, zum Beispiel, alle, daß der Oberleutnant nicht gern aufs Essen wartet. Da haben sie sich zu folgendem Ritual entschlossen: Wenn er abends vom Regiment heimkehrt – warum er nicht zu Pferd kommt, erwähnte ich bereits – erwartet ihn sein Bursche an der Straßenecke, läuft, sobald er seiner ansichtig wird, wieder zurück und ruft schon vom Hof aus: ›Er kommt!‹ Worauf der eine Student eine Flasche Wein öffnet, während der andere zur Salontür eilt, um sie abzusperren. Warum er dies tut, kann ich Ihnen auch verraten: Im Salon befinden sich nämlich um diese Stunde junge Damen, verheiratete und unverheiratete, geschiedene und verwitwete Frauen, drei, vier, manchmal auch mehr. Und der Oberleutnant hat im Einverständnis mit seinen Hausgenossen beschlossen ... Doch das ist vermutlich ein Geheimnis, das ich nicht preisgeben sollte. Obgleich eine als Ritual geführte Existenz da anfängt. Ritual im Sinne von Geheimnis, Mysterium, Sakrament ... Es ist merkwürdig, wenn man so bedenkt ...«

Voller Neugierde warteten wir alle ehrerbietig, daß er fortfahre, doch Onofrei starrte mit einem verlorenen Lächeln vor sich hin.

»Ja, ja, es geschehen schon merkwürdige Dinge«, fing Zamfirescu zu erzählen an. »Dinge, die wir später oft vergessen. Ich beobachtete einmal eine alte Frau. Sie war, glaube ich, blind, denn ein Mädchen führte sie an der Hand. Wie aber stellte es das an? Kaum waren sie beide aus dem Haustor getreten, da blieb das Mädchen stehen und begann der Alten aus einem Buch, das es in der Rechten hielt, vorzulesen. Die Frau hörte mit angespannter Aufmerksamkeit, fast ehrfurchtsvoll, zu und bemühte sich, alles zu verstehen. Sie hielt das Mädchen an der linken Hand fest und lauschte seinen Worten. Daran dachte ich gerade, als mir plötzlich einfiel, daß all dies lange zurückliegt, und ich es völlig vergessen hatte. Lange vorher – einen Monat, vielleicht auch mehr, einige Jahre, genau weiß ich es nicht – hatte ich eines Tages plötzlich vor einem Haus gestanden. Warum ich gerade dort stehengeblieben war, könnte ich nicht sagen, aber in irgendeiner Weise erwartete ich mir etwas. Erst später ging mir ein Licht auf. In jenem Haus lag eine alte Frau im Sterben. Sie siechte seit langem dahin, doch es fiel ihr schwer, in der Fremde zu sterben. Sie wollte nach Hause zurück, wollte in ihrem Land sterben und in heimatlichem Boden begraben werden. Wie aber sollte sie nach Hause kommen? Sie konnte sich kaum rühren. Das fragte auch ich mich, ich meine diese Frage beschäftigte mich sehr. Da erklärte ein kleines Mädchen, die vierzehn- oder fünfzehnjährige Tochter eines Nachbarn sich dazu bereit, die Alte zu begleiten. Und so unglaublich es auch klingen mag: die Alte stand vom Bett auf, faßte die Kleine bei der Hand und machte sich mit ihr auf den Weg. ›Aber wir haben ja keinen Paß‹, wandte das Mädchen ein. ›Ich muß eine Landkarte mitnehmen, um mich zu orientieren, und ein Buch, in dem ich nachschlagen kann.‹

Meine Herren, ich wohnte einer Szene von seltener Schönheit bei. Die Alte war müde geworden und hatte sich auf einen Schemel gesetzt. Das Mädchen las ihr aus dem Buch vor. Eine Szene von erhabener Schönheit. Das Mädchen las ausgezeichnet, betonte jedes Wort, erhob leicht die Stimme, sooft im Buch die Rede auf Heimkehr kam. Ja, dieses Buch – ich erinnere mich weder an den Titel noch an den Autor – behandelte im Grunde genommen ein einfaches Thema: Das Problem der Heimat, der Rückkehr nach Hause, wo immer dieses Zuhause auch sein mochte. Der Gedanke kam mir bekannt vor. Einen Augenblick lang fragte ich mich, ob es nicht eine neue Odyssee sei, eine schönere, eigens für Frauen, Alte und Kinder geschriebene. Aber ich erkannte bald, daß ich mich getäuscht hatte. Und zwar aus folgendem Grund: Bald darauf erschien ein junger Mann. Ich muß hinzufügen, daß das Mädchen, das ich für eine Vierzehn- oder Fünfzehnjährige gehalten hatte, nun, bei Tageslicht, etwas älter schien. Nicht mehr als neunzehn, zwanzig Jahre alt, doch nun, bei Tageslicht, bildschön. Und als jener junge Mann, der, weiß Gott woher, plötzlich aufgetaucht war, sie aus dem Buch lesen sah, blieb er neugierig stehen und fing an, ihr den Hof zu machen, was nur allzu begreiflich ist. Er tat es mit viel Takt. Ich erinnere mich, wie er mit ihr ins Gespräch zu kommen versuchte: ›Ach!‹ rief er aus. ›Sie sind eine Idealistin, eine Lehrerin, eine Dichterin. Sie lesen gern. Ich habe auch Bücher‹, bemerkte er bescheiden. ›Ich habe auch Einfälle.‹«

»Ich kenne ihn«, unterbrach ihn Onofrei. »Es ist Blanduzia. Obgleich er sonst eher zurückhaltend ist, trumpft er immer wieder gern mit seinen Büchern und seinen Einfällen auf. Dem verdankt er ja seine Freundschaft mit dem Oberleutnant und den beiden Studenten: Alle betreiben sie einen Kult mit Büchern, setzen sich edle Ziele, leben nach ihren Idealen. Ich sagte bereits, daß sie in höheren Sphären schweben, die ich metaphysisch, theologisch zu nennen wage. Denn was suchen diese jungen Leute im Grunde genommen, wenn nicht die letzte Wirklichkeit, die für uns gewöhnliche Sterbliche hinter so vielen Illusionen und Irrtümern verborgen ist? Sie suchen diese Wirklichkeit und – ich wage hinzuzufügen – sie finden sie manchmal auch. Sie sollten einmal den Oberleutnant über den *Atman* reden hören oder über den Adonis-Mythos! Sie begreifen wohl, worauf ich anspiele? Nicht auf die Tatsache, daß er ebenso schön ist wie Adonis, sondern leider auf seine persönliche Tragödie, eine Tragödie, die übrigens metaphysischer Natur ist. Ich glaube Ihnen schon gesagt zu haben: alles dies haben die *Upanischaden* veranlaßt. Als der Oberleutnant sich die Frage stellte: ›Wer bin ich?‹ und die richtige Antwort darauf fand: ›Ich, das wahre Ich, bin *Atman*, der identisch ist mit *Brahman* (im Sanskrit: *aham brahmāsmīti* oder um eine andere Wendung zu benützen: *ayam ātmā brahma*), brach etwas im Inneren seines Wesens zusammen. Manche nennen es den metaphysischen Bruch. In seinem Fall war die Traumatisierung vollständig. Gleichsam wie Adonis, der von einem Eber verwundet wurde, das heißt, indirekt kastriert auf Geheiß Aphrodites, der großen Göttin, deren Geliebter, Sohn oder Gemahl er gewesen ist, wurde der Oberleutnant durch die Begegnung mit der letzten Wirklichkeit, mit diesem Mysterium der Identität von *Brahman* und *Atman* traumatisiert. Aber ich möchte nicht, daß Sie mich mißverstehen. Ich möchte nicht, daß Sie glauben, es handele sich um einen Unfall physiologischer oder sogar psychosomatischer Natur. Ich sagte Ihnen ja: Seine Tragödie ist metaphysischer und theologischer Art. Mit wie vielen Frauen der Oberleutnant schläft, ist unwichtig. Als der eine der Studenten ihn kennenlernte, waren es zwölf. Jetzt, als ich seine Bekanntschaft machte, schlief er mit elf. Sie dürfen aber in diesem Zahlenunterschied kein düsteres Vorzeichen sehen. Die Sache ist viel ernster. Der Oberleutnant benimmt sich wie ein Don Juan und gerät so schicksalhaft auf die Bahn des Adonis. Sie begreifen, was ich meine? Seelisch hat er sich von den Frauen bereits gelöst. Für ihn zählt nur noch der Geist. Seine Tragödie ist geistiger Natur. Wie Sie sich vorstellen können, hat dies zu einer radikalen Änderung seiner Lebensweise geführt. Sein Salon, in dem früher ausschließlich gesellige Zusammenkünfte und Feste veranstaltet wurden, ist nun ein ... Wie soll ich es nur sagen? Ihn ein Heiligtum zu nennen, wäre vielleicht übertrieben. Aber etwas in dem Sinne ist er schon: ein Meditationen und Zeremonien vorbehaltener Raum. Sie werden mich fragen: und wie steht's mit den Damen, den vielen jungen, hübschen, verheirateten und unverheirateten oder verwitweten Frauen, die jeden Abend dort im Salon auf ihn warten und die einer der beiden Studenten einsperrt, sobald er den Burschen vom Hof aus rufen hört: ›Er kommt!‹ Nun ja, wenn Sie sich diese Frage richtig zu stellen wissen, dann liegt die Antwort auf der Hand. Sie werden einwenden: Und was ist mit der Tür, mit den Schlüsseln? Lassen Sie sich, bitte, davon nicht beirren. Für eine geistige Potenz, wie den Oberleutnant, sind dies abgegriffene Symbole. Die Antwort ergibt sich aus der Definition, von der ich ausging: Der Oberleutnant kann nur in der Terminologie der negativen Theologie geschildert werden. Die Antwort ist im Begriff: *Coincidentia oppositorum* enthalten. Überlegen Sie einmal folgenden Umstand: Elf Frauen – und dennoch seelisch von allen gelöst. Mit anderen Worten ...«

Er hielt wieder inne und lächelte vielsagend.

»Sind Sie jemals in einer völlig ausweglosen Situation gewesen, in einer Lage, die absurd war, weil sie keinen Anfang hatte und daher auch kein Ende haben konnte und weil es auf keiner Ebene der unmittelbaren Realität eine Lösung gab? Oder um ein anderes Bild zu gebrauchen: Haben Sie sich je in einem Zimmer ohne jeden Ausgang, ohne Türen oder Fenster, befunden, in einem Zimmer, in das Sie plötzlich geraten waren, ohne zu wissen wie, und aus dem es auf der Ebene der Vernunft keinerlei Fluchtmöglichkeit gab?«

Er schwieg wieder und ließ immerfort lächelnd seine Blicke von einem zum andern schweifen.
»Ich habe die Frage lediglich aufgeworfen. Die Antwort erwarte ich von Ihnen.«
»Ich weiß, worauf Sie anspielen«, begann Gologan. »Mir ist es einmal in der Tat ganz so ergangen. Ich war in einer ausweglosen Lage. Ich war mit mehreren Freunden bei jemandem, den Sie nicht kennen, bei Stavroghin, dem berühmten Kolonial- und Delikatessenhändler Stavroghin. Obwohl es dreißig Jahre her ist, erinnere ich mich an alles sehr genau. Ich war mit mehreren Freunden nach einer Taufe dorthin gegangen. Die Taufe hatte in der Frühe stattgefunden, aber natürlich in einem anderen Haus, in einem anderen Milieu – Mittelschullehrer, Pfarrer, Rentner – ganz weit draußen, in der Vorstadt. Wir waren also bei Stavroghin, und wer ihn nicht gekannt hat, vermag sich nicht vorzustellen, was das in jenen Jahren bedeutete. Das Kolonialwarengeschäft lag im Erdgeschoß, im ersten Stock wohnte ein Teil der Familie Stavroghins – Ihnen zu sagen, wer diese Leute waren, würde zu weit führen – im zweiten und dritten Stock wohnte Stavroghin mit einem anderen Teil seiner Familie, aber er hatte auch Räume ganz allein für sich, denn er war ein Eigenbrödler und vermögend, konnte sich jeden Luxus leisten. Ich befand mich also, wie ich schon sagte, mit mehreren Freunden nach der Taufe bei Stavroghin. Da läutet es plötzlich, worauf der Herr des Hauses öffnen ging. Wer konnte es sein? Wir waren alle neugierig. Es wußte doch niemand, daß wir dort bei Stavroghin waren. Alle Welt vermutete uns noch bei der Taufe, weit weg am Stadtrand. Stavroghin öffnet die Tür, und herein tritt ein alter, überaus korrekt gekleideter, sehr höflicher Herr, blickt uns der Reihe nach an und traut offenbar seinen eigenen Augen nicht.
›Gestatten Sie‹, wandte er sich an Stavroghin. ›Mit wem habe ich die Ehre?‹
›Stavroghin‹, stellte der Hausherr sich vor.

›Und das sind gewiß Ihre Freunde? Dann habe ich ja Glück gehabt. Ich habe auch an den Türen der unteren Stockwerke geläutet, doch es war niemand da.‹
›Die anderen sind noch bei der Taufe‹, erklärte Stavroghin.
›Das dachte ich mir‹, sprach der Alte.
Darauf kam er auf jeden von uns zu, reichte uns die Hand und stellte sich vor: ›Herghelie‹.
›In einem dieser Stockwerke habe ich immer meine Verabredungen. Voriges Jahr konnten nicht alle kommen. Der Baron, zum Beispiel, saß im Zug, der bei Valea Largă einschneite. Sie erinnern sich wohl daran, man sprach damals viel davon.‹
Natürlich erinnerten wir uns daran.
›Der Baron konnte also nicht kommen. Aber ich hatte auch Überraschungen. Es kamen Leute, mit denen wir nicht gerechnet hatten. Frau Pelican, zum Beispiel, die Sie hier sehen, war auch voriges Jahr da, wiewohl sie uns geschrieben hatte, sie würde nicht kommen können.‹
Er trat auf sie zu und küßte ihr höflich die Hand. Dann sagte er ihr, auf uns weisend: ›Herrn Stavroghins Freunde.‹
Wir nannten ihr unsere Namen, küßten ihr der Reihe nach die Hand, und sie stellte uns ihrerseits ihre Freundinnen vor: lauter stattlich aussehende, elegante Damen, viele von ihnen Ausländerinnen. Es war seltsam, in Stavroghins Wohnung so viele fremde Sprachen zu hören. Stellen Sie sich vor, in welch peinlicher Lage Stavroghin sich befand: Lauter Leute der besten Gesellschaft, die meisten Ausländer, und er konnte kaum ein paar Brocken Französisch. (Sein Griechisch war besser, aber viel besser verständigte er sich auch in dieser Sprache nicht, wie wir besonders an jenem Abend feststellten.) Zum Glück war der Taufe wegen alles vorbereitet. Champagner, Kaviar und alles übrige. Bald stieg Stavroghin mit zweien von uns in seinen Laden hinunter und brachte noch eine Kiste mit Champagner, geräucherten Stör und andere Leckerbissen. Sämtliche

Stühle, Sessel und Kanapees waren nun besetzt. Wir hatten sie den Damen überlassen, während wir, Stavroghins Freunde und die anderen Männer, an der Wand standen oder uns an die Möbel lehnten. Doch welch interessante Konversation! In was für Häusern diese Leute verkehrten! Sie trafen sich gewöhnlich in mehrstöckigen Häusern. Und sie erklärten mir auch warum. Aber merkwürdig, jetzt, da ich Ihnen davon erzähle, ist es mir entfallen. Aber noch merkwürdiger war meine Begegnung mit einer Dame, die ich einmal in der Schweizer Botschaft kennengelernt hatte und der ich damals, ehrlich gestanden, vergeblich den Hof gemacht hatte. Sie erkannte mich natürlich gleich, war aber taktvoll genug, mich nicht fühlen zu lassen, daß ich bereits einen Korb bei ihr bekommen hatte. Diesmal schien sie mir sogar gewogen.

›Sie führen, sehe ich, ein mondänes Leben, sind in Botschaften eingeladen, kommen mit interessanten Leuten zusammen‹, sagte ich zu ihr.

›Ach ja‹, erwiderte sie, ›ich habe eine große Schwäche für mehrstöckige Häuser. Man geht treppauf, treppab, treppauf, treppab. Kann nie genug davon haben. Ich meine, *man langweilt sich nicht.*‹

Da fiel mir plötzlich ein, daß ich diesmal keine Treppe hochgestiegen war, um zu Stavroghins Wohnung zu kommen. Ich wußte nicht, wie ich hingelangt war. Aber daß ich keine Treppe benutzt hatte, stand für mich fest. Ich trat auf Stavroghin zu:

›Sag mal, wie bin ich hierhergelangt?‹ fragte ich ihn leise. ›Soviel ich weiß, habt ihr keinen Aufzug.‹

›Nein, wir haben keinen‹, bekräftigte er. ›Und auch ich frage mich, wie ich heraufgekommen bin. Ich erinnere mich genau, wie ich vorhin in den Laden hinunterging, ich erinnere mich genau, die Treppe hinuntergegangen zu sein, weiß aber nicht, wie ich nach oben gekommen bin.‹

›Hinuntersteigen können wir also jederzeit?‹ fragte ich ihn.

›Keine Sorge.‹

Das beruhigte mich. Dennoch sagte ich:
›Wie wär's, wenn wir zum Taufschmaus zurückkehrten?‹
›Es ist weit bis dorthin‹, erwiderte Stavroghin. ›Es ist am anderen Ende der Stadt.‹
›Vielleicht finden wir auch dort interessante Leute‹, versuchte ich ihn zu überreden.
›Ich muß mich doch um meine Gäste kümmern‹, sagte er, auf die überfüllten Räume seiner Wohnung weisend.
›Der Baron ist gekommen‹, wandte ich ein. ›Er wird sich schon um die Leute kümmern.‹
Ich überredete ihn schließlich. Aber Ihr begreift, in was für einer Lage ich war. Ohne Anfang und ohne Ende. Denn keiner von uns erinnerte sich, eine Treppe hochgestiegen zu sein. »Ein Glück, daß wir ohne weiteres hinuntersteigen konnten. Somit verstehe ich nur allzu gut, worauf Sie vorhin anspielten«, fügte er, mit einem Blick auf Onofrei, hinzu.
»Ich glaube nicht, daß es sich um das gleiche handelt«, sagte Onofrei. »In Ihrem Fall gab es einen Ausweg, da Sie hinuntersteigen konnten.«
»Nicht nur das«, griff Zamfirescu ein. »Sie hatten es mit Menschen aus gehobenen Kreisen zu tun, mit mondänen Leuten, die in Botschaften verkehrten und bereits eingeweiht waren. Das heißt, die das Geheimnis der Stockwerke bereits entdeckt hatten: auf- und absteigen, auf- und absteigen. Die Alte, das Mädchen und der junge Mann, von denen ich Ihnen erzählte, waren jedoch noch sozusagen ahnungslos und völlig verloren in dieser Welt. Darum hatten sie es so schwer ... Einige Monate nach jener Begebenheit traf ich sie wieder auf einem Bahnhof. Ich glaube, sie warteten auf einen Zug. Die Alte saß immer noch auf dem Schemel, hielt das Mädchen an der linken Hand, und das Mädchen las ihr vor. Doch was war nicht alles mittlerweile geschehen! ... Sie hätten hören sollen, was das Mädchen vorlas. Es war herzzerreißend traurig. Was war nicht alles vorgefallen, seitdem sie fortgezogen waren! Der klei-

ne Junge, der mit der Alten in einem Haus gelebt und mit dem sie sich früher oft unterhalten hatte, jener Junge war gewachsen, war nun groß geworden, hatte allerlei Probleme zu bewältigen, mit vielen Schwierigkeiten zu kämpfen. Das Mädchen las natürlich, um sich zu orientieren. Sie hatten, wie ich Ihnen schon sagte, keinen Paß. Sie brauchten daher eine Landkarte, um sich nach ihr richten zu können. Zum Glück schlugen sie den richtigen Weg ein. Aber wieviel Trauer in jenen Seiten, die sie damals, auf dem Bahnsteig wartend, las ... Zudem war das Mädchen nun allein. Der junge Mann, der sie damals vor dem Haus angesprochen hatte, war verschwunden.«

»Er war nicht verschwunden«, unterbrach ihn Onofrei. »Aber er, ich meine Blanduzia, verläßt Bukarest nie. Er hat eine große Schwäche für diese Stadt, für Bukarest. Und seitdem er sich mit dem Oberleutnant und den beiden Studenten angefreundet hat, widmet er sein Leben fast ausschließlich der inneren Vervollkommnung. Ich werde nie die Diskussionen vergessen, denen beizuwohnen ich das Glück hatte. Trotz all jener Frauen, die fortan jeden Abend in den Salon eingesperrt wurden, herrschte in der Wohnung des Oberleutnants eine gehobene Stimmung. Vergebens hämmerten die Frauen manchmal mit den Fäusten gegen die Tür, schrien und drohten. Niemand schien sie zu hören. Begreifen Sie warum? Das Leben dieser geistig so hochstehenden Menschen ist täglich durch ein Ritual geheiligt. Wenn sie bei Tisch sitzen, ist ihre ganze Aufmerksamkeit auf das *Abendmahl* gerichtet. Es ist übrigens die einzige Mahlzeit, die sie gemeinsam einnehmen, denn zu Mittag ißt der Oberleutnant im Kasino und die Studenten essen in der Mensa. Das Abendessen wird jedoch von ihnen als ein Ritual zelebriert, und niemand darf sie davon ablenken.

Sie werden sich gewiß vorgestellt haben, daß einer der beiden Studenten beim zweiten Gang eine weitere Flasche Wein öffnete. Das nahm auch ich an, aber ich hatte mich getäuscht. *Die zweite Flasche Wein wird vom Oberleutnant selber geöffnet.* Der Bursche steht neben ihm, bereit, ihm die geöffnete Flasche aus der Hand zu nehmen, um die Gläser zu füllen. Aber die zweite Flasche muß vom Oberleutnant selber geöffnet werden. Ich weiß nicht, ob Sie begreifen, worauf ich anspiele ... Ich fragte Sie vorhin, ob Sie jemals in einer völlig ausweglosen Lage gewesen sind. Am zutreffendsten scheint mir immer noch das Bild vom Zimmer ohne Türen und Fenster oder noch plastischer das folgende Bild: Man stößt am Ende eines Tunnels an eine Bergwand, möchte umkehren, doch es gelingt nicht. Es gelingt einem nicht einmal, sich umzudrehen, weil man im Rücken und auch über dem Schädel eine Wand spürt, die einen zu erdrücken droht – und dennoch sagt man sich: *Es muß einen Ausweg geben!* Nun gut, meine Herren, ich versichere Ihnen, daß es einen Ausweg *gibt.* Allerdings auf anderer Ebene. Genauer gesagt auf einer anderen Ebene *des Irrealen.* Sie begreifen, worauf ich anspiele: die negativen Zahlen, das Paradox, im Grunde genommen die Negation, welche die Negation negiert – und den armen Menschen, gerade in dem Augenblick, da er sich aus Mangel an Vorstellungskraft für ewig in jenem steinernen Sarg, in jener engen, eisigen Krypta im Innern des Berges eingeschlossen wähnt, wieder ans Tageslicht hinausführt. Sie begreifen nun, weshalb der Oberleutnant *die zweite* Flasche Wein öffnet. Ich habe Ihnen den Schlüssel gegeben: denken Sie an die Geschichte der Religionen, an das, was ich das Mysterium der ersten Wiederholung nennen würde, an das geheimnisvolle dieses Ausdrucks: *zum zweiten Mal,* ein Ausdruck, der dem Anschein nach durch allzu häufigen Gebrauch, durch eine Entweihung der Sprache abgenützt wurde, banal klingt und dennoch, wenn auch gut getarnt, Bruchstücke einer ursprünglichen Offenbarung bewahrt hat. *Zum zweiten Mal,* das heißt zum zweiten Mal geboren, wiedergeboren, von den Toten auferstanden, mit einem Wort: *auferstanden in der Welt des Geistes.* Die zwei-

te Flasche Wein unterscheidet sich qualitativ sowohl von der ersten, als auch von der dritten oder der zehnten Flasche. Es kommt nicht darauf an, wie viele Flaschen Wein jeden Abend in der Preotese-Straße geleert werden. Sie haben hoffentlich begriffen, daß die Lösung der scheinbar ausweglosen Situation in der vom Oberleutnant geöffneten zweiten Flasche liegt. Zu behaupten, es handele sich um eine Transfiguration, hieße übertreiben. Denn dem Anschein nach wird nichts transfiguriert. Der Bursche ist immer noch dort, das Tablett mit den Gläsern auf der Hand, die Studenten setzen ihre Diskussion fort, erheben zuweilen die Stimme, der Oberleutnant hat sich den Kragen seines Husarenrocks aufgeknöpft und rezitiert Verse, meditiert oder packt Kindheitserinnerungen aus. Ich wiederhole aber: Dies ist nur der äußere Aspekt.
In Wirklichkeit spürt man, wie sich, sobald die Flasche aufgekorkt ist, allmählich ringsum alles verwandelt. Anfangs realisiert man es nicht so recht. Man hält das Glas in der Hand, kostet den Wein, lauscht der Konversation und glaubt, etwas Ungewöhnliches, Irreales zu erleben, nimmt noch einen Schluck und staunt immer mehr. Man hört Schritte, Geflüster, unterdrücktes Gekicher, wendet sich um, erblickt niemanden hinter sich. Dadurch nicht beruhigt, blickt man jedoch nach rechts und nach links, blickt nach vorn und starrt vor allem den Oberleutnant an, der von seinem Regiment erzählt, von Pferden spricht. Da begreift man allmählich. Man muß ihn in der Abenddämmerung heimreiten gesehen haben, schön wie der Abendstern, dem Irdischen entrückt, man muß auf dem Teppich welker Blätter die Schritte des Pferdes gehört haben, wenn das Licht unmerklich abnimmt und die Gaslaternen angezündet werden ... Dann fragt man sich: Was frommt's? Welchen Sinn kann das alles noch haben? Wozu sind wir zur Welt gekommen, wenn wir nicht imstande sind, diesen Menschen zu verstehen, zu erkennen? Nein, der Oberst hatte ganz recht, als er ihm verbot, zu Pferd nach Hause

zu kommen. Man kann nicht unvorbereitet gegen die Melancholie ankämpfen ...

Man weiß gar nicht, wann man noch einen Schluck getan hat, hängt an den Lippen des Oberleutnants, der ins Erzählen geraten ist und sich immer mehr in Verzückung steigert, glaubt, er würde noch stundenlang so fortfahren, da sieht man ihn plötzlich seinen Waffenrock zuknöpfen, aufstehen, das Glas erheben und hört ihn in leichter Erregung ausrufen: ›Wir geben uns geschlagen. Tretet hervor! ...‹ Worauf alle Frauen lachend zum Vorschein kommen: jung und schön, daß man sich fragt, ob sie lebendige Wesen von Fleisch und Blut seien und auf welche Weise sie plötzlich eintreten konnten. Gemäß dem Ritual erhebt sich auch der zweite Student errötend und zeigt ihnen mit hocherhobenem Arm den Schlüssel zum Salon. Da brechen die Mädchen wiederum in Gelächter aus. Wenn man nicht in die Geheimnisse des Hauses eingeweiht ist, weiß man natürlich nicht, daß der Salon mit dem Speisezimmer verbunden ist, daß die beiden Räume bloß durch einen Vorhang getrennt sind. Man weiß es nicht, weil man nicht wagt, es sich vorzustellen. Wird die Aufmerksamkeit darauf gelenkt, so entdeckt man den Vorhang, und dann begreift man diese so einfache Sache, die dennoch keiner von uns erfassen kann, ohne daß man ihm dabei hilft. Man begreift, daß es eine Schwelle gibt und einen Vorhang, eben dort, gleich vor uns. Man begreift jedoch erst *beim zweiten Mal*. Ich nenne dies gern das Mysterium der ersten Wiederholung ...«

Er lächelte glückselig und schien es zu genießen, daß wir ihn wie eine göttliche Erscheinung anblickten.

»Ja, es handelt sich wirklich um ein Mysterium. Sie haben recht: Merkwürdige Dinge geschehen nicht nur, sondern wiederholen sich manchmal sogar. Ich erzählte Ihnen von einem Motorradfahrer. Ein Freund hatte mir seine Berghütte zur Verfügung gestellt. Er hatte sie mir für eine Woche überlassen, und ich wollte gerade fort, als ich von neuem das Motorrad hörte. Ich hatte Angst, er würde wieder verunglücken, rannte zur Chaussee hinunter, erhob meinen Arm und rief: ›Emanuel!‹ Er hielt an und lächelte mir mit der gleichen Unschuldsmiene, doch auch mit jenem Anflug von Ironie, den ich bereits an ihm kannte, zu.

›Sie erkennen mich also . . .‹

›Gewiß erkenne ich Sie‹, antwortete ich ihm. ›Ich hatte Angst, Sie würden sich im Wald verirren und Ihre Freunde nicht finden . . .‹

Er senkte den Blick.

›Ich habe sie auch nicht gefunden. Ich habe sie auch an anderen Stellen mit dem Motorrad gesucht, aber vergeblich. Und die Leute, die ich zufällig in Schutzhütten oder Hotels traf, erkannten mich nicht.‹

›Ich würde Ihnen gerne helfen‹, sagte ich ihm. ›Aber dazu müßte ich viel mehr über Sie wissen. Woher kommen Sie?‹

Er sah mich lange an und lächelte wieder.

›Ich dachte, es wäre in unserem Fall eher an mir, diese Frage an Sie zu richten: Woher kommen Sie, wenn Sie mich nicht erkennen, wiewohl Sie wissen, daß ich Emanuel bin? Ich hoffte, Sie würden die Spielregel nicht vergessen haben, und mich erkennen . . .‹

Ich führte plötzlich meine Hand zu den Augen. Ich wäre am liebsten in die Erde versunken vor Scham, aber auch vor Trauer. ›Vladimir!‹ sagte ich zu mir. ›Wie alt bist du?‹ Ich wußte, daß ich auf die Fünfundfünfzig zuging. Mein Leben näherte sich schnell, immer schneller dem Ende. In gewissem Sinne hatte ich mein Leben bereits hinter mir. Nun war es zu spät. Ich konnte nicht nochmals von vorn beginnen. Und ich hatte ein verfehltes Leben geführt, war wie ein Traumwandler durchs Leben gegangen, ohne zu wissen, was mit mir geschah. Ich hatte mich vom Zufall treiben lassen, obwohl mir in der Jugend das Volksbuch vom Heiligen Josaphat* in die Hände gefallen war und

* Etymologisch, Boddhisattva, vom Christentum als Heiliger übernommen. Das Volksbuch vom Heiligen Josaphat entstand unter indischem Einfluß. (Anm. d. Übers.)

ich es eifrig studiert hatte. Nach einigen Jahren, den schönsten in meinem Leben, war ich beim zweiten Teil angelangt, der mit den Worten ›In Josaphats Mühle‹ anfängt. Das Spiel gefiel mir so gut, es machte mir so viel Freude, daß ich sicher war, es nie zu vergessen, sondern, im Gegenteil, einmal dahin zu gelangen, auch den dritten Teil zu spielen, und zwar immer besser, ihn bis ans Ende meines Lebens zu spielen. Und nun näherte ich mich mit Riesenschritten dem Ende und mußte feststellen, daß ich Josaphat längst vergessen hatte, daß meine Tage ohne dies Spiel vergangen waren, daß ich, im Grunde genommen, gar nicht mein eigenes Leben geführt hatte, daß ich mich mitschleifen ließ und, statt für mich, nur für andere da war.
Wie hatte ich nur das Wesentliche übersehen können? Ich hatte ihn blutend auf meinen Armen in die Berghütte getragen, ohne ihn zu erkennen. Nicht einmal, als er sagte, er sei Emanuel, erkannte ich ihn. Ich glaubte, er habe sein Gedächtnis verloren. Er flößte mir Mitleid ein. Ich fürchtete, er würde sich im Wald verirren. Er aber war gekommen, um mich wachzurütteln, um mich an Josaphat zu erinnern. Er hatte alles unternommen, um mich wachzurütteln, war fünf Mal mit dem Motorrad den steilen Hang hinaufgesaust, machte dann noch einen letzten Versuch, indem er den Unfall herbeiführte. Er hoffte, daß der Anblick seines Blutes mich vielleicht wachrütteln würde. Oder eine seiner allerdings so unglaubwürdigen, phantastischen Geschichten. Oder vielleicht sein Name: Emanuel. Doch nichts hatte mich wachgerüttelt ...
Zum Glück war er ein zweites Mal gekommen – und da erkannte ich ihn.
›Haben wir noch Zeit?‹ fragte ich ihn rasch. ›Ist es nicht zu spät?‹
›Es ist spät, und wir haben wenig Zeit‹, erwiderte er mir. ›Aber der zweite Teil des Spiels geht weiter, und wenn Sie wollen ...‹
›Wo sind die anderen?‹ unterbrach ich ihn. ›Ich erinnere mich

an Prajan: Er hatte eine schöne Stirn, war ein Musikliebhaber, ein Bewunderer Goethes, beabsichtigte ebenfalls einen *Diwan* zu schreiben ... Ich erinnere mich auch an Elina, die uns am Ende des zweiten Teils zuzurufen pflegte: ›Wer sich nicht vermißt, der vergißt.‹ Ich erinnere mich an ...‹

›Sie sind alle in die Irre gegangen‹, sagte Emanuel. ›Sie haben vergessen. Die einen sind müde geworden und haben sich zur Ruhe gesetzt ... Erinneren Sie sich nicht noch an die Spielregeln? Wenn du die Mühle betrittst und einen leeren Stuhl erblickst, frage dich, wer ihn dir dort hingestellt hat und gehe weiter. Wenn du siehst, daß sich jemand auf dem Stuhl ausruht, frage ... Lassen Sie mal hören. Erinneren Sie sich noch, was man da zu fragen hatte?‹

Ich hörte ihm zu und spürte, daß meine Wangen glühten. Ich erinnerte mich nicht.

›Wenn es mit der Jugend zur Neige geht, erinnert sich fast niemand mehr daran‹, sagte er lächelnd. ›Den zweiten Teil spielen dann andere. Manche vergessen eine Zeitlang, erinnern sich dann aber plötzlich, daß es noch einen zweiten Teil gibt und fangen wieder zu spielen an. Diejenigen allerdings, die Ausdauer hatten und nun bereits den dritten Teil spielen, sind weitergekommen. Man geht von einem Garten in den anderen, von einem Wald in den anderen, aber so lange man die Mühle nicht verläßt, bleibt das Spiel das gleiche, man trifft immer wieder andere Paare, andere Gruppen, und wenn man allzu lange säumt oder eine der Spielregeln vergißt, geht man in die Irre ...‹«

»Das stimmt«, unterbrach ihn Zamfirescu. »Wenn man vergißt, geht man in die Irre. Ich sagte schon, daß ich die Begebenheit mit der Alten und dem Mädchen nicht mehr so genau rekonstruieren kann. Anfangs erzählte ich Ihnen, die Frau sei blind gewesen. Aber mein Gedächtnis hatte mich nur in Stich gelassen. In Wirklichkeit war die Alte, wie ich mich später entsann, schon vom Tode gezeichnet. Seitdem ich mich daran erinnert habe, treffe ich die beiden

immer wieder. Natürlich liest das Mädchen der Alten immer noch vor, und diese erfährt so, was auf der Welt und mit ihr geschieht, begreift allmählich ihr Leben. Doch was haben die beiden nicht alles durchgemacht, seitdem ich sie das erste Mal vor jenem Haus traf. Manchmal sehe ich sie in Gaststätten. Die Leute begreifen nicht, was da vorgeht, fassen das Mädchen am Arm, lächeln ihr mitleidig zu und stecken ihr Geld zwischen die Blätter des Buches. Das Mädchen errötet, neigt leicht den Kopf, bedankt sich mit einem Lächeln und zieht weiter, das Buch in der einen Hand und mit der anderen die Alte stützend. Es fällt ihr schwer, das Geld, das die Leute ihr zustecken, abzulehnen, sie möchte niemanden kränken. Aber weder ihr noch der Alten wäre es je in den Sinn gekommen, in Gaststätten zu betteln. Sie ziehen durch die Gaststätten, wie sie durch Banken, Schulen, Kirchen und Krankenhäuser ziehen, weil ihr Weg dort hindurch führt, jedenfalls der Weg, den die Landkarte ihnen zeigt.
Diese Streifzüge stiften jedoch zuweilen schreckliche Verwirrung. Zum Beispiel am Tag, da man im Grünen Sektor unserer Hauptstadt den Grundstein zu einem neuen Rathaus legte. Sie werden sich daran erinnern. Alle Zeitungen berichteten darüber, denn der Ministerpräsident war gekommen. Ich nahm als Vertreter meiner Gesellschaft teil. Der Bürgermeister hatte gerade seine Rede beendet, und der Ministerpräsident hatte den Ziegel in die Hände genommen – da erschienen die beiden. Wo sie sich bis dahin aufgehalten hatten, weiß ich nicht. Vermutlich in der Kirche, die um diese Stunde leer zu sein pflegte und immer offenstand. Während der Ministerpräsident nun den Ziegel in seiner Rechten wog, stellte die Alte, als hätte sie ihn gar nicht bemerkt, ihren Schemel vor sich hin, nur einen Schritt von der für den Grundstein ausgehobenen Grube entfernt, nahm gemächlich Platz, und das Mädchen fing gleich an, ihr aus dem Buch vorzulesen. Alle Anwesenden entblößten voller Ehrfurcht ihre Häupter. Man sah ihnen

an, daß sie tief beeindruckt waren. Zwar verstanden sie nicht, worum es ging, nahmen jedoch an, es sei dies ein uralter Brauch. Und der Wahrheit die Ehre: Das Mädchen las wirklich wunderbar vor. Und was für einen erhebenden Text sie gewählt hatte! Es war von den Wassern Babylons die Rede, von den Kähnen, die uns dort an den Wassern von Babylon erwarteten. Die Domherren lauschten den Worten des Mädchens mit Tränen in den Augen, und die Politiker hefteten ihre Blicke auf die Lesende. Das Mädchen schien noch schöner geworden zu sein. Und als sie ihr Buch zuklappte und die Alte zum Aufbrauch mahnte, stürzte der Ministerpräsident auf sie zu und küßte ihr die Hand. Ich wußte, daß er dies bloß aus Eigeninteresse, aus Propagandagründen tat, dennoch beeindruckte diese Geste uns alle sehr.

Aber welche Verwicklungen ergaben sich nun! Zunächst war der Ziegel, der Grundstein, den man mit einer Inschrift versehen hatte, nicht mehr zu finden. Der Ministerpräsident hatte Ziegel genug zur Hand, aber gerade der Ziegel mit der Inschrift – ein kurzer Text, der sich auf das Rathaus im Grünen Sektor bezog – war spurlos verschwunden. Und als die Leute ehrfurchtsvoll zur Seite traten, um der Alten Platz zu machen, entstand eine heillose Verwirrung. Ein Teil der Domherren in vollem Ornat war der Alten gefolgt. Auch die Militärkapelle hätte ihr das Geleit gegeben, wäre sie nicht zurückgehalten und aufgefordert worden, nicht vor dem Ministerpräsidenten aufzubrechen. Ich vertrat meine Gesellschaft und durfte mich nicht von der Stelle rühren – was mir herzlich leid tat, denn ich gebe es offen zu, auch ich war ganz aus dem Häuschen und wäre nur allzu gern dem Zuge gefolgt, um das Mädchen vorlesen zu hören. Ich wußte, daß die Alte schnell müde wird und sich dann auf ihren Schemel zu setzen pflegt, worauf das Mädchen ihr Buch aufschlägt und ihr vorliest. Aber ehe der Ziegel nicht gefunden war, konnte ich nicht weg. Ich versuchte, mich mit dem Gedanken zu trösten, daß ich die beiden gewiß wiedersehen würde, vielleicht sogar schon bald.«

»Es ist in der Tat ein großer Trost zu wissen, daß wir sie immer wieder treffen«, begann Gologan. »Ich erzählte Ihnen von Stavroghin. Er ist längst tot. Seine Witwe ist nach Griechenland zurückgekehrt, den Laden hat ein Neffe übernommen – aber Herghelies Freunde kommen immer wieder in großen, mehrstöckigen, luxuriösen Häusern zusammen, und auf diese Weise haben auch wir, ich meine, wir, Stavroghins Freunde, Gelegenheit, sie wieder zu treffen. So war ich wenige Jahre nach jener Taufe bei Aristide. Er feierte seine Silberne Hochzeit und hatte, wie er behauptete, dreihundert Leute eingeladen. Ein Glück, daß nicht alle erschienen waren. Denn, ich frage Sie, wo hätten sie alle Platz gefunden? Zwar besitzt auch er ein dreistökkiges Haus, aber wer hätte schon gewagt, bis zum dritten Stock hinaufzusteigen? Auf der breiten, majestätischen Marmortreppe drängten sich die Gäste. Auch zum zweiten Stock konnte man nur mit großer Mühe gelangen, indem man sich mit den Ellbogen den Weg erkämpfte und sich dabei immer wieder nach rechts und nach links entschuldigte. Bis man oben ankam, war man völlig erschöpft. Weiter hinauf zu steigen hätte niemand versucht. Man sprach nur noch englisch und russisch. Befrackte und ordengeschmückte Herren mit Knebelbärten, Damen in Abendroben und mit kostbaren Geschmeiden behangen. Ich starrte gerade einen Diamanten von ungewöhnlicher Größe und Schönheit an, als jemand mich am Arm faßte. Es war der Baron.

›Denken Sie, Madame de Chenier hat bis vor ungefähr zwei Stunden noch im Kino Select Karten verkauft‹, flüsterte er mir lächelnd zu. ›Aber sie setzte alles daran zu kommen. Zu Aristide kommen wir allerdings immer gerne‹, fügte er hinzu. ›Alles hängt von Herghelie ab: Wenn er uns rechtzeitig benachrichtigt, sagen wir eine Woche vorher, kommen wir sogar aus dem Ausland, wie, zum Beispiel, Frau Pelican. Sie ist erst vorgestern aus Stockholm zurückgekehrt.‹

›Und die hübsche, blonde Dame?‹ fragte ich etwas verlegen, da mir ihr Name entfallen war. ›Ich bin ihr vor längerer Zeit einmal in der Schweizer Botschaft begegnet . . .‹

›Evangelina‹, antwortete er lächelnd. ›Evangelina Farmaki. Sie wird auch irgendwo hier sein. Ich glaube, sie eben gesehen zu haben.‹

Und der Zufall wollte es, daß wir wenige Minuten später aufeinanderstießen. Ich sprach sie an und küßte ihr aufrichtig erfreut die Hand.

›Sie führen, wie ich sehe, immer noch ein mondänes Leben.‹

›Ja‹, sagte sie, ›aber wissen Sie, die Leute werden der rauschenden Feste eines Tages überdrüssig, sie fangen an, sich dabei zu langweilen, sehnen sich nach Abwechslung. Manche ziehen sich in irgendeinen Badeort zurück und bleiben dort zehn und sogar zwanzig Jahre. Ich glaube, sie schätzen dort vor allem den Komfort. Die Zimmer haben alle Bad oder Dusche. Die Häuser sind mit Aufzügen, Spielsälen, Tennisplätzen ausgestattet. Ja, der rhythmische Aufprall der unbändigen Bälle übt eine besondere Anziehung aus! Finden Sie nicht auch? Wenn der Ball mit dem Tennisschläger richtig aufgefangen wird, hören Sie einen unnachahmlichen Ton, der Sie an die Kindheit, an die Jugend erinnert. Dann verstehen Sie, warum Leute imstande sind, zehn und zwanzig Jahre dem Hin- und Herschlagen der Tennisbälle zu lauschen, verstehen, daß sie sich an diesem gleichmäßigen, geheimnisvollen Rhythmus nicht satthören. Man könnte viele hundert Jahre zusehen und zuhören und immer wieder nachdenken und sich fragen: *Weshalb? Weshalb?*‹

Ich hörte ihr fasziniert zu. Sie schilderte mir eingehend das unbeschwerte, abwechslungsreiche Leben in diesen kleinen mondänen Badeorten, und ich hätte ihren Worten ewig lauschen können . . .«

»Ich verstehe Sie«, unterbrach ihn Onofrei. »Manche Menschen verbergen ihre wahre Natur hinter einer Maske von Banalität. Zu den tiefen Schichten ihres Innern kann man auf dem Wege der Vernunft gar nicht vordringen. Wenn das westliche Denken, wie ich schon meinem Freund Blanduzia einmal sagte, seit den Vorsokratikern keinen Fortschritt gezeitigt hat, sondern ganz im Gegenteil in eine Sackgasse geriet, so ist das vor allem auf die maßlose Überschätzung der Sprache zurückzuführen. Man nahm fälschlich an, daß die Wirklichkeit mittels der Begriffe erfaßt werden könne, Begriffe aber werden in Worte gekleidet und gewinnen an Genauigkeit durch die Vervollkommnung der Sprache. Die letzte Wahrheit kann jedoch nicht durch Begriffe erschlossen und nicht durch die Sprache ausgedrückt werden. Für unseren Verstand ist die letzte Wahrheit, *das Sein,* ein Mysterium, und ich verstehe unter dem Mysterium das, was wir nicht zu erkennen vermögen, was unerkennbar bleibt. Das kann jedoch zweierlei bedeuten: Entweder, daß wir die letzte Wahrheit nie zu erkennen vermögen, oder, daß wir sie *jederzeit* erkennen können, wenn wir es lernen, sie hinter ihren unzähligen *Tarnungen* wahrzunehmen. Dies ist die unmittelbare Realität, von den Indern Maya genannt, ein Ausdruck, den ich durch unmittelbare *Irrealität* übersetzen würde. Sie begreifen wohl, worauf ich anspiele? Auf Begebenheiten, Ereignisse, Zufallsbegegnungen, auf Dinge, die scheinbar völlig unbedeutend sind. Ich sage scheinbar. Wie aber, wenn dieser Schein bloß eine Falle ist, die Maya, die kosmische Zauberin, die Materie im Werden uns stellt? Deswegen sprach ich von *Coincidentia oppositorum,* jenem Mysterium, in dem *Sein* und *Nichtsein* zur Deckung gelangen. Ich meine: sich decken *können.* Sie decken sich nämlich nicht immer, denn wäre das der Fall, könnten wir nicht mehr von einem Mysterium sprechen.

Und der Oberleutnant? werden Sie mich fragen. Wie hat dieser junge, hübsche Oberleutnant, ein Don Juan und

Adonis zugleich, sich dieses Mysterium erschlossen? Diese Frage glaube ich bereits mehrmals beantwortet zu haben. Aber ich werde es nochmals tun.
Als er begriff, daß *Atman* mit *Brahman* identisch sei, wurde es ihm klar, daß er der Welt abhanden gekommen war, denn mit einem Mal war er von allem und allen gelöst. Und wenngleich dieser Tod seine Freiheit bedeutete, war er, wie die Inder es zu recht behaupten, ein ›lebender Toter‹, und fühlte sich, wie es in solchen Grenzfällen nun einmal geschieht, zwischen Leben und Tod hin- und hergerissen. In solchen Augenblicken fragte der Oberleutnant sich, ob es nicht einen Ausweg gäbe ... Und es gab natürlich einen Ausweg. Er mußte *ein zweites Mal* sterben und wieder das werden, was er ursprünglich gewesen war: Oberleutnant der Husaren – zugleich mußte er jedoch das bleiben, was er durch die *Upanischaden* geworden war. *Atman-Brahman.* Wie sollte er das aber anstellen? Wie sollte er den Ausweg finden, wie ein zweites Mal sterben, wenn er die Unsterblichkeit erlangt hatte, indem er reiner Geist geworden war? Wenn Sie sich diese Frage richtig stellen, wird die Antwort Ihnen leicht fallen. Ich erwähnte einen Vorhang, eine Schwelle. In diesen Begriffen ist die Antwort enthalten. Ich erwähnte eine Gruppe junger hübscher Frauen, die plötzlich im Speisezimmer auftauchten und in Gelächter ausbrachen. Auch ihr Erscheinen gilt als Antwort. Eine von ihnen ist die Magna Mater diese Frauen, die große Göttin, nennen Sie sie meinetwegen Aphrodite, wiewohl ihre Namen ohne Zahl sind. Ich sagte: *eine von ihnen.* In einer Gruppe junger, schöner Frauen ist immer eine von ihnen eine große Göttin – doch wie soll man sie herausfinden? Das weiß niemand, nicht einmal sie selber. Und nun gebe ich Ihnen wiederum eine Antwort: Der Oberleutnant der Husaren ist, als hätte er es vergessen, daß er ein von der großen Göttin verwundeter Adonis ist, ein an einem Baumstamm langsam verblutender, im Sterben liegender Adonis.«

»Sehen Sie«, redete Onofrei weiter, nachdem er lange geschwiegen hatte, »das ist ja das Rätselhafte an der ganzen Geschichte: Der Oberleutnant weiß nie im voraus, ob er einen endgültigen Tod erleiden oder ob es ihm gelingen wird, wiederaufzuerstehen. Somit geht er jeden Abend, sobald das Ritual beginnt, das Risiko ein, nicht mehr zu erwachen, das heißt, sich nicht mehr in *diese Welt* zu reintegrieren. Als *Atman* ist er unsterblich, sein Geist ist unzerstörbar. Dieses Leben hat indes nichts mit Unsterblichkeit zu tun. In diesem Leben verlangt niemand von einem, daß man unsterblich, unzerstörbar sei; alles, was von einem verlangt wird, ist, lebendig zu sein. Das Leben, das leibliche Wohl, die Schönheit, die Virilität, die Zeugungskraft – all dies erwirbt man nicht durch Geist, erhält man nicht vom *Atman*, sondern von der großen Göttin, nennen Sie sie meinetwegen Aphrodite. Sie ist die Quelle des Lebens, des *irdischen* Lebens, in das nicht mehr wiederzukehren der Oberleutnant jeden Abend Gefahr läuft.
Sie verstehen die Andeutung: Was, wenn sich unter den schönen Frauen keine große Göttin befindet? Vor dem Ritual weiß ja niemand, *wer* die große Göttin ist, ob sie überhaupt *dabei* sein wird. Die Frauen und Mädchen, die hinkommen, halten sich lediglich für junge oder ältere, ledige, verheiratete oder verwitwete Damen. Mehr noch: sie würden dies bis ans Ende ihrer Tage glauben, gäbe es nicht den Oberleutnant, der ihnen ihre wahre Identität offenbart. Und was ist ihre wahre Identität? Vier, fünf oder zehn oder ein Dutzend von ihnen sind tatsächlich nicht mehr, als was sie zu sein scheinen. Eine aber erweist sich als die große Göttin. Ohne daß es jemand weiß, ohne daß sie selber sich dessen bewußt ist, verkörpert eine von ihnen *an jenem Abend* eine große Göttin. Am nächsten Abend kann es natürlich eine andere sein – und da liegt das Geheimnis. Zum Glück ...«
Er hielt erschöpft inne und sah uns alle lächelnd an.
»Zum Glück«, fügte er nach einer Pause hinzu, »hat Gott

uns armen Sündern die Weinreben mit ihren blutroten Trauben* beschert ...«
Ich fuhr auf und wollte ihm sagen, er habe mich falsch verstanden, da kam Zamfirescu mir zuvor:
»Es ist seltsam, daß Sie den Weinberg und die Reben erwähnen.«
»Tatsächlich«, meinte auch Gologan.
»Ich sage seltsam«, fuhr Zamfirescu fort, »weil ich die beiden letztes Mal gerade auf einem Weinberg traf, auf dem Weinberg meines Schwagers Eufrosin. Wann mag das bloß gewesen sein? Ich erinnere mich nicht genau, aber sehr lange wird es nicht hersein. Es war nach der Geburt seines zweiten Kindes, also vor etwa zwei, drei Jahren. Ich befand mich bei ihm in Tîrgovişte und nahm an der Weinlese teil. Es waren viele Leute gekommen, Nachbarn aus Tîrgovişte, Freunde aus Bukarest. Da sah ich plötzlich die beiden. Ich erkannte sie sogleich: Die Alte hatte sich auf ihren Schemel gesetzt, das Mädchen hatte zu lesen angefangen, alle, die zur Weinlese gekommen waren, versammelten sich um die beiden. Auch ich trat neugierig näher, begierig, den Worten des Mädchens zu lauschen. Merkwürdigerweise konnte ich sie jedoch nicht mehr hören. Oder vielleicht vernahm ich ihre Worte, konnte ihnen aber nicht mehr folgen. Ich verstand nicht, was sie las. Alle anderen, die sich zur Weinlese eingefunden hatten, die Winzer und die Gäste, lauschten ehrfurchtsvoll ihren Worten, schienen sie zu hören und zu verstehen. ›Was sagt sie?‹ fragte ich im Flüsterton jemanden, der neben mir stand.
Der Mann wandte sich um und sah mich groß an. Er schien mir die Frage übelzunehmen.
›Hören Sie doch zu, es ist wunderschön‹, erwiderte er und kehrte mir den Rücken.

* Anspielung auf die Legende, nach der die Weinreben ebenso wie der Weizen aus Christi Blut emporgesprossen sein sollen. Einer anderen Legende zufolge soll die Frau des Pilatus Jesus' blutiges Gewand in der Erde vergraben haben, aus der dann der Weinstock sproß. (Anm. d. Übers.)

Ich blieb noch eine Weile und gab mir Mühe, sie zu verstehen, dann ging ich niedergeschlagen zum Gutshof zurück. Da lief Eufrosin mir entgegen und an mir vorbei. Ich folgte ihm und rief ihm nach, doch er hörte mich nicht oder tat auch nur so als ob er mich nicht hörte. Als ich ihn eingeholt hatte, flüsterte er mir jedoch zu:
›Sie werden an der Brücke vorbeikommen. Das Mädchen sagt, daß sie dort vorbeikommen werden.‹«
»Sehen Sie!« ereiferte Onofrei sich plötzlich. »Es kommt immer ganz wie erwartet. Es gibt immer einen Ausweg, immer bietet sich eine Schwelle oder eine Brücke an. In Ihrem Fall gab es eine Brücke. Aber Sie hatten ja nun keine Sorge, da Sie auf dem Weinberg waren. Ich weiß nicht, ob Sie begreifen, worauf ich hinaus will?« fragte er und ließ den Blick durch die Runde schweifen. »Ihnen erschloß sich dieser Ausweg auf *natürliche Weise,* ohne ihr Dazutun, denn Sie hatten sich diese Frage nicht einmal gestellt. Was fangen aber wir an, die wir uns die Frage stellen, wir Menschen, denen die natürliche Seinsform, die reine Spontaneität abgeht? Wir, die die beglückende Unwissenheit der Kinder und der reinen Toren verloren? Wir *wissen,* daß wir die Brücke überschreiten müssen. Ich wiederhole: *Wir wissen es* und wissen auch, was es bedeuten könnte, sie zu überschreiten, ohne die Möglichkeit einer Wiederkehr ...«
Ich wollte ihn unterbrechen, aber Gologan kam mir zuvor:
»Sie haben völlig recht«, sprach er sichtlich erregt. »Sie stellen sich zu Recht diese Frage: Wenn Gott für uns arme Sünder Weinreben wachsen ließ, warum haben wir es dann so schwer? Warum rackern wir uns alle von morgens bis abends ab, können die uns gestellten Aufgaben nicht bewältigen und bringen nie etwas Richtiges zustande? Und nicht bloß uns einfachen Sterblichen fällt es schwer, mit unseren Sorgen fertig zu werden, sondern auch höherstehenden Menschen wie, zum Beispiel, den Freunden von Herghelie, dem Baron, der Frau Pelican, Evangelina und

allen anderen. Ich finde es unbegreiflich, daß geistig so hochstehende, gebildete Leute, die nur in vornehmen Kreisen verkehren und ins Ausland reisen, nicht zur Ruhe kommen, sich nicht niederlassen können, wo Sie möchten. So sagte mir, zum Beispiel, der Baron an einem Sankt-Demetrius-Tag: ›Na ja, es ist ja ganz nett hier: ein Park mit Springbrunnen, ein vierstöckiges, geräumiges, luxuriöses Haus. Aber wenn man doch jetzt auf dem Land, bei der Weinlese sein könnte! Stellen Sie sich das einmal vor! Wenn man einen bescheidenen Weingarten sein eigen nennen, ihn selber bearbeiten, selber aus den Trauben den Wein pressen und sich dann dort im eigenen Weingarten zur Ruhe setzen könnte und ohne jede Eile, ohne Sorgen oder bedrückende Gedanken zehn, zwanzig Jahre darauf warten, daß der Wein älter werde . . .‹«

»Sie haben mich falsch verstanden«, unterbrach ich ihn und richtete meine Worte vornehmlich an Onofrei. »Der Weinberg, zu dem wir fuhren, liegt in Gorgani, am Meer, und ist vermutlich der schönste in der ganzen Gegend. Vor etwa fünfzehn Jahren wollte die Gemeinde ihn kaufen, um ihn der Königin zu schenken. Aber meine Onkel wollten nichts davon hören, und sie taten gut daran. Der Weinberg ist ein Wunder Gottes. Um die Erntezeit ist er ein wahres Paradies auf Erden. Sie sollten sich diesen Weinberg von der Terrasse aus ansehen, wie er sich über den Hügel erstreckt, immer höher und höher steigt und plötzlich zu verschwinden scheint, als wäre das Ufer eingestürzt. Dahinter sieht man nichts als das Meer, so weit das Auge reicht nur das Meer . . .«

»Tut mir leid«, sprach Onofrei und maß mich mit einem langen Blick, »aber ich habe den Eindruck, wir verstehen uns nicht. Um zum Meer zu gelangen, muß man ja die Donau überqueren. Und wir überqueren sie über eine Brücke.«

»Ja. Bei Cernavodă.«

»Das wollte ich gerade sagen. Auch hier gibt es eine

Brücke. Und ob wir nun wollen oder nicht, nähern wir uns ihr und werden sie überqueren. Wir stellten uns jedoch die Frage oder, richtiger gesagt: ich stellte mir die Frage. Ich kann es nicht mehr vergessen, daß ich mir diese Frage stellte –: Und wer garantiert mir, daß ich noch zurückzukehren vermag, wenn ich die Brücke einmal überschritten habe?«

»Es ist eine solide Brücke«, wandte ich ein.

»Ich weiß, was Sie damit sagen wollen«, unterbrach mich Onofrei. »Sie meinen, es sei keine symbolische Brücke. Ich habe mich aber weder auf eine symbolische Brücke, noch auf die Symbolik der Brücke bezogen. Ich halte nicht viel von Symbolen. Ich will den Symbolen eine gewisse Bedeutung in der Rangordnung geistiger Güter nicht absprechen, aber die Symbolik legt uns, wie die Sprache, auf ein abstraktes Universum fest. Und das große Problem, das sich uns stellt, ist ja eben dies: wie können wir dem abstrakten Universum, das wir uns selbst konstruiert haben, entfliehen? Wichtig ist nicht das Symbol an sich, sondern der konkrete Gegenstand, in dem es sich manifestiert. Nicht auf die Symbolik der Weinrebe kommt es an, sondern auf eine Weinrebe, auf eine einzige, die auch etwas anderes sein könnte, die zum Beispiel auf die Gegenwart der Göttin hinweisen könnte. Achten Sie, bitte, auf meine Worte. Ich sage: die Gegenwart der Göttin, ihre konkrete Gegenwart, nicht die Vorstellung von ihr.

Das ist ja im Grunde das Problem des Oberleutnants: wie soll er unter den fünf oder zehn hübschen, jungen Frauen, die ihn allabendlich umschwärmen, die große Göttin herausfinden? Bedenken Sie aber, daß zwischen der Weinrebe, der blutroten Traube und der großen Göttin ein geheimnisvoller Zusammenhang besteht, daß die Weinrebe zuweilen dem nackten Leib der Göttin selbst entsprießt, ein andermal die blutrote Traube sogar der Mund der Göttin ist, der Mund, der Leben, Reichtum, Fruchtbarkeit und Glückseligkeit spendende Mund, bedenken Sie all dies, dann sind Sie dem Geheimnis auf der Spur. Es handelt sich um ein Ritual, nicht um ein Symbol. Die Symbolik hat nichts mit dem Drama zu tun, das der Oberleutnant allabendlich durchlebt. Wie soll er *diese Welt* reintegrieren, nachdem er reiner Geist, *Atman-Brahman*, geworden ist und mithin implizite Adonis' tragischen Unfall an sich erfahren hat?«

»Ich begreife sehr wohl«, versuchte ich ihn zu unterbrechen.

»Das bezweifle ich«, fuhr Onofrei fort. »Sonst hätten Sie sich die Bemerkung gespart, die Brücke bei Cernavodă sei solide. Rechnete ich nicht mit der Solidität der Brücke über der Donau, würde ich nicht in dieser Welt leben. Und mich interessiert ja vor allem *diese Welt*, weil nur hier die Geheimnisse verborgen sind, und wir daher nur *hier*, in einer irdischen Existenz, Chancen haben, sie zu enträtseln. Gehen wir jedoch vom Grundsatz aus, daß die Träger der Geheimnisse Menschen oder Dinge sind, *so könnte* auch die Brücke bei Cernavodă *ein Geheimnis in sich bergen*. Ich betone: *könnte* und füge hinzu: für manche von uns. Natürlich wissen wir das nicht im voraus. Um was für ein Geheimnis mag es sich nun handeln? Die Symbolik kommt uns da zur Hilfe, ist aber nur eine teilweise Hilfe. Die Symbolik sagt, daß die Brücke einen Übergang zu etwas anderem, zu einer anderen Welt, einer anderen Seinsform bedeutet. Aber die Symbolik kann uns nicht zeigen, in was für eine *andere Welt* wir eingehen oder was für eine andere *Daseinsform* wir erhalten werden ...

Sie werden somit begreifen, weshalb ich mich in einer ähnlichen Lage befinde wie der Oberleutnant, in einer scheinbar ausweglosen Lage. Denn sehen Sie, wir nähern uns der Brücke, werden in wenigen Minuten die Donau unter uns haben. Und in wenigen Stunden werden wir uns dem Weingarten in Gorgani nähern – aber wie, auf welche Art und Weise? Ich meine: in welcher Seinsform? Denn, was mich anbelangt, ich bin in dieser Gegend bereits gewesen, erinnere mich jedoch nur sehr vage an sie, genauer gesagt: ich weiß nur, daß gewisse Erinnerungen mich mit dieser Gegend verknüpfen. Sollte ich geträumt haben? Wenn ich mir alles ins Gedächtnis rufen könnte, würde ich wissen, ob es Traum oder Wirklichkeit war. Aber, meine Herren – und ich benütze die Gelegenheit, es könnte die letzte sein, um Ihnen zu versichern, wie erfreut ich über die Bekanntschaft mit Ihnen bin, wie gern ich Sie in Bukarest wiedersehen würde – meine Herren, nun, da ich Sie der Reihe nach betrachte, überkommt mich ein unerklärliches Glücksgefühl, und ich beginne mich allmählich an die Reise zu erinnern, die ich einmal, irgendwann, vielleicht auch nur im Traum, unternahm, eine Reise ganz wie diese, zu viert in einem Abteil erster Klasse, und auch damals verstummte das Schnaufen der Lokomotive, als wir uns der Brücke näherten. Ich möchte nicht, daß Sie mich für sentimental halten, dennoch wage ich, es Ihnen zu sagen, daß ich glücklich bin, daß mein Glücksgefühl sich immer mehr steigert. Auch davor warnte mich der Oberleutnant – daß wir im Augenblick, da die Furcht, aus den Tiefen der Seele aufsteigend, von uns Besitz ergreift, ein unbeschreibliches Glücksgefühl empfinden, und wenn wir uns in diesem Augenblick nicht sagen: *Es muß einen Ausweg geben!*, so sind wir verloren, können nicht mehr zurückkehren, bleiben lebendig begraben dort, in jener Krypta, in der Tiefe des Berges, in jener dunklen Kammer ohne Türen und Fenster. Ich empfinde nun diese Glückseligkeit, spüre, wie mich ein Bangen überkommt und sage mir und sage es auch Ihnen: *Es gibt einen Ausweg!*«

Er hielt jäh inne und starrte mich mit glasigem Blick an. Wie lange dauerte es? Wie lange? Dann aber sah ich ihn aufstehen und seine Aktentasche suchen.

»Ich wollte, ich könnte noch etwas hinzufügen«, sagte er. »Doch wie zu erwarten, gibt es nichts mehr hinzuzufügen. Denn, verzeihen Sie, wenn ich so offen zu Ihnen rede: Könnten Sie jetzt mehr verstehen als vor einer halben

Stunde, da ich Ihnen sagte, daß das Geheimnis für mich unergründlich ist? Kaum. Vermutlich haben die einen von Ihnen zum Fenster hinausgeschaut und sie gesehen, ich meine, die Donau. Sie haben die Donau gesehen, während wir sie überquerten, Sie haben die Brücke gesehen und Sie werden in Gorgani den Weinberg sehen. In gewisser Hinsicht beneide ich Sie, andererseits jedoch... Was könnte ich somit noch hinzufügen? Nun, da ich Sie ein wenig näher kennengelernt habe, kann ich Ihnen nur so viel sagen: Jedem von uns stößt mancherlei zu, jeder von uns erlebt die seltsamsten Dinge, leider vergessen wir sie. Und selbst wenn wir sie nicht vergessen, so vermögen wir doch nicht, sie wiederzuerkennen. Mit etwas mehr Vorstellungskraft hätte ich Sie wiedererkennen müssen – und dann hätte ich mich an alles erinnert...«

Er nahm seine Aktentasche, verabschiedete sich mit einem warmen Händedruck von uns und trat auf den Gang hinaus. Wir wagten nicht, noch etwas hinzuzufügen, sahen ihm nur alle nach. Kaum war er am Ende des Ganges angelangt, hielt die Eisenbahn wie zufällig, und er stieg aus. Ich hatte nicht geahnt, daß es noch eine Bahnstation gab, so ganz in der Nähe der Brücke. An ihren Namen konnte ich mich seither nie erinnern.

Dezember 1963

Der Mann hob die leere Flasche und schwenkte sie zum unmißverständlichen Zeichen für den Schankwirt, daß er noch Wein wünsche. Dann zog er ein buntes Taschentuch aus seiner Jackentasche und wischte sich damit geistesabwesend die Stirn. Er war ein Mann in mittleren Jahren, gut gebaut, wenn auch etwas beleibt, mit rundem, gerötetem, ausdruckslosem Gesicht.

Der Schankwirt humpelte heran, setzte dem Gast einen Krug Wein vor und sagte:

»Wenn sie bis jetzt nicht da sind, werden sie wohl nicht mehr kommen. Es ist bald zwölf ...«

Der Mann sah ihn lächelnd an und drehte unschlüssig sein buntes Taschentuch zwischen den Fingern.

»Sie kommen nicht mehr!« wiederholte der Schankwirt, jedes einzelne Wort mit Nachdruck betonend.

Der Gast griff, als hätte er ihn erst jetzt gehört, nervös nach seiner Taschenuhr, warf den Kopf in den Nacken und starrte, die Brauen runzelnd, eine ganze Weile auf den Minutenzeiger, bemüht, nicht mit den Augen zu zwinkern.

»Fünf vor zwölf«, sprach er leise vor sich hin, als traute er seinen eigenen Augen nicht.

Darauf löste er mit einem ungewöhnlich geschickten Griff die Uhr von der schweren goldenen Kette, die an seinem Gürtel befestigt war, und reichte sie mit einem vertraulichen Lächeln dem Schankwirt.

»Nehmen Sie die Uhr mal in die Hand! Was glauben Sie, ist sie wohl wert?«

Der Schankwirt wog sie lange in beiden Händen und zögerte mit der Antwort. »Sie scheint nicht aus Gold zu sein«, meinte er endlich. »Dazu ist sie zu schwer! ...«

»Es ist eine kaiserliche Uhr! Ich habe sie in Odessa erstanden. Sie hat dem Zaren gehört ...«

Sichtlich beeindruckt, schüttelte der Wirt den Kopf, wollte sich jedoch nach einer Weile zum Schanktisch zurückbegeben. Da hielt der Gast ihn am Arm fest.
»Ich heiße Gore«, stellte er sich ihm vor. »Holen Sie noch ein Glas und trinken Sie mit mir. Auf Jancu Gore ist Verlaß, der wird es noch weit bringen, sagen meine Freunde.«
Ein vollbeladener Lastkraftwagen fuhr an der Schenke vorbei und ließ das einzige Fenster, in dem noch eine Scheibe heil war, erbeben. Gore stützte lächelnd sein Kinn auf die Hand und verfolgte mit lebhaftem Interesse alle Bewegungen des Wirts. Er sah ihn ein Glas unter der Theke hervorholen, es lange und gründlich spülen und es immer wieder prüfend vor die Augen halten. Sein Bein nachschleifend, kam der Schankwirt schließlich, das Glas in der Hand, gemächlich zum Tisch zurück. Als er den Krug aufhob und sich schweigend und konzentriert den Wein einschenkte, fragte Gore ihn, die Stimme senkend:
»Kennen Sie einen Mann namens Păunescu?«
»Herrn Păunescu vom Finanzamt?« wollte der Schankwirt wissen.
Er hatte gerade sein Glas zu den Lippen geführt, stellte es aber plötzlich wieder hin, als wäre ihm etwas eingefallen.
»Ja, den vom Finanzamt«, bestätigte Gore.
Der Schankwirt leerte auf einen Zug das Glas und wischte sich dann mit dem Ärmel seiner Jacke den Schnurrbart ab.
»Er wohnte hier nebenan in Nr. 14, ist aber weggezogen. Nach dem Bombardement ist er umgezogen«, fügte er mit einem ironischen Augenzwinkern hinzu.« Angeblich im Auftrag des Ministeriums . . .«
Und wiederum zwinkerte er bedeutungsvoll. Gore übersah es jedoch, griff nach dem bunten Taschentuch, das auf dem Tisch lag, und wischte sich wieder wie geistesabwesend und fast wie unter einem Zwang Stirn und Wangen.
»Er hat mir nichts davon gesagt«, sprach er unvermittelt. »Er sagte bloß, wenn ich ihn bräuchte, sollte ich ihn nicht

im Ministerium aufsuchen, sondern geradewegs hierherkommen, in die Frumoasei-Straße. Aber in Nummer 14 wohnt niemand mehr. Das Haus ist ausgebombt . . .«
»Ja, nach dem Bombenangriff zog er aus«, wiederholte der Wirt und ging langsam zum Schanktisch zurück. »Wieviel Menschen damals doch umgekommen sind! . . .«
Zwei düster dreinblickende Kraftfahrer traten ein und setzten sich an den Tisch am Fenster, das noch eine Scheibe behalten hatte. Gore sah wieder auf seine Uhr, in dem er sie möglichst weit von sich weg hielt.
»Zehn nach zwölf!« verkündete er mit feierlichem Ernst.
»Sie kommen nicht mehr«, erklärte der Schankwirt. »Noch ein geschenkter Tag! Mit Gottes Hilfe sind wir auch heute mit dem Leben davongekommen . . .«
Gore steckte geschwind seine Uhr in die Westentasche, schlug plötzlich energisch mit der flachen Hand auf den Tisch, und rief:
»Zahlen, bitte, ich hab's eilig!«
Dann stand er unter einiger Mühe auf, nahm seinen Hut und trat schwankend zum Schanktisch.
»Die Geschäfte rufen. Ich hab's eilig!« wiederholte er ganz laut, als wende er sich an alle Gäste.
Darauf zählte er dem Schankwirt einige Banknoten hin, wartete nicht, daß dieser ihm den Rest herausgäbe, sondern verabschiedete sich mit einem kräftigen Händedruck von ihm.
»Sie werden noch von mir hören«, sagte er. »Von Jancu Gore werden Sie noch hören«.
Auf der Straße empfing ihn wohlige Wärme. Es war Mittagszeit und ein Maitag. Es roch nach wilden Rosen und nach Schutt. Gore drückte sich den Hut fester auf den Kopf und machte sich gemächlichen Schrittes auf den Weg.
»So ein Halunke!« stieß er zwischen den Zähnen hervor, als er am Haus Nr. 14 vorbeikam.
Es war ein bescheidenes Vorstadthaus mit abgebröckeltem Bewurf und tiefen Sprüngen in den Mauern.

»So ein Betrüger! Hält mich mit Versprechungen hin und setzt mittlerweile seine Evakuierung durch. Ein Betrüger und dazu auch noch ein Feigling. Steckt drei Millionen von mir ein und macht sich aus dem Staub mit ihnen. Bringt sich in Sicherheit und läßt mich hier allein im Bombenhagel! . . .«

Aufgebracht beschleunigte er seinen Schritt. Am Straßenende angelangt, blieb er jedoch plötzlich stehen, fluchte mehrmals und kehrte fast laufend um. Vor dem Haus Nr. 14 machte er halt, zog den Hut und drückte die ganze Handfläche auf den Klingelknopf. Die eine Hand gegen die Klingel gepreßt, in der anderen den Hut haltend, blieb er eine ganze Weile stehen und lauschte dem Läuten, das düster und verloren wie aus weiter Ferne aus dem ausgebombten Haus zu ihm zurückkehrte. Er spürte, wie sich dicke Schweißtropfen auf seinen Brauen sammelten, brachte es jedoch nicht über sich, die Hand vom Klingelknopf zu lösen, um sich den Schweiß wegzuwischen. Er kochte vor Wut.

Da heulte unwahrscheinlich schrill eine Sirene auf. Gore spürte seine Knie weich werden. Verzweifelt blickte er zum Himmel auf. Weißliche Wolken glitten ziellos oben auf dem verwaschenen Blau einher, als könnten sie sich nicht entschließen, welche Richtung sie einschlagen sollten. »Es ist bereits nach zwölf. Was fällt denen nur ein? Die sind ja ganz bekloppt!« sprach er zu sich. Zitternd begann er sein Taschentuch zu suchen und wischte sich damit den Angstschweiß vom Gesicht. Er glaubte, in den Nachbarhäusern Stimmen zu vernehmen, das Zuschmettern von Türen, die gellenden Schreie einer jungen Frau:

»Jonică!« rief sie. »Wo steckst du nur, Jonică?«

Gore sah sich verstohlen nach allen Seiten um, stemmte dann sein Kinn auf die Brust und lief, so schnell ihn die Beine trugen, die Straße hinauf. Mit einem letzten schreckhaften,langgezogenen Stöhnen erstarb das Geheul der Sirene. »Sechstausend Stück Vieh bester Zucht«, schoß es Gore durch den Kopf. »Hab die Ausfuhrerlaubnis so gut wie in der Tasche, nur das Finanzministerium muß mir noch seine Einwilligung geben ...« Da erblickte er auf einem Bretterzaun das wohlbekannte Plakat mit dem schwarzen Zeigefinger: *Luftschutzbunker 20 Meter weiter.* Wieder spürte er, wie ihm das Blut ins Gesicht schoß, und fing noch schneller zu laufen an. Als er zur kleinen Pforte kam und sie aufstieß, vernahm er ganz dicht an seinem Ohr den kurzen Pfiff eines Verkehrspolizisten.

Geleitet vom schwarzen Zeigefinger auf dem Plakat, gelangte Gore zu einem unterirdischen Raum, einer Art Keller hinten im Hof. Auf der Tür stand in Balkenlettern geschrieben: *Bunker für zehn Personen.* »Die Zeit war zu kurz. Es wird noch nicht voll sein. Ich werd schon ein Plätzchen drin finden«, sagte sich Gore und öffnete die Tür. Der Raum hatte Zementboden und ein zugemauertes Fenster. Eine schmutzige Glühbirne hing von der Decke, an den Wänden standen ein Kessel mit Wasser und Sandsäcke, in der Mitte des Raumes zwei Holzbänke. Ein alter Mann und zwei Frauen sahen ihn eintreten. Ihr Blick verriet keinerlei Neugierde.

»Guten Tag!« grüßte Gore und zwang sich zu lächeln, wiewohl er noch ganz außer Atem war. »Bin ich aber gerannt!« fügte er hinzu und wischte sich den Schweiß vom Gesicht. »Ich glaubte, sie kämen heute nicht mehr. Da sie bis zwölf nicht kamen, dachte ich, sie würden nicht mehr kommen ...«

»Es dürfte ein blinder Alarm sein«, bemerkte der Alte mit ungewöhnlich tiefer Stimme. »Man kündigte heute morgen im Radio Luftschutzübungen an. Habe die Meldung mit eigenen Ohren gehört. Sie gaben sie auch gestern abend durch. Es sind Luftschutzübungen! ...«

Er geriet zusehends in Eifer, während er sprach. Ein würdiger, alter Herr. Immer noch eine stattliche Figur, volles, ergrautes, fast weißes Haar und unaufhörlich zwinkernde Augen, die in Tränen zu schwimmen schienen. Eine der

Frauen wandte den Kopf nach ihm um und sah ihn gereizt an. Ihr Alter war schwer zu erraten, aber jung war sie gewiß nicht mehr. Sie hatte ein breites, fleckiges Gesicht und einen großen, unförmigen Mund mit schadhaften, unregelmäßigen Zähnen. Nachdem sie dem Mann einen langen, verächtlichen Blick zugeworfen hatte, drehte sie sich jäh zur Dame an ihrer Seite um:

»Gnä' Frau, ich halt's hier nicht aus! Mir gefällt's im Keller nicht. Schon seit heute morgen flattert mir immerzu das linke Auge. Das ist ein schlimmes Zeichen ...«

»Elisaveta!« versuchte die Dame ihr das Wort abzuschneiden.

»Ich glaube, wir sollten heimkehren, gnä' Frau«, fuhr die so angesprochene, immer hastiger sprechend, fort. »Zu Hause sind wir sicherer. Ich sage Ihnen ...«

»Elisaveta!« Die Dame erhob plötzlich die Stimme. »Reg mich nicht auf, sonst steigt mir gleich wieder das Blut zu Kopf und es wird mir übel ...«

Die Dame schien etwa fünfzig Jahre alt, war hager, hatte eine lange Nase und kalte, verwaschene Augen. Sie war unauffällig, doch adrett gekleidet und rückte sich nervös immerzu einen blaßrosa Schal um den Hals zurecht. Gore begriff auf den ersten Blick, daß er es mit einer Dame aus der besseren Gesellschaft zu tun hatte, grüßte sie mehrmals mit einem Kopfnicken und bat um Erlaubnis, sich auf die Bank ihr gegenüber, neben den alten Herrn setzen zu dürfen. Aber keine der beiden Frauen erwiderte seinen Gruß.

»Ich bin aus Pitești«, eröffnete er ihnen etwas verlegen. »Bin geschäftlich hergekommen. Zwölftausend Stück Vieh bester Zucht. Hatte schon die Ausfuhrgenehmigung, alles erledigt ... Wer kann's mit Gore aufnehmen? Mit Jancu Gore?!« fügte er, die Stimme ein wenig senkend, hinzu und fixierte sie alle der Reihe nach mit einem schlauen Lächeln, das sein ganzes Gesicht erhellte.

Die drei nahmen jedoch keinerlei Notiz von ihm, schienen seine Worte zu überhören, betrachteten ihn mit einer Gleich-

gültigkeit, als sei er Luft für sie. Elisaveta bekreuzigte sich in einem fort und murmelte ein Gebet.
»Hast du das Riechsalz mitgebracht?« fragte die Herrin gereizt.
Die andere Frau nickte, fuhr jedoch in ihrem Gebet fort.
»Mach doch endlich Schluß mit dem Beten, wirst noch ein Unheil heraufbeschwören!« rief die Dame, der die Geduld zu reißen schien.
Gore hatte gerade ein Kreuz schlagen wollen, überlegte es sich jedoch.
»Vielleicht haben wir Glück, und sie ziehen weiter, nach Ploieşti«, sagte er. »Vielleicht sind sie hier nur vorbeigeflogen, um uns einen Schrecken einzujagen. Sind sowieso nur an Ploieşti interessiert. An den Bohrtürmen, dem Erdöl ...«
Niemand antwortete ihm. Schließlich ereiferte sich der Alte wieder:
»Ich hab mit eigenen Ohren heute morgen im Radio gehört, daß es Luftschutzübungen geben wird.«
Darauf sprang er auf, trat zur Tür, neigte den Kopf vor und lauschte. Gore zog wie zufällig seine Uhr, wog sie lang in seiner Rechten und legte sie dann in die Linke hinüber. Der Alte warf noch einen argwöhnischen Blick zur Tür und kehrte dann zögernd auf leisen Sohlen in die Mitte des Raumes zurück.
»Es ist eine kaiserliche Uhr«, sagte Gore und zeigte ihm seinen Schatz. »Habe sie in Odessa erstanden. Ein Gelegenheitskauf. Sie gehörte einst dem Zaren. Heben Sie sie nur auf! Sie werden erschrecken ...«
Schon wollte er sie von der goldenen Kette lösen, da wandte sich der Alte, als hätte er ihn gar nicht gehört, der Dame zu: »Haben Sie noch weitere Nachrichten von Păunescu erhalten, verehrte Madame Popovici?«
»Was geht Sie das an?« fuhr Elisaveta wie von der Tarantel gestochen auf. »Schauen Sie besser zu, daß Sie die Miete bezahlen! ...«

»Elisaveta, meng dich, bitte, nicht ein«, unterbrach die Herrin sie.
Dann warf sie dem Alten einen kurzen Blick zu und zuckte nur wortlos die Achseln.
Von einer jähen Erregung erfaßt, horchte Gore auf, fuhr jedoch fort, seine Uhr in der Hand zu wägen und tat so, als höre er nicht zu.
»Ich habe Sie gewarnt, er sei nicht zuverlässig«, sprach der Alte. »Ich hab meine Verbindungen, glauben Sie ja nicht, ich hätte mich nicht erkundigt . . .«
Gore spürte, wie ihm der Kragen platzte. Wäre Păunescu ein anständiger Mensch gewesen, ein Ehrenmann, der sein Wort hält, so hätte er ihm längst die Genehmigung vom Finanzamt verschafft, für die er bereits drei Millionen als Vorschuß von ihm eingestrichen hatte. Und die Ware wäre schon an der Grenze: sechstausend Stück Vieh. Ein Nettoerlös von vierzig Millionen. Er hätte nicht in Bukarest so viel Zeit verloren, wäre nicht vom Bombardement erwischt worden . . .
Er konnte nicht mehr an sich halten. »Kennen Sie den Păunescu? Den Păunescu vom Finanzamt?«
Der Alte zuckte nur lächelnd mit den Achseln, ohne ihn anzusehen.
»Wenn ich den nicht kenne!« erklärte er. »Nun, ich habe jedenfalls meine Pflicht getan und habe Sie rechtzeitig gewarnt . . .«
»Kennen Sie ihn gut? Was ist er für ein Mensch?« fragte ihn Gore im Flüsterton.
Der Alte ging an ihm vorüber, als höre er ihn nicht, und setzte sich wieder auf die Bank.
»Die sind ja übergeschnappt!« sagte sich Gore, wandte den Kopf um, spie aus und wischte sich dann den Mund mit dem Taschentuch.
»Gnä' Frau, ich halt's hier nicht länger aus«, rief Elisaveta und sprang auf, als hätte ihr jemand ein Becken mit glühenden Kohlen untergeschoben.

»Bist du von Sinnen?!« versuchte Madame Popovici sie zu beschwichtigen und faßte sie am Arm.
»Wenn's nur Luftschutzübungen sind, warum sind Sie dann hergekommen?« fragte Elisaveta den Alten in strengem, spitzem, fast kreischendem Ton. »Und warum hocken Sie noch hier herum?« schrie sie ihn barsch an. »Sind Sie nur hergekommen, um uns zu ärgern?«
Im selben Augenblick wurde der Alarm abgeblasen. Als Gore das Entwarnungssignal hörte, erhob er sich und rief aus »Wir sind gerettet!«
»Ich wohne auch im Haus und habe nach dem Gesetz ein Recht auf diesen Bunker«, erwiderte der Alte würdig.
»Gott sei Dank, daß wir mit heiler Haut davongekommen sind!« sagte Gore und bekreuzigte sich. Dann wandte er sich an den Alten: »Sie hatten recht. Es war kein Bombenangriff. Man hat nicht einmal ein Geschütz böllern gehört. Und wie lang hat's schon gedauert? ...«
Er zog geschwind seine Uhr, warf von weitem einen Blick auf sie und runzelte die Brauen.
»Keine fünf Minuten!«
»Du wirst mich noch verrückt machen mit deinen vielen Gebeten!« flüsterte Madame Popovici und rüttelte Elisaveta am Arm.
Gore umfaßte sie alle mit einem einzigen Blick und lächelte.
»Vielleicht hat Gott ihre Gebete erhört und hat uns daher verschont. Der Bombenangriff blieb jedenfalls aus«, rief er erfreut.
Er schickte sich an fortzugehen, blieb jedoch vor der Tür noch eine Weile unschlüssig stehen und sah die drei der Reihe nach an. Der Alte starrte zur Decke.
»Bleiben Sie noch hier?« fragte Gore. »Haben Sie nicht genug?«
Da jedoch niemand Anstalten machte, ihm zu antworten, öffnete er mit einem Ruck die Tür.
»Eine verrückte Bande!« stieß er, noch auf der Schwelle, zwischen den Zähnen hervor.

Erst als er bereits eine gute Weile draußen auf der Straße war, wurde ihm klar, daß das Sonnenlicht ihn geblendet hatte, und er ziellos umherirrte, ohne darauf zu achten, wo er hintrat. Der Gedanke an Păunescu ließ ihn nicht locker und verdarb ihm die gute Laune. »Sechstausend Stück Vieh! Ein Nettoerlös von vierzig Millionen! Der Gauner!« wiederholte er immer wieder. »Mich hinters Licht zu führen, mich zum besten zu halten! Jancu Gore übers Ohr zu hauen! ...« Er beschleunigte seinen Schritt, vermochte seine Wut aber nicht zu beschwichtigen. Er ging, den Hut in der Hand, und wischte sich immerfort wie geistesabwesend das Gesicht. Plötzlich stand er vor dem Haus Nr. 14. Er hielt eine Weile inne und spie dann in weitem Bogen über den Zaun in den Hof.

»Diebsgesindel!« rief er.

Darauf setzte er den Hut auf und ging zur Schenke.

Die feuchte Kühle dort drinnen tat ihm wohl. Er setzte sich auf denselben Stuhl, auf dem er eine halbe Stunde zuvor gesessen hatte. Als der Schankwirt ihn erblickte, lächelte er ihm zu.

»Sie können auch bei uns essen.«

»Bringen Sie zunächst etwas Wein und zwei Gläser«, bestellte Gore.

Mit den Fingern auf dem Tisch trommelnd, wartete er ungeduldig. Als beide Gläser voll waren, fragte er den Schankwirt:

»Sagen Sie, Meister, was ist Păunescu für ein Mensch? Was wissen Sie über ihn?«

Der Schankwirt leerte etwas widerwillig sein Glas und schnalzte mehrmals mit der Zunge.

»Nach dem Bombenangriff ist er fortgezogen«.

»Schon gut, das weiß ich ...« unterbrach Gore ihn. »Das haben Sie mir bereits erzählt. Ich fragte Sie, ob Sie ihn näher kennen. Er soll, wie ich hörte, nicht gerade die sauberste Weste haben. Es heißt, er hätte viele Leute beschummelt.«

Der Schankwirt stellte sein Glas aufs Tablett und schüttelte den Kopf.

»Hab nichts davon gehört«, erklärte er. »Er kam selten zu uns ...«

»Ich weiß, was ich Ihnen sage«, unterbrach ihn Gore wieder.

Der Gedanke an seinen Verlust wollte ihm nicht aus dem Kopf: »Sechstausend Stück Vieh. Ich wäre jetzt bereits an der Grenze.«

»Und ich kann Ihnen noch etwas versichern«, fuhr er, sich immer mehr ereifernd, fort. »Jancu Gore läßt sich nicht zum Narren halten. Merken Sie sich, was ich Ihnen sage. Zwölftausend Stück Vieh, das ist ein ganz hübscher Batzen. Ich hatte bereits die Genehmigung, alles was zur Ausfuhr nötig war. Ich laß mich nicht an der Nase herumführen wie jene übergeschnappte Madame Popovici.«

Der Schankwirt fuhr zusammen und sah ihn erstaunt an.

»Woher wissen Sie das von Madame Popovici?« fragte er. »Wer hat es Ihnen gesagt?«

»Das ist meine Sache«, erwiderte Gore wichtigtuerisch und lächelte geheimnisvoll. »Mich kann man jedenfalls nicht hereinlegen wie Madame Popovici.«

»Die arme Madame Popovici, Gott hab sie selig!« flüsterte der Schankwirt und schlug ehrfürchtig ein großes Kreuz über seine ganze Brust.

Gore sah ihn lange an, verdutzt, doch unerbittlich streng. »Was ist bloß in Sie gefahren?« fuhr er ihn plötzlich an. »Weshalb bekreuzigen Sie sich?«

»Nun ja, vierzig Tage sind bereits verstrichen, seit sie beim Bombardement umkam, und niemand hat für sie die Messe gelesen, von einem Leichenschmaus gar nicht zu reden«, sagte der Schankwirt, und seine Stimme klang mit einem Mal ganz müde.

Gore schob seinen Stuhl ein wenig zurück und blickte den Schankwirt verdrossen an.

»Dann handelt es sich nicht um dieselbe Person«, sagte er

entschieden. »Ich spreche von Madame Popovici, einer gutsituierten Frau um die fünfzig. Einer Dame mit langer Nase, die in derselben Straße wie dieser Beutelschneider Păunescu wohnt, einige Häuser weiter hinauf. Sie hat eine Magd namens Elisaveta, auch so ein verrücktes Huhn ...«

»Die arme Elisaveta!« seufzte der Schankwirt mit einem traurigen Lächeln. »Ich kannte sie, seit sie aus Konstanza kam, zwölf oder dreizehn Jahre werden es wohl her sein. Seitdem Madame Popovici verwitwet war, kannte ich sie alle. Sie pflegten abends herzukommen, als ich noch einen Garten hatte ...«

»Ja, und was ist nun mit ihr los?« unterbrach Gore ihn nervös.

»Sie ist ebenfalls beim Bombardement umgekommen. Sie wissen doch, damals am 4. April, als man den Bombenangriff für eine Luftschutzübung hielt, die im Rundfunk angekündigt worden war ...«

»Reden Sie keinen Unsinn, Mensch, die ist doch nicht tot!« unterbrach ihn Gore. »Lassen Sie's sich von mir gesagt sein. Ich habe die beiden eben noch gesehen, sie mit eigenen Ohren sprechen gehört ...«

Der Schankwirt schüttelte den Kopf und lächelte ungläubig.

»Dann waren es nicht dieselben. Gott hab sie selig«, sagte er. »Die Bombe schlug direkt im Bunker hinten im Hof ein. Auch das Haus erlitt schweren Schaden, es klappte unter dem Luftdruck wie ein Kartenhaus zusammen, die Bombe aber fiel auf den Bunker. Es war ein Volltreffer. Nichts hat man mehr gefunden ... Wieviele Leute doch damals den Tod erlitten!« fügte er mit leiserer Stimme bedrückt hinzu. Beim bloßen Gedanken daran schien es ihm bang ums Herz zu werden.

Gore hörte ihm mit offenem Mund zu, und seine Miene verdüsterte sich immer mehr. Er zog ein Taschentuch hervor und wischte sich nervös das Gesicht.

»Hören Sie, mein Lieber«, sprach er mit feierlichem Ernst. »Sie scheinen mich auf den Arm nehmen zu wollen. Glauben, wenn ich zwei Liter Wein auf nüchternen Magen getrunken habe, bin ich nicht mehr klar im Kopf. Da täuschen Sie sich aber gewaltig. Wenn der Wein gut ist, vertrag ich auch einen Eimer voll. Kommen Sie mal nach Piteşti, da werden die Leute Ihnen sagen, wer Jancu Gore ist. Ich bin ein schwerreicher Mann, mein Lieber, habe Millionen. Es ist natürlich jammerschade, daß ich mich mit einem Schurken wie Păunescu eingelassen habe. Es war ja alles in bester Ordnung, ich hatte alles, was ich brauchte, um ...«
Der Schankwirt hörte ihm eingeschüchtert zu und bemühte sich zu lächeln.
»Es muß sich um eine Verwechslung handeln«, versuchte er, sich zu rechtfertigen.
»Wenn ich Ihnen doch sage, daß ich Madame Popovici und Elisaveta soeben mit dem Mieter streiten gehört habe ...«
»Mit dem Herrn Richter?« unterbrach der Schankwirt ihn erschrocken. »Mit Herrn Protopopescu? Haben Sie auch das erfahren?!«
»Sie waren zusammen dort im Bunker, und ich begriff sogleich, was die Uhr geschlagen hatte. Er war ihr die Miete schuldig geblieben.«
Der Schankwirt sah ihn lange an.
»Was haben Sie denn im Bunker gesucht?« fragte er nach einer Weile, um das Gesprächsthema zu wechseln.
»Ich bin zwar kein Angsthase, aber als ich vorhin den Fliegeralarm hörte, suchte ich wie jedermann dort Schutz. Verordnungen müssen respektiert werden.«
»Es gab heute gar keinen Fliegeralarm«, flüsterte der Schankwirt und senkte schuldbewußt den Blick.
Gore trommelte eine Weile mit den Fingern auf dem Tisch und versuchte, sich zu beherrschen.
»Was gibt's heute zu essen?« fragte er plötzlich.
»Krautfleisch.«
»Bringen Sie mir eine doppelte Portion.«

Der Schankwirt zog sich hinter die Theke zurück und verschwand dann in der Küche. Gore erinnerte sich an die erschrockene Miene, mit der sich der Schankwirt mehrmals bekreuzigt hatte, und fing unvermittelt zu lachen an.
»Närrisches Pack«! fluchte er.
Eine Gruppe von Arbeitern, die eben eingetreten waren, sahen ihn allein mit sich lachen, setzten sich dann an den Tisch vor dem Fenster, das noch eine heile Scheibe hatte, und begannen miteinander zu reden. Der Wirt brachte ihnen auf einem Tablett einen großen dampfenden Teller und ein halbes Brot.
»Noch ein Tag vorüber, an dem wir heil davongekommen sind, Herr Costică«, sagte einer der Arbeiter. »Darauf spende ich eine Runde *Ţuica**.«
»Es war bloß eine Luftschutzübung und dauerte nicht länger als fünf Minuten,« bemerkte Gore, den Kopf wendend. »Man soll's im Rundfunk angekündigt haben. Hätte ich's gewußt, ich wäre gar nicht in den Bunker gegangen . . .«
Der Wirt kehrte zum Schanktisch zurück und füllte behutsam die Schnapsgläser.
»Der Herr da meint, wir hätten heute Fliegeralarm gehabt«, sagte er, plötzlich Mut fassend.
»Eine Luftschutzübung!« rief Gore, so gut er dies mit vollem Mund zuwege brachte.
»Keine Spur!« ereiferten sich die Arbeiter. »Die letzte Luftschutzübung gab's vor vierzig Tagen. Heute war nichts los . . .«
»Er behauptet, auch Madame Popovici und Elisaveta gesehen und gehört zu haben, die im großen Haus mit dem Gittertor wohnten«, fuhr der Wirt fort. »Auch den Richter Protopopescu, Madame Popovicis Mieter, will er gesehen haben. Dort im Bunker, wo die Bombe eingeschlagen hat.«
Die Leute sahen sich einer nach dem andern nach Gore um, der hastig und ausgiebig aß und seine aufsteigende Wut nur schwer unterdrückte.

* Pflaumenschnaps.

»Wir haben uns eine Woche lang dort abgerackert, um den Schutt von der Straße wegzuräumen«, sagte einer der Arbeiter mißmutig. »Nur das Gittertor war stehengeblieben.«
Um die Arbeiter besser zu sehen, drehte Gore seinen Stuhl um, wischte sich den Mund und das ganze Gesicht mit der Serviette, warf sie dann auf den Tisch, stand entschlossen auf und fragte gereizt:
»Wer wettet mit mir auf eine Flasche *Ţuica?*«
»Um was geht die Wette?« fragte einer der Arbeiter.
»Daß ich Ihnen den Bunker zeige und dann auch Madame Popovici und Elisaveta«, fuhr Gore fort. »Ich gehe ins Haus, erkläre den beiden, daß es sich um eine Wette handelt und bitte sie, zur Tür oder wenigstens ans Fenster zu kommen und mit Ihnen zu reden.«
Einige lachten.
»Ein recht weiter Weg«, bemerkte einer der Arbeiter.
»Sehen Sie, Sie bringen den Mut nicht auf!« rief Gore triumphierend aus.
»Doch, ich gehe auf die Wette ein«, erklärte ein junger Mann, stand auf und leerte sein Glas in einem Zug. »Ich habe auf Nr. 74, am Haus mit dem Gittertor gearbeitet ...«
Gore wartete lächelnd mitten im Raum auf den Mann und besiegelte die Wette vor aller Augen mit einem kräftigen Handschlag. Darauf kehrte er eilig zum Tisch zurück, nahm seinen Hut und wandte sich dem Ausgang zu. Einige Arbeiter erhoben sich lärmend von ihren Sitzen und folgten ihm.
»Stellen Sie Wasser für Kaffee auf, wir sind gleich wieder zurück«, rief Gore von der Schwelle aus dem Wirt zu.
Draußen schien es ihm ungewöhnlich schwül. Wiewohl es Mitte Mai war, kam ihm der Gehsteig glühendheiß vor wie im Hochsommer. Er beschleunigte dennoch seinen Schritt, und als er an Păunescus Haus vorbeikam, schaute er gar nicht auf, um es sich anzusehen, sondern ging mit düsterer Miene weiter. Die Arbeiter holten ihn ein. Als sie

jedoch merkten, daß er kein Wort sagte, ließen sie ihn allein seinen Weg fortsetzen, unterhielten sich miteinander und schmunzelten. Nach etwa fünf Minuten schritt der junge Mann mächtig aus und packte Gore am Arm.
»Wir sind angekommen!«
Gore blieb stehen und warf über seine Schulter geschwind einen Blick zum Haus zurück. Von der breiten Grundfeste aus Zement festgehalten, ragte das Gittertor wie ein Speer in die Höhe. Vom Haus war nur noch die steinerne Treppe vor dem Eingang übriggeblieben: einige Stufen, die sich in einer unförmigen Masse von Ziegeln, Balken und Schutt verloren.
»Das ist es nicht«, sagte Gore kopfschüttelnd und schickte sich an weiterzugehen.
»Hier ist aber Nr. 74, das Haus mit dem Gittertor ...« beharrte der junge Mann.
»Geht mich nichts an«, erwiderte Gore finster. »Ich habe mit Ihnen gewettet, daß ich Ihnen Madame Popovici zeige. Kommen Sie mit, es ist nicht mehr weit ...«
Darauf ging er weiter, hielt jedoch nach wenigen Schritten inne und sah sich unsicher nach allen Seiten um. Die Luft roch nach Rauch und Schutt. Das Pflaster des Gehsteigs war an mehreren Stellen geplatzt und streckenweise gar nicht mehr erkennbar. Auf dieser Seite der Straße waren ganze Häuserzeilen wie wegradiert. Nur da und dort sah man noch eine mit Balken abgestützte Mauer ragen oder das Bruchstück einer Innentreppe gespenstig über den Ruinen schweben. Verwirrt wendete Gore seinen Blick der anderen Straßenseite zu. Dort standen noch Häuser, die von den Bomben verschont geblieben waren: an fast allen fehlten jedoch die Scheiben. Die Fenster waren notdürftig mit Brettern verschlagen.
»Sie haben einen Bombenteppich gelegt«, vermerkte jemand.
Gore beschleunigte seinen Schritt, und die Gruppe folgte ihm froher Laune. Nach einigen Minuten faßte der junge Man ihn wieder am Arm.

»Wir haben die Frumoasei-Straße bereits hinter uns gelassen. Das ist die Gartenstraße. An ihrem Ende befindet sich die Straßenbahnhaltestelle ...«

»Na und?« zischte ihn Gore wütend an, tat noch ein paar Schritte und blieb dann triumphierend vor dem Plakat mit dem schwarzen Zeigefinger stehen. Der Finger wies in die Richtung, aus der sie gekommen waren. Mit Balkenlettern stand da geschrieben: *Luftschutzbunker 100 Meter weiter.* Jemand hatte mit Tintenbleistift hinzugefügt: Frumoasei-Straße Nr. 74.

»Das ist dort, wo ich Sie angehalten habe«, sagte der junge Mann, nachdem er über Gores Schulter hinweg die Aufschrift auf dem Plakat gelesen hatte.

Gore wandte den Kopf und betrachtete nochmals die verödete Straße, auf der sie gekommen waren. Sein Blick fiel auf die gleichen Ruinen, die gleichen Schutt- und Ziegelhaufen, aus denen da und dort eine verbogene Eisenstange störrisch in den Himmel ragte. »Und das alles wegen dieses Betrügers Păunescu«, ging es Gore wieder durch den Kopf. »Ich wäre ja mit den sechstausend Stück Vieh längst an der Grenze ...«

»Verrücktes Gesindel!« flüsterte er und wollte die Straße überqueren. Die Männer riefen ihm jedoch lachend nach:

»He, Sie, Herr, wo bleibt denn die *Ţuica?* Sie haben doch gewettet!«

Gore ging eine kleine Weile weiter, ohne sich umzudrehen. Der junge Mann faltete jedoch trichterförmig die Hände vor seinen Mund und schrie ihm aus Leibeskräften nach:

»Haben Sie dem Schankwirt die Rechnung bezahlt? Oder wollen Sie sich auch davor drücken?«

Da blieb Gore hochrot im Gesicht stehen, wandte sich entschlossen zurück, zog seine Geldbörse und sagte ihnen von weitem:

»Sie wissen wohl nicht, mit wem Sie es zu tun haben? Von Jancu Gore scheinen Sie noch nie gehört zu haben?! Aber Sie werden noch von ihm hören! Denn Jancu Gore gilt allgemein als ein vertrauenswürdiger Mann, der es noch weit bringen wird.«

Und er begann erregt seine Banknoten zu zählen, wobei er sich zu einem Lächeln zwang.

Da lief ein Kind über die Straße. Eine junge Frau erblickte es von weitem und fing zu schreien an:

»Jonică! Wo steckst du nur, Jonică?! Seit einer Stunde suche ich dich schon, du Teufelsbrut! . . .«

Paris, Dezember 1952

IM HOF BEI DIONIS

Für Lisette

»... Sie hätten Leana vor zehn Jahren, etwa um 1920 oder 1922, sehen sollen, als sie noch in der ›Floarea Soarelui‹* sang«, fuhr Hrisanti fort. »Dies kleine, hinter Bäumen versteckte Gartenlokal in der Popa-Soare-Straße, in dem sie in den frühen zwanziger Jahren jeden Sommer auftrat, war ein Geheimtip. Sie kannten es bestimmt nicht. Wir nannten sie Leana, und sie ließ es sich gefallen, wenn sie auch immer wieder betonte, sie hieße in Wirklichkeit gar nicht so. ›An der Wiege hat man es mir, weiß Gott, nicht gesungen, daß ich in einer Schenke landen würde. Ich habe mehr zu erreichen gehofft, aber das Schicksal wollte es anders... Für Sünden muß man büßen‹, sagte sie mit einem Achselzucken. ›Also könnt ihr mich auch ruhig Leana rufen.‹ Manchmal griff sie nach dem Glas eines Gastes, führte es an ihre Lippen und nippte vom Wein. Dies geschah allerdings selten genug, und nur wenn ihr jemand ausnehmend gut gefiel, wenn er jung, verträumt und von schwermütiger Schönheit war. Kaum hatte sie ihre Lippen benetzt, fing sie übers ganze Gesicht zu strahlen an. Dann verschlangen wir alle sie natürlich mit den Blicken, ganz gleich, ob sie an unserem oder an einem benachbarten Tisch saß. Ihr Lächeln war lieblich wie das eines Kindes, geradezu engelhaft. Ja, sie sah dem Jungen mit der Unschuld eines Kindes oder Engels in die Augen. Ich sage absichtlich ›dem Jungen‹, weil ich sie nie das Glas eines Gastes ergreifen sah, der älter als zwanzig war. Sie selber schätzten wir damals auf ungefähr fünfundzwanzig oder vielleicht auf ein, zwei Jahre mehr.«

»Sie sieht heute Abend kaum älter aus«, unterbrach ihn Cladova.

»Ja, sie hat sich kaum verändert. Zehn Jahre spielen bei

* Sonnenblume.

einer Frau wie Leana kaum eine Rolle ... Dennoch, wer sie damals nicht gesehen hat, kann sich keine Vorstellung von ihrer Schönheit machen«, fuhr er, die Gläser füllend, fort. »Man muß ihr *echtes* Lächeln gesehen haben! Leana lächelt ja immerfort, nur wandelt sich ihr Lächeln ständig, ist anders, wenn sie schweigt, anders, wenn sie Ihnen in die Augen sieht und zuhört, anders, wenn sie ihre traurigen Weisen singt ... Doch ich begann, Ihnen von ihrer Zeit in der ›Floarea Soarelui‹ zu erzählen: Damals pflegte Leana sich selber auf der Geige zu begleiten. Sie hielt das Instrument ganz merkwürdig, wie ich es sonst bei niemandem gesehen habe: stützte es bald an ihre Brust, bald an die Hüfte, hob es zuweilen in die Luft, wenn sie ein besonders zartes Tremolo erzielen wollte. Ich bin gar nicht sicher, ob es eine richtige Geige war, es klang eher wie ein Cello. Es war ein kleines Instrument, hatte mehr Saiten als eine Geige und tiefe, feierliche Töne, die ungemein ergreifend wirkten. Ich weiß nicht, bei wem Leana die alten, schwermütigen Lieder gelernt hatte, die fast niemand mehr kannte, und die sie in der ›Floarea Soarelui‹ schnell berühmt machten. Was uns schwärmerische Nachkriegsjugend so stark beeindruckte und für sie einnahm, war weniger die Tatsache, daß sie längst verklungene Lieder, uralte, vergessene Balladen sang, als die Art und Weise, wie sie diese archaischen Melodien vortrug. Sie weckte sie zu neuem Leben.«

»Schade, daß sie sich nicht mehr auf der Geige begleitet«, sprach Cladova wie geistesabwesend. »Wie gern hätte ich sie auch spielen gehört ...«

»Der Zauber ging nicht von der Geige, sondern von ihr selber aus, von ihrer verhaltenen, rätselhaften Schwermut. Man fragte sich: Wo kommt diese Leana eigentlich her, aus welchem Milieu stammt sie? Niemand wußte, wo sie wohnte, ob sie eine Familie hatte oder allein in der Welt stand, niemand, warum sie manchmal völlig überraschend verschwand, wochenlang fortblieb, um dann ebenso unerwartet wieder aufzutauchen. Enache, der Schankwirt, wußte ebensowenig Bescheid wie wir oder behauptete es zumindest. Sooft er gefragt wurde, erzählte er immer die gleiche Geschichte: Als er eines Tages die Tische draußen herrichtete, stand plötzlich Leana vor ihm und bat, in seinem Gartenlokal singen zu dürfen. Rasch fügte sie hinzu, sie verlange keinen Lohn und werde auch nicht an den Tischen Geld einsammeln. Sie habe genug zum Leben, sei nicht auf den Verdienst angewiesen. Gefalle ihr Gesang, werde sie jeden Abend kommen, denn das Schicksal wolle, daß sie in Schenken singe. Für Sünden müsse man büßen.«

»Für Sünden ...«, wiederholte Cladova träumerisch. »Was sie wohl damit sagen wollte?«

»Wenn wir mit Fragen in sie drangen, antwortete sie immer, es sei ihr vom Schicksal auferlegt worden, in Schenken zu singen.«

»Ohne jeden Lohn ...«

»Sie sagte, sie habe genug zum Leben ... Wer hat nicht alles versucht, ihr den Hof zu machen. Vorstadthelden, Offiziere, wohlhabende Kaufleute bemühten sich auf jede erdenkliche Weise, ihre Gunst zu gewinnen. Die hartnäckigsten Bewunderer blieben, bis der letzte Gast gegangen war, denn sie wußten, daß Leana nicht in der Gaststätte schlief, und hofften, sie auf der Straße ansprechen zu können. Sie warteten jedoch vergeblich, denn nach ihren Auftritten war Leana wie vom Erdboden verschluckt. Vielleicht verschwand sie durch einen hinteren Ausgang und schlüpfte in einer der benachbarten Straßen in einen Wagen.«

»Sie hatte wahrscheinlich einen Freund, war gewiß verliebt.«

»Ja, das behauptete sie selber, wenn einer von uns ihr im Scherz oder im Ernst seine Liebe gestand. ›Ich bin seit langem verliebt. Immer in denselben‹, wiederholte sie lachend, wenn einer sie mit Fragen bestürmte.«

»Und haben Sie ihn niemals zu Gesicht bekommen?« unterbrach ihn Cladova mit plötzlich erwachter Neugier. »Kam

der junge Mann, in den Leana verliebt war, niemals, um sie zu hören? Oder saß er vielleicht jeden Abend dort im Lokal, und Sie wußten gar nicht, wer es war ...?«
»Er war niemals da,« fuhr Hrisanti nach einer Pause lächelnd fort. »Er kam weder in die ›Floarea Soarelui‹ noch sonst wohin. Das versicherte uns Leana, und, so seltsam es klingen mag, wir glaubten ihr. ›Leider habe ich ihn noch nicht persönlich kennengelernt‹, sagte sie, *›aber ich weiß, wer er ist – und ich liebe ihn.* Ich liebe ihn seit langem, könnte niemand anderen mehr lieben ...‹ ›Verrate uns wenigstens, wie er aussieht‹, bedrängte sie einer aus unserer Gruppe. ›Ist er schön? Ist er geistreich? Mit welchen Gaben ist er gesegnet? Laß es uns wissen, damit wir ihn beneiden.‹ ›Noch hat er meinen Weg nicht gekreuzt. Wenn es so weit ist, bringe ich ihn her, damit ihr ihn kennenlernt.‹«
»Seltsam«, sagte Cladova und wandte den Kopf zur efeu- und wickenumrankten Mauer, die sich hinter den Sträuchern bis zur Küche entlangzog. »Höchst seltsam.«
»Sie halten vergebens nach ihr Ausschau!« bemerkte Hrisanti. »Vor einer halben Stunde läßt sie sich nicht blicken. Hier im ›La Platani‹* läßt sie immer dreißig Minuten verstreichen, ehe sie wieder auftritt. Das habe ich längst heraus. Und die zweite Pause, die sie zwischen ihren Auftritten einlegt, dauert fünfzehn Minuten. Ich weiß nicht, ob dies von vornherein vereinbart wurde, aber so ist es. Jancu, der Eigentümer des Lokals, bewahrt eisernes Stillschweigen. Über Leana und ihre Verhältnisse, die Bedingungen ihres Auftretens ist kein Wort aus ihm herauszubringen.«
»Vielleicht nimmt sie auch hier keinen Groschen an?«
»Durchaus möglich. Denn auch hier, wie in der ›Floarea Soarelui‹, verschwindet sie manchmal, selbst wenn der Wirtsgarten bis auf das letzte Plätzchen besetzt ist, und treibt Jancu damit zur Verzweiflung. Er eilt dann von Tisch zu Tisch, um sich bei den Gästen zu entschuldigen, und muß sich im Handumdrehen etwas einfallen lassen,

* »Bei den Platanen.«

um das Publikum zu entschädigen. Als ich letztens, vor zwei Wochen hier war, hatte er eine Zigeunerkappelle engagiert, die ihn gewiß einen Haufen Geld kostete.«
»Das ist also die Erklärung«, unterbrach ihn Cladova. »Ich fragte mich schon die ganze Zeit, weshalb Leana nicht schon längst berühmt sei. Jetzt begreife ich es: Sie ist unbeständig, denkt nicht an ihre Karriere. Sie war und bleibt eine Dilettantin. Wovon aber lebt sie? Wer mag sie bloß aushalten?«
Hrisanti lächelte verlegen. Sein Blick verlor sich ins Leere: »Ich weiß es nicht. Niemand weiß es. Sie behauptet nach wie vor, in denselben Mann verliebt zu sein, von dem sie uns vor zehn Jahren in der ›Floarea Soarelui‹ erzählte. Noch habe sie ihn nicht persönlich kennengelernt, *jetzt* aber mehr über ihn in Erfahrung gebracht. Als ich sie hier im Juni traf, setzte sie sich an unseren Tisch, erkannte uns wieder oder tat wenigstens so, weil ich die ›Floarea Soarelui‹ erwähnte, und erklärte auf Fragen nach dem Mann, den sie zu lieben vorgab, er sei ein Dichter und heiße Adrian.«
»Adrian und wie noch?«
»Das wußte sie nicht oder wollte es mir nicht sagen. Sie betonte nur, ihre Liebe gelte noch immer ihm allein, und sie schien glücklich darüber, daß er ein Dichter war und Adrian hieß.«

Adrian zahlte und stieg eilig aus dem Wagen. Vor dem Hotel blickte er nochmals auf seine Uhr, dann trat er durch eine der Drehtüren ein. Eine große Halle nahm ihn auf, er mußte die Augen schließen, um sich an das künstliche Licht zu gewöhnen. Schnellen Schritts ging er zur Rezeption.
»Ich war für 16.30 Uhr hier verabredet«, sagte er, »und habe mich etwas verspätet. Wegen des Taxis. Dabei kann

ich mich nicht einmal auf einen Verkehrsunfall herausreden ...«
Er hielt plötzlich inne und lächelte. Der Alte an der Rezeption schüttelte den Kopf und erwiderte sein Lächeln.
»Merkwürdigerweise ist mir der Name der Person, mit der ich die Verabredung habe, entfallen«, sagte Adrian nach einer Weile, steckte, immer noch verlegen lächelnd, seine rechte Hand in die Tasche und begann aufmerksam darin zu suchen.
»Merkwürdig«, wiederholte er. »Ich habe offenkundig einen Lapsus. Aber erschrecken Sie nicht, das ist mir schon einmal passiert. Mein Gedächtnis setzt zeitweilig aus. Glücklicherweise hält es nicht lange an.«
»Um 16.30 Uhr?« fragte der Alte mit einigem Interesse.
»Genau. Um 16.30 Uhr. Eine klare, helle Stimme, die ich zum erstenmal hörte, nannte mir die Uhrzeit. Das Telefon verzerrt gelegentlich Stimmen, diese war jedoch deutlich vernehmbar, klang entschieden und kräftig. Ich begriff sogleich: Hier sprach jemand, der weiß, was er will.«
Er zog seine Brieftasche hervor, blätterte in seinem Notizblock, zog einen Zettel hervor, durchflog ihn hastig, knüllte ihn zusammen, um ihn fortzuwerfen, besann sich jedoch eines anderen und steckte ihn wieder in die Tasche.
»Das ist er nicht. Übrigens war ich mir fast sicher, daß ich ihn nicht notiert habe. Warum sollte ich mir auch die Mühe gemacht haben? Es war ein einfacher, landläufiger Name, ohne jede Nebenbedeutung. Warum hätte ich ihn mir notieren sollen? Das Datum der Verabredung und die Adresse, wohin ich zu kommen hatte, schrieb ich mir ja auch nicht auf. Und doch ist mir der Name entfallen. Eine Blockierung, ein Lapsus«, fügte er wieder lächelnd hinzu.
Eine Gruppe von Neuankömmlingen fragte nach dem Empfangschef. Adrian trat zur Seite und wies sie an den Alten. Dann wandte er sich um und schlenderte aufs Geratewohl durch die Halle, deren Riesenausmaß ihm erst jetzt auffiel. Der Raum schien in geheimnisvoller Weise von der

Decke und den Voluten der Säulen aus beleuchtet, denn nirgends waren Fenster zu sehen, und das Tageslicht, das erwartungsgemäß doch durch die beiden großen Drehtüren hätte einfallen müssen, dünkte ihm weit entfernt und blaß. Auf dem Fußboden lag, so weit das Auge reichte, ein flammendroter Teppich, dessen Glut nur von den Sesseln und niedrigen Tischchen durchbrochen wurde, an denen, eingenickt oder geistesabwesend auf irgend etwas wartend, Greise und Greisinnen verschiedener Altersstufen saßen. Hie und da gingen auch junge Frauen vorüber, streiften ihn jedoch mit keinem Blick, sondern starrten nur geradeaus nach den Spiegeln in der Ferne.

»Es war ein ganz einfacher, einprägsamer Name, ein Name etwa wie Theodor, Constantin, William«, sprach Adrian leise vor sich hin, indem er die Worte langsam und ganz genau artikulierte.

Darauf kehrte er zur Rezeption zurück und wandte sich an den Empfangschef, der gerade im Fremdenbuch nachschlug.

»Ist bei Ihnen vielleicht ein Herr Constantin oder Theodor oder William gemeldet? Ja, über den William wüßte ich gerne Bescheid.«

Der Alte schien kaum überrascht, zeigte auch kein besonderes Interesse, hob nur den Kopf und fragte:

»Ist er schon längere Zeit hier?«

Adrian zuckte mit den Achseln.

»Keine Ahnung!« rief er aus. »Ich sagte Ihnen ja bereits, daß seine Stimme mich am Telefon beeindruckt hat, als er mich für heute nachmittag um 16.30 Uhr hierherbestellte. Alles, was er mir sagte, erregte mein leidenschaftliches Interesse. Bedenken Sie nur: Nie zuvor in meinem ganzen Leben habe ich die Einladung eines Unbekannten angenommen, genauer gesagt, eine *telefonisch übermittelte Einladung*. Mochte es auch die eines Literaturkritikers, eines prominenten Journalisten oder des Chefredakteurs einer Zeitung, ja, selbst die eines angesehenen Verlegers sein. Bei un-

bekannten Frauen verhält sich die Sache anders, da kann man sich auf Überraschungen gefaßt machen ...«
Er hielt inne, da er entdeckte, daß ein junges Paar, das vermutlich bereits seit einiger Zeit hinter ihm stand, zuhörte.
»Bitte sehr«, sagte er und trat zur Seite, um ihnen Platz zu machen.
Dann begann er von neuem in seinen Taschen zu suchen. Er fand den Zettel, den er vorhin zerknüllt hatte, glättete ihn sorgfältig und las ihn nochmals mit gespannter Aufmerksamkeit. Plötzlich hellte sich sein Gesicht auf. Strahlend, entschlossen zu warten, bis das junge Paar sich entfernen würde, lehnte er sich an die Brüstung der Empfangsloge.
»Der Name wird doch Williams gewesen sein«, sagte er, sobald die beiden jugen Leute fortgegangen waren, »William, Williams oder vielleicht Theodor ...«
Der Alte blickte nicht auf. Schüttelte nur den Kopf. »Ein solcher ist nicht bei uns. Wir haben lediglich eine Frau Williams im Nebentrakt, aber sie ist eine Witwe.«
»Das kann nicht die Person sein, die ich meine«, unterbrach ihn Adrian. »Ich sagte Ihnen doch, es war die Stimme eines reifen, intelligenten, einnehmenden Mannes. Und alles, was er mir sagte, was er mir ankündigte, weckte mein leidenschaftliches Interesse. Um es zu wiederholen: es ist das erstemal in meinem Leben ...«
Der Alte hob jäh seinen Kopf.
»Aber was sagte er Ihnen denn?«, fragte er. »Worauf bezogen sich seine Worte?«
»Er sprach von ungemein wichtigen Dingen. Wichtig nicht nur für uns Künstler, Schriftsteller, für die geistige Elite, sondern für jeden vollwertigen Menschen. Für jeden Menschen, der so bleiben will, wie er es sich selbst einmal erträumte«, präzisierte Adrian, und strahlte wieder übers ganze Gesicht.
»Geschäftsangelegenheiten?« fragte der Alte und senkte seine Stimme.

»Ja. Das heißt ja und nein. Er kündigte mir an, er habe mir heute, um 16,30 Uhr, eine Mitteilung zu machen, und entschuldigte sich zugleich dafür, daß er mich nicht persönlich aufsuchen könnte, da er zur irgendeiner dringenden geschäftlichen Besprechung gehen müßte.«

»Eine geschäftliche Besprechung«, wiederholte der Alte und senkte seine Stimme noch mehr.

»Genau genommen, sprach er gar nicht von ›Geschäften‹. Ich entnahm jedoch seinen Worten, er sei durch eine Sitzung abgehalten, vielleicht die Sitzung eines Komitees. Denn die Dinge, über die er mit mir sprach, setzten eine ganze Organisation voraus, Komitees, Manifeste, Unterschriftsaktionen ...«

Aber der Alte hörte ihm nicht mehr zu. Er nahm den Hörer ab, verlangte eine Nummer, dann hob er leicht seinen Kopf.

»Es ist Herr Orlando«, sagte er.

Adrian blickte ihn ein wenig enttäuscht an.

»Ich glaube nicht, daß sein Name so lautete. Es war ein einfacherer Name: Constantin, Theodor oder so ähnlich ...«

»Es ist ein Herr hier«, sprach der Alte in die Muschel. »Er hatte eine Verabredung für 16.30 Uhr. Er war aber nicht sicher, ob ... Sehr wohl. In Ordnung. Ich schicke ihn.«

Er legte den Hörer auf und erhob seinen Blick triumphierend. »Ich war sicher«, flüsterte er mehr für sich und fuhr mit fester Stimme fort:

»Er erwartet Sie. Er ist schon ungeduldig. Er wartet seit einer Viertelstunde auf Sie. Herr Orlando, 11. Stockwerk, Zimmer 1029. Nehmen Sie dort rechts den ersten Aufzug.«

Der Hinweis war überflüssig; denn im gleichen Augenblick strömte eine ganze Gruppe geschlossen in die Richtung des Aufzuges. Adrian bedankte sich und ging eilig davon, um die Gruppe einzuholen. Alle sprachen laut durcheinander. Ein Herr vor ihm trug einen riesigen Stoß Zeitschriften unter dem Arm.

»Ich könnte schwören, daß er nicht Orlando heißt«, sagte

Adrian zu ihm. »Jeder andere Name, nur nicht der. Es war ein einfacher, anspruchsloser Name ...«
Er fühlte sich von hinten geschoben und schritt entschlossen voran. Der Herr mit den Zeitschriften unter dem Arm, blickte ihn voller Sympathie an, tat sogar den Mund auf, als wollte er ihm etwas sagen. Adrian wurde jedoch im nächsten Augenblick mit unerwarteter Wucht in den Aufzug gestoßen, und eh er sich's versah, stand er ohne jeden Grund bestens gelaunt mitten im Gedränge.

Cladova fuhr zusammen und sah sich um. Die Frau stand bereits an der Tür.
»Freilich ist sie es, Leana«, flüsterte Hrisanti ihm zu und lächelte geheimnisvoll. »Ich wollte dir nichts sagen, um zu sehen, ob du dich ihrer noch entsinnst, ob du sie erkennst. Zwar hattest du sie nicht oft sehen können, da sie ja bald untertauchte, und da wie gewöhnlich niemand wußte, weshalb sie verschwunden war, aber ...«
»Wer weiß, was dahinter steckte ... Vielleicht eine große Liebe. ... Hieß es nicht vor einigen Jahren, sie hätte sich in Doktor Visarion verliebt? Man behauptete, sie gingen stets zusammen aus, wären unzertrennlich ...«
Hrisanti rückte seinen Stuhl näher zum Tisch.
»Daran ist kein wahres Wort. Das Gerücht ist auch Dr. Visarion zu Ohren gekommen. Doch er streitet alles ab. Gewiß bedeutet ein Dementi von Dr. Visarion nicht viel. Diskretion ist für ihn als Arzt eine Ehrensache. Aber man brauchte ihn ja nur anzusehen, wenn er mit ihr zusammen war, um im Bilde zu sein. Der gute Doktor war in sie verschossen wie ein Gymnasiast und führte sich ihr gegenüber so keusch und exaltiert auf, als wäre er eine englische Romangestalt und sie seine erste Flamme. Und eben dadurch wird er Leana wohl für sich eingenommen haben. Wer die beiden irgendwo zusammen sah, in einem Restaurant, im

Theater oder sogar auf einem jener glanzvollen Empfänge bei ihm zu Hause, begriff sofort, daß keine nähere Beziehung zwischen ihnen bestand, noch je bestanden hatte, und daß der Doktor sich umsonst Hoffnungen machte. Trotz seiner viel gerühmten Selbstbeherrschung konnte der arme Kerl seiner Verzweiflung nicht Herr werden und ließ sich Freunden gegenüber so sehr gehen, daß er wie ein Kind weinte. Das haben mir mehrere bezeugt. Entschuldigen Sie meine Indiskretion, aber alle Welt sah, daß der Arzt bis über beide Ohren verliebt war. Nie zuvor – und er war schon mehr als vierzig Jahre alt – hatte ihn eine solche Leidenschaft ergriffen. Er besaß alles, was ein fähiger, intelligenter Mann seines Ranges besitzen konnte: hohes Ansehen, beruflichen Erfolg, weitgehenden Einfluß und Vermögen. Er besaß alles in Hülle und Fülle. Seinem Glück stand jedoch Adrian im Wege, ein irgendwer, ein Unbekannter, von dem Leana behauptete, er sei ein Dichter. Sie gab wohl zu, daß er ihre Bahn noch nicht gekreuzt hatte, verhielt sich aber dem Arzt und allen anderen gegenüber so, als ob dieser unerreichbare Dichter Adrian tatsächlich existiere ...« »Vielleicht gab es ihn wirklich ...«

»Daran scheint auch der Arzt geglaubt zu haben und ließ sie beschatten. Er wollte erfahren, was sie trieb, wohin sie ging, mit wem sie zusammenkam, und ließ sie, ohne daß sie es merkte, auf Schritt und Tritt beobachten. Schließlich überzeugte er sich, daß dieser Adrian, wo immer er sich auch aufhalten mochte, jedenfalls nicht in Bukarest lebte. Wo Leana wohnte, wußte Dr. Visarion natürlich längst, seitdem er sich mit ihr angefreundet hatte. Er war einer der wenigen, die sie in ihrer Wohnung besuchten. Aber er verriet es niemandem ... Und für mich«, fügte Hrisanti mit veränderter Stimme hinzu, »gehört es zu den Seltsamkeiten dieser Geschichte, daß ich nie erfahren konnte, wie Leanas Behausung aussieht, ob sie in einer Baracke am Rande der Stadt oder in einer Villa an der Chaussee wohnt, in einer Mansarde, in einer Familienpension oder

in einem Vorstadthäuschen mit Petroleumlampen und rotgestrichenen Dielen, die unter den Füßen knarren, wenn jemand den Raum betritt, die aber nachts auch von selber knarren vor Feuchtigkeit, vor Langeweile, vor Verzweiflung oder weiß Gott weshalb ...«
Er griff plötzlich nach der Flasche und füllte sein Glas so vorsichtig, als fürchte er, die Hand könnte ihm zittern.
»Daß ich so gar nichts weiß über dieses Mädchen, in das ich, Sie können es mir glauben, nie verliebt war, das mir aber gefiel, das mich in gewisser Weise fasziniert, vielleicht nur deshalb, weil so viele meiner Jugenderinnerungen mit ihr verknüpft sind. Daß es mir in den fünfzehn oder sechzehn Jahren, die ich sie kenne, nicht gelungen ist, mehr über sie zu erfahren als in jener ersten Nacht, da sie in der ›Floarea Soarelui‹ an unseren Tisch trat. Ich war damals mit Calomfir und einem anderen, Ihnen unbekannten Mann, der auch aus meinem Gesichtskreis seit Jahren verschwunden ist, in die Schenke gekommen. Die anderen Gäste kannten Leana seit langem. Weil ich aber zum ersten Mal dort war, trat sie in jener Nacht auf mich zu und sagte mir, sie heiße gar nicht Leana und singe nur in Schenken, um ihre Sünden zu büßen. Mehr konnte auch kein anderer aus ihr herausbekommen ...«
Cladova zuckte die Achseln ungläubig und doch bewegt.
»Und dennoch singt sie nicht immer« gab er Hrisanti zu bedenken. »Wenn sie es sich leisten konnte, jahrelang nicht aufzutreten, so dürfte Dr. Visarion sie doch ausgehalten haben, welcher Art immer ihre Beziehungen auch gewesen sein mögen.«
»Nicht einmal davon bin ich überzeugt«, setzte Hrisanti fort. »Seit ich sie kenne, erklärte sie stets, sie habe genug zum Leben. Doch weshalb singt sie dann in Vorstadtgärten, wenn auch ohne Entgelt? Warum versucht sie nicht, sich in einem bekannten, vornehmen Gartenlokal zu lancieren? Ich begreife das nicht, niemand begreift es. Wüßten wir wenigstens über ihre Familie, über ihre Wohnverhält-

nisse Bescheid, wüßten wir zum Beispiel, ob sie in einem eigenen Zimmer schläft, welche Bilder an den Wänden hängen, welche Bücher sie besitzt, ob sie dort das Streichinstrument aufbewahrt, auf dem sie sich in der ›Floarea Soarelui‹ zu begleiten pflegte, eine Geige, wie es sie vor dreißig bis vierzig Jahren in Bukarest gar nicht zu kaufen gab. Aus welchem Land, aus welchem Jahrhundert stammte diese Violine? Woher hatte sie das kostbare Instrument? Ein Zimmer kann viel über die Persönlichkeit und die Lebensweise eines Menschen aussagen. Familienverhältnisse, Kindheitserlebnisse können sehr aufschlußreich sein. Wir aber tappten im dunkeln. Warum sang sie damals in der ›Floarea Soarelui‹ mit Vorliebe Romanzen aus der Zeit von Duduca* Ralu und alte, von Anton Pan** gesammelte Lieder? Wie kam sie zu diesen Liedern? Wer hatte sie ihr beigebracht? Solch altmodische Romanzen singt sie, wie Sie sicherlich bemerkt haben, in letzter Zeit nur selten. Und doch gleicht ihr Repertoire nicht dem anderer Sängerinnen. Wenn eines ihrer Lieder zu populär wurde, wenn man es in allen Gartenlokalen hören konnte, strich sie es aus ihrem Repertoire. Haben Sie Leana seit jenem Abend, da ich Sie das erste Mal zu La Platani brachte, noch je das Lied ›Im Hof bei Dionis‹ singen gehört? Sie hatte es in jenem Sommer kreiert. Niemand weiß, woher sie das Lied hatte, wer es verfaßt hat. Man weiß nicht, ob es ein Volkslied, eine Zigeunerromanze oder eine von Leana bearbeitete alte Romanze ist. Das gleiche gilt auch für andere Lieder.«

Cladova schüttelte heftig seinen Kopf, als wolle er sich wachrütteln.

»Und dennoch muß es für all das eine Erklärung geben«, sagte er in fast gereiztem Ton. »Ich meine eine Erklärung für ihr seltsames Verhalten, für all diese Mysterien oder

* Altertümliche Bezeichnung für junge Frauen.

** Rumänischer Dichter, der in der ersten Hälfte des neunzehnten Jahrhunderts Volkslieder und Vorstadtlieder sowie Anekdoten sammelte und herausgab.

auch Pseudo-Mysterien. Ich habe nicht das Glück, sie persönlich zu kennen; doch sooft ich sie hörte, machte sie auf mich den Eindruck eines vollkommen normalen Menschen. Eine schöne, ausgeglichene Frau, die mit beiden Beinen auf der Erde steht, hier, in unserer Welt, trotz ihres gewissen Hangs zur Melancholie, ihres ungewöhnlichen, eigentümlichen, geradezu sonderbaren Lebenstils. Nie erschien sie mir exaltiert oder in irgendeiner Weise neurotisch. Als sie vor ungefähr zwei Jahren anfing, sich nur mehr in Schwarz zu kleiden und sich überhaupt nicht mehr schminkte, so daß alle sie im Scherz ›die Witwe‹ nannten, da allerdings ...« fügte er nach einer Pause des Nachdenkens hinzu.

»Ich weiß, ich weiß«, unterbrach ihn Hrisanti, »daraus kann man aber noch lange nicht schließen, daß sie neurotisch sei. Die Trauerkleidung war übrigens gar nicht ihr Einfall. Es war der Arzt, der darauf bestand, ja ich kann ruhig behaupten, daß er sie dazu zwang, sich schwarz zu kleiden.

Dr. Visarion tat dies nicht aus Laune oder Rachsucht. Er wollte das Geheimnis ihrer Beziehung zu Adrian enträtseln, er wollte dem ›Poeten-Komplex‹, an dem Leana seiner Auffassung nach litt, auf den Grund kommen, wollte seine Hypothese auf ihren Wahrheitsgehalt hin überprüfen. Er nahm an, Leana habe einen jungen Dichter namens Adrian geliebt und der sei gestorben oder verschollen, jedenfalls aus Leanas Leben für immer verschwunden. Dr. Visarion glaubte, Leana habe einen Schock, ein Trauma erlitten, an sich nichts Schweres. Er kannte Leana gut genug, um zu wissen, daß sie sonst völlig normal war. Doch vermutete er, der Schock habe eine Amnesie hervorgerufen. Leana wolle einfach den Verlust Adrians, seinen Tod durch einen Unfall, sein Verschwinden oder was sonst mit ihm geschehen war, nicht zur Kenntnis nehmen. Daher versuchte der Arzt, sie zu überzeugen, nur Schwarz stehe ihr gut. Er wollte sehen, ob Leana vor Schwarz, vor Trauerkleidung zurückschreckte, und schenkte ihr kostbare Klei-

der aus schwarzer Seide und schwarzem Samt. Leana war hell begeistert, trug eine Zeitlang nur diese Kleider. Später änderte sie einiges an ihnen ab, paßte sie ihrem eigenen Stil an.«
Lächelnd und in Gedanken verloren, hörte Cladova ihm zu. »Das war sie also: ›La Veuve, l'inconsolée . . .‹«
»›La Veuve‹ und ›Die traurige Witwe‹* und ›Trauer muß Elektra tragen‹ und ›La Vedova‹.«
Er verzog sein Gesicht und errötete, als wollte er in Lachen ausbrechen, schien sich aber eines anderen zu besinnen, zuckte nur lächelnd die Achseln, griff nach der Flasche und füllte beide Gläser.

Der Aufzug faßte nur acht Personen, elf aber drängten sich hinein, und es hätten sich noch weitere hineingepreßt, doch plötzlich schlossen die Türen des Fahrstuhls. Eine Frau wimmerte leise; einige brachen in Lachen aus. Ein dicker, trotz seiner Jugend fast kahlköpfiger Mann fragte die Leute, wo sie aussteigen wollten und drückte geschwind auf verschiedene Knöpfe: 8, 10, 11, 14, 15. Dann rief er noch einmal laut »15!« aus, wandte sich um und atmete erleichtert auf.
Die letzten zwei Fahrgäste verließen den Aufzug im 15. Stockwerk. Adrian wollte ihnen folgen, doch die Tür schloß sich rasch, und es ging weiter, anscheinend immer schneller aufwärts. Er sah die Zahlen 16, 17, 18, 19 aufleuchten und erlöschen. Schließlich hielt der Aufzug wieder, die Türen öffneten sich, Adrian preßte sich gegen die Wand des Lifts in der Annahme, es würden Leute hereinströmen. Doch niemand stand vor dem Fahrstuhl. Der Korridor schien ziemlich schwach beleuchtet, und Adrian schwankte eine Weile, ob er aussteigen solle. Im letzten Moment verließ er den Aufzug. Die Türen schlossen knapp

* Im Original in deutscher Sprache.

hinter seinem Rücken. Beinahe wäre er zwischen ihnen eingeklemmt worden.

Der Korridor zu beiden Seiten des Fahrstuhls schien ihm endlos und verlor sich irgendwo in weiter Ferne im Halbschatten. Gegenüber dem Aufzug stand ein für das Treppenhaus viel zu großer, leicht nach vorn geneigter Spiegel. Adrian betrachtete sich eine Weile darin, band den Knoten seiner Krawatte fester, näherte sein Gesicht dem kalten Glanz der Scheibe und stellte mit geheimer Befriedigung fest, daß er, wie ihm alle versicherten, nicht älter als dreißigjährig aussah, also um fünfzehn Jahre jünger, als er tatsächlich war. Und er glaubte auch zu wissen, wodurch er so jugendlich wirkte: Er war hochgewachsen und schlank, hatte sein volles, blondes Haar behalten, das ihm immer noch wie einst in der Schulzeit in die Stirn fiel. Du bist schön wie der Todesengel, hatte ihm einmal jemand gesagt. Ohne Zweifel ein Mädchen. Aber wer war sie gewesen? Wer?

Eine Tür ging weit hinten im Korridor auf und riß ihn aus seinen Gedanken. Rasch trat er vom Spiegel zurück. Schritte, die fast lautlos waren, näherten sich ihm. Ohne hinzusehen, wußte er, daß zwei Frauen auf ihn zukamen. Er steckte seine Hand in die Tasche, holte den Zettel hervor und drehte ihn zwischen seinen Fingern. Es war überflüssig, den Text zu lesen, er kannte ihn schon auswendig. Dennoch wiederholte er ihn mit leiser Stimme, aber einiger Emphase, so, als spreche er den Anfang eines Gedichts vor sich hin.

Eine der Frauen blieb vor ihm stehen und lächelte ihn an: »Suchen Sie jemanden?« fragte sie.

Ihre Stimme klang so melodisch und sanft, daß er die Frau einige Augenblicke fasziniert anstarrte, als habe er ihre Frage nicht verstanden.

»Ich habe eine Verabredung um 16.30 Uhr«, begann er plötzlich. »Doch wie ich dem ehrenwerten Herrn an der Rezeption schon sagte, habe ich den Namen des Mannes, der mich erwartet, vergessen. Ich dachte, er hieße vielleicht Constantin, Theodor, William oder Williams, muß mich aber geirrt haben. Dennoch hat der Alte ihn identifiziert. Er meldete mich bei ihm telefonisch an und meinte, ich werde ungeduldig erwartet, der Mann verliere allmählich die Geduld ... Aber wollten Sie nicht noch etwas sagen?« fragte Adrian.

Die Frau lächelte ihn wieder an, diesmal jedoch, als koste es sie große Anstrengung. Sie schien plötzlich von einer unerklärlichen Müdigkeit befallen.

»Sagte er Ihnen, Sie würden auf unserem Stockwerk erwartet? Im 21. Stockwerk?«

»Sind wir hier im 21. Stockwerk?« sagte Adrian erstaunt. »Das hätte ich bemerken müssen. Aber ich war mit meinen Gedanken woanders. Ich darf die Fassung nicht verlieren. Alle Müh ist vergeblich, das weiß ich. Mein Gedächtnis versagt. Ich kann mich unmöglich an ihn erinnern. Ich meine an den Namen des Herrn, der mich erwartet. Man nannte mir den Namen an der Rezeption, man gab mir die Zimmernummer des Mannes an. Beides ist mir im Fahrstuhl entfallen. Natürlich sind mir diese Hinweise nicht völlig aus dem Gedächtnis entschwunden, sie haben sich nur verborgen, getarnt, sind unerkennbar geworden.«

»Es kann unmöglich im 21. Stockwerk sein«, unterbrach ihn die Frau. »Vielleicht im Nebengebäude?« wandte sie sich fragend an ihre Begleiterin.

Auch Adrian wandte sich dieser zu und betrachtete sie genauer: Eine hochgewachsene Frau mit einem unbedeutenden, alterslosen Gesicht, die zerstreut einen Schlüsselring in ihrer Hand drehte. Sie war ebenso wie die andere Frau aschgrau gekleidet und trug eine kurze grüne Schürze, die im blaßen Licht des Korridors verschossen aussah.

»Es kommt darauf an, in welchem Nebengebäude«, erwiderte sie leise, fast flüsternd.

»Jedenfalls kann es nicht das Nebengebäude sein, in dem die Witwe untergebracht ist«, unterbrach Adrian sie. »Ihr

Name ist mir entfallen, aber ich weiß, daß sie Witwe ist. Nennen wir sie einfach die Witwe. Oder sogar *›la Vedova‹*, wie sie symbolträchtig von Dante bezeichnet wird.«

Die Frau sah ihn streng an, ihr Gesicht verfinsterte sich, dann entfernte sie sich wortlos.

»Sie haben meine Begleiterin gekränkt«, flüsterte die Frau, die ihn angesprochen hatte. »Sie ist Witwe, und da sie aus Italien stammt, nennen manche sie *›la Vedova‹*«.

Adrian hörte ihr beglückt zu.

»Reden Sie doch, reden Sie doch weiter«, bat er die Frau, die im Sprechen innehielt und ihn mit dem gleichen müden Lächeln anblickte. »Das ist ja einfach großartig ...«

»Was soll ich Ihnen noch sagen? Auch ich bin Italienerin und habe Dante gelesen, allerdings ist es lange, sehr lange her! Hier gibt es viele Italiener. Manchmal kommen sie und besetzen ein ganzes Stockwerk. Aber nie das 21. Hierher verirrt sich fast niemand. Die Direktion versuchte allerhand ... Bitte erzählen Sie das aber niemanden ... Ich heiße Sylvia«, fuhr sie nach einer kurzen Pause fort. »Auch ich habe im Leben etwas bedeutet. Ich war Nonne. Aber da kommt der Aufzug«, fügte sie hinzu. »Fragen Sie unten nach; an der Rezeption erhalten sie alle Auskünfte.«

Adrian sah noch ihr müdes Lächeln, als er den Lift betrat und die Türen sich unerwartet rasch schlossen.

Er sprach einen Burschen an, der ihn zerstreut betrachtete und leise eine Romanze trällerte.

»Wenn auch Sie Italiener sind, beglückwünsche ich Sie. Ihr seid ein ungewöhnliches Volk. Und hattet einen Dante. Auch Ihre Landsmännin, mit der ich eben im 21. Stock sprach, kannte Dante. Dabei war sie Nonne, hat eine andere Erziehung erhalten. Schade, daß Sie nicht Zeit hatten, sie genauer zu betrachten, sie ist nämlich von einer seltenen, vornehmen, etwas morbiden Schönheit; noch bedauerlicher ist, daß Sie ihre Stimme nicht vernommen haben, daß Sie nicht hörten, wie sie die Namen *Sylvia, Dante, La Vedova* ... aussprach.«

Der Bursche ließ das Trällern, hörte erstaunt zu und zwinkerte mit den Augen, als versuche er zu erwachen. Adrian näherte sich ihm und legte ihm die Hand auf die Schulter.

»Ich frage mich allerdings, ob die Italienerin den geheimen und offenkundig polemischen Sinn des Danteschen Ausdruckes *›La Vedova‹* in seiner ganzen Bedeutung erfaßt hat. Wissen Sie, in seiner Geheimsprache, die er vermutlich *I Fedeli d' amore* entlehnt hat, bezog Dante sich auf die Römisch-katholische Kirche; er wollte damit andeuten, die Kirche des Heiligen Petrus sei *›verwitwet‹*«.

Der Aufzug hielt, und Adrian trat zurück, um den Neuankömmlingen Platz zu machen: zwei Damen mit einem jungen Mädchen und zwei betagten Herren, die ihr Alter durch lärmendes Gehabe zu verbergen suchten.

»Fahren wir hinunter?« fragte Adrian etwas erstaunt einen der Herren.

»Allerdings. Wollten Sie hinauf?«

»Ach!« seufzte Adrian und zuckte die Achseln, »schwer zu sagen. Wer würde es schon wagen, die Frage, ob er emporstrebe, zu verneinen?«

Eine der Damen brach in Lachen aus und betrachtete Adrian plötzlich mit überströmender Herzlichkeit.

»Ich merke, Sie kennen die Legende nicht«, sprach sie ihn an.

»Ob man ›hinunter‹ oder ›hinauf‹ sagt ...«

»Ob wir aufwärts oder abwärts steigen«, unterbrach ihr Nachbar sie voller Wohlwollen, *»es kommt aufs Gleiche heraus.«*

»Weil der Aufzug *derselbe bleibt«*, setzte die Dame korrekt und doch unbeteiligt fort, als handele es sich um ein Gesellschaftsspiel. »Nur die *Richtung* ändert sich ...«

Adrian lächelte glückselig.

»Wunderbar!« rief er aus. »Wunderbar! Ich begreife nur nicht, weshalb sie von einer Legende sprechen.«

Der Aufzug hielt. Die Türen öffneten sich leise, doch niemand betrat oder verließ den Fahrstuhl.

»Es handelt sich nicht um eine Legende, sondern um Tatsachen«, griff die andere Dame in das Gespräch ein.
»Es wurden Artikel darüber veröffentlicht, manche sogar mit Illustrationen. Wenn Sie das interessiert, verlangen Sie das Material von der Direktion.«
Erst jetzt bemerkte Adrian ihre langen künstlichen Wimpern. Anfangs waren ihm nur ihre Augen aufgefallen. Sie waren grün, von unergründlicher Tiefe, weckten in ihm den Eindruck, sie bereits irgendwann ganz aus der Nähe gesehen zu haben – aber wann? *Wann*?
»Fragen Sie nach dem ›Maler‹«, fuhr die Dame, leicht eingeschüchtert, fort. »›Den Preisgekrönten Künstler des Hotels‹ nannte man ihn später, offensichtlich im Scherz . . .«
»Oder besser noch besichtigen Sie die Vitrine vor dem Katalanischen Saal«, unterbrach ihre Begleiterin sie. »In dieser Vitrine werden die Arbeiten des Malers aufbewahrt: Skizzenbücher, Kunstgegenstände, Masken.«
Adrian betrachtete abwechselnd die beiden Damen und strahlte übers ganze Gesicht.
»Ich weiß nicht, über wen Sie sprechen, doch bin ich überzeugt, daß *mir Zeichen gegeben werden*. Ich fühle sie, erahne sie. Immer setzt der rätselhafte Vorgang des Wiedererinnerns auf diese Weise ein: Ich treffe jemanden, bin mir nicht im klaren, ob er mir bekannt ist oder nicht, merke jedoch gleich an den ersten Worten, die er an mich richtet, daß mir Zeichen gegeben werden.«
Die Türen des Aufzuges öffneten sich von neuem, und Adrian trat auf den Korridor hinaus, um dem jungen Mädchen Platz zu machen. Zwei Paare warteten.
»Nur zu, nur zu«, schrie einer der Herren, »wir haben Platz«. Doch nur ein Paar folgte dieser Aufforderung.
»Steigen Sie ein«, ermunterte Adrian die beiden anderen lächelnd. »Es ist noch genügend Platz.«
In diesem Augenblick schlossen sich die Türen des Fahrstuhls. Das Paar, das draußen geblieben war, brach in lautes Lachen aus.

»Zum dritten Mal passiert uns dasselbe«, rief der junge Mann aus. »Es will uns, zumindest in diesem Hotel, nicht gelingen, gemeinsam hinunterzufahren.«
»Tut mir leid« sagte Adrian, der aus seiner Enttäuschung keinen Hehl machte. »Eine der Damen war gerade dabei, uns etwas höchst Interessantes von einem Maler zu erzählen ... Vielleicht versuchen Sie es mit dem andern Lift«, riet er dem jungen Mann.
»Es ist einfacher, die Treppe hinunter zu gehen«, sagte dieser. »Das werden jedenfalls wir tun, es sind nur fünf Stockwerke.« Darauf nahm er seine Gefährtin am Arm und machte sich auf den Weg. Erst jetzt entdeckte Adrian das junge Mädchen an seiner Seite, die ihm im Aufzug ganz fasziniert zugehört hatte. Sie schien auf ihn gewartet zu haben.
»Es tut mir *wirklich* leid«, erklärte er ihr, nachdem er sie mit einem traurigen Lächeln betrachtet hatte. »Vorhin erlebte ich im Aufzug einen Augenblick, einen einzigen Augenblick, in dem ich wußte, *daß man mir Zeichen gab.* Schon glaubte ich, mich des Namens entsinnen zu können, wollte – auf die Uhr schauen, um zu sehen, um wieviel ich mich verspätet hatte, da kam etwas dazwischen, ich weiß selbst nicht was, etwas geschah, und ich verlor den günstigen Augenblick.«
Er schwieg und seufzte unwillkürlich.
»Wohnen Sie im Hotel?« fragte das Mädchen errötend.
»Oh nein, ich kam hierher, weil ich eine Verabredung hatte. Ich sollte um 16.30 Uhr jemanden hier treffen, kann mich aber unmöglich an den Namen der Person erinnern. Ich erhielt vor einigen Tagen einen telefonischen Anruf. Es war eine ungewöhnliche Stimme, die mich gefangennahm. *Mehr noch ergriff mich die Botschaft.* Ich gewann den deutlichen Eindruck, daß man mich herrief, um mir eine ungemein wichtige Botschaft anzuvertrauen. Ich muß es betonen, wichtig und *nicht nur für mich.* Wiewohl ich ohne falsche Bescheidenheit hinzufügen könnte ...«

Er hielt im Sprechen inne, faßte die Hand des Mädchens und schüttelte sie leidenschaftlich.
»Ach, mein Fräulein«, rief er aus. »Ich wage gar nicht, auf meine Uhr zu sehen! Dabei kam ich schon zu spät an, nicht durch mein Verschulden, der Chauffeur war schuld daran. Es ist eine ganze Geschichte, an die ich lieber nicht zurückdenken will, wenn es mir überhaupt gelingen sollte, mich an alles zu erinnern. Ich habe längst festgestellt, daß eine Gedächtnislücke zur nächsten führt, die Amnesie wird progressiv, und was alles auf mich zukommen könnte, wenn jener mysteriöse Anamneseprozeß nicht rechtzeitig eintritt, wage ich mir gar nicht vorzustellen.«
»Sie müßten in der Direktion nach dem Künstler fragen«, sagte das Mädchen.
»Doch welcher Zusammenhang kann zwischen dem Preisgekrönten Künstler und dem Aufzug bestehen?« unterbrach Adrian sie mit verzweifelter Stimme.
»Die Dame erklärte, der Aufzug bleibe stets derselbe, lediglich die Richtung ändere sich.«
Adrian sah sie lange in Gedanken verloren an.
»Das stimmt. Ich entsinne mich genau, daß die Dame diese Worte gesagt hat. In diesem Fall«, fügte er melancholisch hinzu, »frage ich mich, warum ich mir Illusionen machte. Obwohl ... *Obwohl* ...«
Er drückte dem Mädchen wiederum die Hand, diesmal ganz kameradschaftlich, dann eilte er in die Richtung, die das junge Paar eingeschlagen hatte.

»Es ist immer das gleiche mit ihr«, nahm Hrisanti das Gespräch wieder auf, nachdem er das Grammophon abgestellt hatte. »Schon glaubten wir alle, Leana würde endlich ernstlich an ihre Karriere denken, da tauchte sie wieder unter, verschwand, als hätte sie der Erdboden verschluckt. Nach ein, zwei Jahren verbreitete sich das Gerücht, sie sei wieder aufgetaucht. Um sie zu hören, mußte man zu einer Vorstadtkneipe oder zu einem weit draußen an der Peripherie gelegenen Gartenlokal hinausfahren. Oder denken Sie nur daran, wie es vor zwei Jahren war. Es hieß, sie sei im ›Albatros‹ engagiert, und inzwischen sang sie in der Vorstadt Grant in einem Gartenlokal, das man ›La trei ochi sub plapumă‹* nannte. Es sieht fast so aus, als ob sie es bewußt vermiede, eine ihr gemäße Stellung im Musikleben unserer Hauptstadt anzustreben. Vielleicht freut es sie, stets von neuem zu beginnen. Sollte es die geheime Nostalgie nach ihrem glanzvollen, fast zwanzig Jahre zurückliegenden Debut in der ›Floarea Soarelui‹ sein? Oder glaubt sie, nur in einem Gartenlokal am Rande der Stadt dem ihr vom Schicksal bestimmten Geliebten, dem Dichter Adrian, zu begegnen? Es könnte auch ganz einfach Schüchternheit oder Gleichgültigkeit oder vielleicht doch der Beginn einer Neurose sein ...«

»Jedenfalls«, unterbrach ihn Cladova, »hat sie sich kaum verändert. Sie sieht immer noch genau so aus wie damals, als ich sie zum erstenmal hörte.«

»Ich glaube, Sie täuschen sich. In den letzten Jahren hat sie sich ziemlich verändert. Ich kann nicht behaupten, daß sie gealtert sei, doch ist sie nicht mehr die Leana von 1930 oder 1935; Von 1920 auf 1921, als sie in der ›Floarea Soarelui‹ bei den Tischen der Gäste stehenblieb und zuweilen vom Glas eines jungen Mannes, der ihr gefiel, nippte, gar nicht zu reden. Die Leana von damals hat keiner von Ihnen erlebt. Aber erinnern Sie sich an ihren ersten Auftritt um 1930 im ›La Platani‹. Auch damals ging sie zwischen den Tischen umher, unterhielt sich mit allen, die ihr interessant erschienen, ausschließlich mit ihnen, hob manchmal, wenn auch selten genug, das Glas eines Gastes an ihre Lippen und lächelte ihn an. Wer dieses bezaubernde Lächeln nicht gesehen hat, kennt nicht Leana. Damals im ›La Platani‹ behauptete sie, immer noch in denselben mysteriösen Dich-

* »Zu den drei Augen unter der Bettdecke.«

ter Adrian verliebt zu sein. Einige Jahre später, als sie im ›Dorul Ancuţei‹* und im ›Scrînciob‹** sang, hieß es schon, sie *suche ihn.* Daraus konnte man mit Recht schließen, der sagenhafte Dichter, dieser seltsame Adrian, sei mittlerweile in ihr Leben getreten. Auch ich war davon überzeugt, aber wann und wo sie ihm begegnete, blieb ihr Geheimnis. Ihre Art zu singen, ist nicht die gleiche geblieben. Sie hat wohl ihren Stil beibehalten, änderte jedoch unmerklich ihr Repertoire und verwendet seit einiger Zeit Texte zeitgenössischer Autoren für ihre Lieder.

Auch in ihrem Wesen ist eine Veränderung vor sich gegangen. Erinnern Sie sich doch an die eigenartige Melancholie, mit der Leana uns im ›La Platani‹ bezauberte. Dieser Hang zur Schwermut hatte uns alle schon zehn Jahre zuvor in der ›Floarea Soarelui‹ so sehr für sie eingenommen. In den letzten Jahren steigerte die Schwermut sich jedoch zu unsäglicher, schier unerträglicher Trauer. Tragik wurde zum Grundton ihres Wesens. Gewiß ist ein Gartenlokal nicht die richtige Szenerie für solche Empfindungen. Doch versteht sie es, ihrem Leid in so diskreter Weise Ausdruck zu verleihen, daß die Mehrheit der Zuhörer davon gar nichts bemerkt ...«

»Nein, nein«, unterbrach ihn Cladova, sprang jäh von seinem Sessel auf und begann entschlossen, festen Schrittes auf und ab zu gehen. »Sie täuschen sich. Sie schaffen einen Mythos, um einen Ihrer Lieblingsausdrücke zu verwenden. Sie gehen jedoch zu weit. Wohl kann man im Falle Leanas von einem Mythos sprechen, doch nicht in dem Sinne, wie Sie es eben versuchten. Als vor einigen Jahren, etwa 1936 oder 1937, die ersten Platten Leanas erschienen: ›Im Hof bei Dionis‹ und die anderen, die wir eben hörten, wurde Leana tatsächlich zu einer Art mythologischen Gestalt. Es kamen allerlei Legenden über sie in Umlauf. So hieß es, ein Minister sei ihr Gönner, ein angesehener Botschaf-

* »Ancutzas Sehnsucht.«
** »In der Schaukel.«

ter habe sich leidenschaftlich in sie verliebt, und als er vorzeitig abberufen wurde, erhielt dieses Gerücht neue Nahrung. Schließlich sprach es sich herum, sie sei eingeladen worden, im Königlichen Palast zu singen.«

»Das stimmt auch, sie war wirklich im Palast«, fiel ihm Hrisanti ins Wort, »doch dazu müßten Sie die Vorgeschichte kennen.«

Cladova blieb mitten im Zimmer stehen und wehrte mit erhobenem Arme ab.

»Lassen Sie mich, bitte, ausreden. Der Mythos ›Leana‹ gründet sich auf einige unleugbare Fakten. Eine Gruppe von Schriftstellern und Künstlern, die Leana bewundern, hat mit viel Phantasie diese Tatsachen zu einer Legende aufgebauscht. Artikel erschienen über Leana in Zeitungen und in Zeitschriften, sie wurde zum Gesprächsthema in literarischen Zirkeln. Jedermann nahm, was ihm gefiel, was ihm in den Kram paßte, für bare Münze.«

»Die ganze Idee kam von Mavrogheni«, griff Bărăgan ins Gespräch ein. »Er hatte Leana entdeckt, von ihm gingen alle Gerüchte aus.«

Hrisanti wandte sich überrascht um, sah ihn lange an, zuckte ungläubig die Achseln und sagte lächelnd:

»Sie sind, glaube ich, beide auf dem Holzweg, aber . . .«

»Ich wollte nur sagen, daß Leana sich nicht in dem Sinne verändert hat, wie Sie es vorhin behaupteten«, setzte Cladova fort. »Zwar kenne ich sie erst seit etwa zehn Jahren, habe jedoch nie eine so tiefe Trauer, einen Hang zur Tragik an ihr bemerkt. Wenn auch ihr Schicksal vielleicht tragisch war und ihr Wesen von Schwermut geprägt ist, trägt sie dies doch nie zur Schau, sondern bezwingt sich. Es ist ihr gelungen, ihr Verhalten zu beherrschen, ihre Gefühle in künstlerischen Ausdruck umzusetzen. Bei ihr ist alles nur eine Frage des Stils. Was sie über den unsichtbaren Dichter Adrian erzählt, klingt zwar ergreifend und schön, aber ich halte das alles für eine geschickt ersonnene Legende. Ob es diesen Poeten tatsächlich gibt oder nicht, ob Leana wirklich

lange gewartet hatte, ehe er ihre Bahn kreuzte, ob sie ihn jetzt sucht, weil er – wie manche behaupten – nachdem sie sich getroffen hatten, sehr bald wieder verschwand, können wir nicht wissen, und es wäre vielleicht auch gar nicht so interessant, es zu wissen.
Was würde sich am Bilde Leanas schon ändern, wenn man eines Tages die volle Wahrheit über eine Affäre erführe, auf die Leana seit Jahren lediglich anspielt. Ich meine, daß sich nichts ändern würde. Leana ist durch ihre Persönlichkeit bedeutsam als Künstlerin, als Interpretin und außerdem wegen ihrer großen menschlichen Qualitäten. Schon als junge Frau war sie entschlossen, ihren eigenen Weg zu gehen, sie ließ sich nicht durch Millionäre und einflußreiche Politiker betören, die Aussicht auf ein leichtes Leben verlockte sie nie, obwohl sie sich der Risiken, die sie einging, bewußt war. Ich muß gestehen, daß ich sie bewundere. Sie bewahrte in all den Jahren ihre Unabhängigkeit, sang wann und wo sie wollte, auf die Gefahr hin, heute ein gefeierter Star und morgen halbvergessen zu sein. Ohne die Platten würde sie vielleicht tatsächlich allmählich in Vergessenheit geraten. Für die Entschlossenheit, mit der sie ihre Intimsphäre verteidigt, habe ich Verständnis. Nur wenige wissen, wo sie wohnt, kaum einer kennt ihre Herkunft; ihre Familie, ihre Biographie blieben ein Geheimnis. Manches ist über sie indes doch durchgesickert, und dies wenige Bekannte scheint mir nicht im Einklang zu stehen mit dem Mythos, der Legende, die unser Freund Hrisanti vorhin um sie zu weben versuchte. Es stimmt zum Beispiel nicht, daß sie Ehrenbezeigungen nicht zu schätzen weiß, Schmeicheleien nicht zugänglich ist. Sie hat es beispielsweise nicht ausgeschlagen, im Königlichen Palais zu singen. Lassen Sie mich, bitte, zu Ende reden«, sagte er mit erhobenem Arm. »Ich bin gleich fertig. Es stimmt auch nicht, daß sie ausschließlich an den rätselhaften, unerreichbaren Dichter Adrian denkt. Dies beweisen ihre Verhältnisse mit anderen Männern.«

»Welche Verhältnisse?«
»Um nur das wichtigste zu nennen: ihr Verhältnis mit Dr. Visarion. Daß es ein richtiges Liebesverhältnis war und nicht bloß eine platonische Freundschaft, wie Sie es sich eingeredet haben und auch uns gern weismachen wollten, beweist die Tatsache, daß sie auseinandergegangen sind, genauer gesagt, daß sie sich *überhaupt nicht mehr sehen.* Der Arzt hütet sich, Kreise aufzusuchen, in denen er Leana treffen könnte.«
Hrisanti war gerade im Begriff gewesen, eine Kognakflasche zu öffnen. Als er Cladovas Ausführungen vernahm, stellte er die Flasche rasch neben das leere Glas und ging zum Sofa.
»Bedaure«, sagte er, »aber Sie sind falsch unterrichtet. Die Umstände, unter denen die völlige Trennung erfolgte, beweisen, daß zwischen Leana und dem Arzt keine intime Beziehung bestand. Die Ursache der Trennung erfuhr ich aus sicherer Quelle. Der Anlaß schien belanglos, die Reaktion jedoch war übertrieben, was bei einem Menschen wie Leana nicht weiter wunder nimmt. Die beiden hatten eine Verabredung, sie sollten sich im Museum oder sonstwo treffen. Nachdem Leana eine halbe Stunde vergeblich gewartet hatte, ging sie fort. Kurze Zeit darauf schellte der Arzt an ihrer Tür, einen herrlichen Strauß weißen Flieders im Arm. Leana öffnete die Tür, ließ ihn jedoch nicht eintreten. ›Sei mir bitte nicht böse‹, soll sie gesagt haben, ›ich möchte dich nicht kränken, es hat sich zwischen uns nichts geändert. Ich bleibe bis ans Ende meines Lebens deine treue Freundin. *Aber künftighin werden wir nie wieder zusammenkommen.* Dir den Grund hierfür zu nennen, geht über meine Kraft. Wenn du mir wohl gesinnt bist, darfst du nicht darauf bestehen. Sonst müßte ich fort von hier. Für immer. Und das täte mir leid; denn mir gefällt diese Stadt, ich lebe gern in Bukarest . . .‹«
»Ich weiß nicht, in welchem Maße sie aufrichtig war; denn schließlich ist sie doch von hier fortgegangen«, unterbrach

ihn Bărăgan. »Seit fast zwei Jahren hört man nichts mehr von ihr, sie ist und bleibt verschwunden. Vielleicht dachte sie auch an die drohende Kriegsgefahr und wollte sich in Sicherheit bringen ...«

»Es stimmt«, fiel Hrisanti ein, »seit anderthalb Jahren weiß man nichts über Leana. Vom Arzt trennte sie sich jedoch vor ungefähr vier Jahren, und den wahren Grund kennt niemand. Leana sprach weiterhin vom Arzt als von ihrem besten Freund, fügte indes stets hinzu, sie hätten beide beschlossen, sich nie wieder zu sehen. Seltsamerweise dachte der Arzt anfänglich, dieser Vorfall könnte zur Heilung des ›Komplexes Adrian‹ beitragen. Er vermutete, Leana habe früher einmal durch vergebliches Warten ein Trauma erlitten. Nun glaubte er, einen sicheren Anhaltspunkt gefunden zu haben und ihren Fall klären zu können. Er ging von der Voraussetzung aus, das traumatische Erlebnis des vergeblichen Wartens stünde mit dem Entstehen des ›Komplexes Adrian‹ in ursächlichem Zusammenhang. Daher beschloß er, alle Personen befragen zu lassen, die Leana zur Zeit ihres Debüts in der ›Floarea Soarelui‹ gekannt hatten. In seinem Auftrag stellte ein Detektivbüro Recherchen an. Ich weiß dies von meinem Freund Calomfir, der von einem Privatdetektiv unauffällig ausgehorcht wurde. Bei seinen Untersuchungen stieß der Privatdetektiv auf einen alten ehemaligen Schullehrer, der ein ungewöhnlich gutes Gedächtnis hatte und ungemein mitteilungsbedürftig war. Er hatte Leana in der ›Floarea Soarelui‹ singen gehört, kam seither allabendlich in dieses Gartenlokal, und da sie zu ihm – als einem alten Mann – Vertrauen faßte, erzählte sie ihm vieles aus ihrem Leben. Als der Privatdetektiv ihn um nähere Auskunft über Leana bat, suchte der Alte zunächst nach Ausflüchten. Er befürchtete, es handele sich um eine gerichtliche Untersuchung, und wollte vermeiden, in ein Prozeßverfahren hineingezerrt zu werden. Erst als man ihn genau über den Anlaß der Untersuchung unterrichtete, war er zu Auskünften bereit. Doch beharrte er darauf, seine Mitteilungen ausschließlich dem Arzt persönlich zu machen und nur unter dem Siegel der Verschwiegenheit. Der Beauftragte brachte dem Arzt noch am gleichen Abend die frohe Botschaft, eine so wertvolle Auskunftsperson gefunden zu haben. Dr. Visarion entlohnte ihn zwar fürstlich, erklärte aber, von dem Komplex und den Traumata Leanas nichts mehr wissen zu wollen. Vielleicht wählte er eine andere Form der Absage, er mag vielleicht gesagt haben, er erkenne erst jetzt, wie gefährlich es sei, Leana Einblick in ihre Vergangenheit zu gewähren. Diese Wendung kam völlig unerwartet und gerade zu einem Zeitpunkt, da man hoffen konnte, etwas von dem Geheimnis Leanas zu erfahren. Allein, sechs oder sieben Monate nach der Trennung von Leana verlor der Arzt jegliches Interesse an ihr, er löste sich völlig aus dieser seltsamen Beziehung. Ich begehe hier keine Indiskretion«, fügte Hrisanti hinzu, »denn diese Vorgänge blieben nicht unbekannt.«

Cladova sprang auf. Er schien mit einem Mal ganz aufgeräumt.

»Das hört sich ja wie ein Abenteuerroman an«, erklärte er. »Ich bezweifle sehr, daß die Dinge sich wirklich so abgespielt haben. Aber es war mir eine Freude, Ihnen zuzuhören. Ich hatte das Gefühl, in einer anderen Epoche zu leben.«

»Sie haben ganz recht. Dies hat sich auch in einer anderen Epoche zugetragen. Deswegen erscheint es mir nur natürlich, daß Leana vor ungefähr eineinhalb Jahren, also knapp vor Ausbruch des Krieges, aus unserer Mitte verschwand.«

»Glauben Sie etwa, sie hätte sich den veränderten Umständen nicht anpassen können?« fragte Cladova mit gespieltem Erstaunen, als wolle er sich zwingen, nicht sarkastisch zu erscheinen. »Hier täuschen Sie sich gewiß. Leana ist eine eigenwillige Frau und eine große Künstlerin. Sie weiß sehr wohl zwischen Phantasie und Wirklichkeit und – Selbstmord zu unterscheiden. Als Beweis führte ich vorhin an, daß sie sich bereitfand, im Palast zu singen.«

»Wann aber willigte sie ein?« erwiderte Hrisanti aufbrausend. »Und unter welchen Bedingungen? Sie willigte nur ein, weil ihre Freunde, die Gruppe von Schriftstellern und Künstlern, die sich bei Mavrogheni zu treffen pflegten, sie eindringlich darum baten. Nachdem diese Gruppe eine Reihe von literarischen Veranstaltungen erfolgreich durchgeführt hatte, faßte sie große Pläne, Ausstellungen sollten folgen, eine Zeitschrift herausgegeben werden. Als Mavrogheni von General Draghici eingeladen wurde, eine der schon zur Berühmtheit gelangten literarischen Veranstaltungen im Palast zu wiederholen, wollte man keinesfalls auf Leanas Mitwirkung verzichten. Ohne ihre Lieder wäre die ganze Sache reizlos gewesen. Lange Zeit weigerte sich Leana, schließlich ließ sie sich jedoch überreden. Aus guten Gründen hofften die Literaten und Künstler, mit Unterstützung der Krone alle Projekte – und sie hatten großartige Projekte – verwirklichen zu können . . .«

»Zweifellos haben sie sich getäuscht«, griff Bărăgan in das Gespräch ein. »Denn in die Tat umgesetzt haben sie nichts. Oder«, fügte er lächelnd hinzu, »vielleicht hat ihre Veranstaltung im Palast wenig Eindruck gemacht.«

»Im Gegenteil«, entgegnete Cladova, »wie ich von mehreren Seiten hörte, war es ein großer Erfolg.«

»Aber die Zeitschrift erschien nicht«, setzte Bărăgan fort, »und von Mavroghenis Literaturkreis hört man seit langem nichts mehr. Ich will nur sagen, daß die heiß erstrebte Unterstützung der Krone keine greifbaren Ergebnisse zeitigte.«

Hrisanti hörte beiden geheimnisvoll lächelnd zu. Dann nahm er die Flasche und füllte sorgsam sein Glas.

»Das ist eine andere Geschichte«, sagte Cladova.

»Nein, es ist ein und dieselbe Geschichte«, fiel Hrisanti wieder ein, ohne eine gewisse Genugtuung verbergen zu wollen. »Denn diese literarische Veranstaltung oder wie ihr

sie sonst benennen wollt, hatte tatsächlich großen Erfolg, und der war natürlich in erster Linie Leana zu danken, die genötigt wurde, nicht nur drei oder vier Lieder zu singen – wie es das Programm vorsah – sondern zehn oder zwölf. Dieser Erfolg Leanas brachte Drăghici auf neue Ideen. Er forderte Mavrogheni auf, Sänger und Tänzer von der Oper sowie Revuestars zu engagieren, um eine Galavorstellung im Palast zu veranstalten. Er dachte an eine lose Folge von Szenen und Bildern über ein romantisches oder exotisches Thema. Es sollte etwas in der Art von *Hoffmanns Erzählungen*, *Scheherezade* oder *Ein Maskenball* sein. Ein neuartiges Genre schwebte ihm vor, das er selbst nicht genau zu definieren wußte; wesentlich war ihm nur, daß Leana die Hauptrolle spielte. Wie zu erwarten – und davon verlautete nichts in der Öffentlichkeit –, lehnte Leana ab. Sie bestand darauf, nur ihre Lieder und nur in ihrem gewohnten Vortragsstil zu singen. Sie war keinesfalls bereit, sich zu kostümieren oder eine Maske zu tragen, erklärte, sie sei keine Opernsängerin, sie werde ihren bisherigen Weg fortsetzen und weiterhin in Schenken singen.«
»Weil sie dazu verdammt sei«, ergänzte ihn Bărăgan mit gespielter Naivität. »Vermutlich hat sie auch hinzugefügt, sie heiße gar nicht Leana.«
Hrisanti blickte ihn erstaunt an.
»Woher wissen Sie das?« fragte er. »Das hat sie ja vor fast zwanzig Jahren in der ›Floarea Soarelui‹ gesagt.«
»Wer kennte nicht Leanas Aussprüche?« erwiderte Bărăgan lächelnd. »Viele behaupten, die Worte mit eigenen Ohren gehört zu haben.«
»Auf jeden Fall«, fuhr Hrisanti fort, »ließ sie sich diesmal nicht überreden. Und bald darauf tauchte sie unter, verschwand.«
»Sie verbarg sich, sie suchte Schutz«, wiederholte Bărăgan melancholisch. »Sie ahnte, was uns bevorstand.«
Hrisanti zuckte die Achseln und setzte sich in seinem Sessel zurecht.

»Ich weiß nicht«, sprach er. »Es ist doch möglich, daß sie eines Tages in irgendeiner entlegenen, obskuren Schenke wieder auftaucht. Sollte dies in den nächsten Jahren nicht geschehen, so würde sie es allerdings schwer haben. Die Zeiten haben sich geändert und mit ihnen der Geschmack der Leute. Sie würde von vorn anfangen müssen. Würde sie aber ihr früheres hohes Niveau wieder erreichen können? Meiner Schätzung nach hat sie das fünfundvierzigste Lebensjahr bereits überschritten, nähert sich vielleicht schon dem fünfzigsten. Wird ihr mit fünfzig Jahren ein neuer Start gelingen?«

»Eine Frau wie sie kann jederzeit von neuem anfangen«, sagte Cladova.

»Ich dachte nicht an Leana als Frau, sondern als Künstlerin«, fuhr Hrisanti fort und in seiner Stimme äußerte sich überraschende Müdigkeit.

Nachdenklich hielt er das Glas vor dem Mund, als könne er sich nicht entschließen, es zu leeren.

»Mag sein, daß ich mich täusche«, fügte er gedankenverloren hinzu. »Vielleicht habe ich mich auch nicht richtig ausgedrückt . . .« Dann begann er versonnen zu trinken.

Als er in die Halle trat, schloß er einen Moment lang die Augen, um sich an das Licht zu gewöhnen, ging auf einen Pikkolo zu und fragte ihn nach dem Katalanischen Saal. Der sei nicht weit, sagte der Pikkolo, er müsse nur einen Bogen um den großen runden Spiegelsaal machen, dem alle Frauen zustrebten und den Korridor entlang gehen, der zum Nebengebäude führe.

Adrian machte sich eilig auf den Weg. Als er jedoch die Sessel bemerkte, die einladend ein Tischchen umstanden, konnte er der Verlockung nicht widerstehen und ließ sich in einen von ihnen fallen. Er atmete tief auf. Eine wohlige Müdigkeit überkam ihn, und er schloß die Augen. Aber das künstliche Licht, das er für so schwach gehalten hatte, drang durch seine Lider und zwang ihn, wachzubleiben; nach einer Weile öffnete er die Augen. Im Sessel gegenüber lächelte ein alter Mann ihm zu. Adrian hatte sein Kommen nicht bemerkt und sah erstaunt um sich.

»Die anderen sind in die Bar gegangen«, sagte der Alte, immerfort lächelnd. »Ich aber laß mir Zeit.« Und er zeigte auf die Zigarre, die er eben zu rauchen begonnen hatte.

»Ich wollte zum Katalanischen Saal«, sagte Adrian und machte Anstalten, sich zu erheben. »Jetzt frage ich mich jedoch, ob die Mühe sich überhaupt noch lohnt. Obwohl . . .« Er beendete den Satz nicht und setzte sich im Sessel wieder zurecht. Dann blickte er aufmerksam seinen Gesprächspartner an, als bemühe er sich, ihn wiederzuerkennen.

»Obwohl ich fühlte, daß man mir Zeichen machte, als im Aufzug zum erstenmal vom Maler, dem preisgekrönten Künstler, gesprochen wurde«, fuhr er fort, »Zeichen.« Er wiederholte das Wort mit besonderem Nachdruck. »Und ich versichere Ihnen: In diesen Dingen täusche ich mich nie. Ich fühle, ahne diese Zeichen schon aus weiter Ferne, wenn ich sie auch nicht sofort begreife, ich meine, wenn ich ihre Botschaft auch nicht gleich zu entschlüsseln vermag. Denn, mein Herr«, ereiferte er sich plötzlich, »ich muß Ihnen gestehen, ich befinde mich in einer recht peinlichen Lage: Ich weiß, daß mich hier, in einem der vielen hundert Zimmer des Hotels, jemand erwartet, ein Unbekannter, den ich aufgrund einer telefonischen Vereinbarung um 16.30 Uhr treffen sollte. Und nun ist mir sein Name entfallen. Ich weiß lediglich, daß es ein einfacher Name ohne Nebenbedeutung war.« So unvermittelt, wie er zu sprechen angefangen hatte, hielt er inne und verfiel in Nachdenken.

»Der Katalanische Saal?« fragte der Alte. »Den glaube ich schon gesehen zu haben. Er muß hier in der Nähe sein«, fügte er hinzu und richtete seine Blicke auf den Spiegelsaal.

»Ich weiß, wo er ist«, nahm Adrian das Gespräch wieder auf. »Man erzählte mir auch von einer Vitrine, in der verschiedene Werke des preisgekrönten Künstlers ausgestellt sind. Sie werden mich fragen, weshalb ich, ein Dichter, mich für die Werke eines Malers interessiere. Das kann ich nur schwer erklären, denn vorläufig ist mir diese Neugier selbst ein Rätsel, ein wahres Mysterium. Doch fühle ich, daß mir Zeichen gegeben worden sind. Ich empfand es im Aufzug, als eine hübsche Dame mir vom Maler erzählte, von seiner Überzeugung, in einem Aufzug hinauf- oder hinunterzufahren sei ein und dasselbe, da sich lediglich die Richtung ändere. Vielleicht ist die Bemerkung nur ein Scherz, die zu einem geflügelten Wort wurde. Mit den Tatsachen stimmt diese Beobachtung natürlich nicht überein, zumindest nicht in der Form, in der sie mir übermittelt wurde. Zwar hat Heraklit etwas Ähnliches gesagt, aber ...«
Er hielt wieder im Sprechen inne, lächelte bitter und folgte mit seinem Blick einem Rauchkringel, der langsam aufstieg.
»Das Entsetzliche an der Amnesie eines Dichters«, setzte er nach langem Schweigen fort, »ist der Umstand, daß in dem Maße, in dem das persönliche Gedächtnis entschwindet, ein anderes Gedächtnis, das ich als das kulturelle bezeichnen würde, aus den Tiefen aufsteigt, und völlig von ihm Besitz ergreift, wenn nicht ein Wunder geschieht. Mein Herr«, sprach er mit feierlichem Ernst, »ich bin davon bedroht, auf dieses rein kulturelle Gedächtnis beschränkt zu werden, mich ausschließlich auf das Kulturelle reduziert zu sehen. Ich wage nicht, mir auszumalen, was mich erwartet, wenn auch der kulturelle Gedächtnisstrom sein angestammtes Bett verlassen wird. Dann bliebe ich ein Mensch schlechthin, ein Mensch, ohne jedes Erinnerungsvermögen ... Ich weiß nicht, begreifen Sie, worauf ich anspiele?« fragte er, die Stimme senkend.
»Sie sprachen von Heraklit ...«
»Sehr richtig. Ich bezog mich auf das Fragment, in dem

Heraklit behauptet, der Weg nach oben und der nach unten seien im Grunde genommen ein und derselbe. Auch ich habe – wie jedermann – Heraklits Fragmente gelesen. Aber wann? In früher Jugend. Und ich versichere Ihnen, noch vor kurzem hätte ich den Inhalt dieses Fragmentes nicht wiedergeben können, vielleicht hätte ich mich an die Äußerung Heraklits gar nicht erinnert. Heute jedoch, wo es mir nicht gelingen will, mich eines Namens zu entsinnen, der ebenso einfach wie für mich wichtig ist, des Namens jener Person, die mich erwartet, um mir eine Botschaft zu übermitteln, heute, mein Herr, dürften Sie mich nach allem fragen, was ich je gelernt oder gelesen habe, ich weiß es auswendig ...«

»Tja«, sagte der Alte, während er die Zigarre zwischen seinen Fingern drehte, und sah ihn forschend an, »ich weiß nicht, worauf Sie hinauswollen. Ich sehe keinen Zusammenhang zwischen Heraklit, der Person, mit der Sie eine Verabredung haben und der Vitrine neben dem Katalanischen Saal.«

Adrian hörte ihm erregt zu.

»Sie haben recht«, rief er nach langem Schweigen aus. »Sie haben völlig recht, und ich danke Ihnen dafür, daß Sie mir, vielleicht ohne es zu beabsichtigen, geholfen haben, den Faden wieder zusammenzuknüpfen. Denn irgendwann, vermutlich als ich erkannte, daß ich mich verspätet hatte, und den Chauffeur drängte, rascher zu fahren, *riß der Faden.* Und als die Dame im Aufzug die Rede auf den Maler und die Vitrine brachte, war ich nahe daran, den Faden zu finden. Etwas aber trat dazwischen, und der Faden riß wieder. Doch jetzt brachten Sie mich darauf, und dafür bin ich Ihnen ungemein dankbar. Wenn Sie den Zusammenhang auch nicht erkennen, gelingt es mir doch vielleicht, ihn zu entdecken ...«

Er sprang rasch auf, verneigte sich vor dem Alten und ging entschlossen auf den runden Spiegelsaal zu.

Am Ende der Halle stieß er auf einen dichten Haufen von Gästen, die lärmend aus einem Nebenzimmer kamen. Adrian wollte sie vorbeigehen lassen, verlor jedoch bald die Geduld und drängte sich durch ihre Reihen. Er durchquerte den runden Spiegelsaal und blieb einen Augenblick unschlüssig stehen. Vor ihm erstreckte sich wieder eine Halle mit dickem, flammendroten Teppichboden, niedrigen Tischchen und tiefen Sesseln. Nur das Licht wirkte hier weniger ermüdend. Adrian hielt nach einem Pikkolo Ausschau. Als er einen erblickte und seinen Schritt beschleunigte, hörte er ihn »Herr Orlando« rufen. Er bekam Herzklopfen vor Aufregung und mußte eine Weile innehalten. Als der Pikkolo jedoch auf einen Saal zuging, dessen Türen weit offenstanden und wieder »Herr Orlando« rief, holte er ihn ein und fragte:
»Wer sucht Herrn Orlando?«
Der Pikkolo sah ihn mit einem verschwörerischen Lächeln an und flüsterte amüsiert:
»Das darf ich Ihnen nicht verraten, es ist eine Überraschung.«
Adrian klopfte ihm wohlwollend auf die Schulter und ließ ihn gehen, folgte ihm aber in einigem Abstand.
Ein Mann mittleren Alters, mit strenger Miene und Zwikker auf der Nase, stand unwillig auf, als er seinen Namen rufen hörte, schloß die Akte, in der er gelesen hatte, und fragte:
»Was ist schon wieder los? Was ist passiert?«
»Herr Orlando«, flüsterte der Pikkolo geheimnisvoll. »Sie werden erwartet.«
Orlando folgte ihm mißmutig. Adrian trat rasch auf ihn zu.
»Gestatten Sie mir«, begann er, »ich hatte zwar nicht die Ehre, Ihnen vorgestellt zu werden, glaube aber, daß hier ein Irrtum vorliegt.«
Als hätte er Adrian nicht gehört, setzte Orlando seinen Weg fort, ohne sich umzuwenden.

»Ich bin offenbar durch Mißverständnisse in eine Sache hineingeraten, mit der ich nichts zu tun habe. Wohl wies man mich, als ich erklärte, um 16.30 Uhr eine Verabredung zu haben, an Sie, nannte mir an der Rezeption Ihren Namen, doch handelt es sich gewiß um einen Irrtum.«
Orlando blieb stehen, schob seine Brille zurecht und sah ihn lange, doch ausdruckslos an.
»Eine Verabredung mit mir um 16.30 Uhr? Wer hat Ihnen das gesagt?«
»Ach«, seufzte Adrian mit einem bitteren Lächeln, »das ist eine lange Geschichte. Eine lange und tragische.«
Orlando sah ihn nochmals durchdringend an, dann wandte er sich zum Gehen.
»Kommen Sie mit«, sagte er.
»Ich würde mit größtem Vergnügen mitkommen«, entschuldigte sich Adrian, »suchte aber gerade den Katalanischen Saal, wollte mir die Vitrine ansehen.«
»Das können Sie später nachholen«, unterbrach ihn Orlando, ohne sich umzuwenden. »Wie kamen Sie auf 16.30 Uhr?«
»Das war die Stunde, die man mir bestimmt hatte.«
»Wer hat Ihnen diese Stunde angegeben?« fragte Orlando überrascht und blieb stehen.
»Ach, wenn ich das wüßte!« rief Adrian aus. »Wenn ich mich doch an den Namen erinnern könnte! Es war ein einfacher Name. Zu einfach sogar. Vielleicht ist er mir gerade deshalb entfallen. Doch die Stimme beeindruckte mich; nie werde ich diese klare, heitere Stimme vergessen, sie klang unpathetisch und dennoch ernst und eindringlich.«
Orlando blickte ihn argwöhnisch an und befeuchtete seine Lippen.
»Und die Botschaft«, fuhr Adrian fort, »sollte mir heute um 16.30 Uhr übermittelt werden.«
»Was für eine Botschaft?« unterbrach ihn Orlando, die Stimme leicht senkend und das Aktenstück von einer Hand in die andere schiebend.

»Ach, wenn ich das wüßte!« wiederholte Adrian, von Hoffnungslosigkeit befallen. »Ich weiß nur, daß sie mich direkt betraf, aber auch jeden von uns, Sie genauso wie die hübschen Damen im Aufzug und den ehrwürdigen Empfangschef, sie ging uns alle an.«

Orlando rückte nervös seinen Kneifer zurecht, dann wandte er sich an den Pikkolo, der in einiger Entfernung wartete.

»Wer, sagten Sie, ließ mich rufen?« fragte er ihn.

»Das darf ich Ihnen nicht verraten. Es soll eine Überraschung sein.«

»Gut, geh hin und sage, man möge ein klein wenig warten. Man möge mit der Überraschung warten.«

Darauf näherte er sich Adrian, nahm mit unerwarteter Freundlichkeit seinen Arm und flüsterte ihm zu:

»Auf zum Katalanischen Saal. Was bevorzugen Sie: Mädchen oder Knaben?«

»Vor allem will ich mir die Vitrine mit den Werken des Künstlers ansehen. Ich muß Ihnen gestehen, daß ich verzweifelt bin, dem Entsetzen nahe. Dies ist meine letzte Chance. Vielleicht habe ich sie noch nicht verspielt.«

»Und wenn doch?« flüsterte Orlando.

»Ach«, erwiderte Adrian und ließ resigniert die Arme sinken, »dann ist nichts mehr zu machen. Obwohl, obwohl«, fügte er nach einer Weile hinzu. »Ich weiß nicht, ob ich mich deutlich genug ausgedrückt habe ...«

Sie betraten einen schwach beleuchteten, nicht sehr geräumigen Saal, der zugleich Bar, Bodega und Kaffeehaus zu sein schien. Orlando führte Adrian geradeaus zu einem Tisch, der ganz hinten stand. Der Barmixer folgte ihnen.

»Gib uns das Übliche«, befahl Orlando, ohne ihn anzusehen.

Er ließ Adrian auf dem Sofa Platz nehmen, setzte sich ihm gegenüber auf einen Stuhl und wies auf sein Aktenstück.

»Wissen Sie, was ich hier habe?« fragte er lächelnd. »Millionen. Ich sage Ihnen das zu Ihrer Information. Und jetzt bin ich bereit, Sie anzuhören.«

Adrian sah ihn mit Sympathie, fast mit Wärme an.

»Wo soll ich beginnen?« fragte er.

»Am Anfang. Berichten Sie von Urbeginn an.«

Adrian dachte eine Weile nach.

»*Der Urbeginn* war bei mir natürlich die Offenbarung der Poesie. Was ich war, ehe ich Dichter wurde, ist mir nicht mehr erinnerlich und interessiert mich auch nicht. Vermutlich war ich damals ein Fleischfresser. Das bin ich auch heute noch, nur bin ich mir jetzt dessen *bewußt*. Da liegt der Unterschied. Alles begann also bei mir, wie ich Ihnen bereits sagte, mit der Poesie.«

»Was für Poesie?« unterbrach ihn Orlando.

»Nun, wie Sie vermutlich bereits erraten haben, ist die Dichtung für mich mehr als mystische Technik oder ein Instrument der Erkenntnis. Die Poesie ist vor allem eine politische Methode, leider die letzte politische Methode, die uns noch zur Verfügung steht. Wenn auch sie erfolglos bleibt, müssen wir jede Hoffnung aufgeben. Wir verschwinden vom Erdboden oder fallen auf die Stufe zurück, auf der wir uns vor Hunderttausenden von Jahren befanden. Es kann die Zeit kommen, da Gott sich jenen von uns, die noch wach sein werden, naht und zuruft: *›Messieurs, on ferme!‹*«

Der Barmixer brachte eine große Schale Kaffee, ein halb gefülltes Glas und eine Flasche Sodawasser dazu.

»Ich weiß nicht, was darin ist«, sagte Adrian und füllte das Glas mit Sodawasser. »Doch was immer es sein mag, wenn es nur meinen Durst stillt, ist es mir willkommen.«

Darauf trank er, die Augen halbgeschlossen, mit sichtbarem Genuß das Glas leer.

»Kommen Sie zur Sache«, sagte Orlando. »Wie meinten Sie das mit der Politik?«

»Wenn auch der Versuch mit der Poesie scheitert, dann sehe ich keine Hoffnung. Wir haben es mit allem versucht: mit der Religion, der Moral, der Prophetie, der Revolution, der Wissenschaft, der Technik. Wir haben der Reihe nach oder auch zusammen alle Methoden erprobt, doch keine hat sich als erfolgreich erwiesen. Wir konnten den Menschen nicht ändern. Genauer gesagt, es ist uns nicht gelungen, ihn zu einem wahren Menschen zu machen. Von einem bestimmten Gesichtspunkt aus betrachtet, und er ist der einzige, der mir wesentlich erscheint, sind wir die gleichen geblieben, die wir waren, ehe noch Orpheus zu uns, zu den Wölfen, den Wildschweinen und den Thrakern kam.

»Orpheus«, sagte Orlando erstaunt, und sein Gesicht verfinsterte sich. »Orpheus aus der Unterwelt?«

»Ich beziehe mich, genauer gesagt, weniger auf die Thraker als auf die wilden Tiere. Sie erinnern sich sicherlich noch daran, daß Orpheus sie zähmte, indem er ihnen Lieder vorsang und sich auf seiner Leier begleitete. Daß er den Thrakern den Weg zur Zivilisation wies, ist nicht so wichtig. Wichtiger ist es, daß er die Wölfe, Bären und Wildschweine durch Musik und Poesie zähmte. Vor allem durch die Poesie – denn die höchste Magie geht vom Wort aus.«

»Kommen Sie zur Sache!« unterbrach ihn Orlando.

»Begreifen Sie doch, worauf ich hinauswill: Die wilden Tiere sind die Menschen in ihrem Urzustand, Sie dürfen ruhig hinzufügen, ich bitte Sie sogar darum, die Menschen auf der höchsten Stufe der Zivilisation. Auch sie sind Wilde, solange sie keinen Zugang zum Logos haben, das heißt, solange sie nicht mit der einzigen Möglichkeit konfrontiert werden, die von Grund auf ihr Wesen ändern könnte: nämlich mit der Magie des Wortes, der Poesie.«

»Was hat das aber mit Politik zu tun?« unterbrach ihn Orlando von neuem.

»Wir müssen die Menschen zähmen, sie auf eine höhere Entwicklungsstufe bringen. Anders gesagt: Wir warten auf Orpheus, auf jenen genialen Dichter, dessen Wort die Menschen *zwingen* wird, sich dem Geist aufzuschließen; er wird den Gang der Entwicklung, die Wandlung beschleunigen, die alle Religionen und philosophischen Systeme der Welt angestrebt haben. Wer würde ihm, dem Dichter, widerstehen können? Ich frage Sie: Welches Tier hat sich nicht gewandelt, nachdem es Orpheus gelauscht hatte?«

»Das mag stimmen, aber was suchte Orpheus dann in der Unterwelt?« fragte Orlando, streckte seine Hand über den Tisch und faßte Adrian am Arm.

Adrian konnte ein Lächeln geheimer Genugtuung nicht verbergen.

»Auf diese Frage war ich gefaßt, sie schwebte wie ein Habicht in der Luft, bereit, sich auf mich zu stürzen und mir die Flügel zu brechen. Denn machen wir uns nichts vor: Ihre Frage zielt darauf, mich zu entmutigen, mir, wie ich sagte, die Flügel zu brechen. Leider sind Sie nicht der einzige, der dies versucht. Selbst die Dichter überschätzen die Bedeutung dieser Episode. Aber glauben Sie mir, es ist zwar eine pathetische, im Grunde aber einfache, ja recht banale Episode, die für uns Menschen von heute nicht beispielgebend sein kann.«

»Nun ja, aber war Orpheus in der Unterwelt oder nicht?« fiel Orlando ihm wieder ins Wort.

»Gewiß war er in der Unterwelt. Aber warum? Um Eurydike, seine Frau, zu retten. Das zwar zweifellos sehr schön von ihm, es war erhaben, beweist uns aber nur seine Gattenliebe. Wie viele von uns würden das gleiche tun, genössen wir sein Ansehen. Doch Sie werden zugeben, daß Orpheus in die Unterwelt hinabstieg, um ein *einziges* Wesen, seine eigene vielgeliebte Frau zu retten. Er stieg nicht hinab, um irgend jemanden, eine Unbekannte, einen Greis oder ein Kind, zu retten. Dabei gehen gerade die Kinder am häufigsten an Schlangenbissen zugrunde. Christus stieg in die Hölle hinab, um alle Menschen, die seit Adams Zeiten gestorben sind, um Millionen Unbekannter zu erlösen. Und trotz alledem«, fügte er traurig und mit feierlichem Ernst hinzu, »gelang es auch dem Christentum, der Kirche

Christi, nicht, die Menschen zu ändern. Warum dann noch von Orpheus in der Unterwelt reden? Es ist eine einfache Episode, die mir nichts offenbart. Und ich weiß auch, warum. Weil an diesem *descensus ad Inferos* nicht der Dichter teilhat, während Orpheus in Thrakien, Orpheus unter den Wölfen, Bären und Wildschweinen ...«

»Worauf wollen Sie hinaus?« fragte Orlando ihn mißtrauisch, fast ängstlich.

»Ich kehre zum Ausgangspunkt zurück. Ich sagte Ihnen schon: Wir warten auf den Dichter, setzen unsere letzte Hoffnung auf ihn, ›den Dichter‹«, wiederholte Adrian leidenschaftlich, »der Äschylos, Dante, Shakespeare und alle anderen übertreffen soll, den Propheten und Thaumaturgen im wahren Sinn dieser Worte, das heißt in ihrem *politischen* Sinn«.

Er stellte das leere Glas aufs Tablett zurück, und versank in Gedanken.

»Und jetzt kommen Sie zur Sache«, riß ihn Orlando aus seinem Nachsinnen. »Woher wußten Sie von der Besprechung um 16.30 Uhr?«

Adrian sah ihn verstört an. »Ich erzählte Ihnen vom Dichter, auf den wir warten und von seiner politischen Mission.«

»Lassen Sie das«, unterbrach Orlando ihn ungeduldig. »In der Halle sagten Sie mir, Sie seien gekommen, weil Sie um 16.30 Uhr eine Verabredung mit einem Unbekannten hätten.«

Adrian hörte ihm, die rechte Hand an die Schläfe gepreßt, angespannt zu.

»Gewiß, gewiß«, rief er aus. »Jetzt entsinne ich mich genau. Ihnen verdanke ich es, daß ich mir etwas ins Gedächtnis rufen konnte, das aus mir bisher unerklärlichen Gründen überaus wichtig zu sein scheint.«

Orlando sah ihn eine Weile unschlüssig an, ließ aber dann nicht locker: »Vorhin in der Halle sprachen Sie von einer Verabredung um 16.30 Uhr mit einem Unbekannten, dessen Name Ihnen entfallen war, der Sie aber eigens herbestellt hatte, um Ihnen eine Botschaft zu übermitteln. Eine Botschaft, die ...«

»Natürlich«, rief Adrian frohlockend aus. »Ich erinnere mich jetzt ganz genau. Es war eine außergewöhnliche Stimme, die ich nie vergessen werde. Sie sagte: ›Es hat keinen Sinn, Ihnen das alles am Telefon zu erklären, aber wir werden ausführlich darüber sprechen.‹ Ich begriff natürlich gleich, daß von einer Botschaft die Rede war ...«

»Was war das für eine Botschaft?« wollte Orlando wissen.

»Das wurde mir nicht gesagt. Doch glaube ich sie erraten zu haben. Sie galt uns allen, genauer gesagt: Sie wandte sich an jeden von uns, in meinem Fall, zum Beispiel, an den Dichter ...«

»Woher wußte der Unbekannte, daß Sie Dichter sind?« unterbrach ihn Orlando.

Adrian betrachtete ihn mit gespannter Aufmerksamkeit, als mühe er sich, ihn zu verstehen.

»Wie soll ich es Ihnen erklären«, ereiferte er sich. »Ich existierte für ihn nur in dem Maße, als ich Dichter bin. Ich habe keine andere Identität. Warum sonst sollte er sich für mich interessieren? Was könnte übrigens auch Sie oder jeden anderen an mir interessieren, *wenn nicht die Tatsache*, daß ich ein Dichter bin? Wie kann man überhaupt mein wahres Wesen kennen, ohne zu wissen, daß ich Dichter bin? Ist uns etwas außerhalb unserer Erkenntnissphäre überhaupt zugänglich? Es ist, als fragten Sie mich, was meine Leber oder meine Niere nun denkt. Darauf gibt es nur eine einzig mögliche Antwort: Diese höchst nützlichen Organe denken gar nichts. Sie haben ihre Funktion, eine für mich ungemein wichtige, die jedoch mit Denken nichts zu tun hat. Zum Glück«, fügte er mit einem versöhnlichen Lächeln hinzu.

Orlando lachte plötzlich kurz auf, nahm seine Brille ab und putzte sie sorgsam mit dem Taschentuch.

»Sie sind des Teufels«, sprach er mit unverhohlener Zufriedenheit. »Aber auch Orlando läßt sich nicht kleinkriegen. Kommen Sie mit, denn mich erwartet eine Überraschung ...«

»Welche ist es?« fragte sie.

Der Junge streckte den Arm aus und zeigte auf die Frau, die langsam und in Gedanken verloren umherwandelte, als wüßte sie nicht, wohin sie ihre Schritte lenken sollte. Von Zeit zu Zeit bewegte sie ruckartig den Kopf, als wäre sie aus dem Schlaf gerissen worden oder als glaubte sie, jemand hätte sie gerufen.

»Nein, ich kenne sie nicht«, sagte die Alte. »Warum nahmst du überhaupt an, ich kennte sie?«

Der Junge zog in seiner Verwirrung mehrmals die Brauen hoch, dann legte er brav seine Hände auf die Knie.

»Sie streicht seit einer halben Stunde um uns herum. Ich dachte, sie kenne dich, wage es aber nicht, sich uns zu nähern, weil sie dich lesen sah.«

Die Alte blickte ihm tief in die Augen und lächelte.

»Ich sehe, du langweilst dich«.

»Ja«, gestand der Junge und hielt ihren Blicken stand.

»Sag die Wahrheit, wann fiel es dir auf, daß diese Dame unsere Nähe sucht?«

»Als ich bemerkte, wie sie zum drittenmal umkehrte und geradewegs auf uns lossteuerte. Doch sah sie dich ständig lesen und wagte nicht ...«

»Nein, ich kenne sie nicht«, wiederholte die Alte.

Sie nahm wieder die Zeitschrift zur Hand, besann sich jedoch eines anderen und legte sie aufs Sofa.

»Und jetzt«, fragte sie den Jungen lächelnd, nachdem sie auf ihre Uhr gesehen hatte, »womit sollen wir uns die Zeit vertreiben? Denn wir haben ja noch mindestens zwanzig Minuten zu warten.«

Die Frau blieb vor der Vitrine stehen.

»Nein, das ist sie nicht«, hörte sie jemand hinter ihrem Rücken sagen. »Das ist nicht die Vitrine des ›Preisgekrönten Künstlers‹ ...«

»Warum wird er eigentlich der ›Preisgekrönte Künstler‹ genannt?«

»Er war ein Maler. Kam für einige Tage hierher und blieb. Er brachte es nicht übers Herz, fortzugehen. Es gefiel ihm, im Aufzug zu fahren. Denn, so behauptete er, ob man nach oben oder nach unten strebe, ob man hinauf- oder hinuntersteige, es komme auf das gleiche heraus.«

»Er blieb natürlich nicht lange«, griff ein anderer in das Gespräch ein. »Sie haben ihn evakuiert, seine Sachen jedoch behalten ...«

Die Frau entfernte sich langsam, wandte sich jedoch nach einigen Schritten wie zufällig um und betrachtete die Gruppe, die vor der Vitrine stehengeblieben war. Das Lächeln, das einen Augenblick lang ihr Gesicht erhellt hatte, erlosch, sie nahm wieder ihren Spaziergang auf.

Nachdem sie noch einmal in den ersten Saal zurückgekehrt und unentschlossen vor der Vitrine stehengeblieben war, ging sie zum Aufzug und drückte auf den Knopf. Nach wenigen Augenblicken tat die Tür des Fahrstuhls sich auf, die Frau wollte gerade hineingehen, da vernahm sie hinter sich ein hastiges Flüstern. Sie öffnete geschwind ihre Handtasche, als sei ihr gerade eben eingefallen, daß sie etwas vergessen hatte, machte kehrt und eilte zur Bar. Ihr Blick fiel wie zufällig auf die bleiche Frau, die eine kleine grüne Schürze trug und ihre Aufregung nur mühsam unterdrückte. Ein junger Mann sprach eifrig auf sie ein. Ein hochgewachsener Mann mit strenger Miene stand, die Hände auf dem Rücken verschränkt, neben ihnen und starrte vor sich hin.

Während er Orlando begleitete, setzte Adrian das Gespräch mit ihm fort.
»Ich schulde Ihnen Bewunderung und Dank, denn Sie haben mir geholfen, mich an das Wichtigste zu erinnern: An die Verabredung und die Botschaft. Rekapitulieren wir also das Wesentliche: Wenn die Poesie vor allem ein politisches Mittel darstellt und der wahre Poet, den wir erwarten, nur ein neuer Orpheus in Thrakien sein kann, dann ist die Botschaft vor allem an mich gerichtet ...«
Orlando blieb vor einer massiven Tür stehen und bedeutete Adrian zu schweigen, indem er den Finger zum Mund führte.
»Denn in dieser Behausung bin ich, soviel ich weiß, der einzige Poet, mit anderen Worten ...«
Aber Orlando schob ihn freundschaftlich zur Seite und legte sein Ohr an die Tür, horchte eine Weile und öffnete sie dann überaus vorsichtig. Überrascht über die Dunkelheit und Stille trat er einen Schritt vor und rief: *»Il Comandante!«*
Da erklang sehr leise, wie aus weiter Ferne, ein Orchester, und im Saal flackerte an mehreren Stellen gleichzeitig blasses Licht wie von Kerzen oder Gaslampen auf.
»Mit anderen Worten«, nahm Adrian den Faden des Gesprächs wieder auf, »nur einer wie ich, ein Dichter, der von der politischen Mission der Poesie durchdrungen ist, vermag die Botschaft zu begreifen ...«
»Il Comandante!« rief Orlando noch einmal.
Das Orchester war nun deutlicher zu hören, und im allmählich stärker werdenden Licht der Kandelaber gewahrten sie einen Ballsaal mit einer Estrade und zahllosen Tischen, um die herum exzentrisch kostümierte Gestalten schweigend warteten. Manche von ihnen schienen in den Sesseln eingenickt zu sein. Adrian blickte fasziniert um sich.
»Wundervoll!« rief er aus und schritt gemächlich zur Estrade. »Wundervoll. So wie es war – und wie es wieder einmal sein wird ...«

Ein untersetzter brünetter Mann, der jung und für seine Proportionen erstaunlich beweglich war, kam eilig, fast laufend aus dem Hintergrund des Saales auf sie zu.
»Was soll das heißen? Was ist in euch gefahren?« fragte Orlando ihn.
»Die Überraschung. Venedig. Casanova. Il ballo in maschera*.«
»Ich mag das nicht«, tadelte ihn Orlando und nahm das Aktenstück von einer Hand in die andere. »Sie gehen mir auf die Nerven. Die Person ist nicht gekommen«, fügte er, die Stimme senkend, hinzu. »Keine Mitteilung, kein Anruf.«
»Ist nicht gekommen?« wiederholte *Il Comandante* im Flüsterton. Er wandte den Kopf und blickte auf Adrian.
»Das ist nicht die Person, die wir erwarten«, fuhr Orlando gereizt fort. »Und ich weiß nicht einmal, wer er ist. Er verstellt sich, verheimlicht etwas. Behauptet, er sei Poet, spricht aber dauernd über Politik. Dabei scheint er etwas zu wissen. Er war über die Verabredung unterrichtet . . .«
Il Comandante blickte sich wieder nach Adrian um. Er sah ihn auf eine Gruppe zugehen, die bei der Estrade stand.
»Er war also unterrichtet«, wiederholte er und lächelte vielsagend.
»Sieh zu, daß er mit dem Nötigen versorgt wird und trachte, ihn auszuholen«, ordnete Orlando an.
»Was zieht er vor: Mädchen oder Knaben?«
»Wie soll ich das wissen? Er sprach von Orpheus. Versuche herauszubekommen, was dahintersteckt«, flüsterte Orlando. »Aber ohne *super* und ohne *extra.* Er ist mir sympatisch und scheint klug zu sein. Schade, daß er nicht weiß, was er will. Er sagt: er sei ein Dichter.«
An den Tischen flammten nun winzige Lampen in verschiedenen Farben auf, und die maskierten Gestalten wurden lebhafter. Orlando tat wieder das Aktenstück von einer Hand in die andere und ging mißmutig auf die Estrade zu,

* Maskenball.

wo Adrian stehengeblieben war. Als die Musikanten, die ebenfalls als Venezianer kostümiert waren, Orlando auf sich zukommen sahen, standen sie alle auf, und in den Saal kam Bewegung. Die maskierten Gestalten, die rings um die Tische saßen, fingen gleichzeitig zu reden an, die Frauen brachen der Reihe nach in Gelächter aus. An mehreren Tischen erhoben sich extravagant maskierte Paare mit umständlicher Eleganz und bereiteten sich zum Tanz vor.

»Sag ihnen, daß sie leiser spielen und weniger Lärm machen sollen«, sagte Orlando. »Sie gehen mir auf die Nerven.« *Il Comandante* lief zum Orchester und schrie, mit den Armen fuchtelnd: *»Piano! Piano!«*

Die Paare, die aufs Tanzparkett zuschritten und nur auf die Musik warteten, blickten ihn fragend an.

»Allegria, ma non troppo!« flüsterte *Il Commandante* und schlängelte sich geschickt zwischen den Tischen hindurch.

Orlando hatte Adrian gerade am Arm gefaßt, da gesellte *Il Comandante* sich zu ihnen und sprach Adrian *con brio* an:

»Maestro!«

»Bemüh dich nicht weiter«, unterbrach ihn Orlando. »Ich habe ihm alles erklärt. Sieh zu, daß wir mit allem Nötigen versorgt werden.«

Il Comandante geleitete sie an den Tisch, wo drei eingeschüchterte, maskierte junge Damen sie erwarteten, dann verschwand er.

»Es könnten dieselben sein«, sagte Adrian, verneigte sich vor ihnen und küßte ihnen galant die Hände.

»Sie tragen zwar andere Masken, sind aber *dieselben.* Um sie zu identifizieren, steht mir noch ein Mittel zur Verfügung, ein einziges: *eine Frage.* Ich werde sie aber noch nicht stellen. Denn welche Identität könnte ich im Grunde genommen ermitteln? Diejenige, auf die es mir ankommt, ist die gleiche unter jeder Maske.«

Die Frauen fingen verlegen zu lachen an, tauschten erstaunte Blicke aus und schielten verstohlen zu Orlando, der niedergeschlagen und in Gedanken versunken schien. Adrian lachte aus vollem Herzen mit ihnen, er war gut aufgelegt, die Fröhlichkeit der jungen Damen war unwiderstehlich, ansteckend.
»Sie sind also dieselben. Ich will mich daher nicht wiederholen, fahre nur fort, wo ich von unserem liebenswürdigen Gastgeber unterbrochen wurde. Wenn die Dichtung, wie ich sagte, vor allem ein politisches Mittel ist, und zwar das letzte Mittel, das wir noch erproben können, so ist sie in gewissem Sinne eine Heilslehre, ein Rettungsanker in höchster Not. In diesem Fall hat die heutige Begegnung für mich, und ich wiederhole, nur für mich, der ich ein Dichter bin – die Bedeutung einer Offenbarung.«
Il Comandante kehrte zurück, gefolgt von drei kostümierten Kellnern, die auf riesigen Silbertabletts Flaschen und Gläser verschiedener Größe und Farbe herbeitrugen.
»Hör zu«, sagte ihm Orlando, »denn es ist interessant.«
»Erschrecken Sie nicht vor Worten«, fuhr Adrian fort. »Nicht jede Offenbarung gleicht jenen, die uns aus den beiden Testamenten bekannt sind. Die Offenbarung, die einem Dichter, zum Beispiel, zuteil wird, kann allen anderen unverständlich bleiben.«
Die Kellner füllten schweigend die Gläser. Sie schenkten jedem Gast aus einer anderen Flasche ein. *Il Comandante* schickte sich an, einen Toast auszubringen, aber Orlando warf ihm einen vernichtenden Blick zu, und so begnügte er sich mit einem kurzen *»Salute!«*
»Salute!« erwiderten die jungen Damen.
»Ich weiß nicht, was das für ein Getränk ist«, sagte Adrian, was immer es aber auch sei, mir ist es willkommen, denn ich bin sehr durstig.«
Er nippte zunächst daran, tat dann einen kräftigen Schluck und leerte das Glas. Orlando sah sich nach den wenigen Paaren um, die wie geistesabwesend tanzten. Das Orchester

spielte *con sordino,* und an den Tischen sprachen alle im Flüsterton und schielten zu ihnen hinüber.

»Wie langweilig!« rief Orlando aus und wendete sich an *Il Comandante.* »Wo hast du die nur aufgelesen? Kamen sie gerade von einem Begräbnis?«

Il Comandante sprang sofort auf und gab schon von der Ferne mit den Armen fuchtelnd dem Orchester energisch ein Zeichen, es solle das Tempo beschleunigen. Dann flüsterte er den Leuten an den Tischen zu:

»Allegria! Allegria!«

Erschrocken erhoben sich an allen Tischen Paare und eilten auf das Tanzparkett. Die an den Tischen geblieben waren, begannen zu lachen, laut zu sprechen und die Stühle hin und her zu rücken.

»Außerordentlich«, rief Adrian aus, bezaubert von dem Bild, das sich ihm bot. »Außerordentlich und unbegreiflich. Denn es sind doch *dieselben* Männer und Frauen, und sie treiben dies Spiel seit Tausenden, vielleicht seit Zehntausenden von Jahren. Daß niemand es bedenkt, ist mir ein Rätsel. Vielleicht ist es auch kein Rätsel, sondern nur ein Wunder«, staunte er und führte das Glas an seine Lippen, das eine der jungen Damen ihm wieder gefüllt hatte.

»Lassen Sie das«, fuhr ihn Orlando an. »Kommen Sie zur Sache. Sie sprachen von der heutigen Verabredung. Sie erklärten, sie sei Ihnen äußerst wichtig. Sie erhofften sich eine Offenbarung von ihr. Weshalb?«

»Ich sagte es Ihnen schon: Weil mir bei dieser Begegnung eine Botschaft übermittelt werden sollte.«

Il Comandante hatte sich gerade wieder auf seinen Stuhl gesetzt und nach dem Glas gegriffen.

»Hör nur genau zu«, sprach Orlando auffordernd . »Hör zu, denn jetzt wird es interessant. Er spricht von einer Botschaft. Bei der heutigen Begegnung erwartete er eine Botschaft. Begreifst du? *Um 16.30 Uhr erwartete er eine Botschaft.«*

»Eine Botschaft?« stammelte *Il Comandante* verwirrt.

»Von wem?«

Adrian sah ihn eine Weile forschend an, dann hob er sein Glas und trank langsam, als wolle er die Antwort hinauszögern.

»Ich weiß nicht, ob ich mich deutlich genug ausgedrückt habe«, sagte er schließlich. »Eine Botschaft setzt einen Boten voraus, hinter dem ein Auftraggeber steht ...«

»Das ist mir bekannt«, fuhr Orlando auf, dem die Geduld allmählich riß. »Doch wer ist dieser Auftraggeber, und welchen Inhalt hat seine Botschaft?«

»Eine Antwort muß es für jeden von uns geben. Ich weiß nur nicht, ob die Antwort, die ich erhalten werde, auch für Sie gültig sein wird ...«

»Lassen Sie das«, unterbrach ihn Orlando. »Ob die Antwort gültig ist oder nicht, werde ich Ihnen später sagen. Vorläufig geht es mir darum zu wissen, *wer* die Botschaft sandte, und *weshalb? Weshalb um 16.30 Uhr?«*

Ein Lied trällernd, rhythmisch in die Hände schlagend und Tanzschritte andeutend, näherte eine Gruppe maskierter Gestalten sich ihrem Tisch. Orlando griff erbost nach seinem Schriftstück, fuchtelte drohend mit ihm und verjagte die Leute.

»Um 16.30 Uhr?« wiederholte Adrian und rieb sich die Stirne. »In der Tat, weshalb um 16.30 Uhr? Darauf muß es eine Antwort geben. Um sie zu finden, muß ich jedoch *den anderen* identifizieren, jenen, der hinter dem Boten steht. Verstehen Sie, worauf ich anspiele?« wandte er sich an seine Tischnachbarinnen. »Weder die Botschaft noch ihr Übermittler kann jemanden erlösen – ich verwende hier die Sprache der Theologie lediglich ihrer Terminologie wegen, sonst ist mir die Theologie gleichgültig, vielleicht auch unzugänglich. Der Bote kann den Menschen nur *erwecken*, ihn vorbereiten, die auf ihn persönlich abgestimmte Offenbarung zu dechiffrieren ...«

In diesem Augenblick tat sich die Tür auf und ein hochgewachsener Mann erschien auf der Schwelle. Er hielt die

Hände auf dem Rücken und sah prüfend, ohne Eile, um sich. Adrian blickte ihn erstaunt an, dann zog er seine Stirne in Falten, als bemühte er sich, ihn wiederzuerkennen. Der Mann näherte sich ihrem Tisch, zielsicher, aber unauffällig. Er beugte sich zu Orlando und flüsterte ihm einige Worte ins Ohr.

»Piano, piano!« rief *Il Comandante* aus, stand hastig auf und eilte zum Orchester. *»Piano!«*

Unschlüssig hielten einige Paare im Tanzen inne und setzten sich schweigend an die Tische. Die meisten Paare tanzten jedoch weiter, zogen sich langsam und schwankend in die dunklen Ecken des Saals zurück.

»Im 21. Stockwerk?« fragte Orlando gereizt. »Sind Sie sicher, daß er dort war? Wer hieß ihn zum 21. Stock fahren? Wir waren in meiner Wohnung verabredet. Als es fünf Uhr schlug und er nicht erschien, nahm ich meine Akte und kam herunter; ich dachte, er sei in der Bar geblieben.«

Die jungen Damen steckten die Köpfe zusammen und begannen untereinander zu tuscheln.

»La Vedova«, hörte Adrian seine Nachbarin zur Rechten sagen.

Er erhob sein Glas und fing an zu trinken.

»Ein Unfall? Und wieder im 21. Stockwerk!« glaubte er noch zu hören, gerade als *Il Comandante* an den Tisch zurückkehrte und sich immerfort lächelnd die Stirne mit dem Taschentuch wischte.

»Es war kein Unfall«, stellte *Il Comandante* richtig, und seine Miene verfinsterte sich. »Der Aufzug ist wieder einmal steckengeblieben, und zwar im 21. Stockwerk. Das ist alles ...«

Er wollte sich setzen, als Orlando aufstand und, ohne jemanden anzusehen, das Aktenstück unter dem Arm, zur Tür ging. *Il Comandante* eilte ihm nach. Adrian folgte ihm mit den Blicken und bemerkte, daß die Tür sich neuerdings auftat. Eine Frau schwankte im Halbdunkel und lehnte sich langsam an die Wand, jäh griff Adrian nach seinem Herzen;

> *»Chi è costui che senza morte*
> *Va per lo regno della morta gente?«**

flüsterte er, zu seiner Nachbarin gewandt.
Die jungen Damen sahen ihn verlegen lächelnd an. Wirklich zu lachen wagten sie nicht. Das Orchester, das während der letzten Minuten nur ganz leise gespielt hatte, verstummte.
»Es beginnt wieder heftig zu schlagen«, sagte Adrian und preßte seine Hand aufs Herz. »*Man macht mir Zeichen.* Wenn ich nicht zurückkehre, seid unbesorgt. Mir kann nichts passieren. Wie ihr alle bin auch ich unsterblich . . .«

Die Frau blickte ihn im Näherkommen an, und ein Strahlen erhellte ihr ganzes Gesicht.
»Wartest du schon lange auf mich?« fragte sie. »Ich habe mich verspätet. Es war nicht meine Schuld.«
Adrian verneigte sich und ging ihr entgegen.
»Wie seltsam, daß ich die Sprache verstehe«, sagte er. »Ich verstehe sie sogar sehr gut, als hätte ich sie schon seit jeher gekannt.«
Die Frau sah ihn immer noch lächelnd an.
»Es ist deine Sprache, Adrian.«
»Wie seltsam, daß du auch meinen Namen kennst . . .«
»Wer kennt ihn nicht?« unterbrach sie ihn erregt. »In allen Lokalen von der ›Floarea Soarelui‹ bis zu ›La Platani‹, vom ›Scrînciob‹** bis zum ›Albatros‹ und ›Dor Marunt‹,*** in allen Gärten und Parks kennt jedermann deinen Namen. Man hört ihn nach Mitternacht unter Bäumen und auf den Straßen . . .«

* Dante, Göttliche Komödie.
** Schaukel.
*** Kleine Sehnsucht.

Adrian hielt die rechte Hand noch immer gegen sein Herz gepreßt.
»Ich höre dir gerne zu. Ich kann dir nicht immer folgen, fühle jedoch, daß mir Zeichen gegeben werden. *Zeichen*«, wiederholte er, die Stimme leicht senkend. »Sie scheinen von weither zu kommen.«
»In der Tat: Von sehr weither«, sagte die Frau und nahm seine Hand. »Komm. Ich bin müde.«
Sie setzten sich an den ersten Tisch bei der Wand. Adrian führte die Hand an die Stirne, rieb sich die Augen, neigte sich vor und sah sie forschend an.
»Sag doch noch etwas«, forderte er sie nach längerem Schweigen auf. »Sprich. Sprich zu mir. Ich höre dir so gerne zu.«
Die Frau preßte die Lider zusammen, als versuchte sie, sich etwas in Erinnerung zu rufen. Plötzlich begann sie im Flüsterton zu rezitieren:

»... Liebmädchen, du Eine,
kennst Lieder wie keine
deiner Saiten Klang
ist Orpheus' Gesang ...«

Adrian streckte den Arm über den Tisch und unterbrach sie.
»Habe ich das geschrieben? Sind es meine Verse?«
»Nein. Es schrieb sie einer, der nach dir kam«, fügte sie hinzu, suchte seinen Blick und sah ihm tief in die Augen. »Er schrieb sie aber für dich, um dir seinen Dank abzustatten. Weil du ›Im Hof bei Dionis‹ verfaßt hast. Entsinnst du dich noch, wie das Gedicht beginnt?«
Sie schien es aufsagen zu wollen. Doch Adrian, tief bewegt, griff nach ihrer Hand.
»Das war vor langer Zeit, *am Urbeginn*, als ich zu dichten anfing. Niemand verstand es. Sie begriffen nicht, daß die Verse im Zeichen des Orpheus standen, daß von Dionysos

die Rede war, und daß ich ihnen das Nahen der namenlosen Glückseligkeit verkündete, die uns *winkte*, sobald wir alle bei ihm, an seinem fürstlichen Hof, am Hofe des Gottes, versammelt sein würden.«

Ergriffen lauschte die Frau und hielt seinen Blick fest.

»Du weißt nicht, wie schwer es war«, fuhr Adrian fort. »Vergeblich waren meine Versuche, ihnen alles zu erklären. Niemand verstand, daß von Dionysos die Rede war. Erinnerst du dich noch an jenes schöne Mädchen, das wir Leana nannten? ...«

»Ich heiße gar nicht so«, flüsterte die Frau. »Die Leute nennen mich Leana, aber ...«

»... meiner Sünden wegen bin ich verdammt, in Schenken zu singen« beendete Adrian den Satz. »Ich war zu Besserem bestimmt ...«

Die Frau nahm seine Hand und küßte sie.

»Adrian, mein Herr und Gebieter, für dich war ich nie Leana ...«

Adrian sprang auf und trat vor sie hin.

»Ich weiß, wer du bist. Wußte seit langem, daß es so kommen würde. Und ich bitte dich, mir zu glauben, daß ich keine Furcht empfinde. Ich wußte, daß ein Bote immer von einem anderen gesandt wird. Sobald du willst, werde ich dir folgen. Ich habe keine Angst. Bevor wir gehen, will ich dich aber nur noch eines fragen: Meine Verse, Leana, was geschah mit allen meinen Versen?«

»Man hört sie auf den Straßen, Adrian, man hört sie im Dunkeln, nach Mitternacht, in den Gärten und Gartenlokalen, überall dort, wohin du mich sandtest, um sie zu singen ...«

»Alle meine Verse ...« wiederholte er gerührt.

»Ich tat, was du mich lehrtest«, fuhr Leana fort. »Ich brachte deine Verse unters Volk. Du wolltest, daß ich sie nachts singe ...«

»Nur des Nachts« unterbrach Adrian sie. »Um die Menschen sanftmütiger zu stimmen. Denn nur des Nachts können sie noch besänftigt werden, und auch nur manche von ihnen. Aber obwohl du ihnen meine Lieder Nacht für Nacht vorsangst, verstanden sie ihren Sinn nicht«, fügte er mit einem traurigen Lächeln hinzu.

»Jetzt verstehen sie deine Lieder, und wenn du ihnen eines Tages sagst, wer du bist ...«

Als hätten ihn plötzlich die Kräfte verlassen, ließ sich Adrian auf den Stuhl fallen.

»Du hast es ihnen gesagt«, flüsterte er, »hast es ihnen so oft gesagt. Jahre hindurch hast du es ihnen wiederholt.«

»Ja, ich sagte ihnen, daß du ein Dichter bist, daß du Adrian heißt und daß ich dich liebe.«

»Was könnte ich dem noch hinzufügen?« fragte Adrian und richtete sich auf, um sich seine Verzweiflung nicht anmerken zu lassen. »Ich bin eben nur dies, war stets nur Adrian, der Poet, in den sich früh, oh, *allzu früh* sein Schutzengel, der Todesengel, verliebte.«

Leana hörte ihm unverwandt zu, sie kümmerte sich nicht um die großen Tränen, die langsam über ihre Wangen rannen.

»Das war eben mein Los«, flüsterte sie. »Ich wußte immer schon, daß du nicht glücklich würdest, wußte, daß ich den einzigen Mann, den ich lieben, mein Leben lang lieben würde, nie glücklich machen könnte.«

Adrian ergriff ihre Hand, küßte sie, behielt sie zwischen seinen Händen und streichelte sie.

»Nein, meine Geliebte, das habe ich nicht behauptet. Wie hätte ich werden können, was ich bin, ohne glücklich gewesen zu sein? Und wie hätte ich glücklich sein können, hättest du, mein Schutzengel, nicht meine Bahn gekreuzt? Nun aber, da ich so viele Zeichen erhielt, fange ich an zu begreifen. Ich sagte dir schon, meine Geliebte: Ich habe keine Angst.« Seine Stimme klang fest und klar. »Ich begriff gleich von Anfang an, ich stellte mich nur dumm. Zunächst unterlief mir allerdings ein Fehler nach dem anderen; schließlich ließ mich mein Gedächtnis ganz im Stich.

Und vielleicht bedauerte ich es gar nicht so sehr, denn mit dem Namen vergaß ich auch die Botschaft. Es ist alles so gekommen, wie ich es vorausahnte. Jetzt begreife ich alles. Du, mein Schutzengel, meine geliebte Leana, wirst auch mein Todesengel sein.«

Leana erhob sich mühsam und nahm seinen Arm.

»Auch dein Todesengel«, flüsterte sie, »denn sobald unsere Stunde schlägt, wollen wir gemeinsam den Weg antreten ...«

Überaus behutsam, als fürchte sie, er könnte zusammenbrechen, hielt sie ihn am Arm fest und führte ihn zur Tür.

»Und wieder werde ich vor dir gehen«, flüsterte sie lächelnd.

Adrian folgte ihr schweigend. Nach einigen Schritten blieb er jedoch plötzlich stehen und wischte ihr sanft die Tränen von den Wangen. Da fiel sein Blick auf die maskierten Gestalten, die sie von den Tischen und von der Estrade aus stumm und wie versteinert anstarrten.

»Was ist mit ihnen?« fragte er betroffen. »Warum sind sie so reglos? Warum blicken sie uns so starr an?«

Leana zog ihn energisch fort.

»Adrian, mein Herr und Gebieter, *sieh dich nicht mehr um«*, flüsterte sie ihm ins Ohr. »Blick' nur noch nach vorn, sonst verlieren wir uns wieder, und wer weiß, ob wir uns dann noch einmal finden.«

Sie öffnete die Tür, beide blieben jedoch an der Schwelle stehen, geblendet von dem gleichmäßig starken Licht, das auf die roten Teppiche flutete.

»Ich sagte dir schon, daß ich keine Angst habe«, erklärte Adrian in feierlichem Ton. »Sag mir die Wahrheit: Muß es *jetzt* geschehen, in wenigen Augenblicken? Oder ist es vielleicht schon geschehen, ohne daß ich es bemerkte? Sag mir die Wahrheit: *Bin ich gestorben?«*

Leana fuhr sich mit der Hand an die Augen, versuchte jedoch nicht, ihre Tränen fortzuwischen.

»Nein«, flüsterte sie. »Nur der Chauffeur ist gestorben.

Doch das geschah *vor langer Zeit.* Vor langer Zeit«, wiederholte sie mit fester Stimme und sah ihm voller Verzweiflung tief in die Augen, als wolle sie ihn wachrütteln.
»Und dennoch sah ich ihn«, fuhr er überstürzt fort, *»ich sah ihn,* mehr noch ...«
»Du hättest nicht zurückblicken dürfen«, unterbrach ihn Leana. »Adrian, *sieh dich nie wieder um.* Wenn du noch einmal zurückblickst, verlieren wir uns, verlieren uns für immer ...«
Schweigend gingen sie weiter, zum runden Spiegelsaal hin.
»Jetzt entsinne ich mich genau«, sagte Adrian plötzlich. »Es war eine klare, vornehme, höfliche Stimme.«
»So gingen wir einst zusammen«, unterbrach ihn Leana. »Wir schritten auf ebenso dicken Teppichen in einem Hotel wie diesem, hielten uns eng umschlungen, und ich sagte zu dir: ›Adrian, das ist doch alles ohne Bedeutung. Wichtig ist, daß ich dich traf und daß du mich liebtest und mir halfst, mein trauriges Los zu vergessen, indem du mich lehrtest, Lieder zu singen und Verse zu sprechen. Und wenn unsere Liebe auch nur einen Sommer lang währt, wird es mir reichen. Es wird ausreichen‹ ...«
»Ich entsinne mich genau«, fuhr Adrian fort. »Damals, in Wien, sagte ich dir: ›Leana, vergeblich singen nun alle ‚Im Hof bei Dionis'‹. Sie haben das Lied nicht verstanden. Sie können nichts dafür. Den wahren Sinn des orphischen Mythos hat bisher keiner begriffen. Die Botschaft des Orpheus hatte ein Ziel: die Veränderung der Menschen, ihre Wandlung. Um diese Wandlung zu erreichen, darf man nicht bei den Eliten beginnen, man muß *tief unten* den Anfang machen, bei den einfachen Leuten, die ihre Nächte in Schenken und Gartenrestaurants verbringen‹ ...«
Leana blieb plötzlich stehen, schloß Adrian in ihre Arme und küßte ihn.
»Mein Geliebter«, flüsterte sie. »Es ist wahr. Das hast du mir in Wien gesagt. Du *erinnerst dich also ...«*
»Und ich erklärte dir, weshalb es *so schwer sei«,* fuhr Adrian

lächelnd fort. »Wer die Botschaft des Orpheus nicht begreift, weiß nicht, daß die Dichtung nicht nur eine Heilslehre, sondern auch eine politische Waffe sein kann. Nur sie kann uns noch erlösen, kann die Menschen verwandeln.«
»Geliebter«, flüsterte sie und schmiegte sich eng an ihn.
»Aber du weißt ja, was Orpheus widerfuhr. Alle Welt weiß es. Auch ich wußte es seit langem. Und ich sagte dir schon, ich hatte keine Furcht. Ich wartete. Und jetzt, vor wenigen Tagen, hörte ich ihn, er hatte eine klare Stimme, die ich nie vergessen werde. Und er bestellte mich heute zu einer Verabredung.«
»Nein, mein Geliebter«, unterbrach ihn Leana. »Das geschah vor langer Zeit. *Vor langer Zeit«*, wiederholte sie und drückte seinen Arm. »Als du den Unfall hattest und wie durch ein Wunder davonkamst. Erinnere dich genau. Du wußtest, wie ungern ich warte, und *wir hatten eine Verabredung um 16.30 Uhr.* Du fandest lange kein Taxi, denn es regnete.«
Adrian löste seinen Arm aus dem ihren und blickte ihr tief in die Augen.
»Es ist also wahr«, flüsterte er.
»Ja. Es ist wahr. Ich warnte dich. Ich stand unter einem Fluch. Ich wußte es, gleich als ich dich kennenlernte. Damals sagte ich dir, du seist schön wie der Engel des Todes. Du hast daraufhin gelächelt, hast nur gelächelt. Du wolltest nicht erwidern. Du wußtest selbst schon damals, ahntest schon, wer dein Todesengel sein würde.«
»Um 16.30 Uhr«, wiederholte Adrian.
»Ja. Es war meine Schuld. Du kanntest meine Ungeduld. Sahst immer wieder auf die Uhr. Es war spät, sehr spät geworden. Und du sagtest dir: Um 16.30 Uhr. *Ich habe eine Verabredung um 16.30 Uhr!* . . . So war es«, fügte sie leise hinzu. »So nahm das Unheil seinen Lauf . . .«

Sollte ich mich einmal dazu entschließen, ein Theaterstück zu schreiben, würde ich in folgender Weise vorgehen:
Ein Schauspieler tritt vor den Vorhang, nähert sich der Rampe, ruft *»Adieu!«*, läßt seine Blicke durch den Saal schweifen, als suche er jemanden, ruft ein zweites Mal *»Adieu!«* und fügt nach einer längeren, bedrückenden Pause hinzu: »Das war alles, was ich Ihnen zu sagen hatte: *Adieu!* . . .« Darauf wirft er gewandt und voller Ergriffenheit, wie es seinem Metier geziemt, die Arme hoch oder verabschiedet sich mit einer anderen einstudierten Geste, zieht sich diskret, wenn auch sichtlich betrübt zurück, indem er zu verstehen gibt, daß ihm nichts anderes übrig bleibt, und verschwindet hinter dem Vorhang.
Das Publikum wird freilich verständnislos dreinblicken, wird meinen, dies gehöre zum Stück und wird neugierig der Dinge harren, die da kommen sollen. Einige werden sich umdrehen und nach hinten starren, werden miteinander zu plaudern anfangen, werden warten. Doch vergeblich. Der Vorhang wird nicht aufgehen. Von hinter dem Vorhang her wird man indes bald Geräusche vernehmen: den Aufschrei einer Frau, dann den anscheinend von mehreren Männerstimmen zugleich gesprochenen Text aus kurzen, drohend klingenden Sätzen. Die Zuschauer in den letzten Reihen, zumeist Studenten, werden zu kichern anfangen. Manche von ihnen werden aufstehen, in der Hoffnung, auf diese Weise eher erfahren zu können, was da vorne los ist. Doch die anderen werden protestieren, werden *»sitzen bleiben! sitzen bleiben!«* rufen. Die Zuschauer in den vorderen Reihen werden anfangen, höflich in die Hände zu klatschen, und die jungen Studenten werden rhythmisch mit den Füßen stampfen und schreien. Der ganze Saal wird in Aufruhr geraten.

Da wird ein bleicher, melancholisch aussehender Herr mittleren Alters aus irgendeinem Winkel auf die Bühne zuschreiten. Der Beifall wird eine Weile verebben, dann jedoch noch stürmischer losbrechen, so daß die ersten Worte des Mannes, der mit erhobenen Armen zum Sprechen ansetzen wird, sich im allgemeinen Tumult verlieren und die Zuschauer einander mit Fragen bedrängen werden: »Was hat er gesagt? Was hat er gesagt?«

»Im Namen des Regisseurs und im Namen meiner Kollegen bitte ich Sie, Ruhe zu bewahren. Es fällt mir wirklich nicht leicht, Ihnen alles zu erklären. Ich habe mit allen Mitteln versucht, mich der mir auferlegten Aufgabe zu entziehen. ›Betrauen Sie doch einen anderen mit dieser Aufgabe‹, sagte ich dem Spielleiter, flehte ihn geradezu an. ›Wählen Sie jemanden, der sich unvermittelt auszudrücken versteht, der dem Publikum unverblümt die Wahrheit sagen kann, den Darius zum Beispiel oder die Melanie. Sie kennen mich doch zur Genüge, um zu wissen, daß ich nicht ohne Umschweife reden kann. Müßte ich in Ihrem Auftrag dem Publikum erklären, warum die Sonne sich jetzt, im Frühherbst, gen Norden neigt, ich würde zu Allegorien Zuflucht nehmen und den Leuten dies anhand von Dutzenden von Anspielungen, von unzähligen Bildern vor Augen führen. Warum ist Ihre Wahl auf mich gefallen? Und das zu einem Zeitpunkt, *da ich noch nicht einmal den ersten Auftritt hinter mir habe?*‹«

»Lauter! Sprechen Sie lauter!« rief jemand hinten im Saal.

»Es wird mir schwerfallen, denn mein Monolog ... Im Vertrauen will ich Ihnen gestehen, daß ich um des Monologes willen, den ich im zweiten Akt sprechen soll, an Provinztheatern, die mir Engagements boten, die besten Rollen ablehnte.«

»Lauter!« rief wieder jemand.

»Ich sagte Ihnen, daß es mir schwerfallen würde, denn der Monolog, den ich erwähnte, muß *sotto voce* gesprochen werden. Ich werde mich zwischen Fässern hindurchschleichen, zu Ihnen hinsehen und meinen Monolog sprechen. Sie werden mich jedoch weder hören, noch sehen, denn der Vorhang wird uns trennen.«

»Sprechen Sie doch lauter, mein Herr!« rief eine Frau, eine ältere Dame, und sprang entrüstet auf.

Einige Zuschauer brachen in Lachen aus, andere klatschten in die Hände. Da hörte man von neuem ein strenges: »Pssst!«, worauf der Saal verstummte. Nach wenigen Augenblicken wurde dieses eisige Schweigen von einer kräftigen Stimme hinter dem Vorhang unterbrochen. Sie schien etwas befohlen zu haben, denn gleich darauf vernahm man entfernte Hurra-Rufe, aber auch ein Schluchzen, ganz dicht am Vorhang. Offenbar weinte eine Frau. Der Schauspieler an der Rampe wandte sich erstaunt um.

»Wie schnell doch die Zeit hier bei Ihnen verstreicht!« rief er aus. »Wie im Flug! Wir sind bereits bei der dritten Szene angelangt, der vielleicht mysteriösesten, jedenfalls tragischsten. Sie können mir glauben, es fällt mir schwer, wirklich schwer. Wie soll ich's Ihnen nur erklären? Ich weiß, was der Regisseur gern gesehen hätte. Wenn es nach seinem Wunsche ginge, müßte ich Ihnen nun höflich gestehen, daß wir übereingekommen sind, mit der Vorstellung bereits um zwanzig Uhr dreißig zu beginnen, würde Ihnen mein Mitgefühl aussprechen, Sie um Verständnis bitten und Sie ersuchen, sich still zu verhalten. Es ist zwar ein alter, solider Vorhang, der die Geräusche auffängt und dämpft, wenn Sie aber zu laut lachen oder klatschen oder mit den Füßen auf den Boden stampfen, hört man es auch auf der Bühne. Und es gibt überaus subtile Szenen, fast hingehauchte Monologe, im Flüsterton gesprochene Dialoge. Warum sollten wir auch sofort antworten, wenn ein Unbekannter, ein Fernstehender das Wort an uns richtet? Wir antworten, wann wir es für richtig halten, wir lassen uns Zeit. Die Aufführung muß vorschriftsmäßig um halb zwölf zu Ende sein, aber *wir haben doch Zeit*, brauchen uns nicht zu beeilen . . .«

Er setzte zum Lächeln an, überlegte es sich aber, fuhr sich mit der Hand über die Lippen und strich sich übers Kinn. Da erbebte der Vorhang plötzlich der ganzen Breite nach wie von einem Windstoß, und man hörte ein dumpfes, schwer definierbares Geräusch.
»Da ist jemand hingefallen«, rief ein junger Mann in der ersten Reihe und wollte aufstehen.
»Sehen Sie, das wollte ich Ihnen gerade sagen«, fuhr der Schauspieler fort. »Wir verstehen uns nicht mehr. Ich glaubte zunächst, es läge am Vorhang, der uns trennt, an der einfachen Tatsache, daß zwischen Ihnen, dem Publikum, und uns Schauspielern ein Abgrund klafft. Das ist es aber nicht. Was immer man auch sage, wir sind alle Menschen. Ob wir uns nun hinter oder vor dem Vorhang befinden. *Entscheidend ist die Zeit.* Wir haben Zeit, wir beeilen uns nicht, was *wir* uns daher *im stillen anvertrauen . . .*«
Er zögerte wieder und strich sich mit der Hand übers Kinn. »Es ist allerdings gar nicht so einfach«, fügte er hinzu. »Wir verstehen uns nicht. Obwohl wir scheinbar die gleiche Sprache sprechen, können Sie uns nicht verstehen. Wer von Ihnen kennt nicht das einfache, pathetische, wenn nicht gar tragische Wort: *Adieu?* Und dennoch: als mein Kollege Ihnen vorher erklärte, *dies sei alles, was wir zu sagen hätten,* brachen Sie in Gelächter aus, fingen an zu klatschen und mit den Füßen zu stampfen . . . Der Spielleiter und wir Schauspieler ersuchen Sie indes noch einmal, ruhig zu bleiben. Sofern Sie aber nicht die Geduld aufbringen, bis zum Ende der Aufführung, bis um halb zwölf auszuharren, können Sie ja gehen . . . Sie haben zu Hause gewiß genug zu tun . . .«
Er verneigte sich, als wolle er sich zurückziehen. Da sprangen die Zuschauer aus den ersten Reihen auf, und einer von ihnen bemerkte mit feierlichem Ernst: *»Wir sind kein gewöhnliches Publikum!«* Er war innerlich so erregt, daß man seine Worte kaum vernahm. Seine Sitznachbarn griffen jedoch die Worte auf und wiederholten:

»Wir sind kein gewöhnliches Publikum! Können schon ein A von einem X unterscheiden, wir haben uns auf das Stück vorbereitet.«

»Während des ganzen Sommers«, sekundierten ihnen andere. »Wir haben ganze Wälzer durchgeackert.«

»Wir haben studiert«, fügten nun auch einige, die weiter hinten saßen, hinzu. »Wir haben uns vorbereitet.«

»Um das Stück zu verstehen!« griff der Herr mit der feierlichen Stimme wieder ins Gespräch ein. »Wir haben auf die Herbstsaison gewartet. Haben uns auf sie gefreut«, fuhr er mit erstickter Stimme fort.

»Wir sahen den Sommer verstreichen«, sagte sein Nachbar.

»Und bedauerten es nicht«, fuhren die anderen fort.

»Wir sagten uns: »Macht nichts! Macht nichts! Im Herbst öffnet das Theater ja wieder die Pforten!« ...

»Das Theater!« ereiferten sich auch einige Studenten und erhoben sich von ihren Plätzen. *»Ein Abbild des Lebens, ein Hort der Ideen, ein Stimulans für unsere Phantasie!«*

»Als wir auf dem ersten Plakat den Titel des Stückes lasen«, sagte eine Frau ganz außer sich, »glaubten wir zu begreifen, worum es geht.«

»Gewiß, gewiß!« stimmten ihr viele bei und standen auf.

Der Schauspieler hörte ihnen voller Wohlwollen, wenn auch etwas geistesabwesend zu und schüttelte von Zeit zu Zeit den Kopf. Dann fing er, ehe der Lärm im Saal sich gelegt hatte, wieder zu sprechen an:

»Es ist genau das eingetreten, was ich vorausgesehen habe. Ich habe den Spielleiter gewarnt. ›Bereiten wir uns für die V. Szene vor‹, bat ich ihn, ›denn auch die Leute im Saal werden sich darauf vorbereiten. Vielleicht haben Sie Sanskrit gelernt, jedenfalls dürften sie sich mit Anthropologie, mit Mythen und Strukturanalysen befaßt haben. Insbesondere bei der Premiere müssen wir mit einem gebildeten Publikum rechnen. Es werden viele Studenten darunter sein. Wir werden den Vorhang aufgehen lassen müssen ...‹«

Im Saal herrschte wieder Ruhe, so daß die letzten Worte des Schauspielers fast von allen gehört wurden.
»Nun fängt's richtig an«, flüsterte jemand. »Das ist der Anfang.«
Freilich waren die Vorgänge nicht allen verständlich.
»Was meinte er damit?« fragte eine junge Frau leise, doch eindringlich.
»Es ist ein schwieriger Text«, erklärte ihr Partner. »Ein poetischer Text voll rätselhafter Anspielungen.«
Der Schauspieler war in der Mitte der Bühne stehengeblieben, verlorenen Blicks, als frage er sich, was er dort zu suchen habe.
»Um Gottes Willen!« hörte man jemand hinter dem Vorhang ganz klar ausrufen.
Die Leute im Saal wagten kaum mehr zu atmen. Zögernd und scheinbar widerstrebend fing der Schauspieler an, den Vorhang zu betasten. Er fand den Zipfel, den er gesucht hatte, und zog den Vorhang hinter sich her.
»Die V. Szene«, setzte er wieder zum Sprechen an. »Von einem gewissen Standpunkt ...«
Niemand hörte ihm jedoch zu, denn wichtiger erschien den Zuschauern, was sie nun auf der Bühne sahen. Obgleich der Vorhang nur halb zur Seite gezogen war, starrten alle dorthin. Eine schöne, junge Frau mit schulterlangem Haar hielt die Hände auf dem Rücken verschränkt, und bald begriffen alle, daß die Frau gefesselt war. Vor ihr stand ein älterer, düster zu Boden blickender Mann. Doch kaum waren die Zuschauer seiner finsteren Miene gewahr geworden und hatten erfaßt, warum er nicht aufzublicken wagte, als der Mann auch schon verschwunden war. Mit wenigen Schritten hatte er sich hinter den Vorhang zurückgezogen. Die Frau schien aus einem Traum zu erwachen, blickte um sich, und ihre Miene erhellte sich kaum merklich.
»Lachelt sie?« fragten sich manche.
Doch ehe sie sich darüber klar werden konnten, ließ der Schauspieler den Vorhang, den er mit großer Mühe aufge-

hoben hielt, plötzlich fallen, und durch den ganzen Saal ging ein enttäuschtes Raunen.

»Ich bitte Sie, nicht zu klatschen«, sagte der Schauspieler, zur Rampe vortretend, »denn die Szene ist noch nicht zu Ende. Wie ich Ihnen schon sagte und wie auch der Spielleiter meinte ...«

»Lauter!« schrien einige Studenten aus dem Saalhintergrund.

Der Schauspieler warf verzweifelt die Arme hoch.

»Ruhe, bitte, Ruhe!« flüsterte er. »Bringen Sie doch ein wenig Geduld auf! Lange wird es nicht mehr dauern. Und für uns ist die Szene von größter Wichtigkeit. Denken Sie an Ihre Kindheit zurück, gedenken Sie der Freunde, die Sie verloren haben ...«

In diesem Augenblick brach hinter der Bühne ein anhaltendes Hurra-Geschrei los.

Sichtlich ergriffen wandte sich der Schauspieler um. Man hörte Stimmen, die jedoch von erneuten Hurra-Rufen übertönt wurden. Den Zuschauern riß plötzlich die Geduld. Sie begannen wieder zu klatschen und mit den Füßen zu stampfen. Vergebens flehte der Schauspieler sie mit erhobenen Armen an, sich zu mäßigen. Die Studenten waren nicht mehr zu halten. Da stürmte von hinter dem Vorhang her das Mädchen zur Rampe.

»Was geht hier vor?« fragte sie in rauhem Ton. Ihre Stimme klang unerwartet grob, fast vulgär. »Sie scheinen vergessen zu haben, daß Sie sich im Theater befinden. Wenn Sie das Stück nicht verstehen, können Sie von mir aus den Saal verlassen, aber auf Zehenspitzen. Gehen Sie zur Kasse; man wird Ihnen das Geld für die Karten zurückerstatten.«

»Wir verstehen das Stück sehr wohl«, sprach ein junger Mann gelassen und dennoch in drohendem Ton. »Wir sind bisher sehr gut mitgekommen. Es handelt sich hier um das Vaterproblem. Aber wir wollen wissen, wie es weiter geht. Warum habt ihr den Vorhang fallen lassen?«

Das Mädchen sah ihn groß an, als hätte sie ihn nicht verstanden.
»Wer hat den Vorhang fallen lassen?« fragte sie.
»Ihr Kollege«, erwiderte der junge Mann, plötzlich ganz eingeschüchtert.
»Ich begreife nicht, was Sie damit sagen wollen«, fuhr das Mädchen fort. »Wir kümmern uns nicht um den Vorhang. Das ist ja gerade das Neuartige an unserer Aufführung: Wir spielen, als gäbe es keinen Vorhang. Der Autor hat die Aufteilung in Akte und Szenen bewahrt, auf das Auf- und Zugehen des Vorhangs jedoch verzichtet. Warum er es tat, ist klar. Weil das Stück auf diese Weise der Wirklichkeit, dem Leben näher kommt. Im Leben jedes Menschen gibt es auch Abschnitte, der Vorhang fällt jedoch ein einziges Mal. Wenn Sie nicht einmal das begreifen ...«
Darauf zuckte sie die Achseln und schwieg.
»Und dennoch«, sagte der junge Mann, wieder Mut fassend, »dennoch hat *jemand den Vorhang fallen lassen.* Den Vorhang hinter Ihrem Rücken. Und es kann niemand anderes gewesen sein als Ihr Kollege!«
Er wies mit dem Finger auf den Schauspieler.
»Er hat recht!« stimmten ihm mehrere Zuschauer bei. »Wir haben es auch gesehen, wir können es bezeugen, daß Ihr Kollege den Vorhang fallen ließ.«
Das Mädchen wandte sich zum Schauspieler um und sah ihn fragend und fassungslos an.
»Ich sagte es ihnen«, sprach er in traurigem Ton. »Ich sagte ihnen, daß sie das Stück nicht verstehen. Vergebens haben sie den lieben langen Sommer studiert und sich darauf vorbereitet. Vergebens. *Wie wir's auch anstellen, sie begreifen die Vorgänge nicht! ...«*
»Schlimmer noch, sie scheinen alles verkehrt auszulegen ...«
»Lauter! Um des Himmels Willen, sprechen Sie doch lauter!« riefen ihnen die Studenten zu.
Das Mädchen schüttelte ihre schulterlange Mähne, trat einen Schritt vor und sprach:

»Ich habe mich ebenso wie mein Kollege dieser Aufgabe zu entziehen versucht. ›Ich tauge nicht dazu, Herr Regisseur‹, gab ich ihm zu bedenken. ›Sie möchten, daß ich's den Leuten erkläre, aber wie soll ich das nur anstellen? Dürfte ich ihnen vortanzen, würde es mir so leicht fallen.‹ Aber ich weiß, der Autor gestattet es nicht«, fügte sie, die Stimme senkend hinzu. »Er wendet ein, er sei ein Professor, er fürchte, mißverstanden zu werden ...«

»Lauter, Fräulein!« riefen einige.

»Nun ja«, fuhr das Mädchen fort, »ich bat ihn, flehte ihn an: ›Wählen Sie einen anderen, Herr Regisseur, wählen Sie einen Mann, wenn's geht, einen zutiefst gläubigen Mann, zum Beispiel den Darius. Jemanden, dem die Leute Gehör schenken würden‹«, schrie sie, so laut sie konnte.

»Endlich kann man Sie verstehen. Nur so weiter, nur so weiter!« ermutigten die Studenten sie.

»Wählen Sie den Sohn Gottes, genitum, non factum«, schrie das Mädchen aus Leibeskräften. Dann strich sie sich jedoch geschwind mit der Hand über die Stirn, blickte erbleichend um sich und flüsterte:

»Verzeihung. Das hätte mir nicht entschlüpfen dürfen. Es war eine Stelle aus der XI. Szene ...«

»Ja und nein«, präzisierte ein Zuschauer. »Der Autor hat den Satz aus dem *nizänischen Glaubensbekenntnis* übernommen«, berichtigte er.

»Was sagt er?« fragten mehrere Leute im Saal.

»Ich glaube an den einen Gott und so weiter, gezeugt, nicht geschaffen«, wiederholte der Mann in der ersten Reihe, ein noch junger, intelligenter, gebildeter und humorvoller Mensch.

»Na und? Was hat das schon zu bedeuten?« fragte jemand.

»Sehr viel, denn das Fräulein behauptet, es sei eine Stelle aus der XI. Szene. Und wenn das wirklich stimmt, so handelt es sich um ein Plagiat ...«

»Vielleicht ist es ein Zitat.«

»Das hängt vom Kontext ab«, meinte ein Student.

»Und vor allem von der Betonung«, fügte sein Nachbar hinzu.
»Wir würden gern hören, wie diese Worte betont werden«, ereiferten sich die Studenten.
Das Mädchen griff sich wieder mit den Händen an die Schläfen. Man sah ihr an, daß sie völlig verwirrt war. Vielleicht bewirkte dies die Stille, die plötzlich im Saal eintrat.
»Es fällt mir sehr schwer, Ihnen zu erklären, wie ich diesen Satz betone. Dazu müßten Sie zunächst wissen, in welcher seelischen Verfassung ich mich befinde. Um wiederum diese zu begreifen, müßten Sie meine Vergangenheit kennen, meine soziale Herkunft, die Probleme, die mir seit meiner frühen Kindheit zu schaffen machen. Denn schon von Kind auf fühlte ich mich von allem angezogen, was mir unbekannt war. Bis eines Tages, an den ich mich genau erinnere, denn er liegt gar nicht weit zurück ... Ja, es war ein Sommertag in diesem Jahr. Ich ging die Straße entlang und sah die Ankündigung eines Stücks mit dem Titel *»Adieu!«*. Ich war zutiefst ergriffen. Ein Licht ging mir auf. Einer, den ich nicht kannte, auf den ich jedoch gewartet, den ich bereits geliebt hatte, ohne mir darüber so recht im klaren zu sein, einer, der eine entscheidende Rolle in meinem Leben spielen und mich hätte glücklich machen können ... Ach! Ich drücke mich falsch aus, nicht von dem, was wir gemeinhin Glück nennen, war die Rede, es war etwas Edleres und viel Tieferes ... Nun ja, dieser Mensch, den kennenzulernen mir noch nicht beschert war und den ich indes vielleicht suchte, dieser Mensch sagte *mir*, einer Unbekannten, die mit Tränen in den Augen vor dem Plakat stehengeblieben war – denn der Titel war in Balkenlettern gedruckt, bei deren Anblick es einem übel werden konnte, die einem die Kehle zuschnürten –, er sagte mir: *Adieu!* ... Ich begriff und fing vor dem Plakat zu weinen an. Ich begriff, daß jede Hoffnung vergebens war, daß ich ihm nie mehr begegnen würde, daß er sich von uns verabschiedet hat. Er hatte gerade noch Zeit, uns, mir, vor allem *mir*, *Adieu!* zu sagen.

Weinend stand ich vor dem Plakat, als ein Mann auf mich zutrat. Es war der Regisseur. Er fragte mich, ob ich die Rolle der Melanie spielen wolle und wies auf das Plakat. Da las ich im Personenverzeichnis den Namen Melanie und sah den Regisseur verdutzt an. ›Ich weiß, woran Sie denken‹, sagte er mir, ›aber ich beabsichtige nicht, Sie als ein Double zu engagieren. Ich biete Ihnen die Rolle der Melanie an. Es ist eine schwierige Rolle voller Überraschungen, aber ich hoffe, Sie werden sie meistern.‹ ›Eigentlich bin ich Tänzerin‹, wandte ich zögernd ein. Er sah mich erstaunt an und schien enttäuscht. ›Dann wird es allerdings schwierig sein‹, setzte er hinzu. ›Es wird Schwierigkeiten geben wegen des Professors.‹ Ich begriff natürlich nicht, was er damit sagen wollte. Und wenn ich es mir recht überlege, wäre es jedem anderen an meiner Stelle genauso ergangen. Seien Sie ehrlich, hätten Sie gewußt, was er damit meinte?«

Im Saal war es plötzlich still geworden. Das Schweigen war bedrückend. Die Leute schienen verlegen, fühlten sich beinahe schuldig.

»Womit?« ließ sich schließlich eine zaghafte Stimme vernehmen.

»Nun, mit der Bemerkung, es würde Schwierigkeiten geben wegen des Professors.«

»Natürlich hätten auch wir die Anspielung nicht begriffen«, gaben viele zu, und keiner im Saal wagte, den Blick zu heben.

»Selbstverständlich wußte nur der Regisseur darüber Bescheid . . .«

»Und woher wußte er es?« sagte ein Herr aus der ersten Reihe.

Das Mädchen sah ihn verwundert an.

»Jedermann weiß, daß er eine besondere Leidenschaft für Religionsgeschichte hat.«

Im Saal wurde es wieder mäuschenstill. Die Leute schienen ihre Gedanken zu sammeln.

»Nicht für die gesamte Religionsgeschichte«, fuhr Melanie fort, »aber für das Wesentliche: die Religionen Indiens zum Beispiel, Tibets, Japans. Es dürfte Ihnen gewiß auch aufgefallen sein, wie er die v. Szene gedeutet hat: nicht als Symbol, wie es der Autor gewollt hätte, sondern als eine unmittelbare Wirklichkeit, *hic et nunc*, wie sie z. B. das Mahajana versteht, wenn es behauptet, *Nirvana* und *Samsara* seien identisch ...«

»Mir ist nichts aufgefallen«, rief die ältere Dame und sprang wieder auf. »Nichts! Absolut nichts! Dabei habe ich auch Mahajana studiert und weiß sehr wohl, wann von Nirvana die Rede sein kann und wann nicht.«

»Auch wir haben Mahajana studiert!« riefen mehrere Studenten aus. »Wir haben es im Original studiert.«

»Wo ist der Regisseur?« fuhr die ältere Dame fort. »Holen Sie den Regisseur. Er soll uns Rede und Antwort stehen. Sie scheinen uns für Ignoranten zu halten!«

»Den Regisseur?« ließ sich eine Stimme von hinten im Saal vernehmen. »Heute abend bin ich der Regisseur ...«

Darauf schritt ein Mann gelassen zur Bühne.

»Doch welche Erklärungen könnte ich Ihnen geben? Und vor allem wann?« fügte er mit einem Blick auf seine Uhr – ein silbernes Chronometer – hinzu. »Die Pause ist bald zu Ende. In drei, vier Minuten fangen wir mit dem II. Akt an, und kurz darauf werden wir Sie von neuem ersuchen, Ruhe zu bewahren. Der II. Akt erfordert eine starke Verinnerlichung. Ich hoffe, Sie begreifen, was ich damit sagen will.«

»Natürlich begreifen wir es«, erwiderten mehrere Leute.

»Zwischen den Monologen gibt es lange, bedrückende Schweigemomente. Manche dieser Monologe sind wirklich erhaben. Leider wird sie jedoch kaum jemand von Ihnen hören können, denn sie werden ja *sotto voce* gesprochen. Dies ist zudem ein Euphemismus, eigentlich sind es eher Meditationen. Und der Autor machte mich darauf aufmerksam, daß manche Eremiten, ja sogar die berühmtesten unter ihnen, während des Meditierens einschlafen. Und dann wissen sie nichts mehr. Ich meine, sie wissen nicht mehr, was mit ihnen geschieht: kehren sie ins Nichts zurück, verlieren sie sich im Unbewußten, treten sie vor Gottes Angesicht?«

Er stützte sich auf die Rampe, während er diese Fragen stellte, und ließ seine Blicke durch den Saal schweifen, als erwarte er von dort eine Antwort. Niemand wagte indes, sich zu äußern.

»In gewissem Sinne«, fuhr der Spielleiter fort, »ist das Geheimnis undurchdringlich ... Aber Sie können sich denken, was dies für einen Regisseur bedeutet. Wie soll man die Schweigemomente darstellen, die im Verlauf der Religionsgeschichte immer wieder auftreten, im Grunde genommen ein Großteil der Religionsgeschichte ausmachen, wie übrigens im allgemeinen auch jeder anderen Geschichte.«

»Schweigemomente?« fragte jemand.

»Die Schweigemomente, in denen nichts Wichtiges mehr gesagt wird«, fuhr der Spielleiter fort, »in denen die Leute so leben wie ihre Ahnen und Urahnen vor Hunderten und Tausenden von Jahren lebten, der Stillstand, in dessen Verlauf kein Gott mehr erfunden wird und keine neuen Gedanken mehr aufkommen, sondern alles sich nur wiederholt, *sich vor allem stillschweigend wiederholt.* Wie soll man aber ein *steriles Schweigen* zum Ausdruck bringen, wenn nichts Neues mehr gesagt wird, weil niemand mehr das Bedürfnis empfindet oder die Zeit dazu hat, etwas Neues, Bedeutsames, Fruchtbares zu verkünden? Im Text, den er mir vor kurzem gab, schlägt der Professor als Dekor Fässer und Galgen vor.«

»Fässer und was noch?« fragte eine junge Person.

»Fässer und *Gal-gen.* Das erscheint mir jedoch allzu *unverblümt* und gleichzeitig zu *symbolisch,* wenn Sie begreifen, was ich damit sagen will ...«

»Wir begreifen!« hörte man von mehreren Stellen des Saales zugleich.

»Das heißt: Jahrhunderte oder sogar Jahrtausende lang ereignet sich in der Welt des Geistes nichts, es wird nichts *geschaffen*, die Geschichte nimmt indes ihren Lauf, die Menschen vergnügen und besaufen sich, um zu vergessen, und die Herrscher lassen Galgen errichten, um an der Macht zu bleiben. Es ist ein zu bedrückendes Bild. Der Terror in der Geschichte ist natürlich einer der Gedanken, von denen der Professor besessen ist. Wenn Sie *›Le mythe de l'éternel retour‹** gelesen haben, werden Sie sich erinnern ...« »Fässer«, wiederholten einige Zuschauer versonnen. »Fässer ...«
»Ärgerlicher ist es, daß der Professor die Reihenfolge der Szenen dauernd ändert. Was wir gestern zum Beispiel als II. Szene spielten, wurde heute zur V. Szene, an der nach den Angaben des Autors auch Sie sich beteiligt haben. Ich verstehe natürlich seinen Standpunkt: Er ist Professor und als solcher über Entdeckungen und Veröffentlichungen orientiert, denn er möchte, wie er offen zugibt, nicht von der historischen Wahrheit abweichen ...«
»Und dennoch«, ereiferte sich die ältere Dame von neuem, »was er unter Mahajana versteht, ist *nicht* Mahajana!«
Der Spielleiter sah sie erstaunt an. »Woher wissen Sie, was er unter Mahajana versteht?« fragte er sie.
»Aus dem, was Sie uns soeben vor Augen führten, als das Fräulein mit auf dem Rücken gefesselten Händen dastand und ein älterer Herr ... Nun ja, Sie haben es ja alle gesehen«, wandte sie sich an die Leute im Saal.
»Gewiß haben wir's gesehen!« erhoben sich von überall zahlreiche Stimmen.
»Gewiß, das ist nicht Mahajana«, gab der Spielleiter zu. »Die V. Szene, die früher die II. war, stellt die existentielle, doch nicht minder exemplarische Lage des nachvedischen Indien dar; eine Zeit also, die um mindestens tausend Jahre vor dem Mahajana liegt. Ich denke, das war überaus klar ...«

* Der Mythos der ewigen Wiederkehr. (Anm. d. Übers.)

»Das Vatermysterium!« rief der junge Mann, der, seiner Ausdrucksweise und seinem ganzen Verhalten nach zu schließen, offenbar ein Intellektueller war.
»Ich würde eher sagen, das Mysterium der Entdeckung des Geistes, des Seins, das Mysterium der Entdeckung des *Atman.* Der Alte, der zornig zu Boden starrt, stellt die *alte Welt* dar, in unserem Fall den vedischen Polytheismus, die Ideologie und Praxiologie des Opfers und so fort, er zürnt, weil er fühlt, daß die Geschichte ihn ausgeschaltet hat. Sie haben es ja gemerkt, wie er nach wenigen Augenblicken verschwand; genau nach fünf Sekunden, entsprechend den fünf Jahrhunderten, die die letzte vedische Schöpfung von der ersten *Upanischade* trennen ...«
Die Zuschauer lauschten mit angehaltenem Atem seinen Worten.
»Die *Upanischaden!«* ging es wie ein Raunen durch den Saal. »Ein erhabenes Werk!«
»Melanie, das gefesselte Mädchen, stellt den Geist dar – genauer gesagt den *Atman:* den Geist, der aus einem Traum zu erwachen scheint und erkennt, daß er *nur den Eindruck hatte*, gefesselt zu sein. Sobald Melanie, d. h. der Geist, *Atman,* völlig erwacht, begreift sie, daß sie nie gefesselt gewesen ist, daß der *Atman* im Grunde genommen nie von der Materie gefesselt, d. h. geknechtet sein kann ...«
»Wie ist es aber dann mit dem Mahajana?« fragte die ältere Dame mit einigem Bedauern in der Stimme. »Wann fängt das Mahajana an?«
Der Spielleiter sah wieder auf seine Uhr. Er schloß eine Weile die Augen, als rechne er etwas in Gedanken nach.
»Das hängt vom jeweiligen Standort unserer Betrachtung ab. Für uns Schauspieler, die wir am Mysterium teilnehmen, hat das Mahajana vor genau eineinhalb Minuten stattgefunden. Sie, die Zuschauer, können das Mahajana jederzeit erleben, das hängt von der individuellen Vorbereitung jedes einzelnen von Ihnen ab ...«
»So dürfen wir also hoffen?« fragte die Dame.

»Ich glaube schon«, ermutigte sie der Spielleiter.
Viele der Zuschauer lächelten jedoch skeptisch. Der Spielleiter schien ihnen von seinen eigenen Worten nicht recht überzeugt zu sein.
»Im Grunde, wenn ich richtig verstanden habe . . .«, setzte jemand zum Sprechen an.
Der Spielleiter unterbrach ihn jedoch mit einer Handbewegung, so, als wolle er noch etwas hinzufügen. Gleich darauf vernahm man wieder Hurrarufe, die jedoch diesmal zaghafter, entfernter klangen. Der Spielleiter lauschte ihnen mit angespannter Aufmerksamkeit und schüttelte leicht den Kopf. Als die Hurrarufe schließlich verhallten, warf er mit einer gewissen Genugtuung einen Blick auf sein Chronometer.
»Auch dies war eine interessante Szene, wenn auch äußerst schwierig zu spielen, da im Text *gleichzeitig* innere Monologe, d. h. Meditationen und Hurrarufe angegeben sind. Die Hurrarufe sind diesmals allerdings gedämpfter und genau chronometriert; sie dürfen nicht länger als acht Sekunden anhalten. Ich muß noch schnell hinzufügen, daß diesmal nicht von Jahrhunderten die Rede ist, die Sekunden stehen hier nicht für Jahrhunderte, sie gelten historischen Gestalten. Nun beginnt aber die Schwierigkeit: Da der Text ungemein dicht ist, kann man nie sicher sein, um welche historische Gestalten es sich handelt. Sie begreifen wohl, daß ich mich auf die ikonoklastische und antiikonoklastische Bewegung, zugleich aber auch auf das Aufkommen des Islam beziehe.«
»Im Grunde behandelt das Stück, wenn ich richtig verstanden habe, ein religionsgeschichtliches Thema«, ließ sich dieselbe Stimme aus dem Saal wieder vernehmen.
»Das Stück behandelt nicht bloß ein religionsgeschichtliches Thema«, unterbrach der Spielleiter den Mann, der in der Mitte des Saales saß, und ging gemächlichen Schrittes auf ihn zu. »Wie schon der Titel ›*Adieu!*‹ besagt, ja sogar unterstreicht, ist das Stück eine Zusammenfassung und zugleich

Erläuterung der gesamten Religionsgeschichte. Wie übrigens zu erwarten war, da der Verfasser, wie einige von Ihnen wissen dürften, ja selber Religionshistoriker ist. Und worüber könnte ein Autor eher Aufschluß geben als über seinen Wissensbereich, über das Fach, zu dem er sich berufen fühlte und das er zu seinem Beruf machte? Ein Dichter schreibt Gedichte, ein Philosoph über Philosophie. Worüber also sollte ein Professor der Religionsgeschichte schreiben, insbesondere wenn er sich entschließt, ein Theaterstück zu verfassen?«

»Wenn ich richtig verstanden habe, handelt es sich um etwas völlig Neuartiges«, meinte ein Zuschauer, der in der ersten Reihe saß. »Um einen Versuch, den niemand zuvor unternommen hat...«

»Jedenfalls nicht aus der vom Autor gewählten Perspektive«, betonte der Spielleiter. »Wie Sie bisher sehen konnten, berücksichtigt der Autor den Vorhang nicht im geringsten. Und das ist auch leicht verständlich. Seiner Auffassung nach – eine Auffassung, die das Ergebnis seiner religionsgeschichtlichen Studien ist – kann der Vorhang bloß *ein einziges Mal* niedergehen.«

»Wenn wir sterben«, flüsterte jemand, vielleicht mehr für sich selbst.

Der Spielleiter hatte ihn jedoch gehört und schüttelte enttäuscht den Kopf.

»Ach! Nein, nein, nein!« rief er aus. »Dann verstehen wir einander nicht. Wir verstehen einander sogar ganz und gar nicht...«

Der Saal wurde plötzlich unruhig.

»Was mit uns Menschen geschieht«, fuhr der Spielleiter fort, »kann nicht das Thema eines Theaterstücks ausmachen, in dem die gesamte Religionsgeschichte zusammengefaßt, in dem ihre Quintessenz enthalten ist. Wie jemand von Ihnen vorhin richtig bemerkte, handelt es sich hier um etwas völlig Neuartiges, um einen Versuch, den bisher noch keiner unternommen hat. Dieses Neuartige ist allerdings nicht sofort verständlich. Sie begreifen wohl, was ich damit sagen will ...«

Die meisten nickten. Einige Zuschauer setzten eine feierliche Miene auf.

»Indem er auf den Gebrauch des Vorhangs verzichtet, *setzt* der Autor *ihn* einerseits *voraus*, und *setzt sich* andererseits *über ihn hinweg.«*

Der Spielleiter ließ seine Blicke durch den Saal schweifen, als warte er auf weitere Fragen. Niemand wagte jedoch, ihn zu unterbrechen.

»Mit anderen Worten«, fuhr er fort, »gibt es den Vorhang und gibt es ihn nicht, oder genauer ausgedrückt, er *existiert* und ist zugleich *inexistent.* Durch die bloße Tatsache, daß er für Sie, die Zuschauer, existiert, hört er für uns, die Schauspieler, auf zu existieren. Begreifen Sie?!«

»Ich begreife nicht!« rief die ältere Dame und sprang wieder auf. »Ich begreife vor allem nicht, weshalb Sie uns nicht endlich das Mahajana zeigen, weshalb Sie es so lange hinausschieben.«

»Ich erklärte Ihnen schon«, sagte der Spielleiter etwas verlegen, »es hängt von Ihrer individuellen Vorbereitung ab.«

»Ich habe mich gründlich vorbereitet!« rief die Dame aus. »Und ich bin sicher, daß ich nicht die einzige bin«, fügte sie mit einem Blick in den Saal hinzu.

»Freilich haben wir uns vorbereitet«, riefen mehrere Zuschauer.

»Sie scheinen uns für Ignoranten zu halten«, fuhr die Dame fort. »Sie befürchten, der Text könnte für uns zu schwierig sein, und lassen den Vorhang deshalb nicht aufgehen. Sie glauben, nur Sie, die Eingeweihten, die Schauspieler, seien imstande, das Stück zu verstehen.«

Ihre letzten Worte gingen in den Hurrarufen unter, die in solcher Nähe erdröhnten, daß der Vorhang zu beben anfing. Der Spielleiter blickte, die Brauen runzelnd, auf sein Chronometer. Mehrere Zuschauer waren aufgestanden, vermutlich in der Hoffnung, etwas zu sehen.

»Vorhang auf! Vorhang auf!« schrien die Studenten.
Ehe es jedoch zu einem richtigen Aufruhr kam, tauchte ein Schauspieler geschwind aus der linken Ecke der Bühne hervor. Er war sonderbar und vor allem geschmacklos gekleidet, denn er hatte nur zum Teil sein historisches Kostüm abgelegt und darüber, anscheinend in der Eile, einen alten Schlafanzug angezogen. Abgeschminkt hatte er sich aber noch nicht, weswegen die Zuschauer ihn ohne weiteres erkannten: Es war Darius.
»Im Namen des Autors, aber auch im Namen von uns Schauspielern«, fing er zu sprechen an, »bitte ich Sie, flehe ich Sie an: Ruhe! Wir nähern uns dem II. Akt, dem für viele von uns, besonders für die ganz jungen, vielleicht wichtigsten Akt. Wenn Sie wüßten, welche Opfer wir brachten, als wir uns entschlossen *›Adieu!* zu spielen! Besonders die ganz jungen unter uns. Worauf haben wir nicht alles verzichtet! Auf die Meinung der Presse, den Beifall des Publikums . . . Alles, was wir von Ihnen verlangen, ist, daß Sie sich ruhig verhalten. Dazu sind wir doch wohl berechtigt. Es dauert auch nicht mehr lange . . .«
»Nur noch elf Minuten«, präzisierte der Spielleiter aus der Mitte des Saals.
»Für Sie eine Kleinigkeit«, fuhr Darius fort. »Wie oft am Tag vergeuden Sie nicht elf Minuten? Für uns aber sind es entscheidende, wesentliche Minuten. Dies ist es ja im Grunde, was wir, besonders wir jungen Schauspieler, anstreben: ein- oder zweimal im Leben in einem solchen Stück aufzutreten . . .«
Ein Teil der Zuschauer hatte ihm voller Verständnis zugehört, einige blieben jedoch unerbittlich.
»Laßt den Vorhang aufgehen!« forderte der Herr aus der ersten Reihe.
»Wenigstens zur Hälfte!« sekundierten ihm andere.
Melanie und der Schauspieler, der sich zunächst ans Publikum gewandt hatte, gesellten sich geschwind zu Darius und fingen zu gestikulieren an.

Zwar verstanden die meisten Zuschauer nicht, was dies zu bedeuten hatte, dennoch wurde es wieder still im Saal.
»Das geht nicht!« sprachen die Schauspieler bald zueinander, bald zum Publikum gewandt. »Das geht nicht, weil es der historischen Wahrheit widerspricht. Für Sie, die Zuschauer, *ging der Vorhang nieder, bevor Sie hierherkamen*, er wurde heute gegen vier Uhr nachmittags heruntergelassen, weil *dies* der historischen Wahrheit entspricht. Sie leben im 20. Jahrhundert, genauer gesagt im Jahre 1964 und *sind nicht imstande, sich in eine andere Welt zurückzuversetzen.* Wir vermögen dies, weil wir, als Schauspieler, am Mysterium teilhaben, weil wir in gedrängter Form die gesamte Religionsgeschichte nachvollziehen.«
»Das können auch wir!« riefen mehrere Zuschauer.
»Das kommt Ihnen nur so vor! Sie täuschen sich aber: Sie versuchen, sich konkret in die historische Wirklichkeit des Mittelalters zu versetzen, wir Schauspieler aber machen uns vom historischen Kontext frei. Sie können dies nicht, weil Sie nicht spielen können oder vielleicht nicht spielen wollen. Sie sind verantwortungsbewußte Menschen, das heißt, sie unterwerfen sich voll und ganz dem historischen Augenblick. Deswegen leben Sie *nur* im Jahre 1964 ...«
»Na, und? Na, wenn schon?« wurden von allen Seiten des Saales Stimmen laut.
Die drei Schauspieler wechselten hoffnungslose Blicke.
»Herr Regisseur, wie sollen wir es den Leuten erklären?« fragte Darius. »Wie sollen wir es nur anstellen? Wären wir mehrere, wir könnten es ihnen vielleicht eher begreiflich machen ...«
»Ihr habt noch sechs Minuten Zeit«, warnte ihn der Spielleiter. »Ihr solltet euch beeilen.«
Die drei faßten Mut. Von hinter dem Vorhang tauchten in kleinen Gruppen in allerlei seltsame Gewänder gekleidete Schauspieler, Schauspielerinnen und Statisten auf. So trugen manche Helme, zugleich aber auch Pistolen. Melanie betrachtete ihre Kollegen voller Wärme.

»Haben Sie gehört?« wandte sie sich ans Publikum, mit weitausholender Geste auf ihre Kollegen weisend. »Den ganzen Sommer lang haben wir zusammen die Hurrarufe geübt. Und nach jeder Probe hatten wir alle Tränen in den Augen. Jede Stimme stellt etwas dar: ein Jahrhundert, ein Symbol, einen Propheten. Nie zuvor hat man bedeutsamere und dennoch tadellos chronometrierte Hurrarufe vernommen, deren jeder eine Botschaft verkündet. Sie dürfen nicht nach dem urteilen, was Sie hier im Saal gehört haben. Die Hurrarufe galten ebenso wie die inneren Monologe uns Schauspielern.«

»Schon gut, das haben wir verstanden«, unterbrach sie der Herr, der in der ersten Reihe saß. »Aber warum habt ihr um halb vier den Vorhang fallen lassen?«

»Weil das der historischen Wahrheit entspricht!« rief Melanie, die sich nicht mehr beherrschen konnte, verzweifelt aus. »Wie oft soll man Ihnen wiederholen, daß *›Adieu!‹* ein historisches Stück ist, eine Zusammenfassung der gesamten Religionsgeschichte?!«

»Denken Sie doch an Nietzsche!« rief der Spielleiter von der Mitte des Saales aus. »Wann hat er zum ersten Mal Gott für tot erklärt? Etwa um 1880 oder 1882. Rechnen Sie sich nun aus ...«

»Was soll das heißen?« fragte eine jüngere, vornehme Dame und stand auf.

»Das heißt«, fuhr der Spielleiter fort, »daß für Sie, die Sie zur Elite der modernen westlichen Gesellschaft gehören, Gott seit über achtzig Jahren tot ist. Der Auffassung des Autors entsprechend, fällt der Vorhang ein einziges Mal. Wann, haben Sie wohl begriffen. Nicht, wenn ein Mensch stirbt – denn nicht mit den Menschen befaßt sich die Religionsgeschichte –, sondern wenn Gott stirbt oder ein Gott, wenn Sie so wollen. Jedenfalls, was Ihren Gott anbelangt, so ist sein Tod bereits verkündet worden – daher wurde der Vorhang herabgelassen, *bevor* Sie den Saal betraten ...«

Die Dame blieb unschlüssig und etwas verwirrt stehen.
»Warum haben Sie uns das dann nicht gesagt«, fragte sie.
»Erinnern Sie sich nur«, flüsterte Melanie.
Fast niemand hörte jedoch ihre Worte, und die Studenten fingen wieder zu rufen an.
»Lauter, Fräulein, lauter!«
Der Spielleiter warf einen Blick auf sein Chronometer und sein Gesicht strahlte vor Freude.
»Die Pause hat soeben begonnen«, wandte er sich an Melanie. »Nun können Sie ganz laut sprechen.«
Gleich darauf traten noch einige Schauspieler hinter dem Vorhang vor. Einer von ihnen ging müde, erschöpft an die Rampe.
»Ich habe es Ihnen gesagt. Ich bin bis hierher gegangen, vor Sie hingetreten und habe Ihnen *›Adieu!‹* zugerufen. Habe es Ihnen dreimal zugerufen.«
»Aber weshalb nur? Weshalb?« fragte der Herr, der in der ersten Reihe saß, diesmal in gereiztem Ton.
»Ich muß zugeben, daß dies das einzige Detail ist, das nicht der historischen Wahrheit entspricht«, gestand der Spielleiter. »Denn wir haben nicht den geringsten Beweis dafür, daß Gott den Menschen Lebewohl gesagt hat, ehe er starb. Keiner von denen, die den Tod Gottes ausriefen und darlegten, behauptete je, Gott habe ihm *›Adieu!‹* gesagt. Die Tatsache, daß Gott, sei er nun eines natürlichen Todes gestorben oder von uns getötet worden, sich mit keinem Wort von uns verabschiedete, so als ob wir Menschen, seine Geschöpfe, gar nicht existierten, hat im Grunde das Schicksal der westlichen Zivilisation bestimmt. Das erklärt vielleicht die Ressentiments und die Erbitterung des modernen Menschen der westlichen Welt. Denn es ist traurig zu wissen, daß jemand, an den man glaubte, zu dem man betete, auf *den man baute,* ohne ein Wort des Abschieds dahinstirbt. Selbst wenn Nietzsches Erklärung richtig sein sollte, selbst wenn *wir* Menschen Gott getötet haben, so ist es dennoch traurig, daß er uns nichts sagte, ehe er uns verließ . . .«

»Das stimmt«, hörte man von verschiedenen Seiten.

»Der Autor ist aber anderer Ansicht«, fuhr der Spielleiter fort. »Er glaubt, manche Menschen, insbesondere Kinder, aber auch Frauen haben das *›Adieu!‹* gehört, das Gott ihnen zuflüsterte, ehe er verschied. Und da dieses Wort zumindest für uns westliche Menschen den Abschluß der Religionsgeschichte bedeutet, betitelte er sein Stück *›Adieu!‹*. Denn in diesem Stück, ich wiederhole es, ist ja die gesamte Religionsgeschichte zusammengefaßt . . .«

»Was haben dann aber die Hurrarufe, die inneren Monologe und die Fässer zu bedeuten?« fragte der junge Mann, der das Vatermysterium erwähnt hatte.

»Ach!« meinte der Spielleiter mit einem Achselzucken, »das steht auf einem anderen Blatt. Das alles liegt weit zurück und kann von uns Schauspielern, wenn wir unter uns sind, gespielt werden, denn uns steht es frei, in jedem Jahrhundert, in jeder historischen Periode zu leben: das heißt zu spielen. Für uns sind diese Dinge freilich außerordentlich wichtig – aber wir *spielen* natürlich *nur* und können uns daher erlauben, tatsächlich zu glauben, zu beten, zu fluchen . . .«

»Und das Mahajana?« fragte die ältere Dame schüchtern.

»Ich sagte Ihnen schon, es kommt auf Ihre persönliche Vorbereitung an. Aber das hat nichts mit dem Tod Gottes zu tun, der eine historisch dokumentierte, feststehende Tatsache ist. Und es hat auch nichts zu tun mit seinem rätselhaften Verschwinden ohne jedes Abschiedswort – selbst wenn wir die Hypothese des Autors annehmen, Gott habe immerhin einigen Kindern und Frauen *›Adieu!‹* gesagt, ehe er von dannen ging.

»Warum aber *dreimal*?« fragte eine Dame. »Warum sagte er dreimal *›Adieu!‹*?«

»Ja, warum dreimal?« wiederholte der Spielleiter verlegen. »Daß ich nie darüber nachgedacht habe!«

»Und dennoch scheint es überaus wichtig zu sein«, beharrte die Dame.

»Drei ist eine symbolische Zahl«, warf jemand ein. »Es ist also ungemein wichtig.«
»Wahrscheinlich ist die Zahl drei sogar der Schlüssel des Stückes ...«
»Allerdings ...«
»Merkwürdig, daß mir das nie eingefallen ist«, gab der Spielleiter zu. »Hat jemand von Ihnen sich je darüber Gedanken gemacht?«, wandte er sich an die Schauspieler und Statisten.
Sie schüttelten alle verneinend den Kopf; man sah ihnen die Verlegenheit an.
»Und dennoch ist es wichtig, sogar überaus wichtig«, wiederholten einige Studenten.
»Das ganze Mysterium der Trinitätslehre reduziert sich darauf, auf die symbolische, theologische und sakrale Bedeutung der Zahl drei ...«
»Nun, da Sie es erwähnen«, begann der Spielleiter, »erkenne auch ich, wie bedeutsam es ist. Daß mir das nie einfiel! Fragen wir doch den Autor«, fügte er mit einem Blick auf mich hinzu.
Auf diese Frage war ich nun schon seit einer Weile gefaßt und rutschte auf meinem Stuhl hin und her. Hätte ich allerdings geahnt, daß es *so* weit kommen würde, ich wäre zehn Minuten früher fortgegangen, gleich als der Tod Gottes aufs Tapet gebracht wurde. Man hätte dann annehmen können, ich verließe den Saal aus Protest.
»Ja, in der Tat, warum dreimal, Herr Professor?« fragte mich der Spielleiter lächelnd.
Das Problem interessierte offenbar auch ihn, seine Neugierde war augenfällig.
»Ach!« begann ich mit einem Stoßseufzer. »Schwer zu sagen ...«
»Lauter!« rief man mir von allen Seiten zu.
»Könnten Sie nicht, bitte, aufstehen«, schlug der Spielleiter vor. »Und lassen Sie sich bei Ihren Erläuterungen nur Zeit, es eilt nicht. Es ist ohnehin Pause.«

Wie im Traum hörte ich die Leute fragen: »Was meint er? Was meint er?«

»Schwer zu sagen«, wiederholte ich, indem ich aufstand und verlegen die vor dem Vorhang stehenden Darsteller ansah. Zum Glück kannte ich alle.

»Freilich ist es schwer«, unterbrach mich der Herr in der ersten Reihe, der ebenfalls aufgestanden war. »Es ist schwer zu erklären, weil symbolisch gemeint. Aber von einem Kenner der Materie Ihres Ranges ...«

»Natürlich ist es symbolisch zu verstehen«, griff ich seine Worte auf. »Aber diesmal, wie soll ich's Ihnen nur deutlich machen: Diesmal bin ich nicht von einer bestimmten Idee, ich meine von einem bestimmten Symbol ausgegangen. Ich stellte ganz *allgemeine* Überlegungen an, fragte mich, wie ich mich wohl von jemandem verabschieden würde. Zweifellos würde ich das Wort mehrmals wiederholen. ›*Adieu!*‹ würde ich ausrufen, ›*Adieu!*‹.«

Ich hielt inne und versuchte zu lächeln.

»Nun haben Sie aber bloß zweimal ›*Adieu!*‹ gesagt«, bemerkte einer meiner Sitznachbarn.

»Bloß zweimal?« fragte ich erstaunt. »Dann war es nicht richtig. Wenn man sich von jemandem verabschiedet, wiederholt man wenigstens dreimal ›*Adieu!*‹.«

»Wir streiten um des Kaisers Bart«, unterbrach mich wieder der Herr in der ersten Reihe. »Zur Diskussion steht nicht, wie Sie selber sich verabschieden würden, sondern wie Gott, beziehungsweise sein Stellvertreter, sich in Ihrem Stück verabschiedet hat. Weshalb er dreimal ›*Adieu!*‹ sagte.«

»Das ist gewiß symbolisch gemeint«, äußerten mehrere ihre Ansicht.

»Ganz recht«, gab ich zu.

»Das wissen wir auch, aber was versinnbildlicht dieses dreifache Lebewohl? Wie soll es gedeutet werden?«

Ich suchte krampfhaft nach einer Deutung, konnte jedoch das Geflüster rings um mich nicht überhören.

»Es ist die interessanteste Stelle im Stück, und er weiß nicht einmal, was sie bedeutet ...«
»Eigentlich ist es die einzige originelle Stelle ...«
»Aber wenn nicht einmal er sie versteht ...«
»Wie sollen wir sie deuten?« fragte hinten im Saal eine Gruppe von Studenten, die aufgestanden waren.
Ich trat auf den Spielleiter zu.
»Ich wußte schon, warum ich keine Bühnenstücke schreiben wollte«, flüsterte ich ihm zu. »Ich bin ein schüchterner Mensch, scheue davor zurück, in der Öffentlichkeit das Wort zu ergreifen. Das Publikum schüchtert mich ein. Ein gebildetes Publikum weiß über so viele Dinge Bescheid. Heutzutage studieren die Leute das Stück, bevor sie ins Theater gehen, sie stellen Überlegungen an, wollen alles ergründen. Ich wußte schon, warum ich dieses Stück nicht schreiben wollte ...«
Der Spielleiter sah mich lächelnd an.
Ich atmete erleichtert auf.
»Dann schreibe ich es eben nicht mehr«, erklärte ich.
Er fuhr fort zu lächeln, aber ich fühlte es: Auch er war enttäuscht.

Chicago, 1964

Mircea Eliade im Suhrkamp Verlag

Auf der Mântuleasa-Straße. Erzählung. Aus dem Rumänischen von Edith Silbermann. 1972. 176 S. *Bibliothek Suhrkamp* Band 328

Das Mädchen Maitreyi. Roman. Deutsch von Edith Silbermann. 1975. 205 S. *Bibliothek Suhrkamp* Band 429

Schamanismus und archaische Ekstasetechnik. Aus dem Französischen von Inge Köck. 1975. 472 S. *suhrkamp taschenbücher wissenschaft* Band 126

Die Sehnsucht nach dem Ursprung. Von den Quellen der Humanität. Aus dem Amerikanischen von Hella Bronold. 249 S. *Bibliothek Suhrkamp* Band 408

Die Pelerine. Erzählung. Aus dem Rumänischen von Edith Silbermann. 1976. 95 S. *Bibliothek Suhrkamp* Band 522

Die drei Grazien. Erzählung. Deutsch von Edith Silbermann. 1978. 106 S. *Bibliothek Suhrkamp* Band 577

Der Hundertjährige. Aus dem Rumänischen von Edith Silbermann. 1979. 160 S. *Bibliothek Suhrkamp* Band 597

im Insel Verlag

Yoga. Unsterblichkeit und Freiheit. Aus dem Französischen von Inge Köck. 1977. 516 S. Ln.

Phantastische Geschichten. Aus dem Rumänischen von Edith Silbermann. 1978. 342 S. Ln.

suhrkamp taschenbücher

st 589 Basis. Jahrbuch für deutsche Gegenwartsliteratur
Band 10
Herausgegeben von Reinhold Grimm und Jost Hermand
272 Seiten
Mit Beiträgen von Jost Hermand, Horst Denkler, Helga Geyer-Ryan, Wolfram Malte Fues, Dieter Kafitz, Frank Trommler, Ulrich Profitlich, Ralf Schnell, Peter Uwe Hohendahl, u. a. Ohne methodisch festgelegt zu sein, sucht *Basis* eine Literaturbetrachtung zu fördern, die an der materialistischen Grundlage orientiert ist.

st 590 Reinhold Schneider
Die Hohenzollern
Tragik und Königtum
Herausgegeben mit einem Nachwort von
Wolfgang Frühwald
Mit Abbildungen
304 Seiten
Es geht in diesem Buch nicht um den Anspruch der Hohenzollern, sondern um einen unbezweifelbaren Auftrag an ein Geschlecht, eine Landschaft, eine Zeit. Anliegen dieses Buches ist: Ehrfurcht vor der Geschichte, dem Gewesenen überhaupt.

st 591 Milan Kundera
Abschiedswalzer
Roman
Aus dem Tschechischen von Franz Peter Künzel
248 Seiten

Der Blick fällt auf ein Badestädtchen, dessen Reichtum die Quellen sind, die Frauen von Unfruchtbarkeit heilen. Ružena ist das Mißgeschick passiert, das für die übrigen Kurgäste das langersehnte Glück wäre: sie ist schwanger. Figuren verschlingen sich, Paare lösen sich auf und gehen neue, unerwartete Verbindungen ein.
»*Abschiedswalzer* ist nichts anderes als eine brillante Prosakomödie, eine Mischung aus Feydeau und Schnitzlerschem *Reigen,* von satirischer Groteske und ideologiekritischer Scharfsichtigkeit.«

Der Tagesspiegel, Berlin

st 593 Zehn Gebote für Erwachsene
Texte für den Umgang mit Kindern
Zusammengestellt und mit einem Nachwort versehen von Leonhard Froese
224 Seiten
Diese Sammlung geht von zehn Postulaten aus, die der Herausgeber zum *Internationalen Jahr des Kindes* der Öffentlichkeit übergeben hat. Sie ordnet diesen Postulaten bedeutende Aussagen namhafter Autoren und Schriften der Antike, des Mittelalters und der Neuzeit zu. Dabei fällt auf, daß Äußerungen weit auseinanderliegender Zeiten und Räume häufig nicht nur dem Wortsinn, sondern gelegentlich auch der Aussageform nach übereinstimmen.

st 594 Jan Józef Szczepański
Vor dem unbekannten Tribunal
Fünf Essays
Aus dem Polnischen übersetzt und erläutert
von Klaus Staemmler
160 Seiten
»... was ich jetzt schreibe, ist ein weiterer Versuch, das Schweigen zu durchbrechen, in das uns unsere kleingläubige Schwäche versetzt hat.« Dieses Zitat aus Szczepańskis »Brief an Julian Stryjkowski« könnte als Motto über den fünf Essays stehen, die dieser Band versammelt. Das Schweigen (aus Feigheit oder Dummheit) läßt Unrecht und Unmenschlichkeit zu. Jede Stimme, die es zu durchbrechen sucht, ist ein nicht zu überhörender Appell und ein Nachweis der Humanität.

st 595 Ödön von Horváth
Geschichten aus dem Wiener Wald
Ein Film von Maximilian Schell
Mit zahlreichen Abbildungen
160 Seiten
Zur Uraufführung des Maximilian-Schell-Films »Geschichten aus dem Wiener Wald« nach dem Volksstück von Ödön von Horváth liegt dieser Band mit dem Drehbuch von Christopher Hampton und Maximilian Schell und zahlreichen Fotos des 1978 in Wien und Umgebung entstandenen Films vor, der den Entstehungsprozeß des Films dokumentiert.

st 596 Hans-Georg Gadamer, Jürgen Habermas
Das Erbe Hegels
Zwei Reden aus Anlaß des Hegel-Preises
104 Seiten
»Niemand sollte für sich in Anspruch nehmen, ausmessen zu wollen, was alles in der großen Erbschaft des Hegelschen Denkens auf uns gekommen ist. Es muß einem jeden genügen, selber Erbe zu sein und sich Rechenschaft zu geben, was er aus dieser Erbschaft angenommen hat.«
Hans-Georg Gadamer

st 597 Wilhelm Korff
Kernenergie und Moraltheologie
Der Beitrag der theologischen Ethik zur Frage
allgemeiner Kriterien ethischer Entscheidungsprozesse
104 Seiten
Die vorliegende Studie ist einer konkreten Herausforderung entsprungen. Im Entscheidungskonflikt um das Projekt eines Kernkraftwerks in Wyhl/Oberrhein wurde der theologische Ethiker um eine Stellungnahme angegangen. Da die gegenwärtige ethische Theorie wenig Strategien hinlänglicher Leistungsfähigkeit bereitstellt, wandte sich der Verfasser den tradierten Modellen zu, um ihnen mögliche Gesichtspunkte abzugewinnen.

st 628 Georg W. Alsheimer
Eine Reise nach Vietnam
224 Seiten
Alsheimer kehrt in seine »Wahlheimat« zurück. Die Narben des amerikanischen Alptraums sind noch allgegen-

wärtig. So gerät die Konfrontation des Damals mit dem Heute zunächst zu einem Verfolgungswahn. Erst als er durch das Vertrauen seiner Freunde das Damals mit dem Heute verknüpfen kann, verwandeln sich in dieser Krise seines politischen Credos die gläubigen Visionen in einen gemäßigten, kritischen Optimismus. Den Prozeß, der zu dieser Einsicht führte, protokolliert Alsheimer in diesem Reisetagebuch. Alsheimers *Vietnamesische Lehrjahre* liegen als st 73 vor.

st 629 Wie der Teufel den Professor holte
Science-fiction-Erzählungen aus POLARIS 1
Phantastische Bibliothek Band 37
132 Seiten
Der Band enthält Erzählungen von Stanisław Lem, Gérard Klein, Kurd Laßwitz, Fitz-James O'Brien, Vladimir Colin.

st 630 Das Mädchen am Abhang
Science-fiction-Erzählungen aus POLARIS 2
Phantastische Bibliothek Band 38
178 Seiten
Der Band enthält Erzählungen von Wadim Schefner, Sewer Gansowski, Arkadi und Boris Strugatzki, Ilja Warschawski.

st 631 Der Weltraumfriseur
Science-fiction-Erzählungen aus POLARIS 3
Phantastische Bibliothek Band 39
144 Seiten
Der Band enthält Erzählungen von Josef Nesvadba, Gerd Ulrich Weise, Sven Christer Swahn, Vladimir Colin, Frigyes Karinthy.

st 632 Die Büßerinnen aus dem Gnadenkloster
Phantastische Erzählungen aus PHAÏCON 2
Herausgegeben und mit einem Vorwort von
Rein A. Zondergeld
Phantastische Bibliothek Band 40
122 Seiten
Der Band enthält Erzählungen von Joseph Sheridan Le Fanu, Erckmann-Chatrian, Jean-Louis Bouquet, Julio Cortázar, Manfred Wirth, Jörg Krichbaum.

Alphabetisches Gesamtverzeichnis der suhrkamp taschenbücher